Inhalt

Warum denn zweisprachig?

Vielleicht haben Sie sich gefragt, warum Langenscheidt zweisprachige Lektüren für Kinder anbietet? Schließlich vertreten doch Pädagogen die Meinung, dass Schüler beim einsprachigen Unterricht am meisten lernen.

Was für den Schulunterricht richtig ist, gilt nicht unbedingt für Lektüren. Stellen Sie sich einmal vor, Ihr Kind lernt erst seit zwei oder drei Jahren Englisch und soll einen rein englischen Text lesen: Ein einfacher Text wird inhaltlich für Ihr Kind eher langweilig sein, weil man mit wenigen Vokabeln eben noch keine spannende Geschichte erzählen kann. Interessante Texte hingegen sind oft vom Vokabular und der Grammatik zu schwierig, sodass Ihr Kind nicht mitkommt.

Um Englisch für Ihr Kind leichter und spannender zu machen, sind unsere Lektüren daher zweisprachig.

Hauptfiguren unserer Lektüren sind immer deutsche Kinder, die aus einem bestimmten Grund mit der englischen Sprache konfrontiert werden, sie im Zusammenhang mit ihren Erlebnissen lernen und dabei durchaus auch Schwierigkeiten haben.

Die altersgerechte, fesselnde Handlung wird – aus der Perspektive der Hauptfiguren – auf Deutsch erzählt. Wenn diese sich aber mit englischen Kindern unterhalten, müssen sie natürlich Englisch sprechen. Die Dialoge sind daher auf Englisch.

Durch die Zweisprachigkeit wird Ihr Kind auf seinem Niveau abgeholt. Die Erfolgserlebnisse steigern die Motivation, wodurch wiederum das Lernen der neuen Wörter und Wendungen erleichtert wird.

Von all diesen Überlegungen bekommt Ihr Kind aber nichts mit. Es liest die Lektüre einfach mit Spaß und lernt ganz nebenbei, dass Englisch gar nicht so schwer ist.

Langenscheidt

Tracking Horse Thieves – Pferdedieben auf der Spur

von Annette Weber

Langenscheidt

Lektorat: Barbara Müller
Englischsprachiges Lektorat: Charlotte Collins
Zeichnungen: Anette Kannenberg
Umschlaggestaltung: init.büro für gestaltung, Bielefeld

Annette Weber, geb. 1956 in Lemgo, studierte nach ihrem Abitur das Lehramt für die Primarstufe und unterrichtete lange Zeit an einer Grundschule. Nebenbei schrieb sie Bücher, Geschichten und Theaterstücke für Kinder- und Jugendliche. Seit Sommer 2002 ist sie als freie Schriftstellerin tätig. Sie lebt mit ihrem Mann, ihren Söhnen und ihren Islandpferden in Bad Lippspringe.

Mehr zu Annette Weber unter:
www.Annette-Weber.com
E-Mail: postmaster@annette-weber.com

www.krimis-fuer-kids.de
www.langenscheidt.com

3. Auflage 2021

Satz: Franzis print & media GmbH, München
Druck: Multiprint GmbH

ISBN 978-3-12-563258-5

Endlich in Poole

Schon seit einer Stunde stand Cora auf dem Gang und starrte durch die schlierigen Fenster nach draußen. Natürlich wusste sie genau, dass der Zug erst um 16:21 Uhr in Poole eintreffen würde. Das hatten ihr ihre Eltern oft genug eingeschärft. Aber irgendwie hatte sie das Gefühl, die Zeit verginge schneller, wenn sie auf den Koffern hinter der Tür hockte.

Es war ihre erste Reise allein. Ihre Eltern hatten allerdings darauf bestanden, sie nach London zu bringen. Richtig teuer war der Flug auch nicht geworden, sie hatten billige Tickets bekommen. In London hatten sie Cora dann in den Zug nach Poole gesetzt und selbst den nächsten Rückflug nach Hause genommen.

“Steig bloß nicht vorher aus”, hatte ihr Vater auf dem Bahnsteig immer wieder gesagt. “Und lass dich nicht von Fremden ansprechen.”

Cora hatte die Nase gerümpft.

“Krieg dich wieder ein, Papa”, hatte sie gesagt. “Ich bin kein Baby mehr.”

“Naja, wenn du dein Zimmer aufräumen sollst, kommst du mir schon manchmal so vor”, hatte ihr Vater entgegnet.

“Und grüß Kate und Jack Fellows”, fügte ihre Mutter hinzu. “Und Pam und Matt natürlich auch. Und die Pferde und Hunde und Katzen.”

“Und die Hühner”, ergänzte ihr Vater lachend.

Spätestens jetzt hatten sich die Leute auf dem Bahnsteig zu ihnen umgesehen. Ob sie Deutsch verstanden? Cora wäre vor Verlegenheit am liebsten im Boden versunken. Warum machten ihre Eltern bloß immer so ein Drama aus allem? Sie war zwölf Jahre alt und damit so gut wie erwachsen. Zur Familie Fellows nach Poole fuhren sie seit drei Jahren. Da war es doch geradezu ein Kinderspiel, das jetzt auch mal alleine zu machen.

Seit drei Jahren verbrachten ihre Eltern und sie die Sommerferien auf dem Ponyhof. Es waren unvergessliche Wochen gewesen. Ferien auf dem Rücken der Pferde, Schlafen im Stall, die Geburt des Fohlens Twiggy – jeder einzelne Tag bei den Fellows war ein besonderes Erlebnis.

Nur in diesem Jahr konnten die Altmanns nicht in Urlaub fahren. Coras Großmutter war krank geworden, und ihre Eltern wollten sie nicht allein lassen. Aber das war im Grunde auch kein wirkliches Problem. Cora war alt genug, die Reise ohne ihre Eltern anzutreten. An Heimweh war auf dem Ponyhof sowieso nicht zu denken.

Bei dem Gedanken an Matt und Pam und deren Eltern Kate und Jack wurde Cora ganz warm ums Herz. Und wenn sie erst an die Pferde dachte, an **Lucky**, Goldstar, Twiggy und Mr Watson, wünschte

---

lucky Glück bringend *(hier als Name)*

sie sich, sie könnte sich direkt auf den Ponyhof beamen.
Pam hatte ihr von ihrem neuen Pony geschrieben, das sie zum Geburtstag bekommen hatte. Diva, eine Hackneyponystute. Noch nie im Leben hatte Cora ein solches Pony gesehen. Schon das wäre ein Grund gewesen, das Zugfahren ein bisschen zu beschleunigen. Himmel, warum in aller Welt verging die Zeit nur so langsam?
Da, endlich!
"**Ladies and gentlemen**, **we will shortly be arriving** in Poole. Poole is the next **stop**", ertönte die Ansage aus dem Lautsprecher.
Ein Rascheln und Packen begann. Die Reisenden kramten ihre Gepäckstücke zusammen. Cora stand immer noch am Fenster. Langsam fuhr der Zug in den Bahnhof ein. Und da warteten sie alle: Mr und Mrs Fellows, Pam, Matt und Sammy, der cremefarbene Labrador. Wie in Gottes Namen sollten sie bloß ins Auto passen? Aber vielleicht hatten sie ja den großen Van genommen, dann wäre das kein Problem.
Doch es war keine Zeit, sich darüber Gedanken zu machen. Der Zug hielt quietschend. Dann wurde Cora im allgemeinen Gewusel auf den Bahnhof ge-

---

ladies and gentlemen meine Damen und Herren
we will shortly be arriving wir kommen demnächst an
stop Halt

drängt. Und im nächsten Moment hing ihr schon Pamela um den Hals.
"Oh, Cora!" Sie rollte das R - very British. "I'm so **glad** to see you. I **really missed** you. Do you know about my new horse? She's **wonderful**. She has beautiful black eyes, and …"
"Come on, Pam, let the rest of us say hello too!", mischte sich Matt ein und schubste seine Schwester zur Seite. "Girls can be **so insensitive**!"
Und er drückte Cora ebenfalls an sich. Nicht so fest und lange wie Pam, aber doch irgendwie lieb. Cora sah ihn von der Seite an. Er war groß geworden und überragte sie nun um einen ganzen Kopf.

Jetzt drückten auch Mr und Mrs Fellows sie innig. Wie eine Tochter, die nach langer Zeit endlich wieder nach Hause kommt. Und dann machte Sammy mit lautem Gebell auf sich aufmerksam und musste auch noch gestreichelt werden.
Das Auto war tatsächlich groß genug für alle. Pam und Cora saßen hinten, Matt und Sammy in der Mitte und die Eltern vorne. Während der turbulenten Begrüßung am Bahnhof war es Cora noch nicht so richtig aufgefallen, aber jetzt, da Pam unaufhörlich

---

glad froh
really echt, tatsächlich
missed habe vermisst
wonderful wunderbar
so insensitive so unsensibel

auf sie einschnatterte, wurde ihr bewusst, dass sie sich noch gar nicht so richtig auf die fremde Sprache eingestellt hatte.

"Horses ... wonderful ... Diva ... **totally** black, with a small white star on her nose ... wonderful ... wonderful ... Lucky ... you'll ride ... wonderful ..."

Oh Gott, dachte Cora verzweifelt. Hoffentlich redet sie irgendwann langsamer.

"Hey, Pam, **can't** you see you make Cora **dizzy** when you speak so **quickly**?", unterbrach Matt seine Schwester. "Think about your last holiday in France, when **that** man **spoke** to you **like this** in French. You **went bright red** and you **didn't know** how to answer."

"OK, **you're right**", gab Pam zu. Dann lachte sie. "As always. Let me **show** you **some** photos, Cora." Sie kramte in ihrer Tasche. Ihre Erzählungen über all die Tiere und Personen auf den Fotos waren zunächst

---

totally total
can't kannst (du) nicht
dizzy schwindelig
quickly schnell
that *hier:* jene(r)
spoke hat gesprochen
like this auf dieser Art; so
went bright red bist knallrot geworden
didn't know hast nicht gewusst
You're right. Du hast recht.
show zeigen
some einige; manche

in einfachem und langsamem Englisch gehalten, dann aber redete sie schneller und schneller, und zuletzt verstand Cora wieder nur Bahnhof.
Sie ließen die Stadt hinter sich. Endlich! Da war auch schon das Dorf Redstairs, dort die Straßenkreuzung und nun der lange schmale Feldweg, der zu dem Hof führte, auf dem die Fellows wohnten.
Im Nu hatte Cora ihren Rucksack in dem Zimmer abgestellt, das sie sich mit Pam teilen sollte. Schon rannte sie wieder die Treppe hinunter und fetzte in irrem Tempo über den Hof. Sammy sprang begeistert neben ihr her. Pam und Matt standen schon in der Stalltür und warteten auf sie.

“Lucky! Ich bin ja so froh, dich wiederzusehen”, rief Cora und öffnete vorsichtig die Boxentür, um ihr Lieblingspony nicht zu erschrecken. Lucky knabberte am Heu und sah sie überrascht an. Seine Ohren waren nach vorne gerichtet.
“He **only** understands English, **remember**?”, grinste Matt.
Cora seufzte. Es war schon blöd, dass man sogar mit den Tieren Englisch reden musste. So hatte sie wirklich keine Chance, sich vor dem Sprechen zu drücken.
Lucky sah aus, wie sie ihn in Erinnerung hatte: braunes Fell, helle Mähne und eine schmale, weiße Blesse

---

only nur
Remember? Erinnerst du dich?

am Maul. Sie streichelte sein weiches Fell und bohrte ihre Nase in seinen Hals. Pferde dufteten wundervoll. Und Lucky hatte sowieso den köstlichsten Geruch, den man sich nur vorstellen konnte.
"Are you ready?", fragte Pam ungeduldig. "I want you to see Diva."
Cora seufzte. Sie wäre gerne noch ein bisschen bei Lucky geblieben, aber Pam zerrte sie weiter.
"**Look**, **there** she is!"
Cora blinzelte. Vor ihr stand das schönste Pony, das sie je gesehen hatte. Diva war eine Rappstute mit einer langen, seidigen Mähne und großen dunklen Augen, aus denen der Schalk blitzte. Auf der Stirn trug sie einen ebenmäßigen weißen Stern.
"Oh, Pam", stieß Cora aus. "She's the **most beautiful** pony I'**ve ever seen**."
"Yes, she is", strahlte Pam und öffnete die Boxentür. "Come in! You can **stroke** her, **if** you want."
Gemeinsam streichelten sie die Stute, die begeistert an Coras Pulloverärmel knabberte.

Look! Schau!
there da; dort
most beautiful schönste
(have) ever seen je gesehen (habe)
stroke streicheln
if wenn

"Really, I'm **a bit** ..." Cora blätterte in dem kleinen Wörterbuch, das sie immer in der Hosentasche trug. Was hieß denn wohl "neidisch?"

"Envious", fand sie dort. "I'm really envious", sagte sie dann. "But I'm happy **for** you, too", fuhr sie fort.

"Thank you!" Pam strich Cora über den Arm. "You can ride her **whenever** you want", versprach sie.

Danach besuchten sie auch Mr Watson, Matts großen braunen Cob. Auch Jack Fellows besaß einen Cob, eine weiße, bildschöne Stute, die niemand außer ihm reiten durfte. Außerdem gab es noch drei Polo-Ponys für die Reitschüler. Zuletzt schauten sie noch bei Twiggy vorbei, deren Geburt sie während der letzten Sommerferien miterlebt hatten. Sie war Mrs Fellows' Pferd. Im nächsten Jahr sollte sie eingeritten werden.

"Oh Twiggy, how you'**ve grown**!", staunte Cora, als ihr der Jährling über die Boxentür entgegenschaute.

"And she's really **cheeky**", erzählte Matt.

Es war so wundervoll im Pferdestall, dass Cora völlig die Zeit vergaß. Erst als Mrs Fellows zu ihnen hereinschaute, um sie zum Abendessen zu holen, fiel

---

a bit ein bisschen
for für
whenever wann immer
(have) grown (bist) gewachsen
cheeky frech

ihr auf, dass sie einen Bärenhunger hatte. Im selben Augenblick fing ihr Magen fürchterlich zu knurren an.
"What's for **supper**, Mum?", fragte Matt und fügte mit einem Schmunzeln hinzu: "Cora's so hungry she **could** eat a horse."
Entsetzt schaute Cora ihn an. Nein, ein Pferd würde sie nie und nimmer essen, aber so etwas würde Mrs Fellows ihnen doch nicht vorsetzen, oder? Nicht auf einem Ponyhof! Die Menüzusammenstellungen von Pams Mutter waren zwar manchmal etwas merkwürdig, aber davor würde wohl selbst sie zurückschrecken.
Mrs Fellows lachte laut. "Oh, Cora. **Don't worry.** Of course **we don't eat horses**. It's **just** what people say when they **mean** they're really hungry. I'**ve made** some pizza. And you can have chips and baked beans."
Pizza, gebackene Bohnen und Pommes, so etwas gab es nur bei den Fellows. Aber nach einem so anstrengenden Tag schmeckte einfach alles.

---

supper Abendessen
could könnte
Don't worry. Mach dir keine Sorgen.
we don't eat horses wir essen keine Pferde
just nur
mean meinen
(have) made (habe) gemacht

Ein Ausritt mit Hindernis

Am nächsten Morgen war Cora schon früh wach. Gemütlich räkelte sie sich im Bett und schaute dann zu Pam hinüber.

"Hi!" Pam grinste. "You wake up very early."

"Of course." Cora streckte sich. "**Life** is short. And holidays are **much** shorter. And holidays on a farm in England are the shortest."

Wow! Das war ein Englisch! Mrs Welters, ihre Englischlehrerin, würde in Begeisterungsschreie ausbrechen.

"If you like, we can have **riding lessons** in the morning", schlug Pam vor. "We'**ve got** a new riding teacher. He's very **strict** – he's **quite** an old man with white hair, always **polite** and **serious**. Matt and I **call** him Lord." Sie richtete sich im Bett auf. "He **never** laughs, but we learn **a lot** from him. And if I

---

life Leben
much viel
riding lessons Reitstunden
have got haben
strict streng
quite ziemlich; ganz
polite höflich
serious ernst
call nennen
never nie
a lot viel

make good **progress**, I'm going to **take part** in a tournament next autumn."
Tournament! Cora blätterte wie wild in ihrem Wörterbuch. Ah, da: Turnier.
"Wow!", sagte sie beeindruckt.
Bei dem Gedanken an den strengen Reitlehrer wurde ihr allerdings ein bisschen mulmig. Sie war keine besonders gute Reiterin, und Reitunterricht auf Englisch war mehr als eine Herausforderung. Was hieß wohl "Zügel" und was "Gewichtsverlagerung"? Und wenn er nun zu ihr sagte: "Wechsle auf die linke Hand und reite einen Zirkel, die Fersen tief!" Das konnte ganz schön kompliziert werden.
"Come on, let's get up. Do you want to have a shower? I think the bathroom's empty."

Matt saß schon beim Frühstück, als Cora in die Küche kam.
"Hi, Cora." Auch er rollte das R. "Did you sleep **well**?"
"Very well, thanks."
Cora füllte sich Cornflakes in ihr Schälchen, goss sich Milch darüber, bestreute das Ganze mit zwei Löffeln Zucker und begann zu essen. Vom Fenster aus konnte sie Mrs Fellows über den Hof gehen sehen. Sie

---

progress Fortschritt(e)
take part teilnehmen
well gut

trug einen Eimer mit Pferdefutter und winkte ihr zu. Dann kam auch Pam zum Frühstücken.
"Don't forget the riding lesson", ermahnte Pam ihren Bruder.
Matt grinste. "Of course not. I **had nightmares** about it. 'Matt, you're riding a horse, not sitting on a chair!'", ahmte er den Reitlehrer nach. "And what about your legs? And your hands? And where's your head, Matt, where is your head?"
"Oh no!" Cora fühlte sich plötzlich klein und unglücklich. "I think it'll be too hard for me."
"Don't worry", versuchte Pam sie zu beruhigen. "Lord is strict, but he's **fair** and he's **good at correcting** mistakes. And Matt's not **half** as good at riding as he thinks he is."
"**Watch it**", zischte Matt und schnippte seiner Schwester einen Cornflakeskrümel ins Gesicht.

Der Reitunterricht war tatsächlich nur halb so schlimm. Wie Pam gesagt hatte, war Lord zwar ein strenger alter Herr, dem kein Fehler entging, aber er behandelte Cora mit großer Freundlichkeit.

---

had hatte
nightmares Albträume
fair gerecht
good at correcting gut im Korrigieren
half halb
Watch it. Pass auf.

Trotzdem war es schade, bei dem schönen Wetter in der Halle reiten zu müssen, Hufschlag um Hufschlag, während draußen die Sonne schien und die Vögel zwitscherten.

"Pam, watch your hands. And Matt, please remember you're sitting on a horse, not on a chair!"

Cora grinste. Auf den Spruch hatte sie gewartet.

"And - Cora?" Der Reitlehrer rollte das R wie Matt und Pam. "Keep your **distance**. Not **too close** to Pam, please!"

Es war heiß mit der langen Reithose und den Stiefeln, und unter der Kappe sammelte sich der Schweiß. Auch die Pferde schwitzten.

Cora warf einen Blick durch die halb geöffnete Tür der Reithalle nach draußen. Die grünen Felder lagen direkt vor ihnen. Ein Ausritt wäre jetzt traumhaft.

Matt fing Coras Blick auf und nickte ihr zu. Dann rief er den Reitlehrer.

"Lord – **erm** – Mr Kingston." Sein Gesicht wurde rot wie eine reife Tomate.

Der Reitlehrer verzog keine Miene. Entweder hatte er den Versprecher nicht gehört, oder aber er war es bereits gewöhnt, dass seine Schüler ihm diesen Spitznamen gaben. Er drehte sich zu Matt um.

"Yes?"

---

distance Abstand
too close zu nah
erm ähm

"The weather's really nice today. Why don't we ride our horses outside?"
Nun war es ganz still. Cora, Pam und Matt sahen den Reitlehrer gespannt an und warteten.
"Outside?" Lord überlegte für einen Moment. "Do you think **you're all good enough riders**? It's not easy, you know. Some ponies **get rather excited** when they feel the wind in their noses."
"But we're not **beginners**, sir", versuchte Matt zu argumentieren.
"Are you **sure**?", entgegnete der Reitlehrer mit kurzem Blick auf Cora.
"Yes, sir, I've been having riding lessons **for** the last three years", entgegnete Cora schnell. Sie war sich etwas unsicher, ob der Reitlehrer nicht vielleicht doch einen ziemlich chaotischen Eindruck von ihr hatte. Jetzt lächelte er ein bisschen spöttisch.
"For three years. I see", murmelte er jedoch nur. Dann überlegte er wieder.

---

you're all good enough riders ihr könnt alle gut genug reiten
get *hier:* werden
rather etwas; ziemlich
excited aufgeregt
beginners Anfänger
sure sicher
for *hier:* seit

"**All right**", sagte er schließlich. "Pam, go and **saddle** my horse."
"Yes, sir!", rief Pam begeistert.
"Thank you, sir!", rief Cora.
"That's great, sir, thanks", strahlte auch Matt.
Während Pam den Cob des Reitlehrers sattelte, drehten Matt und Cora noch ein paar Runden im leichten Trab durch die Reithalle. Keine zehn Minuten später saßen sie alle wieder im Sattel und trabten einen Feldweg entlang. Die Ponys schnaubten zufrieden.
"Keep your distance!", ermahnte sie der Reitlehrer.
Ein sanfter Wind wehte. Die Ponys warfen die Köpfe und schüttelten aufgeregt ihre Mähnen.
"Mr Kingston, **may** we **gallop**?", fragte Pam.
"All right", rief der Reitlehrer. "**Start at the bottom of** the hill."
Am Fuße des Berges trieb Pam ihr Pony an und es fiel in einen schnellen Galopp. Die anderen jagten hinterher.
Da, was war das? Doch nicht etwa ein Graben! Cora sah Pam direkt draufzugaloppieren. Ohne zu zögern

---

All right. In Ordnung.
saddle sattle
may dürfen
gallop galoppieren
start fangt an
at the bottom of am Fuße des, unten am

sprang Diva darüber. Auch Matts Pferd Mr Watson hatte keine Probleme mit dem Hindernis.
Cora lenkte Lucky direkt auf den Graben zu und gab die Zügel vor, wie sie es im Reitunterricht gelernt hatte. Sie presste die Schenkel fest an seine Seiten, um ihn anzutreiben. Zu ihrer großen Erleichterung schaffte auch Lucky den Graben ohne Schwierigkeiten. Auf der anderen Seite nahm Cora ihr Pony zurück und klopfte ihm dankbar den Hals.
Plötzlich hörte sie hinter sich einen lauten Schrei. Cora, Matt und Pam parierten durch und drehten sich um. Dann glaubten sie ihren Augen nicht zu trauen.

Lord, dieser seriöse, höfliche Reitlehrer lag mitten im Wassergraben. Sein Pferd Limerick stand direkt neben ihm und schaute ein wenig mitleidig auf seinen Reiter hinunter. Dann wandte er sich dem Grasbüschel an der Seite des Wassergrabens zu und graste genüsslich.
"Mr Kingston!", rief Pam besorgt. "Are you okay? Did you hurt **yourself**?"
Mühsam rappelte der Reitlehrer sich auf und schaute an sich herunter.
"No, I'm fine", sagte er dann genauso streng, als wenn er Matts Reitstil verbessern wollte. Er ordnete die Zügel seines Pferdes und saß wieder auf.

---

yourself sich

Doch er konnte nicht einfach so tun, als wäre alles wie vorher. Er sah einfach urkomisch aus. Seine Kleidung war nass und schmutzig, seine Hände schwarz und mitten auf der Nasenspitze hatte er einen kleinen schwarzen Schmutzspritzer.
Natürlich wollte Cora nicht lachen. Dazu hatte sie viel zu viel Respekt vor diesem strengen Mann. Aber gerade weil sie auf keinen Fall lachen wollte, konnte sie ein Kichern nicht unterdrücken.
Erschrocken biss sie sich auf die Lippen und schaute auf ihre Stiefelspitzen. Jetzt hörte sie noch jemanden kichern. Ganz leise. Als sie kurz aufblickte, sah sie, wie Matt mühsam versuchte, nicht laut loszuprusten.
Mr Kingston schien das zu bemerken, und er warf Matt einen vernichtenden Blick zu. Matt biss sich auf die Lippen und Tränen traten ihm in die Augen.
Nun war es endgültig um Coras Fassung geschehen. Sie lachte laut los, und dann prustete auch Matt mit. Und schließlich stimmte Pam so laut mit ein, dass die Ponys erschrocken zusammenzuckten.
"**Sorry**, sir", japste sie. "But you look so **funny**."
Wieder lachten alle, und die Tränen liefen ihnen übers Gesicht.
Der Reitlehrer sah ein wenig beleidigt aus. Dann schaute er an sich herunter. Um seine Mundwinkel

---

Sorry. Entschuldigung.
funny lustig

zuckte es. Und plötzlich platzte auch er los und lachte aus vollem Halse.
"I **suppose** it is funny", dröhnte er. "I'm your teacher but it **seems** I'm a **worse** rider than any of you!"
Es war das erste Mal, dass Matt und Pam ihren Reitlehrer so sehr lachen sahen, und er erschien ihnen plötzlich gar nicht mehr unnahbar.

Am Abend saßen alle noch gemütlich beisammen, aßen Steaks mit gegrillten Maiskolben und Brot und erzählten. Mr Kingston war durch den Sturz in den Wassergraben viel umgänglicher geworden. Er geriet richtig ins Schwärmen, als er ein paar Geschichten aus seiner Jugend zum Besten gab.
"When I **was** your **age**, I went on a **trekking tour** with some friends for two weeks. We **rode all day**, but very slowly, so it **wouldn't** be **too much** for our horses. In the evenings we cooked outside, and

---

suppose nehme an
seems scheint
worse schlechter; schlimmer
was war
age Alter
trekking tour Trekkingtour
rode sind geritten
all day den ganzen Tag
wouldn't würde nicht
too much zu viel

then we **slept** in a tent. It was quite wonderful and we **felt** very **adventurous**."

Auch Pams Eltern wussten einige Geschichten von mehrtägigen Ausritten zu erzählen. Sogar ihre Hochzeitsreise hatten sie zu Pferd gemacht – sie waren quer durch Irland geritten.

Später am Abend saß Matt noch mit den Mädchen in deren Zimmer. Cora packte ihren Rucksack aus. Sie hatte am Abend zuvor nur ihren Schlafanzug und den Kulturbeutel herausgeholt und heute war sie den ganzen Tag in Pams alten Reitklamotten herumgelaufen. Pam schaute ihr dabei zu.

"Can you **imagine** Mr Kingston **as** a boy? **I wonder what he was like** then."

"**Well**", warf Matt ein, "he **probably** wasn't as **stiff** as he is **now**. Just imagine: going on a trekking tour for two weeks and sleeping in a tent ..."

---

then dann
slept haben geschlafen
felt haben uns gefühlt
adventurous abenteuerlich
imagine euch vorstellen
as *hier:* als
I wonder (ich) frage mich
what he was like wie er war
well *hier:* also; nun
probably wahrscheinlich
stiff steif
now jetzt

"Hey, isn't that something we could do **as well**?", unterbrach Pam ihn aufgeregt. "**Not** for two weeks, but for **a couple of days** – wouldn't that be fun?"
"But will your parents **allow** us to?", warf Cora ein.
"Why **shouldn't** they? Matt and I are quite **experienced** riders and we know this **part** of the **country** **inside out**. We can ride to old Mr Hatson's farm on the first day. He's rather **lonely** and he'll be happy to see us. The next day we can ride to Aunt Rosemary's house **near** the beach."
"Oh, that would be so much fun – and great holidays for Cora", fand auch Matt.
Die Idee war geboren. Noch lange schmiedeten die drei Pläne, wie der Ausritt zu organisieren wäre. Als sie gegen Mitternacht zu Bett gingen, schwirrte Cora der Kopf. Das versprachen wirklich aufregende Ferien zu werden. Aber würden Mr und Mrs Fellows es ihnen überhaupt erlauben?

---

as well auch
not nicht
a couple of days ein paar Tage
allow erlauben
shouldn't sollten nicht
experienced erfahren
part Teil
country Land
inside out in- und auswendig
lonely einsam
near nahe

Das Abenteuer beginnt

"Oh, no!", rief Mrs Fellows, als die drei ihr am nächsten Morgen von ihrer Idee erzählten. "That's too dangerous! The three of you **all alone** and **camping in the woods**? **I won't have it!**"

"But Mum – the first night we'll be at Mr Hatson's farm and the **second** night we'll be at Aunt Rosemary's. That's not in the woods! Please, Mum!" Pam sah ihre Mutter flehend an.

Mrs Fellows runzelte die Stirn. "I hate to **admit** it, but I suppose you're right. **Still**, I don't like this idea. I know you and Matt. The two of you are quite wild riders. You like to gallop and jump whenever you get the **chance**."

"Oh, Mum", erwiderte Matt. "You can't go on a riding tour and gallop the **whole** time. You should always go slowly. **Otherwise** the ponies get tired very quickly."

---

all alone ganz alleine
camping zeltend
in the woods im Wald
I won't have it! Das erlaube ich nicht!
second zweite
admit zugeben
still immerhin; immer noch
chance Gelegenheit
whole ganz(e)
otherwise ansonsten

"Yes, that's **true**", pflichtete Cora ihm bei. "We'd go slowly. And we **promise** to be **careful**. Please, Mrs Fellows, let us do it. It'd be **such** a great **adventure**."

Mrs Fellows seufzte. Cora sagte das immer so freundlich, dass man ihr unmöglich etwas abschlagen konnte.

"Okay", stimmte sie schließlich zu. "But I'll **have to** talk to Cora's parents first. If they agree, you can go. And Matt, you'll have to take your mobile with you and **send** me a **text message every** two hours **during** the day, so I know that you're all still okay."

Matt und Pam lachten. Ihre Mutter hatte wirklich merkwürdige Ideen.

Immerhin, wenn sie solche Ideen hatte, brauchte man nur noch ein bisschen Überredungskunst, dann hatte man sie auf seiner Seite. Cora war sich nicht so sicher, ob ihre Eltern zustimmen würden. Aber wenn Mrs Fellows ihren Ausflug im Grunde befür-

---

true wahr
promise versprechen
careful vorsichtig
such solch
adventure Abenteuer
have to müssen
send schicken
text message SMS
every jede(r); alle
during während

wortete, würden sie wahrscheinlich auch nichts dagegen haben.

Und so kam es, dass sich Pam, Matt und Cora zwei Tage später nach dem Frühstück mit vollgepackten Satteltaschen, Zelt, Kocher, Handy, Wäsche zum Wechseln und Schlafsäcken auf den Weg machten. Als ahnten sie, dass ihnen etwas Besonderes bevorstand, scharrten die Ponys unruhig mit den Hufen. Dann endlich, nach einem innigen Abschied von Mr und Mrs Fellows, setzte sich die kleine Karawane in Bewegung. Matt bildete mit Mr Watson die Spitze, dann kam Cora auf Lucky und schließlich Pam auf Diva.

Sie ritten durch das sanfte Hügelland. Dabei sprachen sie kaum. Sie genossen den lauen Sommerwind. Irgendwann überquerten sie einen Bach und ließen die Ponys trinken. Etwa drei Stunden nach ihrem Aufbruch legten sie an einem kleinen See eine Picknickpause ein. Es gab Brot mit kaltem Braten und für jeden einen Apfel. Dann ging es weiter.

Gegen Abend erreichten sie ihr erstes Ziel. Beim Schnauben der Ponys trat Mr Hatson aus seinem Haus, stellte sich mitten auf die Straße und winkte ihnen lachend zu. Seit seine Frau gestorben war, lebte er ganz allein auf dem Hof. Er freute sich deshalb über jeden Besuch und hatte den Plänen der drei freudig zugestimmt, als sie ihn vor zwei Tagen angerufen hatten.

"**Welcome**, ladies and gentleman, welcome, ponies!", rief der alte Mann mit krächzender Stimme.
Mit steifen Gliedern schwangen sich Matt, Pam und Cora aus den Sätteln. Matt klopfte dem alten Mann zur Begrüßung auf die Schulter. "How are you, Mr Hatson?"
"Thank you, thank you, Matt; I'm okay. But my old bones don't **move** as quickly as I'd like."
"I **get the impression** that you get **younger** every year, sir", sagte Pam und rieb sich den schmerzenden Hintern.
Der alte Hatson lachte. "**I'm not complaining**, Pamela. I'm ninety-three. And you must be Pam's friend from Germany", wandte er sich an Cora. "Welcome to you too."
Mit unglaublicher Geschwindigkeit half er ihnen beim Versorgen der Ponys. Er hatte ein Stück seiner Wiese mit einem weißen Elektrozaun abgetrennt und große Eimer Wasser bereitgestellt. Dahin brachten sie die Ponys. Durstig tranken sie das Wasser und ließen sich dann das saftige Gras schmecken.
Matt, Pam und Cora schlugen ihr Zelt auf und rollten ihre Schlafsäcke auf dem Boden aus. Dann setzten

---

welcome willkommen
move bewegen sich
get the impression habe den Eindruck
younger jünger
I'm not complaining. Ich kann nicht klagen.

sie sich zu dem alten Mann an den Grill, aßen Würstchen und Kartoffeln, die sie in Folie verpackt in der Asche rösteten, und tranken Apfelsaft.
Mr Hatson war froh über ihren Besuch. Er erzählte und erzählte und bemerkte dabei nicht, dass seine Gäste immer müder wurden.
"When I was young, I went on some wonderful trekking tours. And at night I just slept on the grass **beside** my horse", erzählte er. Cora gelang es nur mit größter Mühe, die Augen offenzuhalten. Gleich schlafe ich ein, dachte sie.
Plötzlich brach der alte Hatson ab und starrte in die Ferne. Mit einem Ruck war Cora wieder wach.
"Mr Hatson?", fragte sie. "Are you okay?"
Nun schauten auch Matt und Pam zu ihrem Gastgeber hinüber.
"**Anything wrong?**", fragte Pam beunruhigt.
Hatson kniff die Augen zusammen. "Look! He's **over there**!", raunte er ihnen zu und zeigte in die Ferne. Seine Stimme klang heiser.
Cora lief ein Schauer über den Rücken.
"Who?", fragte sie und räusperte sich.
Auch Matt und Pam blickten nun in die Richtung, in die der Alte deutete.
"Who's there, Mr Hatson?", fragte jetzt auch Matt.

---

beside neben
Anything wrong? Ist irgendetwas los?
over there da drüben

Der alte Mann stand auf. Seine Augen waren vor Entsetzen weit aufgerissen. "I can feel him", krächzte er.

Matt stellte sich neben ihn und legte ihm beruhigend eine Hand auf die Schulter.

"There's **nobody** there, Mr Hatson", sagte er mit fester Stimme. "Please **calm down**."

Der alte Hatson drehte sich nun zu Matt um und sah ihn prüfend an. "Can't you see him?", fragte er aufgeregt.

"No", entgegnete Matt. "As I **said**, there's nobody there. I'd **swear** to it."

Cora zitterte am ganzen Körper. Warum hatte ihr niemand gesagt, dass sie es bei Mr Hatson mit einem Irren zu tun hatten?

Im selben Augenblick drehte sich der Alte um, ergriff die Mistgabel und hob sie drohend in die Luft.

"I **advise** you not to come any closer!", rief er mit sich überschlagender Stimme.

Pam rückte dichter an Cora heran und schob ihre kalte Hand in die ihrer Freundin. Nur Matt blieb ganz ruhig.

---

nobody niemand; keine(r)
calm down beruhigen Sie sich
said gesagt habe
swear schwören
advise rate

"Please, Mr Hatson", wiederholte er. "There's nobody there. It's just the **shadow** of a tree, that's all."
"The shadow of a tree", wiederholte der alte Hatson langsam und es schien, als käme er von irgendwo weither zu ihnen zurück. "I'm so sorry. **I didn't mean** to **scare** you. The **loneliness gets to me** sometimes. **I'm afraid** I'll **go crazy** one day. Do you think I'm crazy **already**?"
"Of course not", sagte Pam schnell, aber besonders überzeugt klang es nicht.
Noch einmal schaute der alte Hatson in die Ferne. "Well", sagte er dann. "**It's getting** late. I'm tired and so are you. **We'd better** go to bed."

"Good idea", nickte Matt. "Tomorrow we must be fit enough for a long **ride**."
Eilig wünschten sie dem alten Mann eine gute Nacht, dann krabbelten sie in ihr Zelt. Matt schloss den Reißverschluss mit einem Ruck.

---

shadow Schatten
I didn't mean ich wollte nicht
scare erschrecken
loneliness Einsamkeit
gets to me setzt mir zu
I'm afraid ich fürchte
go crazy werde verrückt
already schon
it's getting es wird
we'd better wir sollten besser
ride Ritt

Aufatmend ließen sie sich auf ihre Schlafsäcke fallen.
"Poor Mr Hatson", murmelte Matt. "He must be very lonely if he's started seeing ghosts."
"I was so afraid when he started speaking to an **invisible** person", flüsterte Cora.
"Calm down", tröstete sie Pam. "It's just for tonight. We'll get up very early tomorrow morning."
"Good night, girls", sagte Matt von der anderen Seite des Zeltes. "And don't worry. Mr Hatson isn't dangerous, he's just lonely. He won't hurt us."
Dann kuschelten sie sich in ihre Schlafsäcke und waren im Nu eingeschlafen.

Mitten in der Nacht wachte Cora auf. Sie hatte irgendetwas Wirres geträumt, von einem finster blickenden Mann, der mit einer Mistgabel bewaffnet um ihr Zelt schlich. Nach den Ereignissen des Abends war das ja auch nicht weiter verwunderlich. Draußen war es stockfinster, die Luft hatte sich deutlich abgekühlt. Auf ihren Armen bildete sich eine Gänsehaut. Cora schlang die Arme um sich. Sie lauschte. Wieherte da nicht ein Pferd? Stille. Wahrscheinlich hatte sie sich getäuscht.
Cora kroch noch tiefer in ihren Schlafsack und zog den Reißverschluss höher. Dann schlief sie wieder ein.

---

invisible unsichtbar

Pam und Matt schliefen noch fest, als Cora am nächsten Morgen aufwachte. Müde streckte sie sich. Ihre Arme und Beine waren von der Anstrengung des gestrigen Tages bleischwer. So ähnlich muss sich jemand fühlen, der seinen ersten Marathonlauf hinter sich gebracht hat, dachte sie. Dann stand sie leise auf, zog ihre Reithose, die Stiefel und ihre Jacke an, kramte noch drei Äpfel aus ihrem Rucksack und schlüpfte aus dem Zelt.

Es war nebelig, wie oft morgens in England. Cora freute sich auf die Ponys. Sie machte sich auf den Weg zur Wiese hinter Mr Hatsons Haus. Doch kaum war sie um die Ecke gebogen, blieb sie wie angewurzelt stehen. Täuschte sie sich, oder standen dort auf der Wiese tatsächlich nur zwei Ponys?

Cora trat ein paar Schritte zur Seite, um eine andere Perspektive zu haben. Vielleicht wurde eins der Ponys ja von einem anderen verdeckt. Das konnte schon mal passieren, und dann bekam man immer erst einmal einen großen Schrecken.

Aber auch jetzt blieben es zwei Ponys, die dort auf der Wiese standen. Diva, Pams wunderschöne Hackneystute, war verschwunden.

Cora zwang sich zur Ruhe. Wie alles würde es auch dafür eine Erklärung geben. Vielleicht hatte Mr Hatson Diva in den Stall gebracht. Vielleicht war er auch mit ihr ausgeritten. Aber war er dafür nicht ein bisschen alt?

Mit klopfendem Herzen kehrte Cora zum Zelt zurück.
"Pam?", sagte sie leise und bemühte sich um eine ruhige Stimme.
Pam schlug die Augen auf und betrachtete Cora verschlafen. Auch Matt war inzwischen aufgewacht und rieb sich mit beiden Händen das Gesicht.
"Pam, I went to see the ponies. And Diva ...", begann Cora vorsichtig.
Mit einem Satz war Pam auf den Beinen. "What'**s happened** to her?"
"I don't know. She's not in the field. But **perhaps** the old man went for a ride on her."
"On my pony? For a ride? Are you crazy?"
In null Komma nix war Pam angezogen. Auch Matt sprang in seine Klamotten. Sie rannten gemeinsam aus dem Zelt auf die Wiese.
Es war so, wie Cora es angekündigt hatte: Lucky und Mr Watson standen nebeneinander und grasten. Doch von Diva fehlte jede Spur.

(has) happened (ist) passiert
perhaps vielleicht

Pferdediebe

Pam geriet in Panik. Aufgeregt rannte sie zu Mr Hatsons Haus und klingelte Sturm. Matt und Cora liefen hinter ihr her.
Mr Hatson öffnete und lächelte.
"You're already **up**? So early in the morning? Well, your tea is ready."
"Mr Hatson", schrie Pam und ihre Stimme überschlug sich. "Diva's **gone**. Do you know where she is?"
"She's gone? But that's **impossible**, impossible", murmelte Mr Hatson.

"You don't know where she is?", stammelte Pam entsetzt.
"No, of course not", antwortete der Alte und bekam dabei wieder diesen Gesichtsausdruck, den Pam, Cora und Matt am Abend zuvor bei ihm erlebt hatten. Sein Blick richtete sich in die Ferne, als fixierte er einen bestimmten Punkt. "He was here", murmelte er. "I was right. It wasn't just my **imagination**."
Pam konnte sich kaum noch beherrschen. "Who?" Sie rüttelte ihren Gastgeber am Arm. "Who was here, Mr Hatson?"

---

up *hier:* aufgestanden
gone weg; gegangen
impossible unmöglich
imagination Fantasie

"The **thief**", murmelte der alte Mann.
Pam war mit den Nerven am Ende. Erst verschwand ihr über alles geliebtes Pony, dann verlor Mr Hatson offensichtlich den Verstand. Sie wandte sich ab und rannte zurück zur Wiese. Fassungslos starrte sie auf die beiden Pferde, die dort ruhig grasten. Was war nur geschehen? Wo war Diva?
Mr Hatson, Matt und Cora waren Pam gefolgt und standen nun hinter ihr am Zaun. Wie in Trance drehte sich Pam zu ihnen um.
"Where is she?", fragte sie mit tonloser Stimme. "Where's Diva? Where's my pony?"
"It was the thief", sagte Mr Hatson bestimmt. "My **own** pony **was stolen** last month. Cheeky, a wonderful brown Dartmoor pony. I never got him **back**." Der alte Mann kämpfte sichtlich mit den Tränen. "I loved him so much."
"Oh, I'm so sorry." Pam stand die Trauer und Verzweiflung ins Gesicht geschrieben. Dann gab sie sich einen Ruck. "Mr Hatson, do you think the thief **came back** to steal Diva?"

---

thief Dieb
own eigene(s)
was stolen ist gestohlen worden
back zurück
came back ist zurückgekommen

“**Definitely**”, bestätigte Mr Hatson. Auch er hatte sich wieder ein bisschen gefangen. “A lot of horses have been stolen in the **neighbourhood lately**. The **police** are **involved**, but they’**ve found neither** the horses **nor** the **thieves**.”
“Oh, no!” Schluchzend barg Pam ihren Kopf an Coras Schulter.
“Pam”, versuchte Cora sie zu trösten. “**Let’s have a look around.** I can’t believe that a thief would steal just one horse and **leave** the **other** two in the field.”
Das schien Pam einzuleuchten. So gingen sie alle zusammen noch einmal um die Wiese herum. Doch sie hatten sich nicht getäuscht; nur Lucky und Mr Watson standen noch da.
“Let’s have a look in the **stables**”, flüsterte Cora Pam zu. “You see, Mr Hatson misses his own pony a

---

definitely ganz bestimmt
neighbourhood Nachbarschaft; Gegend
lately in letzter Zeit
police Polizei
involved *hier:* eingeschaltet
(have) found (haben) gefunden
neither ... nor weder ... noch
thieves Diebe
Let’s have a look around. Lasst uns umsehen.
leave lassen
other andere
stables Ställe

lot and he's not always quite **himself**. Perhaps he's stolen Diva **so as** not to be alone any longer?"
Wieder keimte ein kleiner Hoffnungsschimmer in Pam auf. Sie gingen zu den Ställen hinüber, doch schon bei flüchtigem Betrachten der Gebäude war zu erkennen, dass hier schon lange kein Pferd mehr gestanden hatte.
Mutlos kehrten sie zur Wiese zurück. Pam weinte jetzt leise vor sich hin, und auch Cora und Matt war zum Heulen zumute. Matt zog sein Handy aus der Tasche und rief seine Eltern an.
"We've got a problem", machte er es kurz. "Diva's gone. We think she was stolen."
"You should **call** the police", riet ihm Mr Hatson. "They must **find** the thief. He should go to **prison** for the rest of his life."
Cora umrundete noch einmal die Weide, während sie auf die Fellows warteten. Dieses Mal untersuchte sie den Zaun auf irgendwelche Auffälligkeiten. Vielleicht war Diva ja doch nicht gestohlen worden, sondern einfach nur ausgerissen und graste jetzt friedlich auf irgendeiner anderen Wiese. Doch der Elektrozaun war an keiner Stelle durchbrochen. Es musste jemand

---

himself sich (selbst)
so as um
call *hier:* (an)rufen
find finden
prison Gefängnis

das Gatter geöffnet, ein Pferd herausgeführt und anschließend das Gatter wieder verschlossen haben.
An der Straße wurde auch ihr letzter Hoffnungsschimmer zunichtegemacht. Dort, wo der alte Hatson am Abend die Gestalt gesehen hatte, lag eine Zigarettenkippe auf dem Boden. Und etwas weiter an der Straße waren frische Reifenspuren zu sehen. Von einem Auto mit einem Anhänger.

Eine Stunde später trafen Jack und Kate Fellows in Begleitung zweier Polizisten auf dem Hof ein. Pam rannte ihren Eltern entgegen und warf sich ihrer Mutter schluchzend in die Arme. Nun musste auch Cora weinen und selbst um Matts Mundwinkel zuckte es.

"Well, good morning **everyone**", sagte einer der Polizisten und räusperte sich. "You **reported** that a horse was stolen last night, is that right?"
Der alte Hatson deutete auf die Stühle in seinem Garten. "Please **have a seat**", sagte er. "Can I **offer** you some tea, or a glass of water?"
"Thank you, sir! Tea would be a good idea", entgegnete der Polizist.

---

everyone alle
reported haben gemeldet
Have a seat. Nehmen Sie Platz.
offer anbieten

Während die Polizisten anfingen, Matt und Pam zu den Ereignissen der vergangenen Nacht zu befragen, half Cora Mr Hatson dabei, den Tee zu servieren. Dann setzten sich beide zu den anderen.
Pam hatte sich inzwischen wieder etwas beruhigt. Sie hatte aufgehört zu weinen und saß mit kreidebleichem Gesicht neben ihrer Mutter, die ihren Arm um sie gelegt hatte und ihr hin und wieder tröstend über die blonden Haare strich.
Cora erzählte nun, wie sie in der Nacht ein Pferd wiehern gehört hatte. "I don't know what time it was", sagte sie. "But it was very dark outside."
"Did you hear any other **noises**?", wollte der Polizist wissen.
Cora schüttelte den Kopf. "No, nothing." Sie fasste sich an die Stirn. "Why didn't I get up to have a look? Perhaps I **could have** stopped them."
"**Don't be upset**, Cora", versuchte Matt sie zu beruhigen. "No one could have known what would happen."
Cora schluckte und nickte. Nun richtete sich aller Aufmerksamkeit auf Mr Hatson. Er erzählte von seiner merkwürdigen Vision am Abend.

---

noises Geräusche
could have ... hätte ... können
Don't be upset. Reg dich nicht auf.

"I **heard** a noise. And after that I **saw** a shadow. But the kids **assured** me it was just the shadow of the tree." Er schaute betrübt vor sich hin. "Last month my horse Cheeky was stolen", fuhr Mr Hatson fort. "I never got him back."

"Mr Hatson **told** us that **several** horses have been stolen around here. Is that right?", erkundigte sich Matt.

"Yes, I'm afraid so", gab der Polizist zu. "**Unfortunately** we haven't **caught** the thieves yet. We're sure that it's **either** a **group** of **men** or **at least** two of them **working together**. One steals the horses and ponies, the other one sells them on **local markets** or through **newspaper ads**."

"But why did they take Diva? Why did they take her but not Mr Watson or Lucky?"

---

heard habe gehört
saw habe gesehen
assured haben versichert
told hat erzählt
several mehrere
unfortunately leider
(have) caught (haben) gefangen
either entweder
group Gruppe
men Männer
at least wenigstens
working together (die) zusammenarbeiten
local markets Märkte in der Umgebung
newspaper ads Zeitungsanzeigen

"They know a lot about horses", sagte der Polizist. "As you told us, Diva was quite expensive. We don't think their **vehicle** can transport **more than** two horses **at a time**. Perhaps they wanted to take one of the others too and were **disturbed**."

Dann untersuchten die Polizisten die Stelle, wo der Wagen gestanden hatte, und telefonierten kurz mit ihrer Dienststelle. Schließlich verabschiedeten sie sich.

Nun kam der Moment, vor dem sich alle ein bisschen gefürchtet hatten. Sie mussten nach Hause. Mr und Mrs Fellows luden Mr Watson und Lucky in den Hänger. Matt und Cora bauten das Zelt ab und rollten die Schlafsäcke zusammen. Pam saß in der Zwischenzeit auf dem Rücksitz des Van und starrte blicklos vor sich hin.

"Poor Pam", sagte Cora leise zu Matt. "How **awful** for her."

Matt presste die Lippen zusammen. "I'll find her. I won't **give up until** I get Diva back."

Cora nickte. "And I'm going to help you."

---

vehicle Fahrzeug
more than mehr als
at a time auf einmal
disturbed gestört
awful schrecklich
give up aufgeben
until bis

Überraschung auf dem Pferdemarkt

Fünf lange Tage vergingen, ohne dass etwas Wesentliches passierte. Pam hatte jegliches Interesse an ihrer Umwelt verloren. Schweigend saß sie auf dem Sofa, schaute nicht fern, las nicht, aß kaum etwas und sprach nur das Nötigste. Aber was das Schlimmste war: Sie ging auch nicht zu den Pferden hinüber. Sie saß einfach nur da und starrte vor sich hin.
Ihr Vater hatte ihr angeboten, sein Pferd zu reiten, aber Pam hatte nur stumm den Kopf geschüttelt.

Cora saß oft bei ihr und versuchte, sie aufzumuntern oder sie wenigstens in ein Gespräch zu verwickeln, aber Pam antwortete nur einsilbig und sah so aus, als würde sie jeden Moment anfangen zu weinen.
So schloss sich Cora ein bisschen mehr Matt an, der täglich die Pferde versorgte. Sie half ihm bei der Arbeit und nahm zusammen mit ihm Reitstunden bei Lord. Aber richtig Spaß machte es ihnen beiden nicht.
Viel Zeit verbrachten sie auch damit, die Pferdeanzeigen in der lokalen Presse durchzustöbern, immer in der Hoffnung, zufällig auf Diva zu stoßen. Aber eine schwarze Hackneystute mit weißem Stern wurde nirgends angeboten.
Als sie eine Woche nach Divas Verschwinden alle zusammen beim Abendessen saßen und Pam wieder

einmal lustlos auf ihrem Teller herumstocherte, hatte ihr Vater ein Einsehen.

"Okay, **darling**!", sagte er. "I know that you miss Diva a lot and I'd love to have her back as well. But we haven't heard anything from the police yet and we **have to accept** that **we may never** see her again. It breaks my heart to see you in this **mood**. **You have to cheer up** a bit. Why don't we drive to the horse market in Wildcliff tomorrow and buy you a new horse? I have no idea how we're going to **afford** it, but your mother and I have talked about it and we think it's the best thing to do. Perhaps we'll find you a cob, or maybe **even** a hackney pony as **pretty** as Diva was."

"There's no pony as pretty as Diva", sagte Pam.

"But we'll go to the horse market and we'll have a look at the horses and ponies there, okay?"

Pam wusste, dass jeder Widerstand zwecklos war, wenn ihr Vater sich einmal etwas in den Kopf gesetzt hatte. Sie nickte traurig.

---

darling Liebling
have to accept müssen akzeptieren
we may never wir werden vielleicht nie
mood Stimmung
you have to cheer up du musst auf andere Gedanken kommen
afford leisten
even sogar
pretty hübsch

Cora und Matt freuten sich. Ein Pferdemarkt war eine willkommene Abwechslung. Und wer wusste schon, was dort passieren könnte. Hatte der Polizist nicht gesagt, dass die Diebe ihre Beute auch auf Pferdemärkten anboten? Vielleicht war das ja ihre Chance, Diva wiederzufinden.

Am nächsten Tag brachen sie in aller Frühe auf. Mr Fellows koppelte seinen Pferdeanhänger an den Van.
"Who knows – perhaps we'll find the horse of our **dreams**", sagte er schmunzelnd.
Sie fuhren etwa eine halbe Stunde, bis sie in Wildcliff ankamen. Der Ort selbst war winzig, aber der Pferdemarkt, der auf einer Wiese außerhalb des Dorfes stattfand, war riesig und selbst zu dieser frühen Stunde gut besucht.
Pam ging mit ihrem Vater von einem Stand zum nächsten, Matt und Cora folgten in einigem Abstand.
"We're looking for a hackney", begann Pam immer sofort, bevor ihr Vater etwas sagen konnte.
"I have a nice brown **mare**", erwiderte ein freundlich aussehender Verkäufer und zeigte auf ein langbeiniges braunes Pony.
"Do you have a black one too?", wollte Pam wissen.
"No, I'm sorry."

---

dreams Träume
mare Stute

So ging das nun schon seit einer Stunde. Pam bestand auf einer schwarzen Hackneystute mit weißem Stern auf der Stirn. Sie wollte schon weiterlaufen, aber ihr Vater hielt sie fest.

“Stop, Pam. Please take a look at this pony. It's not black, but it looks intelligent and friendly.”

Cora sah sich das Pony an und gab Pams Vater stillschweigend recht.

“You're right, **mister**”, mischte sich nun der Pferdehändler ein. “**Duty** is one of my prettiest ponies. We **breed** hackneys on our farm, you know. She's the most **promising** one we've had for the **past** three years.”

“This is very interesting”, strahlte Mr Fellows und schob Pam zu dem Mann hinüber. “My daughter loves hackneys above all others. Her pony was stolen last week and she's very sad about it.”

“Oh, I'm sorry to hear that. Come on”, nickte der Pferdehändler Pam zu. “Have a ride on Duty. You'll love her as much as you loved the other one.”

Das hätte er besser nicht sagen sollen, denn nun verzog Pam wieder das Gesicht, als wollte sie anfangen zu weinen.

---

mister Herr *(Anrede, auch ohne Name gebräuchlich)*
duty Pflicht *(hier als Name)*
breed züchten
promising vielversprechend
past vergangen

"Oh please, Pam, just **try her out**", versuchte Cora sie zu überreden. "I'm sure you'll feel better **afterwards**."
Pam schluckte. Dann nickte sie. Der Pferdehändler half ihr, den Sattel aufzulegen, und stellte die Bügel auf die richtige Länge. Gemeinsam gingen sie zum provisorischen Abreitplatz hinüber, der am Rand des Marktes angelegt war. Pam stieg auf. Kaum saß sie auf dem Ponyrücken, umspielte ein leichtes Lächeln ihre Mundwinkel.
Langsam ritt sie im Schritt in der Runde.
Cora wurde es langweilig.
"I'll walk around a bit and have a look for a horse for **myself**", sagte sie lachend zu Matt. "Perhaps your father will buy one for me too."
"I'm sure he will", grinste Matt.
Staunend schlenderte Cora über den Pferdemarkt. Wunderschöne Pferde und Ponys gab es hier zu sehen. Isländer in allen Farben, kleine Shetties neben riesenhaften Shirehorses, kräftige Norweger, elegante Dartmoor-Ponys und in einer Ecke standen sogar zwei große, zottelige graue Esel.
Cora war begeistert. Esel – die liebte sie fast noch mehr als Ponys. Eilig ging sie zu ihnen hinüber, um sie zu streicheln. Und dann, ganz zufällig, fiel ihr

---

try her out probiere sie aus
afterwards danach
myself mich selbst

Blick auf einen Hänger mit einem Pony. Einem schwarzen Pony. Mit einem weißen Stern auf der Stirn.

“Diva?”, fragte Cora leise.

Das Pony starrte vor sich hin und nahm keine Notiz von dem Mädchen.

“Diva”, fragte Cora noch einmal und trat näher an den Hänger heran.

“What are you doing here?”, herrschte sie plötzlich jemand an.

Cora zuckte zusammen. Vor ihr stand ein hagerer junger Mann, der nicht besonders sympathisch aussah.

“Nothing”, erwiderte Cora. “I just wanted to stroke the horse.”

“I don’t like that!”, schnauzte der Typ weiter. “Horses aren’t **pets** for **little** girls.”

Aber Cora ließ sich nicht so einfach abwimmeln.

“Why is the pony in the **trailer**? Did you just buy it?”, fragte sie.

“I don’t know why you should be **interested** in my **affairs**”, fauchte der Typ weiter.

pets Haustiere
little klein
trailer Anhänger
interested interessiert
affairs Angelegenheiten

Cora stand wie erstarrt. Irgendetwas war hier faul – oberfaul sogar. Sie war nett, sie streichelte ein Pferd, sie begann ein freundliches Gespräch, aber dieser Typ versuchte sie mit seinem Von-der-Seite-Beißen wegzuekeln. Ein richtiger Dobermann!
Cora lächelte. "Thank you. It was a **pleasure** speaking to you!", sagte sie und wandte sich zum Gehen.
Der Typ raunzte etwas, das Cora nicht verstand. Aber es war ja auch egal, was er zu sagen hatte. Hauptsache, Pam und Mr Fellows waren so schnell wie möglich zur Stelle, um sich das Pony anzusehen.
In aller Eile versuchte Cora, zu den anderen zurückzufinden. Sie war dabei so in Gedanken, dass sie fast mit einem älteren Mann zusammengestoßen wäre, der es seinerseits besonders eilig hatte.
"Sorry", sagte Cora erschrocken.
Doch der Mann gab nur ein unfreundliches Grunzen von sich, schob sie zur Seite und hastete weiter, ohne sich weiter um sie zu kümmern. Kein Zweifel, er war auf dem Weg zu dem Dobermann. Vielleicht waren die beiden Kumpel und wickelten gemeinsame Geschäfte ab. Und vielleicht war ihm aufgefallen, dass Cora das Pony bekannt vorgekommen war.
Umso wichtiger, die anderen zu suchen! Cora ging schneller. Doch der Pferdemarkt war gut besucht und überall hatten sich Menschentrauben gebildet.

---

pleasure Vergnügen

Endlich entdeckte Cora Mr Fellows und die beiden Geschwister am Stand des Pferdezüchters, dessen braune Hackneystute Pam Probe geritten hatte. Mr Fellows und Pam hatten gerade mit den Verkaufsverhandlungen begonnen und Matt stand ein bisschen abseits und hörte ihnen zu.

"Matt?" Cora fasste ihn an der Schulter.

Matt fuhr herum und sah sie fragend an. "Yes?"

"There's a pony that looks **exactly** like Diva on the other **side** of the market."

Matt riss überrascht die Augen auf. "What did you say?"

"It's true. At first I couldn't believe it myself. But it must be her. It's a black hackney pony with a star between its eyes."

"Are you sure?" Matt wurde ganz aufgeregt.

"**Positive**. And the **owner** is not very friendly. He **doesn't like** girls who ask questions."

Matt zögerte keine Sekunde. So schnell er konnte, stürzte er mit Cora zum anderen Ende des Marktes. Das schwarze Pony stand jetzt neben dem Hänger und schaute auf den Boden. Matt ging sofort zu ihm hin und streichelte es.

---

exactly genau
side Seite
positive *hier:* absolut sicher
owner Besitzer
doesn't like mag nicht

"Diva", sagte er leise.
Die Stute hob den Kopf und sah Matt an. Ihr Blick war unendlich traurig.
Jetzt sah Cora die beiden Männer im Gespräch miteinander, den Dobermann und den Typ, den sie beinahe umgerannt hatte. Sie schauten verärgert zu ihr und Matt herüber. Der Dobermann setzte sich in Bewegung und kam auf sie zu.
"**Get lost!**", zischte er. "I don't like children stroking the horses. Horses aren't pets."
Den Spruch hatte Cora schon einmal gehört.
"It's a hackney, isn't it?", erkundigte sich Matt. "We want to buy a hackney. Are you selling her?"

Der Typ schien zu spüren, dass etwas nicht in Ordnung war. "No", sagte er wütend. "I just **bought** her today. **Bad luck**." Und er begann, verschiedene Dinge in den Hänger zu laden.
Dass an diesem Typen irgendetwas oberfaul war, konnte man schon von Weitem riechen. Cora beschloss, so schnell wie möglich Pam und deren Vater zu holen. Hoffentlich hatte sie noch genügend Zeit. Zu dumm, dass sie nicht gleich eben daran gedacht hatte. Mit Matt allein würde sie wahrscheinlich nichts ausrichten können. Sie drehte sich auf dem Absatz um und rannte über den Pferdemarkt. Einige

---

Get lost! Haut ab!
bought habe gekauft
bad luck Pech

Pferde warfen erschrocken die Köpfe und eine alte Frau schimpfte, als Cora sich etwas unsanft an ihr vorbeidrängte. Aber sie hatte keine Zeit für Erklärungen oder Entschuldigungen.
Endlich war Cora bei Pam und deren Vater angekommen.
"Mr Fellows!", rief Cora so laut, dass das Pferd, das Pam am Halfter hielt, nervös zu tänzeln begann.
"Mr Fellows, Pam, **hurry up!** We've found Diva! I'm sure it's her. But the people with her **are about to** leave."
Pam zögerte keine Sekunde. Mit einem hastigen "Thank you" drückte sie dem Verkäufer den Haltestrick in die Hand und rannte hinter Cora her. Auch Mr Fellows folgte ihnen, ohne dem Pferdezüchter die Situation zu erklären.
Die drei hetzten über den Pferdemarkt, als ginge es um Leben und Tod. Als sie bei dem Dobermann angekommen waren, hatte der bereits das Pony verladen und saß am Steuer seines Pick-ups.
"Stop!", rief Mr Fellows und stellte sich vor den Wagen. "Stop! I want to have a look at your horse."
Der Dobermann machte ein Gesicht, als wollte er Mr Fellows am liebsten über den Haufen fahren. Dann aber schien er sich zu besinnen und stieg aus.

Hurry up! Beeilt euch!
are about to werden gleich

"**What's the matter?**", fragte er in dem wütenden Tonfall, den Cora schon von ihm kannte.
"May we see your horse?", fragte Jack Fellows. "It may be our pony that was stolen last week."
"**Rubbish!**", zischte der Dobermann. "She's my pony. She's called **Picky**!"
"Picky", flüsterte Matt Cora ins Ohr. "What a **silly** name."
"Let's have a look at your Picky!", forderte Mr Fellows. "Otherwise we'll call the police."
"I'm the one who should call the police", schimpfte der Dobermann. "What do you want?"
Die beiden Männer standen sich wütend gegenüber. Erleichtert stellte Cora fest, dass Pams Vater mindestens einen Kopf größer war als der Pferdehändler und deutlich durchtrainierter. Angst musste er vor diesem fiesen Kerl also nicht haben.
"**As I said before**, we just want to have a look at your pony", sagte Mr Fellows gerade in versöhnlichem Tonfall.
Auch der Dobermann schien zur Besinnung zu kommen, und so ging er um den Hänger herum und ließ die Laderampe herunter.

What's the matter? Was ist los?
Rubbish! Unsinn!
Picky *etwa:* Wählerisch *(hier als Name)*
silly doof
as I said before wie ich bereits sagte

Pam kletterte sofort in den Hänger, und im selben Moment hatte sie schon ihre Arme um den Hals der schwarzen Stute geschlungen.
"Diva", schluchzte sie. "Oh, Diva. Where've you been? I missed you so much!"
Nun gab es einen Tumult, der seinesgleichen suchte. Der Dobermann und Mr Fellows begannen, sich so laut miteinander zu streiten, dass immer mehr Menschen zusammenliefen und einen Halbkreis um die beiden bildeten.
"I'm calling the police. You're a thief", brüllte Pams Vater.
"I'll call my **lawyer**. I'll **sue** you for **slander**!"
So ging es hin und her. Als die Männer immer mehr in Rage gerieten, verstand Cora kaum noch etwas. Die Wörter "thief" und "**criminal**" fielen, und beide Parteien schrien sich an und beschuldigten sich gegenseitig, das Pony gestohlen zu haben oder stehlen zu wollen.
"There was **another** man", raunte Cora Matt zu. "They seemed to be partners."
"And where is he now?", wollte Matt wissen.

---

lawyer Anwalt
sue verklagen
slander Verleumdung
criminal Verbrecher
another ein anderer; noch ein

Cora drehte sich um, ging dann ein Stückchen weiter und betrachtete die umstehenden Pferdeverkäufer mit scharfem Blick. Da war er, am Rand des Gedränges. Auch er schien seine Pferde recht plötzlich aufgeladen zu haben. Sie standen in einem größeren Pferdetransporter. Als er sah, dass Cora ihn beobachtete, beeilte er sich noch mehr. Ungeduldig versuchte er, das letzte seiner Tiere auf den Hänger zu laden, doch das Pferd schien sich zu ängstigen. *Klatsch!* Die Peitsche sprach ihre eigene Sprache und das verängstigte Tier sprang mit rollenden Augen auf die Rampe.
"There he is!", rief Cora Matt zu. "**He's trying** to **get away**!"

Cora und Matt drängten sich durch die Menschenmenge, aber dem Mann schien an einem Gespräch nicht gelegen zu sein. Schnell kletterte er in die Führerkabine des Pferdetransporters und verriegelte die Tür. Dann ließ er den Motor an.
"Try to **memorize** the **number plate**!", rief Matt Cora zu, die es irgendwie geschafft hatte, sich schneller durch die Menschenmenge zu schieben, und ihm ein gutes Stück voraus war.

---

he's trying er versucht
get away abhauen
memorize (dir) einprägen
number plate Nummernschild

Aber das war leichter gesagt als getan. Der Mann gab Gas und fuhr mit seinem Transporter direkt auf Cora zu.
“Cora! **Watch out!**”, rief Matt und riss sie gerade noch rechtzeitig zur Seite.
Benommen rappelte Cora sich auf. Sie zitterte am ganzen Leib. “He wanted … he wanted to **kill** me”, stotterte sie.
Matt nahm sie beruhigend in den Arm. “No, Cora, I don’t think so”, erwiderte er. “He didn’t want to kill you, he just wanted to get away as quickly as **possible**.”
Cora hatte sich schnell wieder gefasst. “Oh no!”, stöhnte sie dann. “I was so scared, I **didn’t even** take a look at his number plate.”
“Don’t be angry with yourself”, versuchte Matt sie zu trösten. “I’m glad you’re not **hurt**.”
Niedergeschlagen machten die beiden sich auf den Rückweg zu Pam und ihrem Vater.

Watch out! Pass auf!
kill töten
possible möglich
didn’t even habe nicht mal
hurt verletzt

Eine gefährliche Krankheit

Mr Fellows und der Dobermann waren gerade dabei, sich zu einigen, als Matt und Cora bei ihnen ankamen. Offensichtlich war dem Dobermann nicht daran gelegen, die Polizei zu rufen, und Pams Vater wollte Diva ohne größere Probleme zurückhaben. So einigten sie sich schließlich auf eine relativ geringe Geldsumme.

Pam stand die ganze Zeit neben Diva und streichelte sie unaufhörlich. Dabei liefen ihr Freudentränen übers Gesicht.

Dann endlich war es so weit. Pam führte Diva zu ihrem Hänger, in den die Stute ohne Probleme einstieg.

Während der Fahrt nach Hause wurde nicht viel gesprochen. Alle waren müde und erschöpft, aber überglücklich. Als sie schließlich auf dem Hof der Fellows ankamen, waren Mrs Fellows und Lord gerade auf dem Weg zum Pferdestall. Sie stellten ihre Futtereimer ab und liefen dem Van entgegen. Pam kurbelte das Fenster herunter.

"Mum!", schrie sie, so laut sie konnte. "We got Diva back! She's back! I got her back!"

Ihre Mutter riss erstaunt die Augen auf. "She's back? Oh my **God**, that's wonderful."

God Gott

Sie wischte sich verstohlen ein paar Tränen aus den Augenwinkeln und auch Lord strahlte zufrieden. Kaum hatte ihr Vater die Handbremse angezogen, sprang Pam auch schon aus dem Auto und fiel ihrer Mutter um den Hals. Dann drückte Mrs Fellows der Reihe nach Cora, Matt und ihren Mann, während Cora und Pam sich noch einmal in den Armen lagen. Zuletzt drückte Pam sogar dem zurückhaltenden Reitlehrer einen dicken Kuss auf die Wange. Der sah allerdings angesichts dieses Gefühlsausbruchs ein bisschen überfordert aus.
"And now, look at my pony!", rief Pam und öffnete die Klappe. Behutsam stieg sie auf die Ladefläche, band Diva los und ließ sie vorsichtig nach draußen treten.
Diva wusste sofort, wo sie war. Sie warf den Kopf zurück und stieß ein schrilles Wiehern aus, das mit viel Geschnaube und Wiehern aus dem Stall beantwortet wurde.
Pam strahlte. "Look how happy she is. Come on, Diva, I'll take you back to Mr Watson and the others." Sie nahm den Strick, um Diva zum Stall zu führen.
"**Hold on**, Pam!", rief Lord plötzlich. "Stop!"
Pam blieb stehen und sah ihn verwundert an.
Der Reitlehrer kam näher.

Hold on. Warte mal.

"Did you see this?", fragte er und zeigte auf eine Ausbuchtung an Divas Nüstern.

"No, I **didn't notice** it", erwiderte Pam irritiert. "Perhaps she was hurt by some other horse."

"And what about the yellow **mucus** coming from her nose?"

"I didn't notice it", erwiderte Pam erneut, und jetzt sah sie besorgt aus.

Inzwischen war ihr Vater nähergekommen und besah sich den Ausfluss genauer. Die beiden Männer unterhielten sich eine Weile im Flüsterton, und Cora verstand nur, dass sie sich über eine Pferdekrankheit unterhielten, die sehr schlimm zu sein schien.

Schließlich wandte sich der Reitlehrer an sie. "Pam", sagte er. "Don't be afraid, but Diva may be ill. She's showing **symptoms** of a very dangerous **equine illness**. It's called **strangles**. I'm not sure **whether** she's really got it but we should be careful and **isolate** her from the others until the **vet** has been here to see her. Strangles can **spread** to other horses very quickly."

---

didn't notice habe nicht bemerkt
mucus Schleim
symptoms Symptome
equine illness Pferdekrankheit
strangles Druse
whether ob
isolate isolieren
vet Tierarzt
spread sich verbreiten

Pams Gesicht war jetzt so weiß wie die Stallwand hinter ihr. "Oh no", flüsterte sie tonlos.
"Don't worry, Pam", versuchte Cora sie zu trösten. "Perhaps she's only caught a cold."
"But even if she's just caught a cold, it's still better to isolate her", erwiderte Mr Fellows. "Take her to the stable **on the far side** of the field. We'll call the vet to see her **as soon as** possible."

Der Tierarzt kam eine Stunde später. Er maß die Temperatur und untersuchte Diva sehr gründlich. Dann nahm er auch Schleim aus der Nase, um ihn in der Praxis genauer zu analysieren.
Als er nach zwei Stunden anrief, um Bescheid zu geben, dass Diva tatsächlich nur unter einer Erkältung litt, waren alle erleichtert. Ein Pferdehusten war schlimm, aber verglichen mit der Ansteckungskrankheit Druse war er harmlos.
"I'm going to sleep in the stable with her tonight", verkündete Pam beim Abendessen.
"I'll **join** you", rief Cora begeistert.
"Me too", stimmte auch Matt ein.
Mr und Mrs Fellows hatten nichts dagegen einzuwenden, und so holten die drei ihre Schlafsäcke, ver-

---

on the far side auf der anderen Seite
as soon as so bald wie
join (mich) anschließen

teilten etwas Stroh auf der Stallgasse und legten sich schlafen.
Etwas später kam Mrs Fellows noch einmal vorbei, um Apfelsaft und Kekse für die Nacht zu bringen.
"**Good night, sleep tight, don't let the bugs bite**", sagte sie. Sie küsste Pam und Matt, der sich verlegen gegen die Zärtlichkeiten seiner Mutter wehrte, und drückte Cora fest an sich.
Die drei waren von den Ereignissen des Tages so aufgewühlt, dass sie nicht gleich einschlafen konnten. Also lagen sie da und lauschten in die Dunkelheit. Das Stroh pikste ein bisschen und einmal hörten sie eine Fledermaus durch die Nacht fliegen. Diva hustete noch eine Weile, dann aber ließ sie sich schnaubend ins Stroh fallen und streckte die Beine von sich.
"I'm so happy she's back", flüsterte Pam.
"**So am I**", sagte Cora.
Einen Moment lang war es ruhig. Cora glaubte schon, ihre Freunde wären eingeschlafen. Dann begann Pam erneut zu sprechen.
"The man who **sold** Diva to us has a farm just on the other side of Redstairs, three miles **away**",

---

Good night, sleep tight, don't let the bugs bite. *Beliebter englischer Gute-Nacht-Gruß, heißt wörtlich:* Gute Nacht, schlaft gut, lasst euch nicht von den Wanzen beißen.
So am I. Ich auch.
sold hat verkauft
away entfernt; fort

flüsterte sie. "Isn't it **strange** that we'**ve** never **met** him before?"
"How do you know where he lives?", wunderte sich Cora.
"Dad **insisted** on getting a **receipt** when we bought Diva back from him."
"If it's only three miles away, we should go and take a look at his farm", überlegte Matt. "Perhaps he's got some other stolen horses in his stables."
"That's a good idea", stimmte Cora zu. "Matt, why don't we go there **right now**?"
"Oh no!", rief Pam entsetzt. "Not tonight. Mummy and Dad would never agree. Let's wait till tomorrow. Dad can take us there to have a look around."
Aber Matt und Cora ließ die Idee nicht wieder los.
"Please Pam, look for the receipt", bettelte Cora. "We'll go by bike and we'll be back in no time."
Pam versuchte zwar noch, ihre Freundin und ihren Bruder zum Bleiben zu überzeugen, aber die beiden hatten sich so sehr in ihr Abenteuer geredet, dass es ihr nicht gelang. Schließlich schlich sie in das Arbeitszimmer ihres Vaters, fand die Quittung auf dem Schreibtisch und notierte sich die Adresse:

---

strange seltsam
(have) met (haben) getroffen
insisted hat darauf bestanden
receipt Quittung
right now jetzt sofort

Michael Rumsey
45 Longfleet Road
Hamworthy

Matt war begeistert, als er die Adresse las.
"Hamworthy – well, I know where that is. Come on, girls, let's go for a little **bike ride**."
"Not me, **brother dear**!", ließ sich nun Pam vernehmen. "I'm staying here with Diva. And if you aren't back by two o'clock in the morning, I'll tell Mummy and Dad and we'll call the police."
"Okay", lachte Matt. "So I can be sure you'll help me if I get in **trouble**. Will you join me, Cora?"

"What a question! Of course", erwiderte Cora. Es ging nichts über richtig coole Detektivferien.
Pam war es gar nicht recht, dass die anderen sich auf den Weg machen wollten. Aber sie kannte ihren Bruder – wenn seine Abenteuerlust erst einmal geweckt war, gab es kein Zurück mehr.
"Please be careful", bat sie.
"Sure", erwiderte Matt gelassen.
Leise schlichen Cora und Matt aus dem Stall und stiegen auf die Räder. Pam sah ihnen ein wenig unglücklich nach.

---

bike ride Fahrradtour
brother dear *etwa:* Bruderherz
trouble Ärger

Eine Nacht im Stall

Cora kam es vor, als führen sie stundenlang durch die Nacht. Sie war froh, dass sie Matt davon hatte überzeugen können, die Fahrradlampen einzuschalten, nachdem sie erst einmal den Hof der Fellows hinter sich gelassen hatten – er hatte das eigentlich nicht tun wollen, damit sie niemand bemerkte. Aber schließlich hatte er doch eingesehen, dass es zu gefährlich war, ohne Licht durch die Nacht zu radeln, auch wenn der Vollmond am Himmel stand.

Endlich erreichten sie Hamworthy – jetzt konnte es nicht mehr weit sein. Die Longfleet Road war schnell gefunden. Es war die Hauptstraße, die durch den Ort führte. Und da, auf der anderen Seite des Dorfes, ein bisschen außerhalb inmitten von Feldern gelegen, war ein Bauernhof. Das musste es sein.

Vorsichtig radelten Matt und Cora weiter. An der Abzweigung zum Feldweg, der zum Bauernhof führte, schalteten sie ihre Fahrradlampen aus. Jetzt ging es zu Fuß weiter. Sie schoben ihre Räder bis zur Hofeinfahrt, wo sie sie an die Außenmauer eines Gebäudes lehnten. Auf Zehenspitzen schlichen sie weiter. Im Wohngebäude brannte trotz der späten Stunde noch Licht. Ein Fenster war hell erleuchtet und Cora konnte die Umrisse eines Mannes sehen, der im Zimmer dahinter auf und ab ging. An der rechten Seite des Hofes schienen die Ställe zu sein. Es roch

streng nach Pferd. Auch Matt schien den Geruch bemerkt zu haben.
"Shall we **slip into** the stables?", flüsterte er.
Cora zuckte die Achseln. "I'm not sure. What do you think?"
"I think we probably shouldn't **trespass on someone else**'s **property**", gab Matt zu bedenken. Cora wollte ihm gerade zustimmen, da zupfte sie jemand am Ärmel.
Erschrocken schrie Cora auf. Dann hielt sie sich schnell die Hand vor den Mund und fuhr herum. Ein Pferd! Es hatte den Kopf aus einem offenen Stallfenster gestreckt und knabberte genüsslich an ihrem T-Shirt.
"I **nearly died** of a **heart attack**!", flüsterte sie und hatte Mühe, wieder Luft zu bekommen. Dann streichelte sie den Pferdekopf.
"I **thought** you loved horses", sagte Matt. Cora war sich ziemlich sicher, dass er sich nur mit Mühe ein Lachen verkniff.

---

slip into uns hineinschleichen
trespass on verbotenerweise betreten
someone else jemand anders
property Grundbesitz
nearly fast
died bin gestorben
heart attack Herzinfarkt
thought habe gedacht

In diesem Moment blieb der Mann hinter dem Fenster stehen und schien auf den Hof zu schauen.

"Let's hide **somewhere**", flüsterte Matt und zog Cora dicht an die Stallwand.

Im Haus wurde das Licht ausgeschaltet. Da auch der Mond sich gerade hinter eine Wolke verzogen hatte, war es plötzlich stockdunkel auf dem Hof. Cora konnte sich gut vorstellen, dass der Dobermann erneut hinter dem Fenster stand und in die Dunkelheit schaute. Sie ärgerte sich über sich selbst, dass sie vorhin so laut geschrien hatte.

Regungslos stand sie neben Matt an die Stallwand gepresst und starrte auf die dunkle Fensterscheibe.

Nach einer Weile wurde das Licht wieder angeschaltet und der Schatten entfernte sich.

"**Phew!**", flüsterte Matt erleichtert.

"Okay, I've had enough adventures for one day. Now we know where Mr Rumsey lives. We can come back tomorrow with your dad", schlug Cora vor.

Matt nickte. Auch er wollte jetzt so schnell wie möglich nach Hause.

Sie waren schon wieder fast bei ihren Rädern angekommen, als sie ein Pferd husten hörten. Es war ein trockener, harter Husten, und es hörte sich gar nicht gut an.

---

somewhere irgendwo
Phew! Puh!

"Diva's not the **only** one with a cough", flüsterte Cora. Matt nickte.
Sie horchten eine Weile. Das Pferd hustete und hustete. Es klang sehr elend.
"Let's go back and have a look at him", flüsterte Cora.
Doch Matt schüttelte energisch den Kopf. "Are you crazy? You can't do anything to help him."
Wieder hustete das Pferd. Cora lauschte voller Mitleid. "Just to have a look", sagte sie leise. "Perhaps I can talk to him." Und noch bevor Matt ihr sagen konnte, wie idiotisch er diese Idee fand und dass das wieder einmal typisch Mädchen wäre und ihnen nichts als Ärger einbrächte, war Cora schon am Stall.
Leise öffnete sie die Tür und trat ein. Schemenhaft nahm sie Pferde wahr, hier lag etwas Heu, daneben ein paar Strohballen. Und dort hingen Besen und Forken an der Wand.
Ob sie es wagen sollte, das Licht anzuschalten? Andererseits wäre es möglich, dass dann alle Pferde wach wurden und den Dobermann mit ihrem Lärm anlockten.
Wieder hustete ein Pferd. Cora bemerkte jetzt, dass es aus der Box gegenüber kam. Sie schaute über die Tür und sah die Umrisse eines Ponys, das den Kopf tief hängen ließ und hustete.

---

only einziger

Cora tastete die Boxentür entlang bis zum Riegel und schob ihn auf.
Das Pony hustete erneut. Leise schlüpfte Cora zu ihm.
“Hallo, mein Kleiner”, flüsterte sie. “Was ist denn mit dir los? Bist du krank?” Ob das Pony sie verstand? Vielleicht musste sie Englisch mit ihm reden. “Are you ill?”
Das Pony zuckte zusammen, als Cora ihm den Hals streichelte. Dann drehte es sich zu dem Mädchen um und hustete erneut.
Jetzt öffnete sich die Stalltür und jemand ging die Stallgasse entlang. Cora lauschte mit klopfendem Herzen.

“Cora?”, hörte sie Matt leise rufen. “Where are you? Come on, let’s go. There’s a car coming.”
Cora schaute aus der Boxentür.
“A car? This late? Are you sure?”
“Well, I think so.”
Kaum hatte Matt den Satz zu Ende gesprochen, hörten sie auch schon ein Auto vorfahren.
“Hurry up! Let’s hide!”, zischte Matt Cora zu.
Sie duckten sich hinter einen Strohballen und lauschten. Eine Wagentür wurde zugeschlagen, und zwei Männer begrüßten einander lautstark. Und dann hörte es sich so an, als kämen die Männer direkt auf den Pferdestall zu.
Gehetzt sahen sich Matt und Cora um.

"**This way!**", flüsterte Cora und schob Matt in die Box zu dem hustenden Pony. Sie schlossen die Boxentür und ließen sich dahinter ins Stroh sinken. "This way!", hörten sie nun eine Männerstimme wie ein Echo, und dann wurde die Stalltür aufgerissen. *Klack!*, machte es und eine grelle Neonröhre erhellte den Stall. Matt und Cora drängten sich so eng sie konnten an die Boxentür. Das kranke Pony hatte sich jetzt zu ihnen umgedreht und beäugte sie verwundert. Bitte, bitte, halt schön still und verrate uns nicht, dachte Cora verzweifelt.
"I don't know what's wrong with him", sagte der eine Mann nun, der wohl Mr Rumsey war. "He**'s been coughing** all day."
"I noticed", sagte die andere Männerstimme. "It **sounds** awful. Where did you get this pony?"
"Owen **brought** him to me. If he's as ill as the hackney I sold today, I'll soon have a big problem with the other horses."
Die beiden Männer blieben vor der Box mit dem hustenden Pony stehen. Sie lehnten sich mit den Unterarmen auf die Boxentür und betrachteten den Braunen. Cora meinte, ihren Atem im Nacken spüren zu können.

---

this way hier entlang
has been coughing hat gehustet
sounds klingt
brought hat gebracht

“This is really dangerous”, begann der fremde Mann nach einer Weile. “One coughing pony can **infect** the whole group.”
“You’re right!”, erwiderte der Dobermann.
Yes, you’re right, dachte Cora. Now **go away**!
Aber die Männer dachten nicht daran, zu verschwinden. Im Gegenteil. Sie beabsichtigten, in die Box zu treten. Cora hörte, wie sie am Riegel zogen. Oh nein, dachte sie verzweifelt. Warum in aller Welt musste ich in diesen Stall gehen?
Sie schaute zu Matt und sah sofort, dass er einen Überraschungsangriff starten wollte. In dem Moment, als sich die Boxentür öffnete, sprang er auf, richtete sich kurz zu voller Größe auf und rannte dann aus der Box. Cora schoss hinter ihm her.
“Hey!”, rief der Dobermann. “Stop!”
Matt und Cora stürmten die Stallgasse entlang zum Ausgang. Die Männer waren ihnen dicht auf den Fersen. Die Stalltür stand einen Spalt weit auf. Cora und Matt zwängten sich durch, schlossen die Tür und schoben den Riegel vor.
Die beiden Männer hämmerten von innen gegen die Tür. “Who are you? What are you doing here? Open the door **at once**! Open the door!”
Matt und Cora rannten zu ihren Rädern, sprangen

---

infect anstecken
Go away. Geht weg.
at once sofort

hinauf und rasten so schnell sie konnten den Feldweg hinunter.

"Cora, stop!", rief Matt plötzlich. "There's a car coming up behind us!"

Cora bremste und horchte. Tatsächlich. Ein Motorengeräusch. Blitzschnell sprangen Cora und Matt von ihren Rädern, warfen sie in den Graben, der am Rand des Feldwegs entlangführte, und duckten sich zusammen hinter einen Busch.

"Do you think it's the police?", wollte Cora wissen.

Matt schüttelte den Kopf. "No! A police car would have its **lights** on, don't you think? It's coming from the farm we've just left. It can only be **those** two men."

Jetzt fuhr das Auto an ihnen vorbei. Die Kinder sahen einen blauen Ford, in dem der Fremde am Steuer und der Dobermann daneben saßen. Konzentriert blickten sie um sich. Cora und Matt drängten sich enger ins Gebüsch. Die Männer schienen sie nicht gesehen zu haben.

Matt und Cora schauten dem Auto nach. An der Einmündung zur Landstraße bogen die Männer nach links ab. Cora atmete auf. Mit zitternden Knien holten sie und Matt die Räder aus dem Graben und machten sich auf den Heimweg.

---

lights Lichter, *hier:* Scheinwerfer
those jene

Gefangen!

Pam hatte in der Zwischenzeit kein Auge zugemacht. Immer wieder sah sie auf die Uhr. Seit drei Stunden waren ihr Bruder und ihre Freundin nun schon unterwegs. Das war eindeutig zu lange. Warum war sie bloß nicht mitgefahren? Sie hätte den beiden doch helfen können. Oder noch besser: Warum waren sie nicht einfach alle zusammen hiergeblieben und hatten bis morgen gewartet?

Pam wollte schon ihre Eltern wecken. Da hörte sie plötzlich ein leises Geräusch, und kurz darauf öffneten Matt und Cora die Tür.

"Oh, I'm so glad to see you", rief Pam erleichtert. "I was so **worried** about you. **What took you so long?**"

Und dann erzählten Matt und Cora ihr die ganze Geschichte. Es dauerte lange, bis sie in dieser Nacht zum Schlafen kamen.

Am nächsten Morgen kam der Tierarzt wieder, um Diva zu untersuchen. Er war zufrieden.

"She seems a bit better", stellte er fest. "I'll give her another **injection**."

---

worried besorgt
What took you so long? Wieso habt ihr so lange gebraucht?
injection Spritze

Cora und Pam schauten dem Tierarzt zu, wie er die Spritze aus seinem Köfferchen zog, eine Stelle an Divas Bein vereiste und ihr die Spritze setzte. Diva zuckte nicht einmal zusammen.
"**Well done**", lobte Pam und klopfte ihrem Pony den Hals.
"**By the way**", begann Cora vorsichtig. "Do you know a farmer called Michael Rumsey?"
"Never heard of him."
"He lives in Hamworthy and **owns** a couple of horses. He's **tall** and not very friendly."
"Ho!", rief der Tierarzt. "Now I know who you're talking about. I **didn't recognize** the name, but of course I know him. **If I were you** I'd keep as far away from him as possible. He's **mixed up** in some **illegal business**, I think. He**'s lost** all his money **at cards**. He's got horses on his farm, you said? I wonder how he **manages** to feed them."

Well done. Gut gemacht.
by the way übrigens
owns besitzt
tall groß
didn't recognize habe nicht erkannt
if I were you an deiner Stelle
mixed up verwickelt
illegal business illegales Geschäft
(has) lost (hat) verloren
at cards beim Kartenspielen
manages es schafft

“Aha”, erwiderte Cora und beschloss, diese Neuigkeiten sofort an Matt weiterzugeben.
Der Gedanke an das kranke Pony ließ vor allem den Mädchen keine Ruhe. Sie überlegten, was sie am besten tun könnten. Pam und Matt waren dagegen, den Eltern Bescheid zu geben – sie hatten Angst, wegen Matts und Coras nächtlichen Ausflugs bestraft zu werden. Cora war nicht wohl bei der Sache, aber schließlich ließ sie sich von den Geschwistern überzeugen, dass sie noch einmal auf den Hof des Dobermanns fahren mussten, um nach dem Rechten zu sehen. Die beiden hatten recht: Was sollte ihnen am helllichten Tag dort schon zustoßen? Also verkündeten sie beim Mittagessen, sie wollten am Nachmittag eine Fahrradtour unternehmen.

“A bike ride?”, wunderte sich Mrs Fellows. “What’s happened to you? Did you get **bored** of horses?”
“Oh, Mrs Fellows”, lachte Cora. “I’ll never get bored of horses. But we want to **visit** Poole. I heard there are some nice museums and churches there.”
“Museums and churches?”, wiederholte Mrs Fellows ungläubig.
Cora beschloss, das Gespräch nicht weiter zu vertiefen, um sich nicht in Widersprüche zu verwickeln. Sie lächelte kurz und verschwand mit Matt und Pam.

---

bored gelangweilt
visit besuchen

"Museums and churches!", schnaubte Matt, während er kräftig in die Pedale trat. "I'm sure she's never heard anything like that from any of our **guests** before. By the way, Pam, did you take your camera with you? We should take **pictures** of the horses and **check** them **against** the pictures of stolen ones in the horse **magazines**."
"I had the same idea!", lachte Cora und zeigte ihre kleine Digitalkamera.
Eine halbe Stunde später kamen die drei an der Abzweigung zu Mr Rumseys Hof an. Sie versteckten ihre Räder hinter einer alten Mauer und schlichen dann im Schutz hoher Büsche und Sträucher bis zu den Stallungen.
Auf dem Hof stand ein Geländewagen mit einem geöffneten Pferdeanhänger. Auch die Stalltür stand weit offen. Außer dem unruhigen Wiehern einiger Pferde war nichts zu hören. Die drei Freunde sahen sich kurz an.
"It sounds like Mr Rumsey is getting a new **delivery**", flüsterte Matt den Mädchen zu.
Die beiden nickten. Ihnen war nicht ganz geheuer bei dem Gedanken, ihre Deckung aufzugeben.

---

guests Gäste
pictures Bilder
check … against mit … vergleichen
magazines Zeitschriften
delivery Lieferung

"Let's watch for a **while**, **till** we know **what's going on**", schlug Pam leise vor. Sie kroch in einen Busch und zog den Kopf ein. Mit ihrem grünen T-Shirt und der schwarzen Hose war sie kaum zu erkennen. Matt machte einen kurzen Klimmzug und kletterte auf einen Baum. Dort versteckte er sich zwischen den Blättern.

Cora wusste nicht so recht, wo sie sich verstecken sollte, und drückte sich an der Wand des Pferdestalls entlang. An einem Fenster blieb sie stehen und lugte durch die schmutzige Scheibe. Tatsächlich. Nicht weit von ihr entfernt im Stall stand der seltsame Typ, der ihr schon auf dem Pferdemarkt aufgefallen war und der sie dann fast über den Haufen gefahren hatte. Sie erkannte ihn sofort. Es schien tatsächlich eine neue Lieferung Pferde angekommen zu sein, denn im Stall war es ausgesprochen unruhig.

Der Pferdehändler redete auf Mr Rumsey ein und gestikulierte dabei wild mit Händen und Füßen.

"... two nice cobs ...", verstand Cora und auch "... this afternoon ..."

Und dann sah sie, wie Mr Rumsey seinen Geldbeutel zückte. Das war der passende Moment. Cora zog ihren Fotoapparat aus der Tasche und hielt das Objektiv dicht an die Scheibe. Wie gut, dass sie eine

---

while Weile
till bis
what's going on was hier vorgeht

Digitalkamera besaß. So konnte sie eine Aufnahme machen, ohne selbst gesehen zu werden. Jetzt drückte Mr Rumsey dem Pferdehändler das Geld in die Hand. Cora drückte ab. *Klick*. Da steckte er das Geld in die Tasche. *Klick*. Da schüttelten sie einander die Hand. *Klick*. Da drehten sie sich um und … Himmel!, dachte Cora. Sie kommen aus dem Stall.
Sie hastete vom Fenster fort. Dabei zitterte sie am ganzen Körper. Hatten die Männer sie vielleicht doch gesehen? Sie hatten bei der letzten Aufnahme irgendwie merkwürdig in die Kamera geguckt.
Cora rannte über den Hof, um hinter der Mauer zu verschwinden. Doch im gleichen Moment öffnete sich direkt neben ihr eine Stalltür. Der Pferdestall schien einen Nebenausgang zu haben, und der befand sich genau dort, wo sie gerade stand.
Nun gab es nur noch eine Möglichkeit. Cora hetzte über den Hof und hüpfte in den offen stehenden Pferdeanhänger. Dort versteckte sie sich hinter einem blauen Kittel, der in der Ecke hing.
Mit pochendem Herzen hörte sie die Schritte der beiden Männer näher kommen.
"See you this evening." Das war die Stimme des Dobermann. Und der andere erwiderte: "I'll try to get them **without** any problems."
Die Männer schienen nun direkt neben dem Hänger

---

without ohne

zu stehen. Eng schmiegte sich Cora an die Wand des Hängers und achtete darauf, dass ihre Füße nicht unter dem Kittel zu sehen waren. Plötzlich hörte sie ein Geräusch, das ihr bekannt vorkam. Um sie herum wurde es dunkel. Cora begriff: Die Laderampe des Hängers wurde geschlossen. Dann klackten die Riegel. Sie saß in der Falle!

Coras Herz klopfte wie wild, und sie hatte Mühe, ihr Zittern unter Kontrolle zu bekommen.

Keine Panik!, versuchte sie sich zu beruhigen. Du kannst hier nicht ersticken, und wenn die Männer vom Hänger weggehen, kommen Matt und Pam und werden dich befreien.

Die Geschwister hatten das Geschehen von ihrem Versteck aus beobachtet. In einem günstigen Moment hatte sich Matt vom Baum gleiten lassen und kauerte nun neben Pam. Als Cora im Hänger eingeschlossen wurde, entfuhr Pam ein panisches “Oh no!”.

“Ssh, Pam, **shut up!** They’ll notice us”, raunte Matt ihr zu.

Die beiden Männer standen immer noch neben dem Hänger und redeten miteinander. Jetzt reichten sie einander die Hand.

Entsetzt verfolgten Pam und Matt, was nun passierte. Der Besucher stieg nämlich in sein Fahrzeug und ließ den Motor an.

Shut up! Halt die Klappe!

Pam presste die Hand auf den Mund. Am liebsten hätte sie aufgeschrien und wäre zu den Männern gelaufen. Aber sie war wie gelähmt.
Ähnlich ging es auch Matt. Starr vor Schreck hockte er neben seiner Schwester. Sie konnten nichts tun, als das Auto mit Anhänger und Cora vom Hof fuhr.
Noch schlechter aber ging es Cora. Sie saß hinter dem blauen Kittel und konnte ihr Pech kaum fassen. Der Wagen fuhr an und nach kurzer Zeit ging es über Stock und Stein. Cora hatte große Mühe, nicht durch den Hänger geschleudert zu werden. Sie streckte die Beine weit aus und versuchte, sich an der Seitenwand festzuhalten. Aber es war furchtbar unbequem und die Angst versetzte sie in große Panik.
Mr Rumsey starrte dem Wagen einen Moment lang nach. Dann drehte er sich um und ging ins Haus zurück. Kaum hatte sich die Haustür geschlossen, krochen Matt und Pam aus dem Gebüsch.
"Oh, Matt", schluchzte Pam. "What shall we do?"
"Let's call the police!", schlug Matt vor. "Look for a **phone box** on the way **home**!"
"Oh, why didn't we take our mobiles with us?", jammerte Pam. Dabei gehörte sie zu den Menschen, die ihr Handy nie dabeihatten.

phone box Telefonzelle
home nach Hause

"You never take your mobile with you", antwortete Matt niedergeschlagen. "And of course I **forgot** mine today too. It's one of those days when **everything goes wrong**."
Einen Moment lang standen sie da und starrten schweigend auf die Straße. Plötzlich hörten sie hinter sich einen leisen Klick. Langsam drehten sie sich um. Da stand der Dobermann. Und er hielt eine Waffe in der Hand.
"Hands up!", rief er. "**Against** the wall!"
Pam und Matt waren wie erstarrt. Noch nie hatten sie eine Waffe gesehen. Das alles erschien ihnen wie ein Fernsehkrimi – völlig unwahrscheinlich, dass sie das tatsächlich erlebten.
"Hands up! Are you **deaf**?"
Das klang nicht wie ein Spaß. Matt hob die Hände und auch Pam tat es. Sie kamen sich dabei wie Schwerverbrecher vor. Mr Rumsey machte eine Kopfbewegung zur Wand hinüber. Zögernd gingen die beiden dorthin und stellten sich nebeneinander auf.
Now he'll **shoot** us, dachte Pam verzweifelt.

---

forgot habe vergessen
everything alles
goes wrong schiefgeht
against gegen, an
deaf taub
shoot erschießen

Auch Matt fühlte sich ziemlich elend. Why weren't we more careful?, dachte er unglücklich. We were standing right there in the **yard**, staring after the car. Der Dobermann durchsuchte ihre Hosentaschen, aber er fand nur ihre Fahrradschlüssel.
"**Turn around**!", befahl er jetzt. "I want to see your faces. Who are you and what are you doing here?"
Matt schöpfte Hoffnung. Vielleicht kamen sie ja mit einer Ausrede davon.
"My name is Paul Leonard", begann er höflich, "and this is my sister … "
Er überlegte.
"Paula", ergänzte Pam schnell.
"We heard that you had some wonderful horses and we wanted to see them, that's all", fuhr Matt fort und bemühte sich um eine feste Stimme. Aber ein leises Zittern verriet seine Angst.
Mr Rumsey sah aufmerksam von Pam zu Matt und wieder zurück.
"**A pack of lies**!", zischte er dann. "I know who you are. You were hiding in one of my stables last night." Und er schob dabei den Unterkiefer so weit vor, dass Matt glaubte, seine Zähne knirschen zu hören.

---

yard Hof
Turn around! Dreht euch um!
a pack of lies ein Haufen Lügen

“And you”, wandte sich der Dobermann an Pam, “you’re the girl who bought the black hackney pony in Wildcliff.”
Pam spürte kalte Wut in sich aufsteigen. “Yes!”, fauchte sie. “That’s me. We know that you and your dirty friend work together. He steals the horses and you sell them.”
“Pam”, zischte Matt sie an. “Stop it!”
Aber es war zu spät. Der Dobermann richtete die Waffe direkt auf sie. Pam schwieg. Mit riesengroßen Augen starrte sie die schwarze Pistole an.
“Sir!”, sagte Matt und bemühte sich, das Zittern aus seiner Stimme zu halten. “Don’t do this, please. We’re only children. If you hurt us, you’ll go to prison for the rest of your life.”
“No one will find me”, sagte Mr Rumsey mit kalter Stimme.
“Of course they will”, widersprach Matt. ”We told our parents we wanted to visit you and have a look at your horses. And if we aren’t back by this evening, our parents will look for us.”
Mr Rumsey zögerte. Er sah aus, als würde er scharf nachdenken. “Last night there was another girl with you”, überlegte er. “Where is she now?”
“You must mean our friend Susan”, log Matt schnell. “She’s ill today. She stayed **at home**.”

---

at home zu Hause

Man konnte Mr Rumsey ansehen, dass er ihm kein Wort glaubte.
"**Right**. Come with me. I know a nice **cosy place** for two **nosy** children."
Mit seiner Waffe trieb er die beiden vor sich her auf einen kleinen Schuppen zu. Noch nie hatten Pam und Matt so große Angst gehabt. Die Tatsache, dass es Menschen gab, die Pistolen besaßen und Kinder damit bedrohten, ließ sie erschauern. Dieser Mann war kaltblütig, das merkte man ihm an.
What's going to happen to us?, fragte sich Pam ängstlich.
He won't kill us, versuchte sich Matt immer wieder zu beruhigen. He's not **stupid**. He knows it'd be a big mistake to hurt us.
Aber so sicher war er sich doch nicht.
Ohne ein weiteres Wort zu verlieren, öffnete der Dobermann die Schuppentür, schubste Matt und Pam hinein und verriegelte sie hinter ihnen.
Als er gegangen war, sahen sich die beiden ratlos an.
"**I'm so frightened**", flüsterte Pam. "What do we do now?"

Right. *hier:* So.
cosy gemütlich
place Ort
nosy neugierig
stupid dumm
I'm so frightened ich habe solche Angst

"I don't know!", wisperte Matt zurück, dem das Herz immer noch bis zum Hals schlug. "Perhaps we can find a way to call for **help**."
Aber einen Augenblick später wurde diese Hoffnung zunichtegemacht. Die Tür öffnete sich erneut und der Dobermann kam zurück. Außer der Waffe hielt er nun noch einen Strick und zwei Tücher in der Hand.
Matt wusste sofort, was sie nun erwartete.
"Oh, please, sir, don't!", rief er. "We promise we'll be quiet."
"Haha", lachte Mr Rumsey. "After listening to all those lies you told me, do you think I'd believe a **sin-**

gle word you say?"
Dann drehte er Pam die Arme auf den Rücken und fesselte sie. Danach schnürte er auch ihre Beine wie ein Päckchen zusammen.
"Ouch!", fluchte Pam. "You're hurting me!"
Aber der Mann achtete nicht auf ihr Geschrei. Im Gegenteil. Er band ihr ein Tuch zwischen die Zähne und schnürte es so fest, dass Pam Mühe hatte zu atmen.
Matts wacher Verstand hatte nun wieder eingesetzt. Er hatte gesehen, dass Jammern und Fluchen nur dazu führte, dass der Dobermann umso fester schnür-

---

help Hilfe
single einziges

te. So achtete er darauf, die Hände und Füße möglichst weit auseinanderzuhalten, als Mr Rumsey ihn fesselte. Und als er das Tuch um den Mund bekommen sollte, presste er die Lippen fest zusammen.
Der Dobermann trat zurück und betrachtete die beiden Kinder mit hartem Blick.
“Now you have **plenty** of time to think about all the bad things you've done”, sagte er schließlich. Er steckte die Waffe in den Hosenbund und verließ den Schuppen. Die Tür fiel krachend zu. Dann drehte sich der Schlüssel im Schloss und der Riegel wurde vorgeschoben.

plenty eine Menge

Der Hilferuf

Immer noch holperte Cora über Stock und Stein. Ihr taten mittlerweile alle Knochen weh. Rums – da war wieder ein Schlagloch. Cora wurde einmal quer durch den Hänger geschleudert und stieß mit dem Kopf gegen die Seitenwand. Tat das weh! Der Typ schien einen ungeteerten Weg entlangzufahren.
Und dann hielt der Wagen plötzlich.
Erschrocken rappelte sich Cora auf und kroch erneut hinter den blauen Kittel. Gerade als sie die Füße bedeckt hatte, wurde auch schon die Klappe geöffnet. Dann tat sich nichts mehr. Cora hörte, wie sich Schritte vom Hänger entfernten. Und was war das? Schnaubte da nicht ein Pferd? Der Typ wollte schon wieder Pferde klauen, und dieses Mal war Cora sogar Zeuge. Jedenfalls, wenn es ihr gelang, dabei zuzusehen.
Mit zitternden Knien kroch sie aus ihrem Versteck und schlich aus dem Hänger. Draußen fand sie sich am Rand einer Koppel wieder und dort – ein Stückchen vom Zaun entfernt – standen zwei Ponys. Nach dem Stand der Sonne zu urteilen konnte es schon früher Abend sein. Sie mussten weit gefahren sein.
Der Typ bewegte sich nun langsam auf die Ponys zu. Er hatte etwas in der Hand, mit dem er die Tiere zu sich lockte. Jetzt rief er etwas. Die Ponys hoben ihre Köpfe und schauten ihn an.

Ob man bei der Belichtung noch fotografieren konnte? Cora zog den Apparat aus der Tasche und richtete das Objektiv auf den Typen. Gleichzeitig ließ sie ihn nicht aus den Augen. Er durfte sie auf keinen Fall bemerken. *Klick!* Ein Blitz zuckte. Cora trat der Schweiß auf die Stirn. War sie denn verrückt geworden? Sie hatte den automatischen Blitz nicht ausgeschaltet. Und bei dieser Belichtung schaltete er sich natürlich ein. Zitternd duckte sich Cora hinter einen Pfahl. Der Mann hatte sich nun umgedreht. Hatte er sie gesehen?

Jetzt klingelte in der Ferne ein Handy. Cora sah, wie der Mann in seine Tasche griff und das Handy herausholte.

"Yes!"

In der klaren Luft hörte Cora seine Stimme so als stünde er direkt neben ihr.

"Michael, what are you talking about? Two children in the stable? Are you crazy?"

Michael. Michael Rumsey. Der Dobermann. Two children in the stable. Hatte er etwa Matt und Pam entdeckt?

Cora hatte so schreckliche Angst wie noch nie in ihrem Leben.

"The police are coming? Why? Who called the police?"

Der Typ schien die Ponys auf der Koppel völlig vergessen zu haben.

"Well, I'll be back as soon as I can. We'll have to take the horses somewhere else. … What? ... Okay. I'll be there soon."
Er redete noch ein bisschen, aber Cora hatte genug verstanden. Der Typ wollte zurückfahren und Michael Rumsey dabei helfen, die Pferde wegzubringen. Außerdem waren Matt und Pam in großer Not. Umso wichtiger war es, dass sie jetzt die richtige Entscheidung traf.
Leise schlich Cora in den Hänger zurück und duckte sich hinter den blauen Kittel. Keine drei Minuten später hörte sie, wie sich die Schritte des Pferdediebes näherten, und dann wurde die Laderampe erneut geschlossen.
Der Motor wurde angeworfen, und wieder ging es mit Cora über Stock und Stein. Allerdings wusste sie jetzt, wohin die Reise ging, und das machte selbst das Holpern erträglicher.

Wenn man gefesselt und ohne die Möglichkeit zu reden in einem stockfinsteren Raum sitzen muss, vergeht die Zeit endlos langsam. Pam und Matt konnten nichts weiter tun als warten. Aber ihr Verstand funktionierte schärfer denn je. Immer wieder versuchten die beiden, ihre Handfesseln an irgendwelchen Mauervorsprüngen zu reiben, damit sie sich lösten, aber sie hatten kein Glück. Der eine Mauervorsprung bröckelte ab, der andere war uner-

reichbar. Dabei sah in einem Krimi immer alles so einfach aus.
Dann endlich kam Matt eine Idee. Schon als kleines Mädchen war Pam super geschickt darin gewesen, Knoten zu lösen. Sogar die total verknoteten und nassen Schnürsenkel seiner Fußballschuhe hatte sie entwirren können. Er machte ihr nun ein Zeichen mit dem Kopf und gab einen brummenden Laut von sich. Pam sah ihn erwartungsvoll an. Nun rückte er zu ihr hinüber und drehte ihr den Rücken zu. Dabei hob er seine Hände. Pam verstand. Auch sie drehte ihm den Rücken zu und rückte an seine Fesseln heran. Nun begann eine qualvolle Arbeit, denn die beiden hatten Mühe, ihre Arme zu heben. Pam ertastete die Knoten und begann zu zupfen und zu ziehen. Manchmal, wenn es zu sehr wehtat, brummte Matt leise. Und manchmal, wenn Pam ihre Arme nicht mehr heben konnte, machte sie eine kurze Pause. Aber dann irgendwann nach einer Zeit, die ihnen endlos erschien, hatte sie Matts Hände befreit.
Matt reckte sich einmal kurz. Dann riss er sich und Pam den Knebel vom Mund und löste Pams Handfesseln. Nun war alles nur noch halb so schwer. Im Nu waren sie auch ihre Fußfesseln los.
"God, it was horrible being **tied up** like that", flüsterte Matt und streckte sich noch einmal.

---

tied up gefesselt

"I was afraid I **wouldn't be able to breathe**", japste Pam. "Oh, Matt, what do we do now? Is there any way we can get out?"
Sie schlichen zur Tür und rüttelten vorsichtig daran, aber sie blieb fest verschlossen.
"No chance", murmelte Matt.
Der Raum hatte noch nicht einmal ein Fenster. Es blieb Matt und Pam keine andere Möglichkeit, als weiter auf dem harten Betonboden sitzen zu bleiben und zu warten.
"**Hopefully** someone will come looking for us", überlegte Matt. "Do you know what time it is?"
"No idea!", brummte Pam. "Early evening, I think."

"I hope somebody's called the police", wünschte sich Matt. "Perhaps Cora will find a way to do it."
"Or Mum and Dad will start worrying about us", überlegte Pam.

Und mit dieser Überlegung hatte sie nicht unrecht. Mrs Fellows hatte Scones für die Kinder gebacken und wartete auf ihre Rückkehr. Immer wieder ging sie zum Fenster und blickte hinaus.
"I wonder where the kids are", sagte sie zu ihrem Mann. "I made **scones** for tea, but they didn't come

---

wouldn't be able to breathe würde nicht atmen können
hopefully hoffentlich
scones *kleine süße Brötchen mit oder ohne Rosinen, werden in England oft mit Marmelade zum Tee gegessen*

back **in time**. Usually Pam would be back by now to feed Diva", überlegte sie weiter. "And she has to give Diva her medicine, too."
"Oh, don't worry about them", versuchte Mr Fellows sie zu beruhigen. "They probably went down to the beach and forgot about the time."
Aber Mrs Fellows ließ sich nicht so einfach beruhigen.
"I don't know, Jack", sagte sie weiter. "It's strange. Can you remember them ever being interested in going to a museum before?"
"Well, Cora's with them. Perhaps Cora likes going to museums", überlegte ihr Mann. Aber als die Kinder auch nach einer weiteren Stunde nicht zurückgekommen waren und er selbst Diva versorgt hatte, wurde auch er unruhig.
"Let's try calling them on their mobiles", schlug er schließlich vor.
Mrs Fellows schlug sich gegen die Stirn.
"The mobiles!", rief sie. "Of course. Why didn't I think of that earlier?"
Und sie beeilte sich, Pams Nummer einzutippen.
Es klingelte. Und zwar im Wohnzimmer.
"Oh dear!", seufzte Mr Fellows. "Pam left her mobile at home. Let's try Matt's number."
Mrs Fellows tippte auch Matts Nummer ein, doch

---

in time rechtzeitig

ohne Erfolg. Dieses Mal kam das Klingeln aus dem Flur. “**Typical**!”, schimpfte sie und seufzte tief. “It looks like there’s nothing we can do **at the moment** but wait.”

Endlich hatte die Fahrt ein Ende. Als es in zügigem Tempo die Straße entlang und danach auf einem kurvenreichen Feldweg bergauf ging, ahnte Cora schon, dass sie bald am Ziel waren. Das war auch gut so, denn sie hatte in der Zwischenzeit jede Menge blaue Flecken an ihren Beinen und ihrem Hinterteil bekommen.

Endlich, endlich hielt der Wagen. Die Bremsen quietschten und jemand knallte die Tür. Gleichzeitig kamen eilige Schritte auf den Wagen zu.

“Jim! What took you so long?”, hörte Cora den Dobermann schon von Weitem rufen.

“What about the kids?”, fragte der Mann zurück, ohne auf den Vorwurf einzugehen.

“**Locked up**, like I told you”, sagte der Dobermann. “But I’m sure their parents will come here soon. We have to take the horses somewhere else.”

“To the stable at Owen’s farm?”, fragte Jim.

“We’ll have to, yes. Can we get them all into the horse trailer?”

---

typical typisch
at the moment im Moment
locked up eingesperrt

"Let's try", antwortete Jim. "We'll put two horses on each side. It'll be a bit **crowded**, but I'll drive carefully."
"And what about the **sick** pony?", wollte der Dobermann wissen.
"**Chase him away**", schlug Jim vor. "Someone will find him."
Cora war längst wieder hinter den Kittel gekrochen. Jetzt, als die Laderampe heruntergelassen wurde, zog sie erneut die Beine an und machte sich ganz klein. Zum Glück kam niemand auf die Idee, einen genaueren Blick in den Hänger zu werfen. Die Männer hatten es sehr eilig.
"Hurry up!", rief der Dobermann dem anderen Mann zu.
Cora wartete, bis sich die Schritte entfernt hatten. Dann stand sie leise auf. Eigentlich taten ihre Beine so weh, dass sie sie kaum bewegen konnte, aber sie versuchte, den Schmerz nicht zu beachten. Jetzt ging es darum, Pam und Matt zu finden – und zu befreien. "Locked up", hatte der Dobermann gesagt. Was er damit wohl gemeint hatte?
Cora warf einen kurzen Blick aus dem Hänger und wartete, bis die Männer im Stall verschwunden waren. Dann lief sie los.

---

crowded *hier:* eng
sick krank
chase him away jag ihn fort

Wo in aller Welt konnten ihre Freunde sein? Der Hof war groß und unübersichtlich. Dämmerung hatte sich über die Stallungen gelegt. Es war mühsam, die anderen Gebäude zu erkennen.
Ah, dort hinten war ein kleiner Schuppen, der wie ein Hühnerstall aussah. Schnell lief Cora hinüber und klopfte an die Tür.
"Pam, Matt? Are you inside?"
Es raschelte.
"Cora? Oh, thank God – Pam, it's Cora. Yes, we're here", hörte sie Matts Stimme dumpf durch die geschlossene Tür. "Can you open the door?"
Cora warf einen Blick auf das Vorhängeschloss. Nein, der Schlüssel steckte nicht.
"No, sorry", sagte sie.
"Oh, **damn**", fluchte Pam. Und Matt hatte noch ganz andere Flüche auf Lager.
"Don't worry", flüsterte Cora. "I'll look for the key." Und obwohl sie selbst starke Zweifel hatte, dass sie so viel Glück haben würde, schlich sie einmal um den Stall herum. Es gab Menschen, die ihre Schüssel irgendwo in Haus- oder Stallnähe versteckten. Gott sei Dank schien der Dobermann genau zu diesen Leuten zu gehören, denn er hatte den Schlüssel unter einen Stein an der Seite des Stalls gelegt.

Damn! Mist!

"I've found it!", flüsterte Cora und konnte es selbst kaum glauben. Sie steckte ihn ins Schloss und er passte. Dann öffnete sie die Tür.
Pam und Matt stolperten ins Freie und drückten ihre Freundin fest.
"Oh, it's so good to see you", murmelte Matt.
"Cora, you **saved** us", flüsterte auch Pam.
Aber das war maßlos übertrieben, denn gerettet waren sie noch lange nicht.
Nun hörten sie Pferdegetrappel, und in der einsetzenden Dämmerung konnten sie sehen, wie der Dobermann das hustende Pony auf den Hof führte.
"Get lost!", rief der Dobermann und schwenkte die Gerte. Doch das Pony blieb stehen und sah ihn unsicher an.
"Hurry up!", brüllte der Mann und schlug nun mit der Gerte auf das Pony ein. "Get lost before I **change my mind**!"
"**Bastard**!", zischte Matt.
Cora und Pam bissen sich auf die Unterlippe. Was sie sahen, ging ihnen sehr nahe. Warum in aller Welt verschwand das Pony nicht? Es schien sehr anhänglich zu sein.
Wieder ließ der Dobermann die Gerte klatschen, und nun verstand das Pony und trabte davon.

---

saved hast gerettet
change my mind meine Meinung ändere
bastard Scheißkerl

“Thank God for that!”, flüsterte Pam.
Wieder war Hufgetrappel zu hören. Jim kam mit zwei Pferden am Strick aus dem Stall, und der Dobermann folgte ihm wenig später mit zwei weiteren.
“They’ll take them away”, flüsterte Pam.
Cora schlich zur Hausecke und zog den Fotoapparat aus der Tasche. Diesmal schaltete sie sorgsam den Blitz aus, bevor sie ein paar Aufnahmen machte.
Die beiden Männer hatten Schwierigkeiten, die Pferde auf den Hänger zu bekommen. Zwei waren in den beiden Boxen links und rechts, doch die anderen mochten sich einfach nicht in die enge Lücke quetschen. Sie wieherten und zogen am Strick, dass die Männer ihre liebe Not hatten, die Tiere zu beruhigen.

“Let’s go and find a phone”, flüsterte Pam und machte eine Kopfbewegung zum Wohnhaus.
“Not in the house!”, versuchte Cora die beiden abzuhalten.
“This is the easiest way to get help. Or do you want to run all the way to Poole to look for a phone box? We’ll be very careful, of course”, sagte Pam.
Schließlich sah Cora auch ein, dass sie kaum eine Wahl hatten. Bis sie eine Telefonzelle gefunden hatten, waren die Männer wahrscheinlich über alle Berge.
So schlich sie hinter Matt und Pam her ins Haus. Sie liefen durch die Küche, von dort über den Flur zum Wohnzimmer. Auf einem kleinen Tischchen in der

Ecke stand ein schnurloses Telefon. Pam nahm das Mobilteil und wählte die Nummer ihrer Eltern.
“Hi Mum, it’s me, Pam. Listen, Mum – yes, don’t worry, we’re all right. Mum, listen to me!”
In dem Moment sahen Cora und Matt, wie der Dobermann sich umdrehte und auf das Haus zukam.
“Pam, hurry up! He’s coming!”, flüsterte Cora. Dann verschwand sie mit Matt hinter dem Sofa.
“Mum, we’re in **danger**! 45 Longfleet Road”, sagte Pam zwischen das Gezeter ihrer Mutter und drückte das Gespräch weg. Dann legte sie den Hörer auf den Tisch und sprang ebenfalls hinters Sofa.
Alle drei saßen eng aneinandergedrückt da und warteten. Der Dobermann hatte das Wohnzimmer betreten. Er schien etwas zu suchen, denn er kramte ungeduldig in einer Schublade herum. Schließlich zog er eine lange weiße Leine heraus. Er prüfte sie einen Moment lang. Dann fiel sein Blick auf das Telefon auf dem Tischchen.
“What’s this doing here?”, murmelte er und hielt das Mobilteil einen Moment lang in der Hand. Cora, Matt und Pam wagten nicht, sich zu bewegen.
“Forget it!”, raunzte der Dobermann und legte den Hörer auf die Ladestation zurück. Dann ging er mit der Leine nach draußen.

---

danger Gefahr

Endlich Hilfe

Mit ratlosem Gesicht hielt Mrs Fellows den Hörer in der Hand.
"What's wrong, Kate?", wollte ihr Mann wissen.
"I don't know", erwiderte sie und setzte sich an den Tisch zurück. Sie dachte einen Moment nach. "She kept saying 'Mum, listen to me'!"
"That's because you never listen to what people say!", regte sich nun Mr Fellows auf. "You **immediately** started **to tell her off**. Where are you? Why aren't you home? It's time for supper! You never listen to **anyone** else."
"That's not true!", empörte sich seine Frau. "I asked her how she was and what she was doing." Sie versuchte sich genau zu erinnern. "She was very **nervous**!", sagte sie dann. "And she said something about … something about being in danger."
"Danger!" Mr Fellows sprang auf. "Did she really say they were in danger?"
"Yes, she did." Mrs Fellows wurde kreideweiß. "She said, 'We're in danger!'"
"My God!"

---

immediately sofort
to tell her off ihr Bescheid zu stoßen
anyone irgendjemand
nervous nervös

"She **gave** me an address", fuhr Mrs Fellows fort und dann sah sie ihren Mann mit großen Augen an. "My God, what if she really is in danger, and I wasn't really listening to her? All I could think of was that their supper was ready!"
"Try to remember the address", redete ihr Mann beschwörend auf sie ein. "We have to call the police."
Mrs Fellows wanderte im Wohnzimmer auf und ab. "The address. What was the address? Something like Longfellow or Longflight or ..."
"Longfleet Road! I know where they are!" Mr Fellows sprang jetzt auf. "The man who sold Diva to us lives in Longfleet Road in Hamworthy! And if they said they were in danger, I **bet** they've been trying to **spy on** him."
Er schnappte sich nun das Telefon, und noch während er seine Unterlagen nach dem Kaufvertrag durchsuchte, telefonierte er mit der Polizei.
"Hello – my name is Fellows, Jack Fellows. We just got a **mysterious** call from our daughter Pam. She said she's in danger. She may be on a farm in Hamworthy, at 45 Longfleet Road. Did you get it? ... Okay, good, we're on our way too." Er legte auf.

---

gave hat gegeben
bet wette
spy on ausspionieren
mysterious mysteriös

Nun stand Mrs Fellows mit weit aufgerissenen Augen neben ihm.
"Oh, Jack, do you really think they're in danger?", fragte sie mit rauer Stimme. "I'm a **terrible** mother. My kids are in danger and all I can think about is …"
"Your supper, I know." Mr Fellows legte ihr einen Arm um die Schultern. "Kate, please **don't blame yourself**. You're a **fantastic** mother; you cook wonderful **meals** and you're always there for the kids whenever they need you. But now we have to get to Hamworthy as fast as we can."
"All right", erwiderte seine Frau bedrückt. Dann hetzten sie zum Auto.
Cora, Matt und Pam schlichen zum Wohnzimmerfenster und blickten hinaus. Der Dobermann und sein Komplize versuchten gerade, die beiden Pferde mithilfe der Leine auf den Hänger zu drängen. Sie banden die Leine an einem Ende des Hängers fest und zogen sie immer enger an das Pferd heran, bis es schließlich ängstlich auf den Hänger sprang.
"Four horses in such a small trailer is very dangerous", bemerkte Matt. "They may **kick** each other."

---

terrible furchtbar
don't blame yourself mach dir keine Vorwürfe
fantastic fantastisch
meals Essen
kick treten

"I hope the last horse takes its time, so that Mum and Dad get here before the men are gone", wünschte sich Pam. Und das hoffte auch Cora aus tiefstem Herzen.

Aber ihr Wunsch erfüllte sich nicht. Mithilfe des Seils sprang auch das vierte Pferd schließlich ängstlich auf den Hänger. Die beiden Männer machten sich noch nicht einmal die Mühe, es im Innenraum anzubinden. Sie schlossen die Klappe, Mr Rumseys Komplize sprang ins Fahrerhaus und startete den Motor. Niedergeschlagen sahen die Kinder zu, wie der Wagen mit dem Hänger vom Hof fuhr.

"Damn! He's gone!", fluchte Matt.

"And we don't know whether we'll ever see these horses again", fügte Cora bedrückt hinzu.

"I wonder why Mum and Dad aren't here yet", überlegte Matt.

"Perhaps Mum didn't understand me", berichtete Pam. "She asked where we were and why we didn't come home for tea. She said something about scones."

"That's typical of her", stöhnte Matt. "If she baked scones she won't have listened to you."

"Oh!", rief Cora entsetzt. "Then they're probably not coming at all. In that **case**, hadn't we better hide outside?"

---

case Fall

Sie sahen, wie Mr Rumsey wieder über den Hof ging. In der Dunkelheit war er kaum noch wahrzunehmen. Aber er schien jetzt die Richtung des Hühnerstalles einzuschlagen, in dem er Pam und Matt eingesperrt hatte.

"Damn! Now he'll **discover** that we've managed to **escape**", rief Matt aufgeregt.

Sie schlichen sich nach draußen und lauschten. Es war nichts zu hören. Schnell tasteten sich die drei über den Hof.

Da war wieder dieses Geräusch, das Cora schon in der vergangenen Nacht so erschreckt hatte. Ein sanftes Pusten ertönte direkt neben ihrem Ohr. Und dann spürte sie einen großen Kopf dicht neben sich.

"Huch!", machte sie unwillkürlich und ärgerte sich im selben Moment. Wie konnte sie nur so dumm sein? Aber sie hatte einfach nicht mehr mit einem Pferd gerechnet. Hatten die Männer denn nicht alle weggebracht? Cora biss sich vor Wut auf die Lippe.

"Cora?", hörte sie da schon Matts Stimme leise neben sich. "Are you okay?"

Cora nickte. Aber in der Dunkelheit konnte Matt es nicht sehen. "Are you okay?", fragte er noch einmal und seine Stimme klang beunruhigt.

"Yes!", flüsterte Cora.

---

discover entdecken
escape entkommen

"Stop!", hörten sie plötzlich die Stimme von Mr Rumsey hinter sich. "Stop!"

Seine Schritte kamen näher.

Cora hätte sich ohrfeigen können. Durch ihr dämliches Verhalten hatte sie sich und ihre Freunde verraten. Das kann doch nicht wahr sein!, dachte sie verzweifelt. Da waren wir der Rettung so nahe. Und ausgerechnet jetzt muss ich dumme Kuh wieder schreien, und dieser schreckliche Typ erwischt uns auf der Flucht.

Vorsichtig versuchte sie, sich ein bisschen weiter Richtung Fahrrad zu bewegen.

"I said stop, you silly girl!", fluchte Mr Rumsey und hielt etwas in der Hand, das im Mondschein gefährlich glitzerte.

"Cora! Stop! He's got a **gun**!", warnte Matt sie.

Da blieb Cora erschrocken stehen.

Der Dobermann trat dichter an sie heran.

"Well, I **knew** there was another girl", sagte er und sah ihr nun direkt ins Gesicht. "You think you're **pretty** clever, **don't you?**"

Cora wagte kaum zu atmen. Der Mann sah wirklich ziemlich gefährlich aus. Sein Gesicht war bleich und die dunklen Augen lagen in tiefen Höhlen.

---

gun Waffe
knew habe gewusst
pretty *hier:* ziemlich
... , don't you? ... , nicht wahr?

"Don't you?" Er schubste sie nun mit seiner Hand. "Answer me!"
Cora stolperte nach hinten. Sie bekam es mit der Angst zu tun.
"No, sir", sagte sie. "No, not really, I'm not very clever."
"How true!", sagte der Mann und fletschte dabei die Zähne. "You're not very clever. Otherwise you wouldn't have come to my farm."
Jetzt lachte er böse. Dann schubste er Cora noch einmal so hart, dass sie fast das Gleichgewicht verlor. Cora spürte, dass alle Farbe aus ihrem Gesicht gewichen war. Ihre Hände zitterten.

"Don't hurt her!", rief Matt nun total erschrocken. "If you do … " Er brach ab. Womit konnte er dem Mann schon drohen?
"If I hurt her you'll do what?" Der Dobermann drehte sich zu Matt um und lachte drohend. "What? Will you help her?" Er hielt die Pistole in die Luft. "Remember, my friend, I'm much **stronger** than you are."
Matt spürte seine Angst, aber gleichzeitig auch seine große Wut. Am liebsten hätte er diesem Kerl auf der Stelle den Hals umgedreht.
Pam schien das zu spüren.
"Calm down, Matt", sagte sie leise.

---

stronger stärker

Da! War das nicht Motorengeräusch? Und dann sahen sie auch schon Scheinwerfer näher kommen. Ein Wagen, und dann noch einer. Pam jubelte innerlich. Ihre Mutter hatte sie doch verstanden! Und ihre Eltern hatten gleich die Polizei mitgebracht.
"The police are coming!", sagte Matt ein bisschen schadenfroh zum Dobermann. Dann aber fiel ihm ein, dass der ja immer noch seine Waffe hatte. "Be careful!", rief er deshalb den Polizisten zu, als diese aus ihren Wagen stiegen. "He's got a gun!"
Sofort gingen die Polizisten in Deckung. Einer von ihnen forderte über Funk bewaffnete Verstärkung an, während grelles Scheinwerferlicht den Hof erhellte. "Mr Rumsey, don't do anything stupid!", rief jemand. "We've only come to **investigate** a phone **call**. **Drop** your gun and put your hands where we can see them!"
Nun lachte Rumsey heiser. "Silly kids!", rief er. "I don't have a gun! This is only a toy to **frighten** the children. They came to my house and **broke into** the stables." Er winkte den Polizisten mit der Waffe zu. "Come **closer**. And don't worry: I'm a **per-**

investigate ermitteln
call Anruf
drop lassen Sie fallen
frighten Angst einjagen
broke into sind eingebrochen in
closer näher

fectly friendly man. I'**ve** never **broken the law**. Nosy children are the only thing I don't like."
Einer der Polizisten trat aus der Deckung heraus und schritt auf Mr Rumsey zu. "Give me your gun!", sagte er und streckte die Hand aus. Mr Rumsey reichte sie ihm. Der Polizist nahm die Waffe an sich und schaute sie genauer an.
"A toy gun", lachte er dann erleichtert und winkte seinem Kollegen und den Fellows, näher zu kommen. "Sorry, sir, but I'm only doing my **job**!", sagte er fast entschuldigend.
"Of course."
Mr Rumsey gab sich jetzt ganz verständnisvoll. "I've never broken the law", sagte er noch einmal. "But these two girls here and that boy **have behaved** very badly. They were spying on me as if I were a thief." Er lachte. "Of course, at that age you like to play **detective**. But I **decided to teach them a lesson**. That's why I scared them with the gun."
Nun waren endlich auch Mr und Mrs Fellows bei den Kindern und drückten sie fest.

---

perfectly *hier:* durchaus
(have) broken the law (habe) gegen das Gesetz verstoßen
job Arbeit
(have) behaved (haben) sich benommen
detective Detektiv
decided habe mich entschieden
to teach them a lesson ihnen eine Lektion zu erteilen

"Oh, why did you do this?", sagte Mr Fellows vorwurfsvoll, nachdem er sich Tränen der Erleichterung von den Wangen gewischt hatte. "Haven't I told you more than once that you mustn't trespass on other people's property?"
"But Mr Fellows!", rief Cora aufgeregt. "Rumsey's a thief. He steals horses. We can **prove** it."
Mit diesen Worten holte sie ihre Kamera aus ihrem Rucksack. "I **hid** in a horse-trailer to watch his **accomplice**. Look at this photo."
Und sie zeigte das Foto, das sie auf der Koppel gemacht hatte.
"I'm sorry, but that doesn't prove anything", entgegnete der Polizist, als er auf das Foto schaute. "This only shows a man looking at two horses. Did the man steal the horses afterwards?"
"No", entgegnete Cora verärgert. "He got a phone call and **drove** back to this farm to **collect** four horses here."
Sie drückte auf ihrer Kamera herum, um weitere Fotos zu zeigen.
"Look, here they are going into the trailer", sagte sie und zeigte auf die Fotos, die sie von der Verlade-

prove beweisen
hid habe mich versteckt
accomplice Komplize
drove ist gefahren
collect abholen

aktion gemacht hatte. Aber auch diese Fotos waren als Beweis nicht tauglich. Sie waren viel zu dunkel. Jetzt spielte Cora ihre letzte Trumpfkarte und zeigte das Foto von Jim und dem Dobermann, als dieser den Geldbeutel gezückt hatte, aber auch da hatte sie den Moment der Übergabe nicht richtig erwischt.

Mr Rumsey verdrehte die Augen.

"Just kids playing games", sagte er lachend. "When I was twelve I played at being a detective, too, whenever I had the chance."

Er öffnete die Stalltür. "Come in and look around. I have three horses, and they all **belong** to me. I can prove it. I have all the **documents**."

Wieder biss sich Cora auf die Lippen. Sie hatten versagt. Er spielte ihnen nun den Farmer vor, der seine Pferde in guter Haltung hielt und sich nichts vorzuwerfen hatte. Und sie dagegen sahen aus wie kleine Kinder, die Räuber und Gendarmes spielten. Das war doch alles mehr als peinlich.

Die Erwachsenen betraten den Stall. Pam, Cora und Matt folgten ihnen bedrückt.

"Dad, please believe me", redete Matt beschwörend auf seinen Vater ein. "There's something wrong here. Some horses **arrived** here during the day, and

---

belong gehören
documents Unterlagen
arrived sind angekommen

when he thought that the police were about to come, **he had them taken away**."

"Let's talk about this later", winkte Matts Vater ab. Er beeilte sich, Mr Rumsey zu folgen.

"Look, this is Polly, my favourite", stellte der gerade einen schönen Apfelschimmel vor. "She's a cob. She's belonged to me for three years. I have a **certificate** to prove it."

"Nice horse", lobte Mr Fellows. "I like cobs a lot."

"And these two are cobs too", fuhr Mr Rumsey fort und zeigte auf die nächsten beiden Boxen. Die Pferde darin waren ebenfalls in gutem Zustand. "I bought them on a horse market last summer. And of course I also have the documents to prove it."

"So it'd be nice if you showed us these documents", sagte der Polizist. "And then we'll leave."

"Please, come into the house", lud sie der Farmer ein. "All the documents are in my **study**."

"Don't believe a word of what he's saying", rief Matt verzweifelt, als die Erwachsenen Mr Rumsey ins Wohnhaus folgen wollten. "Look at these four **boxes**. There's **straw** inside, and **horse droppings** too."

---

he had them taken away ließ er sie abholen
certificate *hier:* Beleg
study Arbeitszimmer
boxes Ställe
straw Stroh
horse droppings Pferdeäpfel

"Of course there is", wischte Mr Rumsey auch dieses Argument beiseite. "A friend of mine stayed here for a couple of days. He had some horses with him, to sell at the horse market in Poole. But he's an **honest** man. He doesn't sell stolen horses."

Und Mr Rumsey lachte. Nun lachten die anderen Erwachsenen auch. Mr Fellows sah zwar noch etwas skeptisch aus, denn schließlich musste dieser Mann irgendwie an Diva gekommen sein. Aber für die anderen war die Sache klar. Drei Kinder wollten Detektiv spielen und dabei war ihnen die Fantasie durchgegangen.

Cora schielte zu Pam und Matt hinüber. Sie sahen verlegen aus.

Die Erwachsenen gingen nun zum Haus hinüber, um sich die Dokumente anzusehen. Cora, Matt und Pam blieben auf dem Hof zurück.

"It wasn't a **dream**", sagte Cora mit fester Stimme. "I was sitting in the trailer and I saw the man trying to steal two horses. But then he had to come back."

"And we also saw **the four horses being driven away**", erinnerte Pam ihre Freunde. "This was very **suspicious**!"

---

honest ehrlich
dream Traum
the four horses being driven away wie die vier Pferde weggebracht wurden
suspicious verdächtig

"And he frightened us with a gun and locked us in a shed", erinnerte Matt. "You don't do things like that if you've got nothing to hide."
"You're right", seufzte Cora. "But the **grown-ups** don't believe us."
Alle ließen die Köpfe hängen. In dem Moment öffnete sich die Tür zum Wohnhaus und die Polizisten, Mr Rumsey und Pams und Matts Eltern traten auf den Hof.
"Right", sagte Mr Fellows gerade. "The documents are okay. These three horses belong to Mr Rumsey." Er lächelte. "Come on, kids, **apologize** to Mr Rumsey and promise him you'll never trespass on his farm again!"
Lieber kratze ich ihm die Augen aus!, dachte Cora wütend. Auch Matt schien ähnlich zu denken, denn er hatte die Unterlippe trotzig nach vorne geschoben.
Nur Pam gab sich einen Ruck, ging zu Mr Rumsey und gab ihm die Hand.
"I'm sorry, Mr Rumsey", sagte sie verlegen. "I'll never do it again."
"All right, young **lady**", erwiderte Mr Rumsey. "I understand. You lost your horse, and you wanted to find the thief. It's okay."

---

grown-ups Erwachsene
apologize entschuldigt euch
lady Dame

"Thank you", sagte Pam und schluckte.
Gleich wird das hier eine echte Hollywood-Schnulze, dachte Cora verärgert. Da steht der Obergauner mit einem Gesichtsausdruck, als könnte er keiner Fliege etwas zuleide tun, und wir müssen uns bei ihm entschuldigen.
"Now you, Matt! I want you to apologize, too!"
Mr Fellows sah Matt mit strengem Blick an. Matt zögerte. Der Schritt schien ihm schwerzufallen. Langsam ging er auf Mr Rumsey zu und sah dabei zu Boden. Cora hatte furchtbares Mitleid mit ihm. Warum musste sein Vater ihn bloß so demütigen? Sie, das war jedenfalls klar, würde sich nicht für ihr Verhalten entschuldigen.

Gerade wollte Matt Mr Rumsey die Hand reichen, da ertönte Hufgetrappel auf dem Hof. Alle drehten sich um. Das Pony, das so gehustet hatte und von Mr Rumsey fortgejagt worden war, war zurück. Unruhig blieb es vor der verschlossenen Stalltür stehen und wieherte leise.
Nun redeten alle durcheinander.
"Who's that?"
"Whose pony is that?"
"Do you know this pony?"
Und Mr Rumsey versuchte sich herauszureden.
"I've never seen that pony before in my life", versicherte er immer wieder. "I've no idea what it's doing here."

Nun platzte Cora endgültig der Kragen. Schon so lange hatte sie mit ansehen müssen, dass hier das Recht zu ihren Ungunsten verschoben wurde.
"This pony is as sick as Diva is!", rief sie wütend. "It coughs exactly like Diva. Mr Rumsey chased it away because he was worried that it would infect the other horses. Isn't that right, Mr Rumsey?"
"Don't be **ridiculous**", versuchte sich Mr Rumsey aus der Affäre zu ziehen. "I've never seen this pony in my life. I'm sure it'**s** just **run away** from another farm and now it's heard and smelled the other horses."
"Maybe!", erwiderte Cora, die sich inzwischen gut in die Denkweise der Erwachsenen hineinversetzen konnte. "But it's also possible that it's been living on your farm for a while."
Nun sprang Matt dazwischen. Er hatte eine geniale Idee.
"Let's see where it goes next", sagte er. "I'm telling you now, this pony's box was the last one on the left, right next to the window. We should look and see which box it wants to go into!"
Die Idee schien auch die Erwachsenen zu überzeugen. Alle drängten sich nun hinter dem Pony in die schmale Stallgasse. Der Wallach schien sich gut aus-

---

ridiculous absurd
(has) run away (ist) weggelaufen

zukennen. Mit langen, sicheren Schritten ging er direkt auf die hintere Box auf der linken Seite zu und trat ein. Dann schaute er über die halbhohe Boxenwand zu dem Apfelschimmel hinüber und brummelte leise. Auch der Apfelschimmel wieherte einen herzlichen Willkommensgruß, schob dann seinen Kopf hinüber und knabberte dem Pony den Mähnenkamm.

"Welcome back, my friend", übersetzte Matt die Pferdesprache. Die anderen lachten.

"Mr Rumsey", sagte nun einer der Polizisten, "I hope you won't mind showing us the documents for this little **fellow**, too."

Der Dobermann schwieg. Wahrscheinlich überlegt er sich gerade eine plausible Erklärung, dachte Cora.

Plötzlich schrie Pam leise auf.

"Matt, Cora, do you know what I think? This is a Dartmoor pony, isn't it, Dad?"

"Well, yes, definitely. Why do you ask?", antwortete ihr Vater verwundert.

"A brown Dartmoor pony", wiederholte Pam und schubste Cora ungeduldig an. "A brown Dartmoor pony! Don't you see what that means?"

Cora dämmerte es, worauf ihre Freundin hinauswollte. "Cheeky!", sagte sie leise.

"Cheeky!", wiederholte nun auch Matt.

---

fellow Bursche

"Who's Cheeky?", wunderte sich Mrs Fellows.
"I think this is Mr Hatson's Dartmoor pony. It was stolen a couple of weeks ago", erklärte Pam.
Nun redeten alle durcheinander. Cora wäre am liebsten auf der Stelle mit dem Fahrrad zum alten Hatson gefahren und hätte ihn als Zeugen geholt. Aber sie musste sich noch eine Weile gedulden. Zuerst gab die Polizei Mr Rumsey die Chance, nach den Papieren für das Pony zu suchen. Dann hörten sie sich seine Ausreden und seine Empörung über die ungerechte Behandlung und die furchtbar neugierigen Kinder an. Dann erst fuhr Mr Fellows los, um den alten Hatson zu holen.

Als die beiden schließlich auf dem Hof ankamen, war es schon fast Mitternacht. Cora, Matt und Pam hatten nebeneinander auf einem Strohballen gesessen und gewartet, die Polizisten hatten sich die Zeit mit Kartenspielen vertrieben, der Dobermann war immer wieder nervös zwischen Wohnhaus und Stall hin- und hergegangen und Mrs Fellows schließlich hatte sich um einen Tierarzt für das kranke Pony gekümmert.
Doch als der alte Hatson mit angespanntem Gesicht aus Mr Fellows' Van stieg, wurden alle noch einmal wach.
"Sorry to wake you in the middle of the night, sir", sagte einer der Polizisten entschuldigend. "But the

young lady over there thinks you should have a look at this pony. She **claims** …"

Weiter kam er nicht, denn Mr Hatsons Gesichtsausdruck hatte sich schlagartig verändert. Mit weit aufgerissenen Augen starrte er das Dartmoor-Pony an.

"Cheeky!", flüsterte er. "Cheeky!"

Das ging allen durch Mark und Bein. Cora war ganz dicht an Pam herangerückt und fasste ihre Hand. Und auch Matt musste vor Rührung schwer schlucken.

Mr Hatson stürzte in die Box und umarmte sein Pferd. Dann drückte er sein Gesicht an den warmen Pferdehals.

"Sorry", sagte er nach einer Weile. "I'm just so glad to have him back!" Er schniefte verlegen. Cheeky knabberte an seinem Hemd. Bestimmt erkannte er ihn auch.

"Mr Hatson", sagte einer der Polizisten ernst. "Are you really sure that this is your pony?"

"Of course I am", sagte der Alte und es klang fast ein bisschen beleidigt. "And I can prove it." Er streichelte das Pony ohne es näher anzuschauen. "**For example**, Cheeky has black socks on all four legs just up to his knees and a small white **fleck** on his shoulder. And for a Dartmoor pony he's quite big,

---

claims behauptet
for example zum Beispiel
fleck Fleck

fifty **inches** to be exact. Do you have a **tape measure**?"

Der Polizist zog ein Maßband aus der Hosentasche und maß nach. "Fifty inches", sagte er dann.

"That proves nothing!", gab Mr Rumsey wütend von sich. "All Dartmoor ponies are brown, and all Dartmoor ponies have black socks, and a lot of them are as big as him."

Mr Hatson schnaubte zornig und es sah fast so aus, als wolle er sich auf den Pferdedieb stürzen.

"Shut up!", schrie er. "You and your friend have made so many people **unhappy**!"

"Mr Hatson, please calm down", versuchte der Polizist ihn zu beruhigen. "I promise you we'll find his accomplice as soon as possible."

"Well, it's getting late", mischte sich Mrs Fellows in die Unterhaltung. "The kids must go to bed. It was a really **exciting** day. Come on, let's all go home now. Mr Hatson, we'll take you home, and tomorrow we'll be back to get your horse."

Aber das ließ der alte Mann auf keinen Fall zu.

"**Certainly not**!", rief er. "I won't leave Cheeky with this thief another night! What will happen if I

---

inches Zoll *(englische Maßeinheit; ein Zoll entspricht 2,54 cm)*
tape measure Maßband
unhappy unglücklich
exciting aufregend
certainly not auf keinen Fall

leave my pony in this stable? Perhaps by tomorrow he'll be gone, God knows where, and the **main evidence** in this **crime will have disappeared**."

"He's right", bemerkte nun auch Matt. "I would do the same thing if I were him."

Auch die Polizisten waren entschieden dagegen, das Pony auf dem Hof zu lassen, und so wurde die Nacht noch länger, als sie ohnehin schon war. Pams Vater bot Mr Hatson an, das Pony zu sich zu nehmen und in seinem Stall unterzubringen, bis Mr Hatson seinen Stall für Cheekys Rückkehr hergerichtet hatte. Der alte Mann war über diesen Vorschlag überglücklich.

Also fuhr Mr Fellows zurück zum Ponyhof, um einen Hänger zu holen, und anschließend transportierte er Cheeky, seine Frau, seine Kinder, Cora und den alten Hatson zu sich nach Hause.

Es war fast drei Uhr früh, als Cora todmüde ins Bett fiel. Unter normalen Umständen hätte sie noch lange mit Pam geredet, aber die war genauso kaputt. Deshalb begnügten sich die beiden mit einem knappen "Good night, sleep tight", bevor sie in einen tiefen, traumlosen Schlaf fielen.

---

main evidence wichtigstes Indiz
crime Verbrechen
will have disappeared wird verschwunden sein

So wird man berühmt

Der Morgen verlief urgemütlich. Mrs Fellows hatte den Frühstückstisch auf der Wiese vor dem Pferdestall aufgebaut und gedeckt, und nun aßen sie lange und genüsslich Cornflakes mit Milch und Zucker, Toast mit Marmelade, Rührei mit Schinken und kleine scharfe Würstchen mit gebackenen Bohnen und Speck. Dazu gab es Saft und Tee.

Cora fühlte sich rundum glücklich. Es war schön, zwischen Pam und Mr Hatson zu sitzen und zu sehen, wie sich beide mit strahlenden Gesichtern das Frühstück schmecken ließen.

Immer wieder sah Mr Hatson zu seinem Cheeky, der zwar auf einer Wiese für sich allein stand, aber zu den anderen Pferden hinüberschauen konnte.

"The vet will come again **around noon**", berichtete Mr Fellows. "I'm sure Cheeky will **get well** again as quickly as Diva has."

"I have a question", sagte Mr Hatson nach einer Weile und nahm einen Schluck Tee. "May I leave Cheeky on your farm? It's quite lonely for a young pony, living alone with an old man like me. I'm sure he'd feel better if he were around other horses."

"Of course you can leave him with us", sagte Mr

---

around noon gegen Mittag
get well sich erholen

Fellows. "We'**ll take good care of him**, and you can come and visit him whenever you want."
Mr Hatson strahlte. Er schaute die drei Kinder an.
"Will you be so **kind** as to ride him when he's feeling better?", wollte er wissen.
Pam und Cora verschluckten sich fast vor Aufregung. Das waren ja tolle Aussichten.
"Of course – that'll be great fun", rief Pam. "I love Cheeky already. And we promise we'**ll keep an eye on him**."
"I'm sure you will", lächelte Mr Hatson.
Er wirkte überhaupt nicht mehr verrückt, sondern im Gegenteil ausgesprochen aufgeräumt und fröhlich. In dieser großen Runde schien er regelrecht aufzuleben.
Da klingelte Mr Fellows' Handy. Er zog es aus der Tasche.
"Hello? Oh! – It's the **police station**… – What happened? Interesting … aha … I understand … Yes, I'll tell them. Yes, if you want to; you can come right now. We're all at home. And Mr Hatson's with us too."
Pam, Matt und Cora platzten fast vor Neugierde.
"What happened?", riefen sie wie aus einem Munde, als Mr Fellows das Gespräch beendet hatte.

(will) take good care of him (werden) gut auf ihn aufpassen
kind nett, gütig
(will) keep an eye on him (werden) auf ihn aufpassen
police station Wache

Er grinste. “Rumsey’**s confessed** to stealing the horses”, berichtete er.
Am Frühstückstisch brach Jubel aus.
“And he also confessed that he worked with two other men. One is called Jim Coleman and the other Thomas Owen. Coleman you know already. He and Owen stole the horses; Rumsey’s job was to sell them on local horse markets. All three of them made quite a lot of money doing it.”
“I can believe that”, schnaubte Matt.
“The police checked the neighbourhood for the four horses you **mentioned** yesterday. They found them on Owen’s farm. Now they’re looking for the owners.”
“It sounds like some other people are going to be happy today as well”, seufzte Mr Hatson und schaute erneut zu Cheeky hinüber. “It’s terribly sad when you believe that your horse is gone **for ever**.”

Zwei Stunden später traf die Polizei ein und stellte unendlich viele Fragen. Plötzlich waren Coras Fotos doch nicht so uninteressant und an der Wahrheit der Geschichte zweifelte auch niemand mehr.
Pams und Matts Eltern hatten allerdings große Mühe, sich die Geschichte ihrer Kinder in Ruhe anzuhören.

(has) confessed (hat) gestanden
mentioned habt erwähnt
for ever für immer

"How **careless** of you!", schimpfte Mrs Fellows. "What would have happened if that Mr Rumsey had hurt you?"
"But we're **alive**, **we're fine**, and we've had wonderful, interesting holidays", lachte Cora. "I'll definitely come back next year. England is such an exciting country."
"That is because Agatha Christie and Alfred Hitchcock lived here", grinste Matt.
Das Polizeiverhör zog sich bis in den frühen Nachmittag, und als es endlich zu Ende war, konnten Pam, Cora und Matt kaum abwarten, wieder zu reiten. "A day without riding is a lost day", sagte Matt. Und so waren sie froh, als Mr Kingston, der Lord, auf dem Hof vorfuhr.

"Okay, kids! It's time to do some **real** riding. No more bikes today – your horses have missed you", sagte er und klatschte in die Hände.

Es war alles wie immer. Die Sonne schien, und die Reitschüler ritten auf dem Hufschlag durch die Halle. Die kleine rot-weiße Katze lag auf einem Balken und schaute zu, Sammy, der cremefarbene Labrador, überwachte die Reitstunde von der Mitte der Halle

---

careless leichtsinnig
alive am Leben
we're fine uns geht's gut
real echt

aus, und dem graumelierten Lord entging kein einziger Fehler.
“Pam, watch your hands”, sagte er. Und kurze Zeit später: “Cora, not too close to Pam.” Und dann endlich kam auch die Bemerkung: “Matt, you’re sitting on a horse, not on a chair.”
Kurzum, es war wundervoll. Cora hatte das Gefühl, schon lange nicht mehr so glücklich und zufrieden gewesen zu sein. In ruhigem Tempo ritt sie hinter Pam her und achtete darauf, dass sie die Ecken ausritt und nicht abkürzte.
Irgendwann wurde es draußen unruhig. Einige Autos waren vorgefahren. Plötzlich wurde die Tür der Reithalle aufgerissen und ein Mann und eine Frau stürmten herein.
“Are you the kids who caught the horse thieves?”, wollte die Frau ohne Umschweife wissen.
Und noch bevor irgendjemand eine Antwort geben konnte, blitzte ein Fotoapparat direkt vor Cora auf.
Lucky wieherte und warf den Kopf nach hinten. Dann schoss er mit Cora auf dem Rücken an Diva vorbei, holte Matt ein und rannte auch an ihm vorbei Richtung Ausgang. Geistesgegenwärtig schloss Lord die Tür, sonst hätte Lucky mit Cora auf dem Rücken Reißaus genommen. Lucky bremste ab und schlug einen Haken, bei dem Cora fast das Gleichgewicht verloren hätte. Ein Fuß rutschte aus dem Steigbügel.

“**Keep calm**, Cora”, sagte Lord mit klarer Stimme. “**Bridle** your horse. Okay. Fine. And again!”
Cora lief der Schweiß. Sie sah, dass Pam und Matt ihre Pferde angehalten hatten und abgestiegen waren. Sie hatten Diva und Mr Watson in die Mitte der Halle geführt und sahen nun zu, wie Cora versuchte, Lucky wieder unter Kontrolle zu bekommen.
Cora nahm die Zügel an und machte sich schwer im Sattel. Beine weg vom Pferdebauch, dachte sie dabei, obwohl sie am liebsten ihr Pferd mit den Beinen umklammert hätte. Nun beruhigte sich Lucky, wurde langsamer und blieb schließlich stehen. Erleichtert und mit zitternden Knien stieg Cora aus dem Sattel.

Nun erst begann Lord zu schimpfen.
“Who are you?”, wandte er sich an die Fotografin. “Who allowed you to disturb my riding lesson? You are **irresponsible** and careless. This girl nearly had an **accident**.”
Die Fotografin sah nun sehr verlegen aus.
“I’m sorry”, sagte sie erschrocken. “**I didn’t realize** that horses were such nervous animals. Sorry, my dear, it was terribly careless of me.”

Keep calm. Bleib ruhig.
bridle zügle
irresponsible unverantwortlich
accident Unfall
I didn’t realize es war mir nicht bewusst

"It's okay", sagte Cora mit zitternden Lippen. "This **is turning into** a **survival training**."
"Don't worry – she loves it", rief Matt. "She was afraid the rest of her holiday would be boring."
Sie lachten alle, und langsam löste sich die Spannung.
"We're reporters from the Poole **daily** newspaper", erzählte nun der Mann. "And we heard about you … that you found the horse thieves who'**ve been terrorizing** the countryside for months. So we wanted to write an **article** about you."
"But not now!", mischte sich Lord ein. "Now we're having a riding lesson. If you want to get an interview, you'll have to wait until five o'clock."
Matt zwinkerte Cora zu. Lord war eben ein echter Lord. Er ließ sich durch nichts und niemanden beirren.

Der Reporter und die Fotografin warteten wirklich geduldig. Dann ließen sie sich die ganze Geschichte ausführlich erzählen, schossen viele Fotos und schrieben einen langen und spannenden Artikel über drei mutige Kinder und ihre Liebe zu Pferden.

---

is turning into wird zu
survival training Überlebenstraining
daily täglich
(have) been terrorizing (haben) in Angst und Schrecken versetzt
article Beitrag

George Tenner

Insel der tausend Puppen

Originalausgabe – Erstdruck

George Tenner

Insel der tausend Puppen

Usedom-Krimi

Lasse Larssons dritter Fall

Schardt Verlag Oldenburg

Bibliographische Information der Deutschen Bibliothek:

Die Deutsche Bibliothek verzeichnet diese Publikation in *Der Deutschen Nationalbibliografie*; detaillierte bibliographische Daten sind im Internet über *http://dnb.d-nb.de* abrufbar.

Besuchen Sie Lasse Larsson im Internet:
www.lasse-larsson.de

Umschlagphoto: Rainer Griese

1. Auflage 2009

Schardt Verlag
Uhlhornsweg 99 A
26129 Oldenburg
Tel.: 0441-21 77 92 87
Fax: 0441-21 77 92 86
Email: schardtverlag@t-online.de
www.schardtverlag.de
Herstellung: Fuldaer Verlagsanstalt

ISBN 978-3-89841-442-5

Man zeige mir einen Mann oder eine Frau,
die Kriminalromane nicht ausstehen können,
dann will ich Ihnen einen Narren zeigen;
einen klugen Narren vielleicht –
aber nichtsdestoweniger einen Narren.

Raymond Chandler

Prolog

Die Fähre traf pünktlich halb acht in Ystad ein.

Armand Beauvais war, nachdem das Schiff aus dem Hafen von Świnoujście ausgelaufen war, nicht unmittelbar in seine Kabine gegangen, die er für die Überfahrt gebucht hatte. Er reiste mit kleinem Gepäck. Etwas Unterwäsche, ein Necessaire mit den Utensilien für die Zahnspange, die zwei seiner linken Backenzähne ersetzten, die ihm bei einer Schlägerei ausgeschlagen worden waren. Alles zusammen lag in einer einfachen Reisetasche in seinem Citroën, der in einer der vordersten Reihen auf dem Parkdeck stand.

Er war auf dem Weg zum Restaurant, wo für eine kurze Zeit noch ein großes Buffet aufgebaut war. Beauvais musterte seine Umgebung. Obwohl die Fähre mitten in der Urlaubszeit gut gebucht war, hatten die meisten Menschen nach einer anstrengenden Anfahrt ihre Kabinenplätze aufgesucht. Andere saßen in den kostenfreien Sesseln auf dem Hochdeck und schauten bei der Ausfahrt auf die Lichter der Stadt oder auf die wenigen Schiffe, die zur Nachtzeit die Fähre passierten. Wieder andere hatten bereits die Augen zugemacht, so müde waren sie. Wer über keinen Kabinenplatz verfügte und auf den begehrten Sesseln keinen Platz gefunden hatte, saß auf einem Gepäckstück oder in irgendeiner Ecke auf der Erde und versuchte ein wenig die Augen zu schließen. Irgendwo plärrte ein Säugling. In der Backbordecke, nahe der Rezeption und der hydraulischen Ausgangsschleuse, stand eine Gruppe Jugendlicher, die dem Alkohol in Deutschland erheblich zugesprochen hatte und die nun aggressiv war und rumpöbelte. Einer der Jungen, dem die ersten rollenden Bewegungen des Schiffes in den Dünungswellen nicht bekam, übergab sich rülpsend.

Irgendjemand würde die Sauerei wegmachen müssen, dachte Beauvais, als er die Gruppe passieren wollte. Vor ihm ging eine junge, farbige Frau, die jetzt offen von den Männern angepöbelt wurde.

„Tja killar, vill du att kvinnan inte lämnar? Na Jungs, wollt ihr die Frau nicht in Ruhe lassen?" fragte er auf Schwedisch.

Einer der jungen Männer, ein großer, breitschultriger Kerl baute sich vor ihm auf. „Vad vill du, Farfar?"

„In Ruhe etwas essen gehen und dann in die Koje."

„Du mischst dich hier in Dinge, die dich nichts angehen! Mach also, dass du weiterkommst, bevor ich dir eins in die Schnauze haue!" Dann drehte er sich zu seinen Kumpanen, die der Frau den Weg verstellt hatten. „De vill säkert lite kul, män! Låt oss nöjet av henne! – Sie will sicher ein bisschen Spaß, Männer! Gönnen wir ihr das Vergnügen!"

„Vielleicht kann ich doch eins in die Schnauze gebrauchen", ließ sich Beauvais wieder vernehmen. „Ein Mann sollte seine Grenzen kennen. Aber scheinbar bist du kein Mann."

Nun war es dem Anführer der Gruppe offensichtlich zu viel. Er holte aus, um einen Schlag zu landen. Aber er war zu betrunken, um zu treffen. Auch, um zu merken, wie sich der Körper Armand Beauvais' straffte. Der Empi uchi, der seinen Kopf im Gesicht mit voller Wucht traf – ein Karate-Ellenbogenschlag – ging den zweimalig nachfolgenden Handrückenschlägen – Haishu uchi – voraus. Der große Kerl sackte in sich zusammen. Augenblicklich schoss Blut aus seiner Nase. Die jungen Männer erstarrten.

„Noch einer ein zu befriedigendes Bedürfnis?" fragte Beauvais mit einem Lächeln in die Runde. Dann wandte er sich der jungen Frau zu, die von den Männern belästigt worden war. „Darf ich Sie zu einem Abendessen einladen? Sozusagen als Entschädigung für Ihre Unannehmlichkeiten, deren Sie ausgesetzt waren?"

Die Frau sah ihn dankbar an. Sie war froh, so ihren Peinigern zu entkommen.

Während sich die Jugendlichen bemühten, ihrem Anführer wieder auf die Beine zu helfen, nahmen Beauvais und seine Begleitung an einem der Tische Platz. Das Restaurant war nur mäßig besetzt. An einem der großen Tafeln im Hintergrund saßen die Fahrer der Trucks, die von der Reederei kostenfrei mit einem warmen Essen versorgt wurden. Alle Reedereien machten das so, denn um die Beförderung der Lastwagen, die ein einträgliches Geschäft auch in den reisearmen Winterzeiten war, gab es einen harten Konkurrenzkampf.

Wenig später kam der Zahlmeister an den Tisch, den eine Mitarbeiterin der Reederei gerufen hatte, und erkundigte sich nach dem Vorfall. Er zog aber zufrieden wieder ab, als er die Schilderung des älteren, offensichtlich vertrauenswürdigen Fahrgastes angehört hatte. Es war schon eine Crux, wie sich die jungen Schweden verhielten, wenn sie im Ausland waren und dort bezahlbaren Alkohol zu kaufen bekamen. Dann soffen viele von ihnen unkontrolliert, und es kam zu derartigen Ausfällen.

„Passiert Ihnen das öfter", fragte Beauvais, „dass Sie derart angegangen werden?"

„Wenn Sie glauben, dass die Schweden toleranter gegen Fremde in ihrem Land sind als die Deutschen, dann irren Sie. Früher mag das ja so gewesen sein. Aber heute ..."

„Wenn kein Heu in der Krippe ist, schlagen sich die Pferde."

„Es hat sicher mit der Arbeitslosigkeit zu tun. Und mit dem Ruck, den das Land nach rechts gemacht hat."

Beauvais dachte einen Augenblick über die Worte der Frau nach. „Das ist ein Problem, das die ganze westliche Welt hat. Leider. Und die Politik steht dem machtlos gegenüber."

„Warum ist das so? Wo die Staatsmacht ist, muss doch Kraft genug sein, diesen Auswüchsen zu begegnen", sagte die Frau.

„Weil zu wenig Politiker ihrer Arbeit aus Berufung nachgehen. Außer dem Teil derer, die ins Parlament gewählt werden, aber total unfähig sind, ist die größte Zahl nur damit beschäftigt, ihr Privatvermögen zu sichern. Manche haben zwei oder drei Nebeneinkommen aus der Industrie, deren Lobbyisten sie sind und die das Einkommen, das sie als Parlamentarier beziehen, weit übersteigen." Beauvais lächelte sie an. „Die wenigen Parlamentarier, die tatsächlich dem Volk dienen, sind wie der Lendenschutz eines Massais. Sie sind machtlos. Der Lendenschurz ist nicht groß genug, um ihre Blöße zu verdecken.“

Zum Abschluss des Essens bestellte Beauvais sich einen Calvados, jenen legendären französischen Apfelschnaps aus der Normandie, den er so gern genoss.

Nachdem er sich vergewissert hatte, dass seine Begleitung ein Nachtquartier in einer Mehrpersonenkabine unter Deck hatte und damit auch einen Schlafplatz, wünschte er ihr nach dem Essen eine gute Weiterreise und begab sich in seine komfortable Außenkabine, die er allein nutzte.

Mit einem kleinen Ruck hatte das große Schiff im Ferry Terminal in Ystad angelegt. Das hydraulische Tor der Roll-on-roll-off-Fähre schwenkte nach oben. Fahrzeuge wurden gestartet. Polternd verließen die ersten Autos die Fähre. Auch Beauvais ließ seinen Citroën anziehen. Er überquerte die Stahlbrücke zwischen Schiff und Land. Die hydraulische Federung seines Wagens schluckte den Übergang, ohne die Stöße weiterzugeben. Wenig später stellte er seinen Wagen auf einem Parkplatz in der Nähe der Shoppingzone Ystads mitten in der Stadt ab. Er suchte eine Telephonzelle, fand eine für ihn akzeptable in der Grabrodraklostret. Dann wählte er eine Nummer, die ihn mit einem ehemaligen Sergeanten der Légion Étrangère in dem Ort Olfström, rund 120 Kilometer von Ystad entfernt, verband.

„Malin Elmevik.“

Eine Sekunde dachte Beauvais nach. Als er das letzte Mal mit Lennart Elmevik in seinem Haus in Meaux zusammengetroffen war, hatte der nichts von einer Malin erwähnt. Vielleicht war es ja seine Schwester? Seine Mutter? Aber die hatte er nie erwähnt. Oder irgendwann besann er sich, dass das Leben mehr konnte, als in einem zügellos durch die Welt gleiten. Schließlich gab er sich als ein Freund zu erkennen und bat darum, dass Malin Lennart an den Apparat hole. Es dauerte nur ein paar Sekunden.

„Lennart hier, guten Tag.“

„Beauvais.“

„Oberst, schön, Ihre Stimme zu hören." Lennart schien sich ehrlich zu freuen.

„Ich muss Sie treffen."

„Kein Problem. Wann?"

„Wie lange brauche ich von Ystad zu Ihnen?"

„Etwa zwei Stunden."

„Wo können wir uns treffen?"

„Kommen Sie zu mir nach Hause, Oberst. Ågatan 32. Sie orientieren sich am besten am Gebäude des First Hotel Olofström. Wir wohnen keine 200 Meter davon entfernt."

Sie verabredeten sich für elf in der Wohnung der Elmeviks. Beauvais beendete zufrieden die Verbindung und ging zurück zur Einkaufszone. Dort kaufte er einen kleinen Flacon Parfum Chanel und gab dafür fast 140 Euro aus. Er ließ ihn sorgsam als Geschenk einpacken. Als erfahrener Taktiker wusste er, dass er die Frau Elmeviks auf seine Seite ziehen musste, wenn er Lennarts Mitarbeit beanspruchte. Und kein anderer würde das besser können als er, Chevalier Armand Beauvais, Oberst der französischen Armee a. D. – und langjähriger Koordinator in der Légion Étrangère.

Ein Lächeln huschte über sein Gesicht, als er sich auf den Weg nach Olofström machte. Er fuhr durch die Surbrunns- und Kristianstadsvägen, passierte den Kreisverkehr, nahm die zweite Ausfahrt und landete irgendwann auf der Europastraße E22, die ihn nach Norden führte. Als er sich nach gut zwei Stunden auf der Snöflebodavägen befand, wusste er, dass er sein Ziel gleich erreicht haben würde.

Olofström sah man auf Anhieb nicht an, dass es auch einen Industriestadt war. Volvo baute hier langjährig Autos. Die Kleinstadt war an einem See gelegen und in Wälder eingebettet. Schwedische Gemütlichkeit pur, dachte Beauvais bei den flachen Häusern. Er schaute auf das Tachometer seines Wagens. 137 Kilometer war er gefahren, seit er in Ystad gestartet war. Automatisch sah er zur Uhr. Acht Minuten vor elf. Gut, dass ich in Bromölla eine Kaffeepause eingelegt habe, dachte Beauvais. Es war ebenso gut, dass er nicht zu schnell gefahren war, denn er hasste es, unpünktlich zu sein. Dies betraf nicht nur das Zuspätkommen. Nein, auch vor der vereinbarten

Zeit belästigt zu werden, hielt er für unverschämt. Beauvais blieb an der Ecke Östra Storgatan zur Ågatan stehen und wartete, bis die Zeit gekommen war. Zwei Minuten nach elf klingelte er bei Lennart Elmevik.

Die Frau, die ihm die Tür öffnete, schätzte er auf etwa dreißig. Sie war schlank und trug das blonde Haar offen. Eine typische Schwedin, dachte er. Beauvais stellte sich vor. Noch bevor er seine Begrüßung beendet hatte, tauchte Lennart hinter der Frau auf.

„Mon colonel, bien que vous êtes – Oberst, schön, dass Sie da sind.“

Die Männer gaben sich die Hände zur Begrüßung, und Elmevik sagte ganz nebenbei, dass er im Frühjahr geheiratet habe.

Armand Beauvais zog das kleine Päckchen hervor und reichte es der Frau. „Bei der Wärme Blumen zu befördern, hielt ich für Mord“, sagte er lachend. „Sie hätten die Fahrt nicht überstanden. Aber ich denke, Sie werden das akzeptieren.“

Malin Elmevik nahm lächelnd das kleine Päckchen in Empfang. Lennart bat Beauvais ins Wohnzimmer. Es war gemütlich eingerichtet, zeugte von Geschmack. Nicht übermäßig teuer, aber von schwedischer Behaglichkeit. Nach einer Weile zog sich Malin zurück. Wohl um zu kontrollieren, was in dem Päckchen sei, das Beauvais ihr übergeben hatte.

„Wenn Sie sich auf den Weg zu mir machen, Oberst, liegt doch irgendetwas an.“

„Ich brauche dich, Lennart, zur Organisation einer Operation in Deutschland.“

„Endlich kommt ein wenig Bewegung in mein Leben.“

„Es geht um die Liquidierung eines Mannes.“

Lennart Elmevik lachte. „Nichts leichter als das.“

„Vorsicht mit dieser Einschätzung“, sagte Beauvais. „Der Mann lebt auf einer größeren Yacht, und es sind etwa acht Leute auf dem Boot. Das Schiff kommt ursprünglich aus Jugoslawien. Wir müssen annehmen, dass ausgebildete Kämpfer an Bord sind.“

„Zugegeben, das ist wirklich etwas anderes, Oberst. Aber wir werden eine elegante Lösung finden, wie immer“, sagte Elmevik.

„Wir müssen eine Spezialtruppe zusammenstellen. Fünf Mann, vielleicht sechs. Nicht mehr. Es müssen Leute sein, die exzellente Einzelkämpfer sind und sich auch unter Wasser bewegen können."

„Jaakko Kiviniemi aus einem kleinen Piffernest in Mittelfinnland kommt da in Frage", sagte Elmevik. „Saviselkä, ja, Saviselkä. Unaussprechlicher Zungenbrecher."

„Was ist mit Åke Hagåsen?"

„Ich hatte vor einem halben Jahr Kontakt mit ihm. Er hat sich zur Ruhe gesetzt."

„Hagåsen ist ein ausgezeichneter Fachmann. Wir sollten versuchen, ihn für dieses eine Unternehmen zu akquirieren. Verfügt er auch über den Code?" Beauvais spielte auf den Code an, den er mit einer Reihe von Leuten ausgemacht hatte, die nach vereinbarter Dienstzeit ehrenvoll aus der Légion Étrangère entlassen worden waren und sich erboten, für ihren Oberst da zu sein, sollte der sie einmal brauchen.

„Ja."

„Dann bekommt er eine Benachrichtigung."

„Ich notiere. Jaakko Kiviniemi, Åke Hagåsen ... Wen noch?"

„Was schlägst du vor?"

Elmevik kannte die Vorliebe Beauvais' für Skandinavier. „Mads Særheim. Der wohnt in einem Außenbezirk Kopenhagens und kann schnell zur Verfügung stehen."

„Særheim. Gut, auch Særheim."

„Jetzt haben wir drei. Sie wollen fünf Männer."

„Was ist mit Leif Huldén?"

„Ist der nicht schon zu alt für ein solches Unternehmen?"

„Huldén ist *der* Spezialist für alle elektronischen Möglichkeiten. Und genau die müssen wir nutzen, wenn wir wissen wollen, was unsere Gegner vorhaben."

Elmevik wiederholte seine Frage. „Aber ist Leif nicht schon zu alt für ein solches Unternehmen?"

„Hältst du mich für zu alt?" fragte Beauvais.

„Das ist etwas anderes, Oberst. Sie sind der Kopf. Und der ist umso erfahrener, umso älter er ist."

„Lass die Schmeicheleien, Lennart. Leif Huldén – wenn er mitmacht, ist er unser Mann.“

„Vier. Mit mir fünf.“

„Wir sollten dich da raus lassen. Ich wüsste nicht, was ich deiner Witwe als Entschuldigung sagen sollte, wenn dir etwas passiert.“

„Ich bin der fünfte Mann in Ihrer Truppe“, sagte Elmevik fest.

„Du bildest mit mir den Planungsstab und zählst nicht zur Kampfeinheit. Was ist mit Wout Cornely?“

„Dem Belgier?“

„Ja.“

„Er ist der *leise Tod.*“

„Eben. Deshalb frage an, ob er frei ist. Und Silva.”

Garcia Jorge Silva aus Itagüí in Kolumbien, nur 16 Kilometer von der berüchtigten Stadt Medellín entfernt gelegen, war innerhalb der Légion Étrangère für sein rücksichtsloses Vorgehen beim Töten mit Giften ebenso bekannt wie die Stadt Medellín im Zusammenhang mit der Weltproduktion an Drogen.

„Gut. Mit mir sind wir dann sechs. Und zwei Mann in Reserve. Treffpunkt ...?“

„Trelleborg. Wir könnten dann die Fähre nach Sassnitz nutzen. Eine absolut unverfängliche Art zu reisen.“

Der Chevalier Oberst Armand Beauvais nickte zustimmend. Reisen im Transit wäre eine perfekte Tarnung für eine solche Operation. „Wir benutzen ausschließlich Mietwagen. Einer der Wagen wird in Kopenhagen, ein zweiter in Jönköping angemietet. Ein dritter Wagen wird in Deutschland besorgt.“

Elmevik hatte sich kurze Notizen gemacht, um alle vom Chevalier Oberst Armand Beauvais gegebenen Anweisungen exakt zu befolgen. Denn er wusste allzu genau, dass Beauvais keine Schlampereien bei der Vorbereitung einer Operation dulden würde.

Noch am gleichen Tag erhielten die ausgesuchten Männer einen Anruf. Als sie fragten, wer am Apparat sei, hörten sie nur die monotone Stimme des deutschen Schauspielers Klaus Kinski, François Villon rezitieren:

„Je suis François, dont il me poise,
Né de Paris emprès Pontoise,
Et de la corde d'une toise
Sçaura mon col que mon cul poise."

„Ich bin François, was mir Kummer macht,
geboren in Paris bei Pontoise.
Und von einem eine Elle langen Strick
wird mein Hals erfahren, was mein Hintern wiegt."

Die Stimme kam von einem Tonband. Jeder der Männer wusste, dass er unverzüglich zu Lennart Elmevik Kontakt aufzunehmen hatte. Und alle kamen dieser Aufforderung nach.

1. Kapitel

Insel Usedom, im Juli 2003

Es war warm in diesem Juli. Dennoch hatte schon seit Tagen ein Nordostwind stark geblasen und die Wellen der Ostsee aufgetürmt. Schäumend brachen sie sich an Land. In dieser Stärke war das ungewöhnlich für diese Jahreszeit. Ein Teil der Badegäste an den Stränden wünschte sich, dass der Wind in seiner Heftigkeit endlich nachließe; in ihren Sandburgen liegend, ohne aufgestellten Windschutz, liebten sie es, den Blick übers Wasser schweifen zu lassen, um die Schiffe am Horizont zu suchen, die in alle Welt unterwegs waren. Andere schätzten den Wind, um in den sich brechenden Wellen ihre Spiele mit der Natur zu treiben.

Von Wreechen auf Rügen kommend, pflügte das Polizeiboot, die *Damerow*, durch den Greifswalder Bodden und nahm Kurs auf Peenemünde. Die Besatzung des Schiffes hatte auf Rügen die Havarie zweier Sportboote untersucht, die kollidiert waren. Einer der beiden Bootsführer war unter Alkohol unterwegs gewesen, als er das zweite Boot rammte. Es war kein Crash mit Personenschaden, aber in der Preisklasse dieser Boote kosteten die Reparaturen ein Vermögen. Und so war es unabdingbar, dass der betagte Eigner des zweiten, weitaus teureren Schiffes die Wasserschutzpolizei verständigt hatte. Für ihn war es nur dann ein Versicherungsfall, wenn eine polizeiliche Feststellung seiner Unschuld vorläge. Aber dafür war die Wasserschutzpolizei ja da.

Als das Boot südlich Großzicker und Mönchgut die schützende Landzunge passierte und in die auflaufende Dünung der Ostsee eintauchte, spritzte das Wasser bis hoch zur Brücke. An Backbord, weit draußen, lief ein Zerstörer der Bundesmarine, begleitet von einem kleineren Verband von Schnellbooten.

Polizeihauptkommissar Vincent Hüttner hob zum wiederholten Mal das Glas und schaute zuerst auf den Verband der Kriegsschiffe, die mit Kurs Ost-Nord-Ost auf die Insel Bornholm zuliefen, dann auf die große Yacht, die an Backbord fast parallel zu ihrem Kurs auf Peenemünde zulief.

„Gibt's etwas Ungewöhnliches?“ fragte der zweite Mann, Polizeioberkommissar Sebastian Mey, der die *Damerow* steuerte.

Neben den beiden Männern auf der Brücke gehörten drei weitere Besatzungsmitglieder zur Crew des Bootes, die ihre Aufgaben im Maschinenraum, der Kombüse oder anderweitig nachkamen. An Bord eines Schiffes gab es immer etwas aufzuklaren.

„Ich habe den Kasten schon einmal gesehen. Geh einmal näher heran. Ich möchte mir die Yacht gründlicher ansehen.“

Mey erhöhte die Drehzahl der Maschine. Mit zunehmender Fahrt fing das Boot an zu stampfen. Gischt spritzte hoch. Auf der Höhe der kleinen Insel Ruden, die Peenemünde vorgelagert ist, waren sie so nahe an die Yacht herangekommen, dass Hauptkommissar Hüttner den Namen am Bug erkennen konnte: *Morningstar*. Und am Heck stand unter dem Namen der Heimathafen: London.

„Ich hätte wetten können, dass ich das Boot kenne.“ Immer wieder hob er das Glas, ließ seinen Blick suchend über die weiße Yacht gleiten. „Wenn ich ein Schiff einmal gesehen habe, vergesse ich es nicht.“

„Man kann sich auch irren“, warf Mey ein. „Solche Schiffe werden oftmals nahezu baugleich auf Kiel gelegt, so dass es durchaus sein kann, dass du es verwechselst.“

Wieder hob Hüttner sein Glas. „Jetzt habe ich es. Stell dir die Yacht einmal dunkelblau vor ...“

„Dunkelblau?“ Mey musterte nun seinerseits das neben ihnen laufende Boot durch sein Glas. „Dunkelblau ...“

„Es könnte die *Roter Stern von Belgrad* sein. Nein, nein, es ist die *Roter Stern von Belgrad*, Heimathafen Dubrovnik. Da bin ich jetzt ganz sicher. Ich habe den Kahn vor der Wende kontrolliert, aber er hatte eine Genehmigung des Außenministeriums zur Benutzung des Hafens Wolgast mit der Bewilligung, das Schiff vor Krummin auf Reede zu legen. Die Burschen waren zu Verhandlungen mit Leuten des Außenhandels wegen irgendwelcher undurchsichtigen Exporte gekommen. Sie verhandelten nur an Bord und mussten durch uns abgeschirmt werden. Kein anderes Boot durfte sich ihnen nähern."

„*Morningstar*", sagte Mey leise.

„Na schön, bei *Stern* ist man geblieben. Morgenstern klingt für den Außenstehenden in diesen Zeiten sicher besser als Roter Stern von Belgrad. Kein Mensch will heute noch etwas mit dem Kommunismus zu tun haben. Und *Roter Stern von Belgrad* hört sich verdammt kommunistisch an."

Mey lachte auf. „Die Zeiten ändern sich und die Namen."

„Man schüttelt sich wie ein Köter, der das Wasser aus dem Fell haben will, und nimmt mit einer kleinen Namensänderung eine ganz andere Identität an", sagte Hüttner verächtlich.

Während das Polizeiboot nun zurückblieb, um dem an Backbord liegenden kleinen Hafen Peenemündes einen Kontrollbesuch abzustatten, lief die *Morningstar* weiter den Peenestrom aufwärts, passierte Hollendorf, das an der Steuerbordseite lag, und machte schließlich im Hafen von Wolgast fest.

Erst am Tag darauf lief die Yacht weiter landeinwärts. Bei einer Kontrollfahrt wurde sie von der Besatzung des Polizeistreifenbootes Habicht gesichtet. Das Schiff hatte im Naturhafen Krummin festgemacht. Der Hafen mit seinen 145 Liegeplätzen, von denen achtzig für Gäste reserviert sind, bot alles, was die *Morningstar* brauchte: einen Tiefgang von 2,3 Metern. Strom und Wasser direkt am Steg. In der nahen Umgebung gab es Einkaufsmöglichkeiten, Post, Apotheke, Arzt und ein Krankenhaus.

Zwei Tage später wurde das Schiff am ehemaligen Anleger des Fischereibetriebes in Zecherin ausgemacht. Es war also zurückgefahren. Wieder einen Tag später kontrollierte die Besatzung der *Bussard* die Yacht, die in Lassan festgemacht hatte, und fand keine Auffälligkeiten. Man wunderte sich nur, dass die *Morningstar* auf dem Peenestrom hin- und herfuhr. Das Schiff gab auch deshalb und wegen seiner Größe Gesprächsstoff in der Wasserschutzpolizeiinspektion in Wolgast. Aber das Befahren des Peenestromes war schließlich nicht verboten.

2. Kapitel

Am selben Tag, als die *Morningstar* die Insel Ruden passierte und die *Damerow* die Verfolgung aufnahm, befand sich Lasse Larsson mit Monika Landris auf Reisen. Drei günstige Konstellationen kamen zusammen, die Lasse Larsson dazu bewogen, einen einwöchigen Urlaub zu nehmen. Da war die große Zahl der Überstunden, die sich während der Ermittlungen im Triadenfall angesammelt hatten, die er immer vor sich herschob und die sein Urlaubskonto zusammen mit dem Jahresurlaub 2003 auf nahezu sechs Wochen anwachsen ließen. Da war eine Einladung vom Bund Deutscher Kriminalbeamter zu dem Thema *Kriminalität im Wandel – Kooperation der Sicherheitsbehörden gegen aktuelle Kriminalitätsphänomene*, die vom LKA Sachsen aus Dresden gekommen war. Larsson hatte seinen ehemaligen Lehrmeister Barneby Kern in Dresden in Verdacht, ihm diese Offerte eingebrockt zu haben. Ein Anruf in der Polizeidirektion Dresden und ein Gespräch mit Kern bestätigten seinen Verdacht.

„Niemand stellt heute mehr in Frage, dass die kommende Globalisierung und Internationalisierung einen nachhaltigen Strukturwandel in allen gesellschaftlichen Bereichen zur Folge haben wird. Und keiner zieht in Zweifel, dass dieser auch wesentliche Auswirkungen auf Formen und Begehungsweisen von Kriminalität hat", belehrte ihn Kern bei einem Telephonat. „Neben überlieferten Delikten sind es in erster Linie international geprägte Kriminalitätsphänomene wie Terrorismus und terrorismusähnliche Kriminalität, Organisierte Kriminalität und Informations- und Kommunikationskriminalität, die heute unsere Sicherheit maßgeblich prägen, Herr Larsson. Welche Konsequenzen hat das für die Polizei? Wie hat sich die veränderte, moderne Kriminalität auf die polizeiliche Arbeit und insbesondere auf Formen der Zusammenarbeit zwischen Polizeieinheiten auf nationaler und internationaler Ebene ausgewirkt? Welche Schlüsse ziehen wir im Hinblick auf den Austausch von Informationen zwischen den Sicherheitsbehörden? – Herr Larsson, ich kann doch damit rechnen, dass Sie sich die zwei Tage ans Bein binden?“

Larsson hatte nicht absagen können. Zu viel hatte ihm der Mann aus Dresden bei seinen Vorträgen an der Humboldt-Universität beigebracht, zu intensiv war seine Beziehung zu Kern. Er hatte ihm eine Menge zu verdanken. Und da galt es, etwas zurückzugeben. Wenn Kern ihn rief, dann hatte er einen besonderen Anlass dafür.

Und dann gab es noch einen Grund. Er würde Monika Landris die Kulturstadt Dresden zeigen. Eine Schwierigkeit stellte der gemeinsame Urlaub im Sommer dar. Glücklicher Umstand war, dass derzeit nur Routinefälle auf dem Schreibtisch lagen. Schlägereien in Trassenheide. Involviert waren sowohl rechte als auch linke Gruppen. Daneben ein Hoteldiebstahl. Eine unbekannte Person war in eine Suite eines Fünf-Sterne-Hotels eingedrungen und hatte diverse Beutestücke mitgehen lassen. Darunter ein wertvolles Diamantencollier, angeblich ein Erbstück, für dessen Wiederbeschaffung eine größere Summe ausgesetzt war.

Die Tatsache, dass Monika Landris nach dem letzten Fall erst einmal wieder zur Schutzpolizei zurückversetzt worden war, hatten sie als ärgerlich, aber unabdingbar hingenommen. Larsson hatte sich bei Kruse für Monika stark gemacht. Alle Einwendungen aber liefen ins Leere. Und so musste jeder seinem Dienst nachgehen. Monika Landris mit ihrem Schichtdienst hatte Larsson so manche einsame Nacht beschert. Für einen gemeinsamen Urlaub allerdings war diese Sachlage von Vorteil.

Sie bestiegen den Zug der UBB im Seebad Heringsdorf um zwanzig nach zwölf, mussten umsteigen in den ICE, und kurz vor sieben am Abend lief der Zug mit sechsminütiger Verspätung am Hauptbahnhof in Dresden ein. Barneby Kern stand auf dem Bahnsteig und freute sich sichtlich über das Wiedersehen mit Larsson.

„Ich habe Sie in einem interessanten Hotel in Tolkewitz untergebracht“, sagte Kern. „In der Innenstadt ist fast alles ausgebucht. Das, was noch zu haben ist, übersteigt sicher Ihren Geldbeutel.“

Obwohl Kern seinen jüngeren Kollegen sichtlich gern mochte, entsprach es durchaus seinem Naturell, sich nicht mit ihm zu duzen. Nur sein engster Mitarbeiter und Stellvertreter in der Dresdner Mordkommission, Thomas Lenz, erfreute sich dieses Vorzuges.

Sie gingen aus dem Bahnhof und bestiegen Kerns VW-Passat. Eine Viertelstunde später fuhren sie durch den Ortsteil Tolkewitz und gelangten in der Wehlener Straße durch einen Sandstein-Torbogen auf den Innenhof eines als Hotel genutzten Dreiseitengutshofes. Vom Hotel umgeben, spürte Larsson, dass der Innenhof ein ganz besonderes Flair ausstrahlte.

„Ich bin gern hier“, sagte Kern. „An Sommertagen spendet der mächtige Ahornbaum wohltuenden Schatten, während man im Biergarten ein kühles Getränk genießen kann. Und wer genau hinschaut, entdeckt einige kleine Details aus Sandstein. Die Fassade und das Gelände werden durch liebevoll gepflegte Blumen und Pflanzen verziert. Das mag Andrea so gern. Und das Schönste, in diesem Haus findet das Symposium am Montag statt. Du kannst nach dem Frühstück in den Konferenzraum gehen, und Frau Landris kann mit meiner Lebensgefährtin einen Bummel durch die Dresdner Altstadt machen.“

„Sie haben für alles vorgesorgt, Herr Kern. Ich weiß gar nicht, wie ich das wieder gutmachen kann. Aber was ist der Grund, dass Sie mir die Teilnahme an dieser Konferenz nahegelegt haben?“

„Ich habe in Abstimmung mit Ihrem Chef gehandelt.“

„Sie kennen den Leiter der Kripo in Anklam?“

„Kriminaloberrat Theo Kruse, ja. Wir haben einen Teil unseres Studiums gemeinsam absolviert.“

Was für ein Fuchs, dachte Larsson. Ich möchte zu gern wissen, von wem die Idee , ihn zu der Tagung einzuladen, stammt. Von Kern oder von Kruse? Er hielt sich aber zurück, danach zu fragen.

„Der Grund ist, dass wir dringend *den* Europakriminalisten entwickeln müssen, um den wachsenden Bedrohungen Herr zu werden“, fuhr Kern fort. „Fakt aber ist, wir haben noch nicht einmal eine einheitliche Kriminalistenausbildung in der Bundesrepublik.“

Larsson dachte daran, dass es eine Kontaktstelle zwischen den deutschen Ermittlern und ihren polnischen Kollegen erst seit einem Jahr gab. Und er hatte erfahren, dass es sich bereits in diesem einen Jahr bezahlt gemacht hatte, zusammen gegen die organisierte Kriminalität vorzugehen.

Sie gingen durch den Eingang, der vom Hof direkt in das Restaurant führte. Kern fragte eine junge, blonde Frau hinter dem Tresen nach dem Besitzer und fand diesen wenige Sekunden später in seinem Büro. Er steckte den Kopf durch die Tür. „Darf ich dir einen Freund ans Herz legen, Thomas?“

Der Mann, den Kern wider Erwarten mit seinem Vornamen ansprach, kam aus seinem Büro und begrüßte sie alle mit Handschlag. Dann begleitete er Monika Landris in das für die Gäste aus Heringsdorf reservierte Zimmer. Larsson und Kern hatten sich an einen der hinteren Tische zurückgezogen, während Monika Landris im Zimmer im ersten Stock den Koffer auspackte.

„Kruse hat noch etwas mit Ihnen vor. Er sagte, er könne Sie nach Ihren Berliner Erfolgen nicht in eine Arbeit abdriften lassen, die andere locker machen könnten. Er habe Sie zweimal mit der Aufklärung von Kapitalverbrechen beauftragt, und Sie hätten die Ihnen gestellten Aufgaben zur Zufriedenheit und schnell erledigt.“

„Ich habe nur getan, was gemacht werden musste. Aber ich gebe zu, bei Mord bin ich giftig wie ein Terrier vor dem Dachsbau.“

„Die Anforderungen an die Kripo ändern sich. Was ursprünglich hauptsächlich national angelegt war, wird in Zukunft grenzüberschreitend sein. Ein Stichwort heißt – wie schon gesagt – Terrorismus.“

Die Kellnerin kam an den Tisch, und Kern bedeutete ihr, dass sie auf eine weitere Person zu warten gedächten.

„Seit 2001 sind weltweit einige deutsche Staatsangehörige durch religiös motivierte terroristische Anschläge getötet und mehr als vierzig verletzt worden. Die Anzahl der Entführungen Deutscher im Ausland ist seit 1996 deutlich gestiegen. Angesichts dieser Entwicklungen und diverser verhinderter beziehungsweise gescheiterter Anschläge in Deutschland seit dem Jahr 2000 ist die Bedrohung durch den internationalen Terrorismus in Deutschland heute spürbarer als je zuvor. Der Terrorismus nimmt zunehmend sogenannte weiche Ziele ins Visier, in der Absicht, durch die Tötung möglichst vieler Menschen Angst und Schrecken zu verbreiten. Er agiert zum Teil als international tätiges Netzwerk, weltweit propagandistisch via Internet und mit der gemeinsamen Ideologie des Jihad. Die Früherkennung islamistischer, gewalttätiger Zellen wird zunehmend an internationaler Bedeutung gewinnen."

Eine Gruppe mittleren Alters kam herein, meist Frauen. Sie hatten einen größeren Tisch bestellt. Einer der drei Männer schien Geburtstag zu haben. Der Hausherr kam mit einem großen Blumenstrauß, den er feierlich übergab. Larsson sah es aus den Augenwinkeln heraus.

Wenig später kam Monika. Kern winkte der Kellnerin, und sie bestellten warm à la Carte. Larsson orderte für Monika und sich Carpaccio vom Rind, mariniert, mit getrockneten Tomaten, Pinienkernen, Rucola und Parmesan als Vorspeise. Für Monika gab es Besoffene Wildsau in Honig-Schwarzbiersoße, frisches Gemüse vom Markt, dazu sächsische Wickelklöße und für sich ein Kalbsrückensteak mit Mailänder Salami und Mozzarella gratiniert auf einem mediterranen Pfannengemüse, dazu Rosmarin-Honig-Kartoffeln. Weil es nun schon abends war und er fürchtete, mit vollem Magen schlecht zu schlafen, bestellte er nur die kleine Portion. Dazu zwei Radeberger vom Fass. Kern hingegen nahm eine Hausmacher Bauernsülze mit feiner Remoulade und Bratkartoffeln.

„Ich habe gehört, Sie arbeiten auch bei der Polizei", sagte Kern zwischen zwei Bissen.

Monika Landris lächelte. „Bei der Schutzpolizei. Leider. Ich würde sehr viel lieber bei der Kripo arbeiten, aber es gibt zu wenig Stellen in diesem Land, um gegen die hochgerüstete Organisierte Kriminalität effektiv vorzugehen. Und dem wird von Seiten der Politiker keine Rechnung getragen."

„Was habe ich Ihnen gesagt, Larsson? Ihre Frau hat recht. Wir sprachen gerade über die neuen Gefahren, die international auf die freie Welt, aber auch auf Großmächte wie Russland und China zukommen.“

„Die Frage des weltweiten Terrorismus“, warf Larsson für Monika erklärend ein.

„Deutschland liegt im Zielspektrum islamistischer Terroristen. Nach allem, was unsere Dienste wissen, müssen wir davon ausgehen, dass auf höchster Ebene der Al Qaida und anderer terroristischer Gruppierungen wie der IJU ...“ Kern sah in das verständnissuchende Gesicht Monika Landris’ und sagte: „Islamic Jihad Union – Anschläge in Deutschland befürwortet werden. Entscheidend sind dabei Deutschlands Engagement innerhalb der westlichen Staatengemeinschaft gegen den internationalen Terrorismus und die Stationierung deutscher Soldaten in Afghanistan. Dieses Engagement wird von Al Qaida propagandistisch als Krieg gegen die Muslime gebrandmarkt. Ziel ist, Deutschland zu einem Wechsel seiner Afghanistanpolitik zu nötigen.“

Larsson versuchte einen Augenblick zu eruieren, was diese Gruppe an dem Geburtstagstisch darstellte. Zuerst dachte er, es könne sich um eine Kegeltruppe handeln, die ihre Kasse auf den Kopf schlug. Aus den Gesprächsfetzen konnte er aber dann entnehmen, dass es sich um Geburtshelfer eines nahen Krankenhauses handelte. Hebammen und drei Ärzte.

„Selbst wenn wir wollten“, sagte Monika Landris, „wir können nicht ungestraft aus dem Bündnis ausscheren, denn im Ernstfall wäre wir auf die NATO angewiesen.“

„Seit rund zwei Jahren drohen Islamisten Europa und besonders auch Deutschland mit Anschlägen. Die rund zwanzig Drohbotschaften können ein starker Motivationsfaktor für eine Radikalisierung innerhalb der islamistischen Szene sein. Es muss also damit gerechnet werden, dass sich Gruppen, aber auch fanatisierte Einzeltäter auf derartige Drohbotschaften berufen und sie als Rechtfertigung für Anschläge in Deutschland heranziehen. Die Botschaften zeigen, dass Al Qaida immer intensiver Öffentlichkeitsarbeit betreibt. Auch dies ist als Indiz dafür zu werten, dass die Organisation wieder an Stärke gewonnen hat."

„Das sind die neuen Herausforderungen, die auf uns zukommen, und ich werde Ihnen etwas sagen, Herr Kern, wir sind dem nicht gewachsen. Noch nicht. Und ich bezweifle, dass wir das jemals sein werden. Wissen Sie, warum? Weil unsere Zivilisation keine 77 Jungfrauen im Paradies anzubieten hat, die Selbstmördern versprochen werden, wenn sie sich in die Luft sprengen." Nur wenige Wochen später würde er sich an dieses Gespräch erinnern.

„Was mich interessieren würde", sagte Barneby Kern, „wäre, was den Frauen versprochen wird, die sich in die Luft sprengen."

„Insgesamt betrachtet, wird die Bedrohung durch den internationalen Terrorismus für lange Zeit die größte Herausforderung für alle Sicherheitsbehörden weltweit bleiben", warf Monika Landris ein.

„Sie darf jedoch nicht isoliert betrachtet werden, meine liebe Frau Landris, sondern muss vor dem Hintergrund einer ganzen Reihe sicherheitsrelevanter Veränderungen gesehen werden, die insbesondere seit dem Ende des Kalten Krieges stattgefunden haben. Globalisierungsrisiken, illegale Migration und Integrationsprobleme, Proliferation, Regionalkonflikte, Organisierte Kriminalität, Störungen kritischer Infrastrukturen sind hierfür nur einige Beispiele. Und auch die neuen Verwundbarkeiten moderner Industriegesellschaften haben die Sicherheitsumgebung maßgeblich verändert." Kern schaute demonstrativ zur Uhr. „Ich glaube, ich muss Sie jetzt langsam allein lassen. Morgen haben Sie einen freien Tag. Nutzen Sie ihn. Bei dem schönen Wetter kann man eine Dampferfahrt machen. Am Montag bringt mich Andrea her und holt Sie ab, um Ihnen Dresden zu zeigen."

An dem Tisch, an dem Geburtstag gefeiert wurde, sangen die Menschen leise ein Ständchen – *Big Daddy hat heute Geburtstag, big Daddy hat heute Geburtstag ... Big Daddy hat heute Geburtstag, big Daddy er lebe hoch ... hoch ... hoch ... hoch!*

Larsson fragte sich, wo er dieses Ständchen schon einmal gehört hatte. Augenblicklich fiel ihm eine Szene aus *Die Katze auf dem heißen Blechdach* ein, in der ein großer Teil einer Familie dem todkranken Familienoberhaupt Fröhlichkeit und Lebensmut vorgaukeln wollten. Tanzte die nicht-islamische Welt heute auf einem heißen Blechdach?

Für den Tag darauf, es war Sonntag, der 20. Juli, hatte Larsson ein besonderes Ereignis geplant. Mit der Straßenbahn fuhren sie nach dem Frühstück die wenigen Haltestellen nach Blasewitz. Zehn Minuten vor zehn kam das schaufelradbetriebene Salonschiff, das sie in vier Stunden nach Königstein brachte. Sie saßen auf dem Oberdeck und betrachteten die Sehenswürdigkeiten, die an den Ufern vorbeizogen. Schloss Pillnitz, Pirna, Stadt Wehlen. Die imposanten Sandsteinfelsen der Bastei.

„Dort möchte ich unbedingt hinauf", sagte Monika. „Man muss einen herrlichen Blick haben."

Als sie halb drei in Königstein ankamen, waren sie überwältigt von den Sehenswürdigkeiten, die sich beidseitig an den Ufern der Elbe wie auf einer Perlenschnur aufreihten. Für beide war es das erste Mal, dass sie auf einem Elbschiff reisten. Monika Landris war sogar das erste Mal in ihrem Leben in Dresden.

Nun durchstöberten sie interessiert die Kasematten der alten Militäranlage Festung Königstein, aßen auf der größten Bergfestung Europas in Napoleons Küche. Die steht an der berühmtesten Festungsaussicht auf die Sächsische Schweiz und den Lilienstein. Tief unten zog die Elbe ihren Bogen. Sie saßen im idyllischen Biergarten bei lecker gegrillter Schweineschulter und einem großen, erfrischenden Radler und genossen dieses einmalige Panorama.

Die Zeit verging schnell, und so begaben sie sich um fünf wieder an Bord eines der liebevoll restaurierten Schaufelraddampfer. Elbabwärts brauchten sie nur zweieinhalb Stunden zu ihrem Ausgangspunkt, der Anlegestelle in Blasewitz.

Gegen acht aßen sie zu Abend. Während Monika für sich eine Gesindeplatte mit sächsischen Wurst- und Schinkenspezialitäten, deftigem Käse aus Sachsen, Butter, Schmalz und einem Brotkorb bestellte, wählte Larsson Matjesfilets mit Kräuter-Zwiebelschmand auf Bohnensalat angerichtet, dazu Kartoffelrösti.

„Hat es Ihnen geschmeckt?“ Leise war der Besitzer des Hauses an den Tisch getreten.

„Danke. Wir haben heute einen wunderbaren Ausflug mit dem Schiff nach Königstein gemacht. Wir sind von den Eindrücken überwältigt. Dabei wollte ich Sie fragen, ob ich über den Dienstag hinaus das Zimmer verlängern kann. Wir möchten unbedingt auf die Bastei. Von oben muss man einen herrlichen Blick auf das Elbtal haben.“

„Ich glaube, da muss ich Sie enttäuschen. Das Haus ist ausgebucht. Aber vielleicht habe ich einen anderen Vorschlag, der viel besser in Ihren Plan passen würde, wenn Sie auf die Bastei wollen.“ Der Mann, der nicht nur Rieß hieß, sondern auch noch sehr groß gewachsen war, lächelte, als er den Vorschlag machte, in das Strandhotel nach Wehlen umzuziehen. „Von dort können Sie zu Fuß auf den Felsen ersteigen.“

„Wie war es eigentlich während der Jahrhundertflut? Die Bilder im Fernsehen sahen ja schrecklich aus“, sagte Monika Landris.

„Warten Sie einen Augenblick. Ich werde Ihnen etwas zeigen.“ Rieß ging in sein Büro und kam kurz darauf mit einer Mappe zurück.

Larsson und Monika Landris schauten sich die Bilder an, die die überflutete Stadt Wehlen zeigten. Auf einem der Bilder war der Hotelier Rieß vor dem Strandhotel vor den aus den Fluten geretteten Gegenständen zu sehen.

„Das sind ja Sie“, stellte Monika Landris fest.

„Ich betreibe auch das Strandhotel in Wehlen. Deshalb kann ich Ihnen auch gleich ein Zimmer zusagen.“

„Das muss ja ein furchtbarer Schlag gewesen sein. Sie werden sicher einen Großteil verloren haben“, sagte Larsson.

„Die Sächsische Schweiz hat durch die Jahrhundertflut nicht nur schwere Schäden davongetragen, sondern auch weltweit einen Bekanntheitsgrad erfahren, welcher ohne die Flut nicht möglich gewesen wäre. Das untere Photo zeigt den ungefähren Höchststand von zwölf Metern an. Das sind zehn Meter mehr als der Normalpegel. Der Schreck kam, als das Wasser weg war und die ungeheuerlichen Verwüstungen durch die Elbe sichtbar wurden. Die Sächsische

Schweiz, die Stadt Wehlen und das Strandhotel brauchen viele Gäste, die sich davon überzeugen, dass es nach der Flut an vielen Orten schöner aussieht als davor. Dies ist neben der moralischen und finanziellen Hilfe unsere wichtigste Unterstützung für den Tourismus in unserer Region."

„Das alte Sprichwort", stellte Larsson fest. „Es ist nichts so schlecht, dass es nicht auch etwas Gutes birgt."

Am Tag darauf begann für Larsson das Symposium, für Monika Landris ein Bummel durch die Dresdner Altstadt. Andrea Kappelhoff und sie verstanden sich prächtig. Zuerst besuchten sie auf Wunsch von Monika das Grüne Gewölbe, das den Weltruf als eine der reichsten Schatzkammern Europas genießt. Zwischen 1723 und 1729 richtete der sächsische Kurfürst und polnische König August der Starke eine aus neun Räumen bestehende Wunderkammer ein, in der Besucher in einer barocken Repräsentationsarchitektur die von ihm und seinen dynastischen Vorgängern gesammelten Kunstobjekte und Raritäten besichtigen konnten. Zu den Sammlungsschwerpunkten des Museums gehört die italienische Malerei der Renaissance mit Hauptwerken von Raffael, Giorgione und Tizian sowie die Malerei des Manierismus und Barock. Ebenso bedeutend ist der Bestand holländischer und flämischer Maler des 17. Jahrhunderts. Mit einer großen Anzahl von qualitativ hochwertigen Werken sind Rembrandt und seine Schule vertreten, außerdem Vermeer, Ruysdael und die großen Flamen Rubens, Jordaens und Van Dyck. Monika Landris konnte sich kaum sattsehen. In seinem Bauverlauf wurde das ursprüngliche Grüne Gewölbe mit Wanddurchbrüchen um acht weitere Gewölbe erweitert. Die Architektur der Schatzkammern gestaltete Matthäus Daniel Pöppelmann, der Architekt des Dresdner Zwingers, die Innenausstattung ist von Raymond Leplat. Danach blieb das Grüne Gewölbe bis in das 20. Jahrhundert weitgehend unverändert. Es kann damit beanspruchen, das älteste Museum der Welt zu sein, was gemeinhin dem British Museum in London zugestanden wird.

Die beiden Frauen aßen zu Mittag im Quartier an der Frauenkirche, die sie im Anschluss besichtigten. Als sie kurz nach fünf wieder in Tolkewitz ankamen, war das Symposium des LKA-Sachsen, an dem ihre Männer teilgenommen hatten, bereits beendet. Einige der Teilnehmer saßen noch in dem Restaurant, andere unter dem Ahornbaum und diskutierten. Kern und Larsson waren draußen. Sie begrüßten ihre Frauen, als hätten sie sie schon eine Ewigkeit nicht mehr gesehen.

Am kommenden Tag brachte der Hotelier sie mit seinem Wagen ins Strandhotel nach Stadt Wehlen.

3. Kapitel

Ratko Krkic hatte aus dem Inselguide die Telephonnummer der Autovermietung Joyride in Wolgast herausgesucht und für seinen Chef einen Mercedes nach Krummin geordert, wo die *Morningstar* nun lag.

„Wir werden uns den Abend ein wenig vertreiben“, sagte Dobroslav Nicolic. „In Zinnowitz gibt es ein erstklassiges Fischlokal, das mir sehr empfohlen wurde. Anschließend suchen wir uns ein wenig Zeitvertreib. Fahren Sie mit, Käpt'n?“

Alfredo Macchiavelli, der italienische Kapitän der *Morningstar*, lehnte dankend ab. Er habe noch einige wichtige Dinge zu erledigen.

Nicolic hob die Schultern. „Sie werden es bereuen, Macchiavelli. Es läuft genügend junges Zeug herum, das gern eine Nacht auf unserem Schiff verbringen würde.“

„Heute nicht, danke, Oberst.“

„Und du, Stjepan?“

Stjepan Stanišic lachte. „Habe ich schon einmal gekniffen?“

„Ratko?“

Ratko Krkic tat, als überlege er einige Sekunden. Dann sagte er: „Ich kneife heute.“

„Fein, da spare ich eine ganze Menge Geld!“

„Soll ich euch fahren?“ fragte Krkic.

Nicolic lachte. „Glaubst du, wir brauchten einen Aufpasser? Gib mir den Schlüssel.“

Krkic gab ihm den Fahrzeugschlüssel und die Papiere des silbergrauen Mercedes.

Nicolic ging hinaus aufs Achterdeck und telephonierte einige Zeit mit einem Handy. Krkic beobachtete ihn dabei, während Stanišic einige Worte mit dem Kapitän wechselte. Einer der Matrosen, zuständig für die Kombüse, kam auf die Brücke, um sich einige Anweisungen zu holen. Er atmete sichtlich auf, als Macchiavelli ihm versicherte, dass an diesem Tag die Küche nicht gefordert würde.

Dobroslav Nicolic und Stjepan Stanišic verließen die Yacht.

„Wann werden wir uns mit Furmanow treffen?“ fragte Stanišic, als Nicolic den Motor gestartet hatte und den Wagen anziehen ließ.

„Er kommt ins Restaurant Zum Smutje.“ Dobroslav Nicolic fuhr sehr ruhig die siebeneinhalb Kilometer nach Zinnowitz. „Wir brauchen uns nicht zu beeilen. Furmanow kommt erst gegen sieben. Er ist in Polen noch aufgehalten worden.“

Nicolic bog in die Alte Strandstraße ein, fuhr über die Schienen der Eisenbahn und am Bahnhof vorbei. Ab hier war es die Neue Strandstraße, der er folgte, bis sie die Seebrücke sehen konnten. Nicolic kannte sich gut aus. Er stellte den Wagen auf dem Parkplatz der Kurverwaltung ab, und die beiden Männer gingen die wenigen Meter zur Seebrücke. Der Wind hatte aufgefrischt. Nicolic liebte es, wenn die Wellen auf den Strand zuliefen und sich tosend brachen, wenn die Gischt in Fetzen davonstob. Es erinnerte ihn an die weiten Strände in Jugoslawien. Dort reicht das Wasser von der slowenischen Grenze im Norden der Halbinsel Istrien bis Ulcinj, nahe der albanischen Grenze, in der zu Montenegro gehörenden Bucht von Kotor. Der Wind blähte ihre Jacken auf und verwirbelten die Haare, die sich nicht bändigen ließen. Aber was machte das in einem solchen Augenblick?

Nicolic war das, was er selbst einen Erfolgsmenschen nannte. 1950 in Bratunac, nur fünf Kilometer von Srebrenica entfernt, geboren, wurde er am 25. Mai 1995 zum Kommandanten einer Brigade seines Geburtsortes ernannt. Wenige Wochen später erhielt er den militärischen Rang eines Obristen. Sein Begleiter, Stjepan Stanišic, war nahezu ebenso erfolgreich. Er war Major im jugoslawischen Geheimdienst gewesen und hatte einen einflussreichen Verwandten gleichen Familiennamens, dem nachgesagt wurde, dass der an der Ergreifung des berüchtigten Terroristen Carlos beteiligt gewesen sei.

Immerhin war das lange Zeit der zweite Mann hinter Miloševic in der Hierarchie.

Bei dem Gedanken an Miloševic rebellierte seine Galle. Mit dem Befehl der Massenvernichtungen an Muslimen, dem sie alle willig gefolgt waren, hatte der den Bogen überspannt und damit ein Großserbien erfolgreich verhindert. Nicolic spuckte seine Wut über die Leeseite der Brücke und verfolgte den Geifer, bis der sich mit einer der auflaufenden Wellen vereinte. Und Miloševics Witwe? Sie war seit diesem Jahr auf der Flucht und wurde von Interpol gesucht, aber die russische Polizei lehnte es ab, sie festzuhalten, vermutlich wegen der starken Beziehung der Familie Miloševic zu Russland.

Die Männer waren am Ende der Seebrücke angekommen.

„Ich habe mit Furmanow telephoniert", sagte Nicolic. „Er bietet uns Frischfleisch, das wir mit Dope bezahlen werden."

„Ein Kompensationsgeschäft", sagte Stjepan Stanišic lachend, „ist immer zu etwas gut."

Sie gingen zurück zum Wagen, und Nicolic fuhr bis zur nächsten Querstraße zurück, bog rechts in die Dünenstraße ein. Nur wenige hundert Meter weiter bog er links ab und stand kurz darauf vor dem Haus mit dem weiß-blauen Giebel und den großen, weißen Buchstaben Zum Smutje auf blauem Grund, welches das Restaurant beherbergte. Nicolic parkte die Mercedes-Limousine, und die beiden Männer gingen zum Eingang. Der Gastraum war klein. Er strahlte aber eine Gemütlichkeit aus, die andere Häuser oftmals vermissen ließen. Zu dieser Zeit waren nur wenige Tische besetzt. Einer hinten im Durchgang zur Toilette, an dem eine Familie mit zwei halbwüchsigen Kindern saß, und ein hinterer Fenstertisch, an dem sich ein Paar mittleren Alters niedergelassen hatte.

„Hier ist noch wenig los, Dobro", sagte Stanišic.

„Wir wollen ja auch nur anständig essen, bevor wir uns etwas Abwechslung verschaffen und diesen Furmanow treffen, der herkommen wird."

Hinter dem Tresen stand der Wirt, der nicht nur der Koch des Hauses, sondern auch dessen Seele war. Er begrüßte die beiden Neuankömmlinge freundlich und geleitete sie an einen Tisch.

Dobroslav Nicolic schaute interessiert zu der Frau an dem Fenstertisch. Irgendwo hatte er sie schon einmal gesehen. Er versuchte einige Gesprächsfetzen aufzufangen, stellte aber fest, dass die Leute akzentfreies Deutsch sprachen.

Aber auch die Frau hatte ihn erkannt. Obwohl es nun schon 29 Jahre her war, dass sie diesem Mann begegnet war, würde sie ihn niemals vergessen können.

„Wir sind fertig mit dem Essen“, sagte sie zu ihrem Begleiter. „Lass uns gehen.“

„Aber wir wollten doch noch einen Nachtisch. Eis mit Erdbeeren und Schlagsahne.“

„Lass uns gehen. Jetzt. Bitte!“

Dieses Bitte war so eindringlich, dass der Mann diesen Wunsch nicht abschlagen konnte. Er rief die Frau, die nun die anderen Gäste bediente, und zahlte. Dann verließ das Paar das Restaurant.

Nicolic sah ihnen interessiert nach. Doch dann forderte die Speisekarte seine Aufmerksamkeit, und er vergaß die Frau. Er wählte Scampis am Spieß auf gebratenen Zucchinischeiben als Vorspeise. Danach Smutjes Fischplatte Flotter Dreier von Seefischfilets im Gemüsebeet mit Kartoffeltaschen und knackigem Salat. Stanišic hingegen bestellte den hausgebeizten Graved Lachs mit einer Senf-Dillsauce als Vorspeise sowie ein Rumpsteak mit frischen Champignons und Bratkartoffeln als Hauptgang.

Es war ein herrlicher Sommertag im Jahr 1974. Theres Wilding hatte eine Einladung zu einer Party ihres Freundes, dessen Eltern für einige Tage in ihre Stammwohnung nach Berlin gefahren waren, um nach dem Rechten zu schauen und weil Ralfs Vater einen anwaltlichen Termin bei Gericht wahrnehmen musste. Ihre Eltern waren am Abend nicht zu Hause, weil sie zu einer Vernissage nach Greifswald gefahren waren und anschließend bei Freunden übernachteten.

Als Theres Wilding mit dem Rad, von Balm kommend, bis zu dem Haus der Hingsens am Achterwasser entlang fuhr, wurde sie von einem schwarzen Auto überholt. Die Party in dem Ferienhaus mit dem schönen, reetgedeckten Dach war in vollem Gang. Ralf, ihr 16jähriger Freund, wartete schon auf sie. Es lief sowjetischer Sekt in Strömen. Und der sich ausbreitende süßliche Geruch würde einem Fachmann verraten haben, dass man hier Haschisch rauchte.

Theres rauchte nicht, aber sie hatte jene Neugierde auf das Leben, die pubertierenden jungen Mädchen zueigen ist. Die Vorstellung, einmal das pralle Lebensgefühl auszuprobieren, jenseits der strengen Behütung durch die Eltern, übte einen unwiderstehlichen Reiz auf sie aus. Theres wollte diesen Abend genießen. Vielleicht würde sie Ralf gestatten, über die Küsse und das vorsichtige Petting hinauszugehen. Ja, vielleicht würde das der Abend werden, den jede Frau ein Leben lang nicht vergessen könnte, der immer in ihrem Gedächtnis blieb und sich in der Erinnerung zu einer gewissen Verklärung verfestigte.

„Komm, ich stelle dir einen Freund des Hauses vor“, empfing sie Ralf.

Dobroslav Nicolic stand neben dem Grundig-Stereogerät, das sich Ralfs Vater, ein Rechtsanwalt aus Berlin, aus dem Westen der Stadt hatte mitbringen lassen. Er legte eine Platte von Karel Gott auf, und alles jauchzte zur *Babička*, Wencke Myhre grölte ihr *Er hat ein knallrotes Gummiboot*, und als Freddy Quinn anfing, *La Guitarra Brasiliana* zu intonieren, zog Ralf Theres ins Nebenzimmer.

„Hör zu“, sagte er und sang leise mit: „Ich hab eine große Liebe, die ich vorher nie gekannt – la Guitarra Brasiliana, la Guitarra, hab ich sie genannt ...“ Er brach den Gesang ab und sagte: „Du bist meine Guitarra, Theres.“ Ralf begann sie zu küssen. In dem Moment aber, als er seine Hand zwischen ihre Schenkel schob und es ihr wehtat, schob sie ihn brüsk zurück. „Lass das!“

„Wie lange soll ich denn noch warten?“ protestierte Ralf.

„Bis der richtige Augenblick da ist!“

„Das ist der richtige Augenblick.“

„Nein. Wir sind nicht allein im Haus. Und ich möchte nicht durch irgendeinen deiner Freunde gestört werden.“

Sie lagen schwer atmend auf der Couch. Als sie sich wieder beruhigt hatten, sagte Ralf: „Ich hole uns etwas zu trinken.“ Er ging raus zu den anderen, die inzwischen so high waren, dass sie es mehr oder weniger ungeniert miteinander trieben. Zwei der Jungen, die zuvor zusammen getanzt hatten, knutschen hemmungslos miteinander. Einer zwinkerte ihm zu.

Dobroslav Nicolic sah Ralf kommen. „Wo hast du deine reizende Begleiterin gelassen?“ Er sah die unwillige Miene des Jungen und wusste, dass ihn das Mädchen zurückgewiesen hatte. „Ist sie deine Freundin?“

„Ja.“

„Sie sieht bezaubernd aus mit ihrem Miniröckchen und der aufreizenden Bluse. Zu aufreizend angezogen ist sie, und sie weiß, wie das die Männer anmacht.“

„Sie sieht hübsch aus, ja. Und jeder schaut nach ihr.“

„Aber du hast Probleme mit ihr.“

„Ja, es gibt Probleme.“

„Die sich doch lösen lassen, oder? “

„Wie?“

Nicolic lachte. Er nahm eine kleine Flasche aus der Jackentasche und ließ einige Tropfen in eines der beiden Sektgläser gleiten. „Sieh zu, dass sie das trinkt. Ich komme nachher zu dir, und dann sehen wir weiter.“

Sie lachten sich zu wie zwei Verschwörer, und Ralf sah, dass er wieder zu Theres kam. Schließlich konnte sie es sich überlegen und ins Wohnzimmer zurückkommen. Wenn sie sah, wie die jungen Leute hier miteinander umgingen, würde sie das noch mehr verstören, und es könnte sein, dass sie nicht mehr bereit war, sich mit ihm zu treffen.

Ralf reichte Theres das Glas und prostete ihr zu. „Morgen müssen wir hier wieder Ordnung machen. Meine Eltern kommen am Wochenende zurück. Du könntest mir ein wenig helfen.“

„Ja. Sicher kann ich das.“

Sie fühlte, wie sich alles zu drehen begann.

Nicolic war hereingekommen. Sie hatte das nicht einmal bemerkt. „Und?“

Ralf zuckte mit den Schultern. „Ich weiß nicht recht. Es ist wohl nicht der richtige Zeitpunkt.“

„Dafür ist immer der richtige Zeitpunkt. Ich werde dir zeigen, wie man das macht.“

Mitternacht war vorbei. Als Theres wieder richtig bei Sinnen war, begriff sie, dass etwas mit ihr passiert sein musste, was sie so keinesfalls gewollt hatte. Sie weinte nicht. Noch nicht. Niemand sollte sehen, wie es in ihr aussah.

Zwei Stunden später machte sie sich mit ihrem Rad auf den Heimweg. Leise, fast unbemerkt hatte sie sich hinausgeschlichen. Kurz vor der Hauptstraße nach Balm setzte sie sich in den Straßengraben und heulte hemmungslos.

Kurz nach sieben kam Furmanow. Er kam mit einem älteren, unscheinbaren, grauen Audi. Nicolic sah ihn aussteigen und dachte, was für ein Penner das ist, der mit einem solchen Auto durch die Gegend fuhr. Er machte ihm durchs Fenster ein Zeichen, dass er zu ihm kommen würde, und sagte zu Stanišic: „Warte einen Augenblick, Stjepan, ich fertige den Kerl gleich draußen ab.“

Er stand auf. Die Kellnerin dachte, er suche etwas, und fragte, ob sie behilflich sein könne. Stanišic verneinte, sagte, dass sie mit der Bestellung des Essens noch einen Augenblick warten müsste, und Nicolic ging hinaus zu Furmanow. Sie begrüßten sich per Handschlag.

„Es tut mir leid, aber ich bin aufgehalten worden. Dafür hat es sich aber gelohnt.“

„Ich interessiere mich für Ihr Angebot, Semjon Konstantinowitsch. Ich brauche nur junge Mädchen, sehr junge. Keine abgefuckten Nutten, die ihre beste Zeit hinter sich haben und ein Haufen unangenehmer Nachwirkungen mitbringen."

„Ich denke, Sie werden zufrieden sein. Ich habe zwei Mädchen für Sie. Die Jüngere ist zwölf, die andere vierzehn."

Nicolic lachte kurz auf. „Setzen wir uns in mein Auto. Ich möchte nicht, dass uns jemand hört." Erst jetzt stellte er fest, dass in Furmanows Wagen eine zweite Person saß.

Furmanow sah, dass Nicolic die Frau in seinem Fahrzeug bemerkt hatte. „Mein Bodyguard", sagte er und lächelte.

„Eine Frau? Verstehe, Sie verbinden das Angenehme mit dem Nützlichen."

Furmanow hob die Schultern, sagte aber nichts.

„Ich habe eine ganz spezielle Gruppe von Interessenten in Belgien", sagte Nicolic, „die haben andere Wünsche."

„Andere Wünsche?"

„Denen sind Mädchen von zwölf zu alt."

„So?"

„Sie wollen Kinder, die sie selbst großziehen können. Mädchen und auch einige Jungen. Kleinkinder oder Säuglinge."

Furmanow dachte, dass dieser verdammte Perversling ihm gerade vorgeschlagen hatte, Ware für Päderasten zu liefern. Es gefiel ihm nicht sonderlich. Aber er war Geschäftsmann, und als solcher handelte er mit allem, was sich mit Gewinn wieder losschlagen ließ.

Nicolic wiederum dachte darüber nach, dass sowohl sehr junge Mädchen als auch Kleinkinder und Säuglinge Spitzenpreise auf dem Markt bringen würden. Speziell auf dem belgischen Markt. Der Kontakt mit dem Ukrainer war wie Goldstaub. Er würde sich auszahlen, und das sehr schnell. „Könnten Sie derartige Ware für mich besorgen, Semjon Konstantinowitsch?"

„Sicher. Aber nicht bis morgen", antwortete Furmanow.

„Ich möchte spätestens am 13. August Deutschland wieder verlassen. Gibt es bis dahin eine Lösung?"

„Vielleicht ein oder zwei Kinder. Ja, das wäre wohl möglich. Aber wer versorgt die bei Ihnen an Bord?"

Nicolic lachte laut auf. „Die Mädchen, die Sie mir bringen. Dann haben die gleich eine frauenspezifische Aufgabe!"

„Und die Bezahlung?"

„Sie können wählen, Semjon Konstantinowitsch. Bares in US-Dollar oder Heroin. Was ist Ihnen lieber?"

„Wenn es sauberes Heroin ist, nehme ich den Stoff."

„Es ist ganz hochwertiges, pulverig weißes Heroin Nr. 4. Sie werden in ganz Europa kein besseres finden."

„Gut."

„Ich sehe Sie also am 12. auf meiner Yacht. An diesem Tag werde ich am Eingang des Achterwassers bei Warthe auf Sie warten. Kennen Sie sich hier aus?"

Furmanow nickte.

„Sie bringen das Frischfleisch und bekommen die Ware."

„Ich möchte das Heroin prüfen."

„Einverstanden. Reicht es am nächsten Dienstag? Es ist der 12. wie besprochen."

„Ja. Mein Bodyguard wird die Prüfung übernehmen."

„Gut."

„Sie haben nicht zufällig zwei junge Mädchen für uns, mit denen wir an Bord ein wenig Spaß haben können?"

Furmanow lachte. „Ich lebe davon, dass ich für Spaß sorgen kann. Wann wollen Sie die Mädchen haben und für wie lange?"

„Am liebsten heute. Ich buche sie bis zum Tag meiner Abreise."

„Können Sie die Mädchen in zwei Stunden übernehmen?"

„Natürlich. Wo?"

„In Trassenheide. In der Strandstraße. Vor der Buchhandlung Junge."

„Einverstanden."

Sie verabschiedeten sich. Während sich der Audi in Bewegung setzte, ging Nicolic zu seinem Tisch ins Restaurant zurück.

4. Kapitel

Der 20. Juli – ein Sonntag – war ein Bilderbuchsommertag.

Abdulbasit Besirevic hatte sich für diesen Tag etwas Besonderes vorgenommen. Er wollte seiner Liebe einen Heiratsantrag machen. Seit er Aufnahme in der Bundesrepublik gefunden und einen Studienplatz an der Ernst-Moritz-Arndt-Universität in Greifswald bekommen hatte, studierte er an der philosophischen Fakultät. Als er sich um einen Studienplatz bewarb, war er noch unsicher, was er studieren sollte. Das Angebot, das diese Universität für Studierende bereithielt, war überzeugend. Allein die Philosophische Fakultät gliedert sich in sechzehn Institute mit etwa sechzig Professuren und hundertfünfzig wissenschaftlichen und nichtwissenschaftlichen Mitarbeiterstellen. Einem sozialwissenschaftlichen Schwerpunkt zuzuordnen sind die Institute für Erziehungswissenschaft, für Philosophie, für Politikwissenschaft, für Psychologie und für Sportwissenschaft. Und genau deshalb entschied er sich nach allem, was er erlebt hatte, für Philosophie. Er hoffte, dass die Erkenntnisse dieses Studiums dazu beitrügen, das Unfassbare des Erlebten zu begreifen; er hatte es selbst gesehen, es gab nichts auf dieser Welt, was Menschen anderen Menschen nicht antaten.

Auch Aischa Husejnow war aus Brezovice, einem kleinen Dorf bei Srebrenica in Bosnien, gekommen. Sie war ein Jahr jünger als Abdulbasit, hübsch anzusehen und intelligent. Dennoch hatte sie es nicht geschafft, einen Studienplatz zu ergattern. Deshalb jobbte sie bei einer Medienagentur mit der Hoffnung auf einen festen Arbeitsplatz. Abdulbasit und Aischa kannten sich aus Bosnien, denn ihre Eltern waren befreundet, und nicht selten waren sie zu hochgestellten, muslimischen Feiertagen zusammengekommen, um sie gemeinsam zu begehen. Das letzte Mal hatten sie zu Tabaski, dem islamischen Opferfest, miteinander gefeiert. Dabei wird des Propheten Ibrahim gedacht, der die göttliche Probe bestanden hatte und bereit war, seinen Sohn Ismael für Allah zu opfern. Als Allah seine Bereitschaft und sein Gottvertrauen sah, gebot er ihm Einhalt. Ibrahim und Ismail opferten daraufhin voller Dankbarkeit im Kreis von Freunden und Bedürftigen einen Widder.

Sie konnten sich beide an das erste Mal erinnern, an dem sie ein Tabaski erlebten. Abdulbasit war gegen zehn von Asim, Elvir und den anderen Männern abgeholt worden. Sie hatten alle neue, schöne Gewänder an und kamen gerade aus der Moschee vom Morgengebet. Abdulbasit hatte natürlich auch etwas Gutes angezogen. Im Haus, wo die Frauen und die anderen Familienmitglieder warteten, auch Aischa Husejnow, dann ein großes Hallo und herzliches Begrüßen.

Der Hammel stand schon zur Hinrichtung bereit. Abdulbasit ging noch schnell zu Dcemila, der ältesten Frau im Haus, und überreichte ihr Bananen, Orangen, Kekse, Zucker, Tee und Saft. Dadurch verpasste er den entscheidenden Schnitt, der den Bock vom Leben in den Tod beförderte. Als er dazukam, lag der Bock schon mit dem Hals über dem kleinen Loch im Garten, blutete aus, röchelte etwas, kackte noch ein letztes Mal ab, zuckte und wurde von den Männern festgehalten. Dann wurde das Tier an einen Baum im Hof gehängt, gehäutet, zerteilt und ausgenommen. Abdulbasit hatte natürlich alles ganz genau beobachtet. So etwas bekam man nicht alle Tage zu sehen. Dann, gegen zwölf Uhr, gab es die erste Lage, gegrillte Leber mit Zwiebeln und Brot. Das eigentliche Mittagessen um vierzehn Uhr bestand dann aus dem festen Fleisch, Zwiebeln, Kartoffeln, Makkaroni. Ein richtiges Festessen.

Aber das lag nun schon lange zurück. Neun Jahre, und jedes Jahr zu Tabarski dachte er daran, was für eine glückliche Zeit das gewesen war.

Abdulbasit und Aischa waren zusammen im Lager vor Tuzla gewesen, und gemeinsam bekamen sie, unter Vermittlung der UNO, eine Aufenthaltsgenehmigung für Deutschland. Seitdem waren sie unzertrennlich.

Dass sie in Greifswald noch nicht unter einem Dach wohnten, hatte mit ihrem Glauben zu tun. Ein Paar wären sie freilich längst geworden, wenn es nach Abdulbasit gegangen wäre. Nach all den Erniedrigungen, die Aischa über sich ergehen lassen musste, war sie nicht bereit, sexuelle Kontakte zu erdulden. Und so waren sie wie an jedem freien Tag hinausgefahren, um sich ein wenig an den Stränden der Ostsee zu zerstreuen. Sie machten dann lange Spaziergänge am Wasser, beobachteten die Schiffe in der Ferne, die sie an ihre Heimat erinnerten. Ihr Heimweh war groß. Ihre Angst vor den Serben größer. Und so waren sie dankbar dafür, hier in Deutschland in einer so schönen Landschaft leben zu können.

Auch an diesem Tag waren sie schon morgens aufgebrochen, waren mit dem kleinen Motorroller über Wolgast zuerst nach Peenemünde gefahren, wo die Heeresversuchsanstalt zwischen 1936 und 1945 eines der modernsten Technologiezentren der Welt war. Im Oktober 1942 gelang von hier aus der weltweit erste Start einer Rakete ins All. In der benachbarten Erprobungsstelle der Luftwaffe wurden Flugkörper mit revolutionärer Technik getestet. Die Forschung diente jedoch von Beginn an nur dem einen Ziel: mit dieser Hochtechnologie die militärische Überlegenheit zu schaffen. Nur durch den massiven Einsatz von Zwangsarbeitern, KZ-Häftlingen und Kriegsgefangenen war die Errichtung der Versuchsanstalten und die spätere Massenproduktion der Rakete, die Goebbels zynisch Vergeltungswaffe 2 nannte, in so kurzer Zeit möglich. Bei der Produktion unter unmenschlichen Bedingungen und beim Beschuss belgischer, englischer und französischer Städte mit der Wunderwaffe verloren Tausende Menschen ihr Leben. Die Ambivalenz der Nutzung modernster Technologie wird in Peenemünde deutlich wie an kaum einem anderen Ort. Zusammen mit der historischen Entwicklung bildet sie den Schwerpunkt der Ausstellung des Historisch-Technischen Informationszentrums Peenemünde, die im Kraftwerk der ehemaligen Heeresversuchsanstalt – dem größten technischen Denkmal Mecklenburg-Vorpommerns – zu besichtigen ist. Darüber hinaus ist das

Museum eine internationale Begegnungs- und Kulturstätte und erhielt für friedensfördernde Aktivitäten im vergangenen Jahr das Nagelkreuz von Coventry.

Abdulbasit hatte sich den Besuch dieses Museums gewünscht, weil er sich für die Entwicklung der Raketen im Allgemeinen interessiert. Schließlich gilt die in Peenemünde entwickelte A4 heute sowohl als Vorläufer aller militärischen als auch aller zivilen Trägerraketen. Dem Mythos der Rakete gegenüber steht die sehr reale Erfahrung der Opfer. An kaum einer anderen historischen Stätte sind Nutzen und Risiken technischen Fortschritts offensichtlicher miteinander verwoben als in Peenemünde. Der Ambivalenz dieser technischen Entwicklung stellt sich das Historisch-Technische Informationszentrum.

Nach der Besichtigung des Museums fuhren sie zurück bis Karlshagen. Sie stellten den Roller in der Zeltplatzstraße ab und gingen zur Strandstraße zurück. Gegenüber dem Tourismusverein an der Peenemündung kaufte Abdulbasit für beide ein Eis. Dann gingen sie hinunter zum Wasser und liefen die viereinhalb Kilometer bis Trassenheide. Als sie zurückkamen, war es bereits 13:10 Uhr. Sie beschlossen, auf die andere Seite des Achterwassers zu fahren und sich die Stadt Lassan anzusehen. Schon als sie die Bahnhofstraße in Wolgast in Richtung Hohendorf fuhren, sahen sie auf dem Peenestrom die große, weiße Yacht, die von einem Polizeiboot begleitet wurde. Hinter Hohendorf verloren sie den kleinen Verband für einige Zeit aus den Augen. Sie stellten ihren Roller am Hafen ab und besichtigten die Stadt mit ihren kleinen, gedrungenen Häuserzeilen. Der Ort, das merkten sie schnell, ist keine typische Touristenhochburg und hat doch einiges an Sehenswertem zu bieten. Mit weniger als 1500 Einwohnern, so stand in einem Flyer zu lesen, zählt sie zu den kleinsten Städten, kann aber auf eine mehr als 700jährige Historie zurückblicken. Lassan war schon um das Jahr 1000 eine Wendische Siedlung. Im Jahr 1274 erhielt dieser Marktflecken dann die Stadtrechte. Auch dieser kleine Ort erinnerte die beiden jungen Leute an ihr Heimatdorf. In einer kurzen Blüte des holzverarbeitenden Handwerks zu Beginn des 20. Jahrhunderts arbeiteten in Lassan etwa zweihundert

Tischler, Holzschnitzer und Drechsler. Die vielen gut erhaltenen Haustüren mit ihren handgeschnitzten Ornamenten sind noch heute Zeugen dieses Schaffens. Später waren der Peenestrom mit seinem Fischreichtum und das umgebende Land mit der Ackerbürgerei die Lebensgrundlage der kleinen Stadt. Wer hierherkommt, sucht die Ruhe und den Charme dieses Ortes und der hügeligen Moränenlandschaft, die zu ausgedehnten Fuß- und Radwanderungen einlädt.

Aischa Husejnow spendierte beiden in der kleinen Gastwirtschaft am Markt ein Lammcurry. Als sie zurück zum Hafen kamen, war die große Yacht gerade dabei anzulegen. Auch das Polizeiboot, die Bussard, machte gleich am Anleger daneben fest. Aischa und Abdulbasit beobachteten fasziniert das große Schiff.

„Es ist ein Schiff aus London", sagte er. „Das sieht man hier auch nicht jeden Tag."

Sie sahen wie die drei Polizisten des Bootes der Wasserschutzpolizei auf die Yacht gingen. Die Männer verhandelten offensichtlich mit dem Kapitän. Was sie sagten, konnte man nicht verstehen. Doch dann kam ein weiterer Mann dazu, und Aischa stieß einen leisen Schrei aus.

„Was ist los?" fragte Abdulbasit. „Was hast du, Aischa?"

Das Mädchen war weiß geworden wie die Wand. „ Nicolic", sagte sie. „Es ist Nicolic, einer der Schlächter von Srebrenica. Ich werde dieses Gesicht mein Leben lang nicht vergessen."

Während das Mädchen zitternd auf einer Bank saß und gespannt zu dem gegenüberliegenden Schiff schaute, betrachtete der junge Mann die Vorgänge mit einem Fernglas. „Sie gehen wieder", sagte er. „Die Polizisten gehen einfach wieder. Eigentlich hätten sie die Männer verhaften müssen. Ich weiß nicht, warum sie das nicht tun!"

Aischa fing an, leise vor sich hin zu weinen. Sie starrte auf die Szene, wusste aber, dass sie nichts daran ändern konnte, dass dieser Schurke unbestraft blieb.

Abdulbasit fasste einen Entschluss: Sie würden jetzt nach Hause fahren und die Kommilitonen aus Bosnien und Albanien zusammenrufen, um zu beraten, wie man diesen Mörder zur Rechenschaft ziehen konnte.

Ein älteres Ehepaar, das am Hafen spazierenging, beobachtete die Szene. Die Frau schüttelte den Kopf und sagte: „Dass sich die jungen Leute immer streiten müssen. Dabei geht das Leben doch viel zu schnell vorbei, um sich mit Streit die Zeit zu vergällen."

5. Kapitel

Die Frau stellte ihren roten Alfa Romeo ab und klappte das Verdeck zu. Als wäre sie ein Headhunter in einem amerikanischen Film, war sie der Spur des Mannes gefolgt. Es war eine Blutspur, die weitaus größer war als das, was sie sich je vorstellen konnte. Und allzu spät war sie auf diese Fährte gestoßen. Sie lobte Gott dafür, dass es noch nicht zu spät war. Ein Schweißhund wäre nicht erfolgreicher gewesen als sie, denn sie wurde vom Hass getrieben. 29 Jahre waren eine lange Zeit, um sich auf eine angemessene Rache vorzubereiten. Fast ein Drittel eines Jahrhunderts hatte sie nur an eines gedacht: die Schmach zu rächen, die ihr angetan wurde. Wehrlos war sie gewesen, jung, unerfahren und mit einer ersten, zaghaften, vertrauensvollen Liebe befrachtet. Man hatte sie verraten und missbraucht. Obwohl noch am Leben, war sie in diesem Augenblick innerlich getötet worden. Denn nie in ihrem Leben war sie wieder fähig gewesen, einen Mann richtig zu lieben.

Als sie 1975 mit ihrem Freund Ralf im Auto seines Vaters verunglückte und dieser kurz darauf an den Folgen des Unfalls verstarb, während sie sich nur zögerlich von ihren Verletzungen im Krankenhaus erholte, geriet sie nicht in Verdacht, Auslöser dieses Unfalles gewesen zu sein. Aber als sie Ralf bei hoher Geschwindigkeit in einer Linkskurve ins Lenkrad gegriffen und den Wagen, der ins Schleudern gekommen war, gegen einen Baum lenkte, tat sie das in voller Absicht der Rache. Sie wollte diese Bestie töten, und wenn sie selbst dabei draufginge. Beinahe wäre sie auch umgekommen.

Doch auf der Suche nach dem weitaus größeren Bastard musste sie sich fast drei Jahrzehnte gedulden, bis zu dem Augenblick, als Dobroslav Nicolic ins Restaurant Zum Smutje gekommen war. Wie ein Peitschenhieb hatte sie der Anblick des Mannes getroffen. Fast wäre ihr Herz stehengeblieben. Sie wusste nicht, ob sie sich freuen oder diesen Augenblick verfluchen sollte. All die Jahre, die sie vergeblich hoffte, auf Nicolic zu treffen, all die schlaflosen Nächte mit den Vorstellungen, was sie mit ihm anstellen würde, wenn er ihren Weg wieder kreuzen würde, schossen durch ihren Kopf.

Der Mann kam schräg auf die Frau zu, die neben ihrem Wagen stand. „Ein Freund hat mir gesagt, Sie haben einen Auftrag zu vergeben?“ Er hatte die Fünfzig bereits weit überschritten. Aufgrund ständig wiederkehrender Gesundheitsprobleme – er litt stark unter Malaria, die er sich als Koordinator der Légion Étrangère während des Golfkrieges gegen Saddam Hussein 1991 zugezogen hatte – war er von der französischen Armee vorzeitig in den Ruhestand geschickt worden. Aber das war für einen so umtriebigen Mann wie den Chevalier Oberst Armand Beauvais nicht akzeptabel. So unterhielt er ständige Verbindungen zu Legionären, die ihren Dienst beendet hatten und zu jedem aufregenden Abenteuer bereit waren.

Damals waren mehr als 2500 Legionäre an der siegreichen Operation Desert Storm beteiligt, eingebunden in die Division Daguet. Nach der Invasion irakischer Truppen in Kuwait und dem darauffolgenden weltweiten Aufschrei entsandte auch Frankreich wie zahlreiche andere Länder Truppen in die bedrohte Region. Dies umfasste etwa 13.500 Soldaten und neben Schiffen und Kampfflugzeugen auch Bodentruppen. Sie setzen sich neben Teilen der 4. luftbeweglichen Division, Teilen der 9. Marinedivision und Teilen der 10. Panzerdivision aus einer leichten Panzerdivision zusammen, welche den größten Teil stellte. Diese provisorisch als 6. verstärkte leichte Panzerdivision Daguet bezeichnete Einheit setzte sich neben dem 1. Regiment de Sphais, dem 21. Marineinfanterieregiment und dem 68. Marineartillerieregiment auch aus Einheiten der Legion zusammen. Diese umfasste die Panzeraufklärer des 1. Regiments, die Infanteristen des 2. Regiments und die Pioniere des 6. Regiments. Bei den Fallschirmjägern des 2. REP hoffte man auch auf eine Verlegung, doch nur die Spezialeinheit CRAP kam in die Region.

Nach der vollständigen Verlegung und mit Beginn der Luftoffensive gegen den Irak rückte der Einsatztermin der Bodenoffensive immer näher. Die französische Division Daguet war dem XVIII. Airborne Corps der Amerikaner unterstellt worden und wurde durch die 2. Brigade der amerikanischen 82. Airborne Division verstärkt. Neben dem 3. Armored Cavalery Regiment, das schon seit achtzig Jahren kein Pferd mehr gesehen hatte und nun mit den neuen M1A1 Abrams Kampfpanzer operierte, waren diesem Corps auch noch die 82. Airborne Division, die 101. Air Assault Division, auch als Screming Eagles bekannt, sowie die amerikanische 24. Infanteriedivision unterstellt.

Ziel der Division Daguet sollte das irakische Fort As Salaman sein, da so die Flanken des Korps geschützt wurden und der irakische Nachschub und die Verstärkung für die in Kuwait stehenden irakischen Truppen unterbunden werden konnte. Als am 24. Februar um sechs Uhr die Bodenoffensive begann, operierten an vorderster Front US-Special Forces und Legionäre der Fernspäheinheit CRAP. Diese meldeten ihre Aufklärungsergebnisse unverzüglich weiter und legten große Distanzen mit ihren modifizierten Fahrzeugen zurück. Die auf einer nahegelegenen Autobahn vorgehenden Franzosen nutzen ihre Vorteile Geschwindigkeit, Beweglichkeit und Feuerkraft. Während am Boden pausenlos AMX-10RC das Feuer aus den 105 Millimeter Bordkanonen eröffneten, feuerten die immer in der Luft schwebenden Hubschrauber vom Typ Gazelle Welle für Welle HOT-Panzerabwehrraketen gegen den Feind, und Jaguar-Jagdbomber griffen im Tiefflug an. Anfangs wurden nur irakische Panzer zerstört, doch später auch Lkw und Jeeps. Das einzige Problem stellte ein aufkommender Sandsturm dar, doch richtete er keine Schäden an, da in den meisten Fahrzeugen und Helikoptern dank den Erfahrungen im Tschad Luftfilter eingebaut waren. Der Vormarsch der Division Daguet, der 82. Airborne Division und der 101. Air Assault Division war so schnell vorangegangen, dass andere Verbände Mühe hatten, Schritt zu halten.

Am Morgen des 25. Februar, einen Tag nach Angriffsbeginn, hatten die Franzosen As Salaman umzingelt. Hierbei kam es aber zu einem Zwischenfall. Zwei Legionäre der Spezialeinheit CRAP wurden durch eine Sprengfalle getötet, die von irakischen Pionieren gelegt wurde, als sie ein Haus durchsuchten. Am Abend hatten die Franzosen schließlich die 45. Irakische Division vernichtet und bei eigenen Verlusten von den zwei besagten Toten und 25 Verwundeten zwischen 2.500 und 3.000 Kriegsgefangene gemacht. Als am 28. März der Zweite Golfkrieg endete, hatte Frankreich tatsächlich nur den Verlust der zwei CRAP-Fernspäher zu beklagen. Die Koordination zwischen den 2.500 kampferprobten Legionären und den Amerikanern oblag französischerseits dem Chevalier Oberst Armand Beauvais, jenem Mann, der nun vor Theres Wilding stand.

Sie bemerkte einen starken, französischen Akzent. Das wunderte sie, denn sie hatte eine Telephonnummer in Mittelschweden angerufen, die in den kleinen Ort Knutnäset in Västernorrlands Län führte. Das Haus stand nahe dem See und wurde von dem Mann, der nun vor ihr stand, nur während der Monate Juni bis September benutzt. Den Rest des Jahres bewohnte er ein Haus in Meaux, dreißig Kilometer vor Paris.

„Das kommt auf Effizienz und den Preis an“, sagte die Frau.

„Glauben Sie an Gott?“

„Sie nicht?“

„Vielleicht hat er seine Hand über mich gehalten. Zumindest hin und wieder.“ Beauvais lächelte. „Deshalb lebe ich noch.“

„Manchmal hatte ich gedacht, es gibt keinen Gott. Als man die Juden ins Gas schickte – wo war da Gott? Oder als die Türken das armenische Volk schlachteten?“

„Vielleicht hat er das getan, was er allzu oft tut – sich hinter einer Wolke verstecken.“

„‚Wer redet heute noch von der Vernichtung der Armenier?‘ fragte Hitler vor rund 64 Jahren, als er vor hohen Militärs und Kommandeuren der SS-Todesschwadronen erklärte, dass der kommende Krieg die gnadenlose Ausrottung des Gegners – Mann, Weib und Kind – bedeute. Da war der erste Völkermord in Europa – der Genozid an den Armeniern, 1915 und 1916 von der Türkei verübt – gerade mal 24 Jahre her. Ein vergessener und verleugneter Völkermord noch heute? Deires-Zor, das Todeslager in der Wüste, Oberst, hat für Armenier den gleichen schrecklichen Klang wie Auschwitz für die Juden. Es gibt viele Parallelen zwischen dem Völkermord an den Juden und dem an den Armeniern. Beide wurden während eines Krieges ermordet. Auch die Jungtürken hatten ein völkisches Rassekonzept der Nation und träumten von Turan, einem Großreich von Thrakien bis Mittelasien. Im Gegensatz zum Völkermord an den Juden hat der an den Armeniern kaum einen Platz im kollektiven Gedächtnis der Menschheit gefunden. Noch 1993 hatte der britische Islamwissenschaftler Bernard Lewis in einem Gespräch mit *Le Monde* behauptet, die planmäßige Ausrottung der Armenier sei nicht belegt. Dabei ist dieser Genozid überwältigend dokumentiert, im politischen Archiv des Deutschen Auslandsamtes. Hunderte detaillierte Berichte über die systematischen Gräueltaten und Ermordungen schickten deutsche Beamte und Militärs aus der Türkei, Bündnispartner Deutschlands im Ersten Weltkrieg, nach Berlin. Doch noch immer leugnet die Türkei diese Vorgänge, und Deutschland schweigt."

„Die Welt übt sich im Vergessen", sagte Beauvais.

„Und die Kinder. Die unschuldigen Kinder, die irgendwelchen Teufeln zum Opfer fallen. Wo ist Gott da?"

Der Chevalier übte sich in einem gequälten Lächeln. Was, so fragte er sich, wollte die Frau tatsächlich von ihm?

„Mitte 1966 berichteten alle deutschen Zeitungen auf Seite eins über die Verhaftung eines 19jährigen Metzgergesellen namens Jürgen Bartsch, der zwischen 1962 und 1966 auf unvorstellbar grausame Weise vier Schuljungen missbraucht und zu Tode gequält hatte. Wo war ihr Gott da?"

Obwohl Beauvais ein harter, felderprobter Mann war, berührte ihn dieses Gespräch unangenehm.

„Und wo war Gott, als dieser Werner Ferrari wegen fünffachen Kindermordes rechtskräftig zu lebenslanger Zuchthausstrafe verurteilt wurde? Zwischen 1980 und 1989 erschütterte eine Mordserie die Schweiz. Acht Kinder wurden auf brutale Weise umgebracht, drei weitere mutmaßliche Opfer gelten bis heute als vermisst. Unfassbares Leid kam über elf Familien, unfassbar schien auch der Täter –

fast zehn Jahre lief die Polizeifahndung ins Leere. Anfang der Siebziger hatte Werner Ferrari ein Kind umgebracht, wurde jedoch acht Jahre später vorzeitig aus dem Zuchthaus entlassen. Kurz nach seiner Entlassung begann die unheimliche Mordserie, die mit seiner Verhaftung abrupt endete." Sie schaute ihn herausfordernd an. Aber er sagte nichts, und sie fuhr fort. „Der Prozess gegen ihn platzte mit einem Eklat: Ferrari widerrief seine Geständnisse. In einem reinen Indizienprozess wurde er 1995 des fünffachen Mordes für schuldig gesprochen und zu lebenslangem Zuchthaus verurteilt. Bereits zwei Jahre nach dem ersten Kindermord wurde die Polizei auf Werner Ferrari hingewiesen – weshalb dauerte es weitere sieben Jahre, bis er gefasst wurde? Wo, bitte, war Gott da?"

„Gott hat den Hinweis gegeben, und wir Menschen haben dieses Zeichen nicht erkannt."

„Das sagen Sie. Lassen Sie uns ein Stück laufen."

Sie gingen vom Zentrum des kleinen Ortes Krummin in Richtung Hafen.

„Ich erzähle Ihnen jetzt eine Symbolgeschichte", sagte der Chevalier, „die ich hin und wieder meinen Leuten vorgetragen habe und die so manchen nachdenklich gemacht hat: Zwei Fische schwammen durchs Gewässer und sahen einen Wurm vor sich. Da sagte ein Fisch zum anderen: ‚Pass auf! Der Wurm ist an einem Haken aufgespießt.'

‚Na und?'

‚Der Haken ist an einer Schnur festgemacht.'

‚Mag ja sein.'

‚Die Schnur hängt an einer Rute.'

‚Und was noch?'

‚Die Rute hält ein Mann in der Hand.'

‚Kann er ja ruhig tun.'

‚Bist du verrückt? Wenn einer von uns den Wurm frisst, dann bohrt sich der eiserne Haken in unseren Kopf, wir werden herausgezogen und landen in der Bratpfanne.'

‚Haha! Dieses Märchen erzählte schon meine Oma, als ich klein war. Alles Unsinn! Es ist noch keiner von der Pfanne zurückgekommen, um das zu bestätigen. Wenn du den leckeren Wurm links liegen lässt, dann fresse ich ihn!'

Der ungläubige Fisch fraß den Wurm und endete wirklich in der Bratpfanne. Tatsächlich aber kam er nicht zurück, um das den anderen Fischen zu erzählen. Lassen sich hier nicht Parallelen zu manchen Meinungen und Einstellungen gegenüber der möglichen Existenz eines Gottes ziehen?"

Die Frau schien einen Augenblick nachzudenken. Inzwischen waren sie am Hafen angekommen. Dutzende kleinere Boote, Drachenboote, Jollenkreuzer und Yachten aller möglichen Klassifikationen lagen an den beiden Stegen. Ganz vorne lag ein weißer Zweimastschoner.

„Schauen Sie auf das Schiff", forderte sie den Chevalier auf.

„Ein alter Holzschoner. Sicher einmal als Fischkutter gebaut und später umgerüstet." Sie erkannte seinen Irrtum. „Nicht der Segler. Ganz hinten, die weiße Yacht am Ende des Stegs."

Armand Beauvais bewies seine Kompetenz, die ihn innerhalb der französischen Armee so weit nach vorne gebracht hatte. Er korrigierte umgehend seinen Irrtum. „Ein Stahlschiff. Beachtlich, wirklich beachtlich. Geht es um dieses Schiff?"

Theres Wilding nickte. „Vielleicht hat mich Ihr Gott ja tatsächlich erhört, als er mir zum zweiten Mal in meinem Leben den Teufel Dobroslav Nicolic über den Weg laufen ließ." Aus der Frau sprach der blanke Hass gegen einen Mann, dessen Namen er zum ersten Mal hörte.

„Wenn das so ist, dann ist er auch Ihr Gott! Was also wollen Sie, dass wir für Sie tun?"

„Sie werden kaum wissen, wie es ist, wenn ein junges Mädchen von einer Minute auf die andere stirbt."

Armand Beauvais wusste sofort, dass sie nicht vom physischen Tod irgendeines Mädchens sprach, sondern von sich. Er hatte in den Kriegen gesehen, wie sich Männer, die als Sieger kamen, aufführten, wie sie über wehrlose Frauen herfielen, und allzu oft war nicht einmal er als Oberst in der Lage gewesen, diese Verbrechen zu stoppen. Die Männer, die lange Zeit in irgendwelchen Krisengebieten unterwegs waren, die sich das letzte Mal in einem berüchtigten Bordell in Marseille vergnügt hatten, waren zügellos in ihrer Gier nach Sex gewesen. Und nicht selten wurde diese Maßlosigkeit durch die freilich verbotene, aber nicht kontrollierbare Einnahme von Drogen unterstützt. „Nein, wissen kann ich es nicht", sagte er. „Aber ich kann versuchen, es nachzufühlen."

„Ich möchte, dass dieser Mann stirbt!" sagte sie mit Nachdruck. „Ich will nicht, dass er lebend die Insel verlässt." Sie hielt ihm einen Umschlag hin, in dem sich mehrere Photos befanden. Sie zeigten einen Mann beim Essen in einem Restaurant, in Shorts auf dem Schiff, im Maßanzug vor einem silbergrauen Mercedes. Und er stand mit zwei jungen Frauen an Bord der *Morningstar*.

Armand Beauvais zog ein kleines, röhriges Fernglas aus der Tasche und ließ seinen Blick über die beiden Stege und die Boote gleiten, die dort noch lagen. Es war durchaus nichts Ungewöhnliches, dass ein Besucher von Land aus die Boote mit einem Glas betrachtete. Auch nicht, wenn sein Blick an einem ausländischen Schiff für einige Zeit hängenblieb. Ungewöhnlich war nur das Einglas. Aber auch das wurde von niemandem bemerkt.

„Wir können ihn schlecht von Land aus erledigen." Beauvais hatte weiter draußen einen Angler in einem Kahn gesichtet. „Sehen Sie das Boot mit dem Angler?" Er reichte ihr das Glas. „An diesen Angler hat sich die Mannschaft auf der Yacht bereits gewöhnt."

Sie gab ihm wortlos das Glas zurück.

„Statt des Anglers werden wir einen Scharfschützen dort hinsetzen. Wenn dieser Mann ..."

„Nicolic!"

„Wenn dieser Nicolic sich an Bord zeigt, kann der ihn erledigen und dann in aller Ruhe verschwinden."

„Sie hätten keine Skrupel, ihn zu töten?"

„Ich bin Soldat, Gnädigste."

„Und glauben an Gott."

„An einen gnädigen, gütigen Schöpfer, der auch ein zorniger Gott sein kann."

„Nein."

„Was heißt nein. Wollen Sie den Auftrag nicht erteilen, dann brauchen wir nicht unsere Zeit hier vertrödeln."

„Nein heißt, dass ich nicht will, dass ihn ein Scharfschütze erledigt. Ein Mensch, der ohne zu leiden ins Jenseits befördert wird, wäre belohnt, denn es ist allemal leichter, auf die Welt zu kommen als von ihr wieder herunter. Und wofür sollte ein solcher Bastard mit einem gnädigen Tod belohnt werden?"

Chevalier Oberst Armand Beauvais spürte, dass diese Frau ihre Rache ausleben wollte. Was immer der von ihr verfolgte Mann getan hatte, er hatte einen Hass gesät, dessen Ernte er sich bestimmt nie gewünscht hätte.

„Es wäre die preiswerteste Variante, die ich Ihnen anbieten kann. Er würde umfallen wie ein Elefant in Kenia, der von einem Einschussschützen erledigt wird."

„Genau das will ich nicht." Als Beauvais schwieg, fuhr sie fort: „Ich möchte, dass er leidet, so wie er andere hat leiden lassen. Und ich möchte, nein, ich will, dass er sein qualvolles Sterben mitbekommt."

„Dann haben Sie bestimmt schon genaue Vorstellungen davon, wie er sterben soll."

Als eine Gruppe jungen Leute an ihnen vorbeiging, schwiegen sie für einen Augenblick.

„Ich habe ihn tausende Male getötet. Nachts, wenn ich nicht einschlafen konnte, oder wenn ich aufwachte und stundenlang darüber nachdachte. Jedes Mal, wenn ich wieder durchlebt habe, was er mir angetan hat. Und auch dann, wenn ich einem Mann, den ich liebte, nicht das geben konnte, was eine liebende Frau zu geben bereit ist. Und während dieser 29 Jahre waren es einige Männer, die mich nach einiger Zeit nicht mehr ertragen haben, weil sie annahmen, ich sei frigide. Glauben Sie mir, da waren Männer dabei, die ich nur ungern verloren habe. Aber ich konnte nicht anders."

Im Achterwasser lief eines der Polizeiboote in die Bucht von Krummin ein. Beauvais beobachtete es kurz mit dem Glas, sah, wie das Boot langsam am inneren Steg entlangfuhr, als suchte die Besatzung etwas, dann wendete und hinausglitt, die *Morningstar* an der

Steuerbordseite passierend, kam das Schiff langsam bis zu dem festgemachten Holzsegler, um dann wieder zu wenden und zum Achterwasser zurückzulaufen. Es war eine routinemäßige Kontrollfahrt. Aber ebenso könnte die Wasserschutzpolizei prüfen, ob der Angler registriert war. Dies stellte für das Unternehmen eine nicht zu unterschätzende, aber für den Oberst keinesfalls unlösbare Gefahr dar.

„Ich möchte, dass er bei vollem Bewusstsein entmannt wird."

Chevalier Oberst Armand Beauvais zuckte zusammen. Die Vorstellungen der Frau von Rache waren schlimmer als die Methoden, die seitens des Militärs angewandt worden waren, um Leute des Việt Minh bei der Schlacht von Điện Biên Phủ zum Reden zu bringen.

„Und ich will es selbst machen!"

„Sie würden einen solchen Einsatz nicht durchstehen. Wollen Sie Ihr Leben riskieren, um eine Rache zu befriedigen, die sicher berechtigt, aber in ihrer Ausführung mehr als schwierig ist? Sind Sie in der Lage, mit einem Tauchgerät oder Schnorchel unter Wasser bis zu der Yacht zu schwimmen?"

„Seit Jahren fahre ich jedes Jahr zweimal zum Tauchen auf die Malediven. Ich kann es sowohl mit dem Schnorchel als auch mit Flaschen."

Beauvais überging ihre Ausführung. „Wenn wir das auf diesem Schiff dort machen sollen, kostet das ein kleines Vermögen", sagte er. „Wissen Sie schon, wie viele Menschen sich an Bord aufhalten?"

„Ich habe acht gezählt. Sechs Männer und zwei Frauen." Die Frau überlegte, wie viel der Oberst von ihr fordern und wie sie eine größere Summe als gedacht aufbringen könne. Ihr Haus auf Usedom stand nicht zur Disposition. Es war das einzige Rückzugsrefugium, das sie in Deutschland besaß. Über die Firmenzentrale in Frankfurt am Main, eine beachtliche Immobilie, hatte sie keine Verfügungsgewalt. Bliebe das Haus in Südfrankreich. Aufgrund der immensen Nachfrage von Briten und Deutschen, die ihr Geld krisensicher anlegen wollten, waren die Immobilienpreise auch in Frankreich explodiert. Das würde sie mit einem ordentlichen Gewinn losschlagen können. „Was heißt bei Ihnen ein kleines Vermögen?"

„Für einen solchen Einsatz brauche ich Spezialisten. Leute, die sich unter Wasser bewegen können und gleichzeitig ausgebildete Nahkämpfer sind. Soldaten, die – und das ist bei der Nähe der anderen Schiffe unumgänglich – lautlos töten. Denn sobald ein einziger Schrei über den Hafen schallt, ist die Operation als gescheitert anzusehen."

„Sie glauben, dass Sie das Problem lösen werden?"

„Es gibt derartige Spezialisten. Aber die lassen sich ihre Arbeit angemessen bezahlen. Lassen Sie uns jetzt weitergehen. Wir wollen kein Aufsehen erregen."

Sie gingen langsam zu ihrem Ausgangspunkt, der Kirche Krummins, zurück. Dabei plauderten sie unbefangen. Für den außenstehenden Betrachter sah es aus, als handle es sich um das Gespräch eines älteren Ehepaars.

„Ich muss kurzfristig Geld beschaffen. Wie viel, glauben Sie, muss ich aufwenden, damit Sie die Operation durchführen?"

Die Frau benutzt das Wort Operation wie ein alter Militär, dachte Beauvais. „Ich brauche mindestens fünf Mann, besser sechs. Jeder von ihnen kommt aus einem anderen Land, zumindest von einem anderen Ort innerhalb der Europäischen Union, einer aus Südamerika. Allein die An- und Abreise verschlingt einen Haufen Geld."

„Ich brauche die Gesamtsumme, um kalkulieren zu können."

„200.000 Euro für die Leute."

„Das sind ja 40.000 pro Mann!"

„Ja. Sie können aber dabei ihr Leben verlieren. Außerdem ist nicht allein Ihr Herr Nicolic zu beseitigen. Oder glauben Sie, dass die Leute stillhalten werden, wenn ihr Anführer kastriert und umgebracht wird?"

„Also gut, 200.000 Euro."

„Sie haben *mich* vergessen", sagte der Chevalier Oberst Armand Beauvais kalt. „Ich bekomme allein 60.000 für die Organisation. Dafür aber haben Sie eine Garantie, dass die Operation generalstabsmäßig abläuft."

Die Frau lachte kurz auf. Das war also das wahre Gesicht des gottesfürchtigen Obristen. Er ließ sich das Töten bezahlen und wollte darüber hinaus noch den Löwenanteil.

Armand Beauvais war zu klug, um die Gedanken der Frau nicht erraten zu können. „Und noch etwas. Ich fange nicht an, meine Leute zusammenzurufen, wenn ich nicht eine Anzahlung in Höhe von fünfzig Prozent erhalten habe. Diese Anzahlung verfällt, wenn Sie es sich kurzfristig anders überlegen oder der Deal aus irgendeinem Grund, den ich nicht zu verantworten habe, ins Wasser fällt."

„Niemand verlangt von Ihnen, dass Sie ohne Anzahlung anfangen. Ich bin vorbereitet. Natürlich nicht auf die Gesamtsumme. Aber ich denke, bei 100.000 Euro werden Sie Ihre Arbeit sicher aufnehmen."

Oberst Armand Beauvais überschlug schnell, dass er bei dem Obolus, den er seinen Mitarbeitern anbieten würde, noch immer eine gute Marge für sich machte, wenn es schiefginge. „Auf eins muss ich Sie noch hinweisen. Wenn die Leute erst angereist sind, wollen die ihr Geld sehen. Ich werde für Sie bürgen. Was ich aber nicht in der Lage bin zu tun, ist, dass ich die Jungs auszahle, wenn Sie mich hängen lassen."

„Was heißt das?"

„Dass ich nicht dafür garantieren kann, ob Sie dann schadlos aus der Sache herauskommen. Sagen wir mal so, es hat schon einmal einer versucht, auf Kosten meiner Männer sein Ding durchzuziehen, ohne zu zahlen."

„Und?"

„Der Mann hatte einen tödlichen Unfall, der nie aufgeklärt worden ist."

Theres Wilding hatte die unverblümte Warnung des Mannes verstanden. Am liebsten würde ich einen anderen mit der Lösung meines Problems beauftragen, dachte sie. Dann fiel ihr ein, dass sie nur mit viel Glück den Kontakt zu Beauvais hatte herstellen können und dass es überaus schwer war, einen auch nur annähernd so kompetenten Mann in Sachen generalstabsmäßig geplanten Mord mit Erfolgsgarantie zu finden. „Sorgen Sie sich nicht“, sagte sie. „Die Männer werden ihr Geld bekommen und Sie auch.“

Beauvais gab ihr ein Handy, das in einer kleinen Tasche steckte. „Telephonieren Sie mit mir nie wieder über die schwedische Nummer. Vernichten Sie den Zettel, auf dem Sie die Nummer notiert haben. Benutzen Sie ausschließlich dieses Handy, wenn Sie mich anrufen. Die Nummer ist nirgends registriert und die einzige eingespeicherte Empfangsnummer ebenfalls nicht. Wenn Sie das vergessen, ist unser Geschäft geplatzt.“

Sie trennten sich an der Kirche, an der sie sich auch getroffen hatten. Während Theres Wilding ihren roten Alfa Romeo bestieg und davonbrauste, ging Beauvais noch einmal zum Hafen zurück, um die Örtlichkeit in sich aufzunehmen und zu analysieren, wo die Gefahrenquellen einer Entdeckung des Unternehmens lagen.

Eines aber machte ihm besondere Sorgen – der Wunsch der Frau, an dieser militärischen Operation teilzunehmen. Er würde Mühe haben, es seinen Männern zu erklären.

6. Kapitel

Am Mittwochnachmittag, dem 23. Juli, fuhr ein kleiner, blauer unscheinbarer Seat-Panda in Krummin ein. Der Wagen war zerbeult und hatte eine lange, rostige Schramme an der Beifahrerseite. Offensichtlich hatte der Fahrer einmal eine Zaunbegrenzung oder ähnlich Scharfkantiges übersehen. Dieser Seat gehörte zu einer ganzen Armada von Menschen und Fahrzeugen, die damit beschäftigt gewesen waren, rund um die Insel Usedom ein einziges Schiff aufzuspüren, die *Morningstar*. Jetzt gingen die beiden ungleichen Männer hinunter zum Hafen.

„Da ist sie endlich", sagte der ältere der beiden Männer.

Majestätisch glitt die *Morningstar* mit langsamer Fahrt in die Bucht von Krummin. Es war ein herrliches Bild, das durch die Schönheit des Sonnentages umschmeichelt wurde.

„Bist du sicher, Fuad?" fragte der jüngere der Männer.

Der Gefragte holte eine Photographie aus der Tasche. „Sieh selbst."

„Du hast recht. Ein schönes Schiff, wirklich."

Die Männer gingen näher an die *Marina* heran. Sie beobachteten schweigend das Anlegemanöver der großen Yacht. Im Bild der neugierigen Urlauber fielen sie nicht weiter auf. Vater und Sohn, die Interesse an den Yachten zeigen, waren absolut nichts Ungewöhnliches. Ganz im Gegenteil. „Es sind eine Menge Leute auf einem so großen Schiff", stellte der jüngere Mann fest.

„Recht hast du, Ajdin. Aber für alles gibt es eine Lösung." Sie lächelten sich zu wie zwei Verschwörer. „Wir werden mit ihnen zusammen feiern. Vielleicht den Geburtstag des Eigners?"

„Das ist eine gute Idee, Fuad."

Dann gingen die beiden Männer zurück zu ihrem Fahrzeug.

7. Kapitel

Świnoujście, 4. August 2003

Der graue Fiat aus Gryfino fuhr langsam durch die Innenstadt von Świnoujście. Im Wagen saß ein Paar. Sie kamen die Wojska Polskiego herunter, fuhren an der Christuskirche vorbei und bogen zum kleinen Markt ab. Dabei beobachteten die beiden Insassen interessiert den Fußgängerverkehr. Überall, wo sich Geschäfte zeigten, die an unübersichtlichen Straßen gelegen, aber stark frequentiert waren, verlangsamten sie die Fahrt, so dass nachfolgende Fahrzeuge schon einmal ärgerlich hupten. Das Modegeschäft in der Wybrzeże Władysława IV erregte die Aufmerksamkeit des Paares. Es waren nicht die extravaganten Auslagen, die sich die Kleinverdiener sicher nicht leisten konnten. Vielmehr die gut angezogene, junge Frau, die ihren Kinderwagen abstellte und neugierig die Auslagen im Fenster ansah.

„Gleich geht sie rein", sagte Furmanow.

Die Frau schaute sich suchend um. Sie war sich bewusst, dass es kein ungefährliches Vorhaben war, das sie planten. Doch Furmanow war ein zielstrebiger Mann, den nichts aus der Ruhe brachte, wenn er eine Verpflichtung angenommen hatte. Er fuhr langsam zur Ecke Jan z Kolna, wo die Frau ausstieg und wieder die wenigen Meter zurückließ. Vor der Ecke saß eine alte, heruntergekommene Rentnerin, die ihr bettelnd einen Becher entgegenhielt.

„Es ist wahrlich eine Schande, wie man euch behandelt, Mütterchen", sagte Aleksandra Serafonowicz mitleidsvoll und warf der Frau einige Münzen in den Becher. Sie lugte vorsichtig um die Ecke und stellte fest, dass die Frau mit ihrem Kinderwagen weitergezogen war und langsam der Innenstadt zustrebte. Sie ging zu Furmanow zurück. Irgendwie war sie erleichtert, dass sie hier ihr Werk nicht vollenden konnte.

„Nichts?"

„Nein. Sie ist weitergegangen!"

Furmanow stieß einen Fluch aus und schlug ungeduldig mit der Hand auf das Lenkrad. Dann ließ er den Wagen wieder langsam anrollen. Sie überquerten die Bohaterów Września. Am Ende der Straße bogen sie in die Piaskowska Mieszka I ein, überquerten eine weitere Straße und zwei Rechtseinmündungen, die wiederum zur Wybrzeże Władysława IV führten und bogen dann links in die Jachtowa ein, die an der Marina, am Yachthafen, vorbeiführte. Gegenüber der Swine, die der Ostsee zufloss, lag der Handelshafen. Ein großes, sehr ungepflegtes, rostiges Schiff, ein Grieche mit dem Heimathafen Piräus hatte neben zwei anderen Frachtern am Kai festgemacht. Dann Fort Gerharda und der Leuchtturm. Am linken Swineufer, an der Stelle, die sie nun passierten, lag die Engelsburg. Sie hat diesen Namen erhalten, weil es dem gleichnamigen Mausoleum des römischen Kaisers Hadrian ähnelt. Die Engelsburg diente vorwiegend dem militärischen Schutz der Stadt und des Hinterlandes. Angelegt wurde die Engelsburg, die früher von einem Wall und einem Wassergraben umgeben war, nach dem Schema einer Redoute. Das monumentale Bauwerk – erbaut von 1845-1858 – besitzt auf drei Etagen 24 Schießscharten für Kanonen.

„Wollen wir dort einen Kaffee trinken? Oder das Museum besuchen?" fragte Furmanow und grinste abschätzig.

Sie wusste, wie der Mann das meinte. Deshalb sagte sie: „Ich würde lieber eine Weile an den Strand gehen und baden."

„Wollen wir nicht zuerst einmal unsere Arbeit erledigen?" fragte er. „Danach können wir immer noch etwas unternehmen."

„Ich denke, wir müssen ohnehin noch etwas warten, bis mehr Leute unterwegs sind. Es ist einfach zu früh."

Furmanow bog in die Uzdrowiskowa ein und fuhr diese langsam entlang. Sie parkten auf dem Platz schräg gegenüber der Konzertmuschel. An einem Stand kurz vor dem Strand tranken sie aus einem Pappbecher noch einen Kaffee. Wegen des guten Wetters tummelten sich schon viele Menschen auf der breiten Sandfläche. Das Meer, das in den letzten Tagen aufgewühlt war, hatte sich beruhigt. Müde plätscherten die kleinen Dünungswellen an den Strand. Möwen flogen aufgeregt hin und her, ihren ständigen Hunger in die Welt kreischend. Sie waren Akrobaten der Lüfte und schwammen doch wie große, eingefärbte Korken auf dem Wasser. Sie fingen die Brocken, die man ihnen zuwarf, im Flug, und wenn tatsächlich ein Stück Brot das Wasser erreichte, war der nächste Vogel da und fischte ihn geschickt heraus.

Die Fähre nach Bornholm oder Kopenhagen passierte die Hafenausfahrt. Neugierige Blicke nahmen das Bild, das diese schönen, weißen Schiffe der Unity-Line boten, begierig in sich auf. So manch einer verfolgte die Schiffe über Stunden, bis sie, immer kleiner werdend, schließlich am Horizont verschwanden. Einmal mit einem solchen Schiff nach Dänemark oder Schweden reisen. Aber nicht jeder hatte so viel in seiner Urlaubskasse.

Aleksandra Serafonowicz war in einen knappen Bikini geschlüpft. „Na komm schon mit. Sei kein Frosch."

Furmanow sagte nichts. Er schüttelte den Kopf, zeigte nur mit dem Finger aufs Wasser, und sie verstand.

Während die Frau sich laut kreischend in die kalten Fluten stürzte und einige Meter kraulte, musterte Furmanow seine Umgebung. Da waren auch Familien mit Kleinkindern und Halbwüchsigen in seiner unmittelbaren Nähe. Er spürte sehr wohl, dass die Mütter auf ihre Kinder aufpassten. Hier eines der Kinder zu entführen, müsste unweigerlich eine Katastrophe nach sich ziehen. Selbst wenn sie den Strand ungehindert hinter sich lassen könnten, was nicht feststand, eine solche Aktion barg immer ein hohes Risiko. Aleksandra war eine beachtliche Frau. In ihrem gewagten Bikini zog sie die begehrlichen Blicke der Männer auf sich und weckte heimliche Wünsche. An eine solche Frau würde man sich ganz bestimmt erinnern. Und an den Mann, der sich nicht einmal auszog, ebenso. Er ging ein Stück westwärts bis zum nächsten Übergang, der zur Promenade führte. Überall das gleiche Bild. Glückliche Menschen, die faul in der Sonne lagen oder am Strand lang liefen und ihren Urlaub genossen. Ein wenig beneidet er sie. Sie waren nicht dem Druck ausgesetzt, eine so heikle Ware besorgen zu müssen. Aber dafür würde er in dieser Zeit einen ordentlichen Batzen Geld verdienen. Allein darauf kam es an. Er drehte sich um und ging am Wasser zurück. Er sah, wie Aleksandra aus dem Wasser kam, sich suchend umsah und ihn schließlich entdeckte. In Ermangelung eines Handtuchs kam sie auf ihn zugelaufen. Sie ließ sich von der Sonne trocknen und dem Wind, der durch ihren schnellen Lauf erzeugt wurde.

„Du hast etwas verpasst, mein lieber Semjon. Eine solche Erfrischung macht einen fit für den ganzen Tag."

„Es reicht mir, dich im Wasser zu sehen. Ich glaube, ich hätte einen Herzinfarkt gekriegt, so kalt wie das Wasser ist."

Sie gingen zurück bis zu dem Punkt, an dem die Kleidungsstücke der Frau lagen. Er ließ sich im Schneidersitz nieder. Furmanow schaute gelangweilt zu, wie sie sich umzog. In der Nähe bemühte sich ein Vater lauthals, seinem Sohn zu zeigen, wie man einen Drachen steigen lässt. Aber es war zu wenig Wind, und so war es ein vergebliches Bemühen. Immer wieder stürzte das aus Papier gefertigte Ungetüm laut klatschend auf den Sand und erlitt dabei erhebliche Beschädigungen. Schließlich gab es der Vater entnervt auf. Der Junge protestierte maulend.

Eine Gruppe älterer Menschen stakste, ihre Nordic-Walking-Stöcke schwingend, am Wasser nach Osten in Richtung Hafeneinfahrt vorbei. Es waren deutsche Senioren, die eine Tagestour von Ahlbeck aus machten. Deutlich drangen deutsche Gesprächsfetzen bis zu seinem Ohr. Einige von ihnen schienen ihm recht klapprig zu sein. Vielleicht würden sie den Rückweg ja auch nicht mehr zu Fuß antreten. Kurz vor der Hafeneinfahrt, zwischen Wasser und der Engelsburg, gab es einen Parkplatz. Er hatte schon gesehen, wie andere Gruppen dort in einen Bus gestiegen waren. Vielleicht würde man das mit diesen alten Leuten ebenso machen. Es wäre aber auch möglich, dass sie bei dem alten Fort anhielten, um eine Pause zu machen, und später mit einem der Bäderschiffe wieder nach Bansin, Heringsdorf oder Ahlbeck zurückfuhren.

Als Aleksandra angezogen war, verließen sie den Strand. An dem Stand, an dem sie vorher Kaffee getrunken hatten, besorgte Furmanow für beide ein Milcheis. Plötzlich standen ein Haufen Leute herum, und kurz darauf vernahmen sie Musik. Eine Gruppe junger Leute in roten Kostümen und Anzügen spielte in einem großen Orchester vor der Musikmuschel. Als erstes Stück intonierten sie die polnische Nationalhymne *Noch ist Polen nicht verloren*. Danach hörten sie erst einen Mann, dann eine Frau reden. Sie strebten der Konzertmuschel zu, und nun spielte die Gruppe ein Stück von Chopin. Als sie fertig waren, klatschten die Leute eifrig. Obwohl hier ein Großteil der Menschen relativ jung war, mochten sie ganz offensichtlich die heimische, klassische Musik sehr.

Furmanow schloss den Wagen auf. Die Sonne hatte das Fahrzeug ordentlich aufgeheizt, und sie warteten einen Moment, um den Hitzestau abziehen zu lassen.

„Um die Ecke ist die Post“, sagte Furmanow. „Schauen wir, ob dort etwas los ist.“

Sie bogen auf die Trentowskiega ein, nach etwa hundert Metern auf die Słowackiego, die sie direkt zur Post führte.

„Setz deine Perücke auf. Ich möchte nicht, dass man sich an eine blonde Frau erinnert.“

Aleksandra Serafinowicz tat, wie ihr geheißen. Die schwarze Perücke machte sie älter. Für jemand, der sie in diesem Aufzug sah, wäre sie schwer zu erkennen, wenn sie als Blondine herumlaufen würde. Aber vor der Post fanden sie nicht, was sie suchten. Und so fuhr Furmanow an dem Haus vorbei, bog links in die Nowowiejskiego ein. Er entdeckte die Frau, die auf einer Bank zum Zugang des Strandes saß und einen Kinderwagen schaukelte. Sie sprach mit einem Mann, der ganz offensichtlich noch einmal zurück an den Strand gehen wollte.

„Hier werden wir es versuchen. Du gehst hin und verwickelt sie in ein Gespräch. Dann schauen wir, wie sich die Sache entwickelt. Vielleicht klappt etwas. Wenn nicht, werden wir sehen, dass wir weiterkommen. Dann versuchen wir es noch einmal in der Stadt.“

Aleksandra Serafinowicz stieg aus dem Wagen. Langsam, als wolle sie zum Strand, ging sie den Weg entlang und setzte sich wie zufällig neben die Frau, die noch immer versuchte, das Kind zu beruhigen.

„Krystyna bekommt Zähne. Deshalb ist sie ein wenig unruhig“, sagte die Frau entschuldigend.

„Das ist ja verständlich. Wenn ein so kleiner, süßer Wurm mit Schmerzen kämpft, muss er sich ja verständlich machen.“

Die beiden Frauen lächelten einander zu. Am Übergang der Düne erschien nun der Mann, den sie zuvor bei der Frau gesehen hatte. Er trug jetzt nur eine Badehose.

„Du machst einen Fehler, Elżbieta. Das Wasser ist herrlich, wir könnten viel Spaß miteinander haben.“

„Du weißt, dass das nicht geht, Grzegorz. Krystyna kann die Sonne nicht vertragen. Nicht in diesem Zustand.“ Sie drehte sich Aleksandra zu und sagte: „So sind die Männer. Rücksichtslos bis zum Geht-nicht-mehr.“

Der Mann schaute Aleksandra Serafinowicz mit einem herausfordernden Lächeln an. „Vielleicht kann ja deine nette Nachbarin eine Viertelstunde auf Krystyna aufpassen. Dann könnten wir zusammen kurz baden gehen. Ich komme dann auch wieder mit zum Garten deiner Eltern.“

„Nein, nein. Das können wir niemanden zumuten.“

Grzegorz lächelte Aleksandra zu. „Wirklich nicht?“

„Ich denke, Ihre Frau wird mir die Kleine nicht anvertrauen wollen.“

„Das ist keine Frage von anvertrauen wollen. Es ist die Frage, ob eine Mutter sich für ihr Kind verantwortlich fühlt oder nicht.“

„Und du denkst wirklich, dass“, er schaute Aleksandra herausfordernd an, „die Frau – wie ist ihr Name?“

„Danuta Jawoszek.“

„Frau Jawoszek nicht in der Lage ist, eine sehr kurze Zeit auf die Kleine zu achten?“

„Das habe ich so nicht gesagt.“

„Also, was ist?“ fragte der Mann.

Die Frau, die der Mann Elżbieta nannte, machte eine unbeholfene Geste zu Aleksandra. Diese sagte: „Nun gehen Sie schon. Das Kind ist bei mir in guten Händen. Und auf eine Viertelstunde mehr oder weniger kommt es mir wirklich nicht an.“ Sie hob die Schultern. „Wenn ich Ihnen damit einen Gefallen tun kann.“

Man merkte der Frau an, dass sie sich nur sehr schwer von ihrem Kind trennte. Aber die Liebe zu dem Vater des Kindes und der Wunsch, diesen nicht zu enttäuschen, war stärker als ihr Misstrauen. „Ich werde mich beeilen. Seien Sie lieb zu meiner Kleinen. Wenn sie schreit, reicht es, den Wagen ein wenig zu bewegen.“

Aleksandra Serafinowicz sah, wie die beiden hinter der Düne verschwanden. Einen Augenblick wartete sie, dann ging sie den beiden nach. Sie sah sie in einiger Entfernung miteinander reden. Die Frau war dabei, ihre Sachen abzulegen. Aleksandra ging zurück zu dem Kinderwagen und schob ihn langsam und bedächtig die Nowowiejskiego zurück.

Furmanow, der sie kommen sah, fuhr ihr entgegen. Sie verstauten den Kinderwagen im Kofferraum des Wagens. Aleksandra hielt das Kind auf dem Schoß, war aber bedacht, dass von außen niemand sehen konnte, da sie ein Kleinkind ungesichert auf dem vorderen Sitz beförderte. Würden sie in eine Fahrzeugüberprüfung durch die Polizei geraten, wäre ohnehin alles verloren. Ein zusätzliches Risiko wollte man keinesfalls eingehen. Deshalb zog sie ihren Seidenschal geschickt über den Säugling.

Furmanow ließ den Wagen anziehen und strebte dem Süden der Stadt zu, dort, wo die Wälder bis an das Stettiner Haff heranreichten. Tief im Wald und nur wenige Meter vom Ufer entfernt stand eine einsame Hütte, in welcher der Fischer Zygmunt Olesiewicz mit seiner Frau wohnte. Von hier aus fuhr er nahezu täglich hinaus auf das Haff, dessen Fische ihn ernährten. Olesiewicz war in Zeiten der Armut einer Versuchung erlegen, die er längst bereute. Jung war er damals noch, voller Ideen, im Leben mehr zu erreichen als sein Vater und sein Großvater, die ebenfalls Fischer und in dem Haus beheimatet waren. Im Sommer vor vier Jahren wurde er von einem Mann angesprochen, den er bei einem der Fischhändler in Świnoujście getroffen hatte. Der machte ihm den Vorschlag, für ihn hin und wieder einige Kartons mit unverzollten Zigaretten mit auf das Haff hinaus zu nehmen und dort einem deutschen Fischer zu übergeben. Der Verdienst, der für ihn dabei heraussprang, hatte ihn das Angebot annehmen lassen. Der Mann war Furmanow.

Zygmunt Olesiewicz war sich wohl bewusst, dass es sich dabei um Schmuggel handelte. Aber was machte es schon aus, dass dem deutschen Staat ein paar Pfennige durch die Lappen gingen? Für ihn bedeutete der Nebenverdienst ein Überleben auf menschenwürdigerem Niveau. Längst hatte er diesen Kontakt verflucht, denn es war nicht bei den Zigaretten geblieben. Eines Tages kam Furmanow und brachte ihm zwei junge Mädchen, die er nachts einem Kapitän eines Schubschiffes übergeben sollte. Zwar brachte das mehr ein als der Schmuggel mit Zigaretten. Viel mehr. Es war aber auch wesentlich gefährlicher, denn er wusste, würde ihn die Polizei dabei erwischen, müsste er für mehrere Jahre ins Gefängnis. Allzu gern hätte er die Verbindung zu Furmanow abgebrochen, aber der hatte ihn in der Hand. Und der Ukrainer dachte gar nicht daran, Olesiewicz aus seinen Klauen zu lassen.

Prustend kamen sie aus dem Wasser.

Das Erste, was die Frau tat, war, ihre Armbanduhr aus dem am Boden liegenden Kleid zu nehmen. „Jesus, wir sind schon über vierzig Minuten hier. Die Frau ...“

„Jawoszek, Danuta Jawoszek“, sagte der Mann lachend.

„Sie wird mit uns schimpfen. Wir haben sie gebeten, eine Viertelstunde auf Krystyna aufzupassen. Und nun ...?“

„Hat es einen Augenblick länger gedauert. Du wirst sehen, sie wird nicht schimpfen. Du kannst sie ja einladen, mit in den Garten deiner Eltern zu kommen.“

„Sie wird etwas anderes vorhaben, weiß Gott. Vielleicht wartet ja irgendwo ein Mann auf sie.“

Hastig packten sie die Decke zusammen. Als sie über den Übergang der Düne kamen, sah Elżbieta Ciepłowska gleich, dass die Frau und der Kinderwagen nicht mehr da waren.

„Bleib ganz ruhig", sagte Grzegorz, „sie wird den Wagen ein wenig schieben. Sicher hat Krystyna geweint, und wenn der Wagen sich bewegt, beruhigt sie sich schnell wieder. Du weißt ja, wie das ist."

Sie rannten die Nowowiejskiego vor bis zur Promenade.

„Wir teilen uns jetzt auf", sagte Grzegorz. „Ich suche auf der Promenade. Vielleicht ist sie ja bei der Konzertmuschel. Du gehst weiter bis zur Kasprowiecza. Dort ist die Post. Vielleicht holt sie Briefmarken."

Eine weitere halbe Stunde verging. Als Grzegorz Ciepłowska zur Konzertmuschel kam, spielte die Kapelle gerade ein Stück aus dem Musical *Cats*. Noch glaubte der Mann nicht an eine Entführung des Kindes. Aber als er schließlich mit Elżbieta vor der Post zusammentraf, stand diese völlig aufgelöst heulend vor dem Gebäude. Ein Streifenwagen der Polizei hatte gerade am Straßenrand gehalten.

„Was ist los? Warum weinst du?"

„Sie haben Krystyna entführt!"

„Woher willst du das wissen? Wer sagt so etwas?"

Inzwischen waren die beiden Polizisten herangekommen und mischten sich ein. Elżbieta berichtete unter mehrmaligem Schluchzen, dass die alte Frau, die neben ihr stand, gesehen hatte, wie ein Kinderwagen in ein graues Auto verfrachtet worden war. Die Beschreibung, die die Frau von der angeblichen Mutter des Kindes gab, passte auf Danuta Jawoszek. Die Polizisten nahmen die Personalien auf und verständigten die Kriminalpolizei.

8. Kapitel

An diesem Donnerstag, dem 24. Juli, waren sie vollzählig auf der Insel angekommen.

Für Åke Hagåsen, den schwedischen Abhörspezialisten, hatte Lennart Elmevik für eine Woche ein Zimmer im Hotel Heimchen in Bansin gebucht. Wegen der starken Auslastung lag es im Souterrain. Es trug die Zimmernummer 22 und hatte den Vorteil, dass niemand von außen die kleine Antenne sah, die er durch das geöffnete Fenster in den Schacht geschoben hatte. Selbst die Frau, die das Zimmer säuberte, sah nur eine Antenne in ein kleines Transistorradio gehen. Sie würde nichts Ungewöhnliches dabei finden, denn das Zimmer verfügte zwar über ein Fernsehgerät, nicht aber über ein Radio.

Der Finne Jaakko Kiviniemi, seines Zeichens ehemaliger Kampfschwimmer einer Eliteeinheit, bewohnte ein Zimmer im Hotel Fortuna in Heringsdorf. Sofern sich die Männer nicht an einem abgelegenen Strand trafen, lag er faul in der Sonne und wartete auf seinen Einsatz.

Der dänische Kampfschwimmer Mads Særheim hingegen war im Hotel *Damerow* untergebracht. Er bewohnte dort einen der kleinen Bungalows außerhalb des Hotels.

Wout Cornely, der belgische Spezialist für lautloses Töten, wohnte in einem Zimmer des Hotels Baltic in Zinnowitz. In dieser Bettenburg mit Wellnessbereich, zahlreichen Events – von der Modeschau bis zur Livemusik, von der Tanzshow bis zur Schmuckausstellung – war hier alles vorhanden. Das wichtigste für Cornely aber war das Fitnessstudio, in dem er sich täglich quälte.

Auch Lennart Elmevik hatte hier in Zinnowitz sein Zimmer, in dem er dann schlief, wenn er nicht unterwegs war. Es lag gegenüber des Baltic im Naturfreundehaus; es war ebenfalls eine dieser Bettenburgen, in denen zu regelmäßigen Zeiten die Fütterung der Gäste in einem großen Saal stattfand. Persönlich mochte er diese Art von Hotels nicht. Aber auch er ging hier in der Menge unter. Und allein das zählte. Darüber hinaus war er mit der Anmietung eines Hauses befasst, das zwischen Nonnendorf und Latzow von einem Makler angeboten wurde. Er mietete es im Auftrag der Svenska-Ferrylines AB für zwei Monate. Wegen seiner einsamen Lage nutzten sie es als Operationsbasis für einen Spezialeinsatz.

Leif Huldén war nicht angereist. Wegen einer anstehenden Herzoperation hatte er absagen müssen. Hier machte sich die Doppelbesetzung bezahlt, denn seinen Part konnte Hagåsen völlig ausfüllen.

Auch Garcia Jorge Silva aus Kolumbien, der Spezialist für Gifte und leises Töten ohne Spuren, hatte seine Teilnahme abgesagt. Er war in Bogotá in einem Bordell in eine Schlägerei verwickelt und kurzfristig von der Polizei festgesetzt worden.

Blieb der Chef der Truppe, Chevalier Oberst Armand Beauvais. Er residierte im obersten Stockwerk des Hotels Kaiserhof mit Meeresblick auf die Seebrücke in Heringsdorf und war mit der Auswertung der einlaufenden Nachrichten über die *Morningstar* und der Ausarbeitung der kurzfristigen, leisen Einnahme des Schiffes befasst, unter Berücksichtigung, einen eventuell aufkeimenden Widerstand im Ansatz zu ersticken. Jeder, der den jovialen Franzosen sah, dachte an einen finanzkräftigen, ausgeglichenen und freundlichen Pensionär. Als Beruf hatte er im Meldebogen Manager a. D. angegeben.

Es war für Åke Hagåsen eine Kleinigkeit gewesen, die Frequenzen der weltweit von der *Morningstar* aus geführten Gespräche zu ermitteln. Dem Personal des Hotels Heimchen fiel zwar auf, dass der Gast aus der 22 nahezu ganztägig in seinem Zimmer verbrachte. Darauf angesprochen, entschuldigte sich der Mann jedoch mit einer Magenverstimmung, die ihn ans Haus fessle.

Beauvais war Spezialist auf dem Gebiet der Planung. Aus verschiedenen Telephonaten hatte er ermittelt, dass Dobroslav Nicolic seine Abreise für den 13. August geplant hatte. Und aus den wenigen Gesprächen, die er selbst mitgehört hatte, konnte er die Entschlusskraft des Jugoslawen erkennen. Ein solcher Mann zog durch, was er sich vorgenommen hatte. In dieser Frage waren sie sich nicht nur sehr ähnlich. Das waren absolut identische Charakterzüge. Er entschloss sich dazu, seine Erkundungen in der Schlussphase auf die Observierung aus der Luft auszuweiten. Zu schnell konnte sich Nicolic dazu entschließen, unkontrolliert innerhalb des Peenestroms zu verschwinden. Zwar erhielt er alle zwei Tage eine Nachricht über das speziell an Theres Wilding übergebene Handy. Doch sich darauf zu verlassen, entsprach durchaus nicht seinen Vorstellungen von einem sicheren Unternehmen. Und so ließ er Lennart Elmevik für die Tage des 12. und 13. August einen Hubschrauber ordern.

9. Kapitel

In der Hütte, die am Ende des Waldes am Haff lag, hatte der Tag früh begonnen.

Der Fischer Zygmunt Olesiewicz brauchte keinen Wecker. Seit Jahren schon stand er gegen vier auf. Jeden Tag in der Woche, auch am Sonnabend und Sonntag. Sein Körper hatte sich an diesen Rhythmus gewöhnt. Selbst wenn er sich vornahm, länger zu schlafen – er wurde pünktlich wach und drehte sich dann, ohne weiteren Schlaf zu finden, so lange im Bett hin und her, dass er schließlich aufstand. Nur einmal war er länger liegengeblieben. Aber da hatte ihn eine Virusgrippe erfasst, die ihm so stark zusetzte, dass er beinahe an ihr gestorben wäre. Auch seine Frau Zofia hatte sich daran gewöhnt, mit ihrem Mann aufzustehen und ihm ein Frühstück zu bereiten. Sie sprachen nie viel in diesen frühen Stunden. Er wusste, dass sie sich noch einmal für zwei Stunden hinlegte, wenn er mit dem Boot hinaus aufs Haff gefahren war, um zu fischen. An diesem Tag aber war sie aufgestanden, um Frühstück für vier Erwachsene, zwei halbwüchsige Mädchen und zwei Säuglinge zu machen. Als sie damit fertig war, weckte sie die Mädchen und schickte sie, um sich zu waschen. Sie sprachen nur Russisch. Währenddessen bereitete ihr Mann alles am Boot vor, damit sie nach dem Frühstück ohne Verzögerung aufs Wasser gehen konnten. Sie holte die beiden Säuglinge, die je in einer Tragetasche lagen, und brachte sie zur Küche. Dort versorgte sie die Babys mit frischen Windeln. Sie stellte die beiden Taschen so, dass sie die Kinder zu gleicher Zeit versorgen konnte. In den Flaschen hatte sie die Milch etwas mit einem leichten Schlafmittel angereichert. Zygmunt hatte ihr das so aufgetragen, und sie war bestrebt, ihn nicht zu verärgern. Der Mann konnte sehr jähzornig sein. Und das wollte sie nicht heraufbeschwören. Noch während sie den Kindern die Flasche gab, kamen Furmanow und seine Begleiterin Aleksandra Serafinowicz. Ohne viel Worte setzten sie sich an den Tisch. Zofias Frau stellte die auf Speck gebratenen Eier auf den Tisch und holte von der Kommode den Korb mit dem Brot. Auch die Mädchen kamen jetzt redend herein. Furmanow herrschte sie in russischer Sprache an. Sofort schwiegen sie und begannen mit dem Frühstück.

Olesiewicz kam aus einem Schuppen, in dem er alles für die Abfahrt vorbereitet hatte. „Wir müssen sehen, dass wir loskommen. Es ist neblig draußen, und ich möchte unbedingt, dass wir die schlechte Sicht ausnutzen. Also, beeilen wir uns."

Hastig beendeten sie ihr Frühstück. Während Furmanow und Olesiewicz die letzten Einzelheiten der Operation besprachen, sorgte Aleksandra Serafinowicz dafür, dass die Mädchen ihre wenigen Habseligkeiten in einen Rucksack packten. Dann würden die bereits durch das Schlafmittel ruhiggestellten Babys in die Tragetaschen verstaut. Wenig später bestieg die Gruppe das Boot des polnischen Fischers und verschwand langsam im Morgendunst, der noch immer über dem Haff lag.

Der Schubverband bestand nur aus zwei Leichtern und dem Schubboot. Er kam aus dem Hafen von Stettin und erreichte nun die Stelle, wo die Insel Chełminek im Stettiner Haff im Mündungstrichter der Oder am Ausgang des Papenwassers liegt. Direkt westlich der Insel verläuft die Hauptschifffahrtsroute durch das Haff zum Hafen von Stettin. Die Insel selbst ist unbewohnt. Aber der Fischereihafen mit seinem Dutzend offener Boote und der nur etwa dreihundert Meter entfernte Yachthafen von Trzebiec zogen immer wieder die Blicke der Besatzungen vorbeifahrender Schiffe auf sich. Auch der Kapitän des Schubers, Stanisław Bartkowiak, ein alter Haudegen, der schon so manchen Sturm des Lebens hinter sich hatte und zu allen Zeiten, die weiß Gott nicht immer leicht waren, zurechtgefunden und das Beste für sich herausgezogen hatte, konnte sich den Anblick dieser malerischen Idylle nicht verwehren.

Etwa zwölfeinhalb Kilometer weiter auf halber Strecke zwischen Świnoujście und der Insel, die im Landkreis Powiat Policki im Nordwesten der polnischen Woiwodschaft Westpommern liegt und im Westen an den Landkreis Uecker-Randow in Deutschland grenzt, waren Bartkowiak und Olesiewicz zu einem Treffen verabredet. Der Kapitän des Schubers drosselte die Geschwindigkeit des Verbandes und beobachtete die Aktivitäten auf dem Radar. Der 12. August war ein Dienstag. Dennoch war zu so früher Stunde der Verkehr auf dem Haff noch gering. Außer einigen Fischern und einem kleineren Küstenmotorschiff, das ihnen kurz nach dem Passieren der Insel Chełminek entgegengekommen war, konnten sie nur vereinzelte kleinere Punkte auf dem Radar ausmachen.

„Ich glaube, jetzt habe ich ihn. Es ist Zygmunt", sagte Jerzy Karnicka, der für die Maschine des Schubers zuständig war. Auf diesem 15,51 Meter langen und 5,64 Meter breiten Schubboot war er der einzige Matrose. Gleichzeitig war er der Freund und Vertraute des Kapitäns. Bartkowiak drosselte die beiden Diesel noch mehr, so dass der Verband nur noch sehr wenig Fahrt machte. Jeder der beiden MAN-Motoren leistete 235 PS, und zusammen konnten sie der Bison, die auf der großen Centromost Stocznia Rzeczna-Werft in Płock 1978 gebaut worden war, bei einer mittleren Auslastung eine Geschwindigkeit von rund siebzehn Kilometern pro Stunde verleihen. Das Holzboot des Fischers fuhr nun parallel, und Olesiewicz warf Karnicka eine Leine zu. Furmanow zog die Plane zurück, unter der die beiden Mädchen und die Tragetaschen mit den Kindern zum Vorschein kamen. Aleksandra Serafinowicz reichte Karnicka Tragetaschen mit den Säuglingen. Furmanow half den beiden halbwüchsigen Mädchen, auf den Schuber überzusteigen. Dann stiegen auch der Ukrainer und seine polnische Freundin auf das Schubboot. Während der Fischer die Leine übernahm und sein Boot nun zurückfallen ließ, um ein jegliches Aufsehen zu vermeiden, das ein schnelles Wegfahren einem Beobachter aufmerksam gemacht hätte, nahm der Schubverband seine Fahrt wieder auf. Das alles ging so schnell vor sich, dass es auf einem Radar aussah, als habe der Schubverband die Stelle nur passiert, an dem der Fischer arbeitete.

Zwischen Kamp auf dem Festland und Karnin auf Usedom drosselte Bartkowiak die Geschwindigkeit. Sie fuhren unter der Zecheriner Brücke hindurch und den Peenestrom abwärts ihrem Zielhafen Wolgast entgegen. Hin und wieder suchte der Kapitän mit dem Glas das Wasser ab. Längst hatte sich der Morgendunst gehoben, und die Sonne strahlte vom blauen Himmel. Furmanow, der neben dem Kapitän stand und gleich ihm angestrengt den Verkehr auf dem Wasser beobachtete, war sich absolut im Klaren darüber, dass nun der schwierigste Teil der Operation bevorstand, der Wechsel auf die Yacht. Zwischen Krienke und Rankwitz sichteten sie die *Morningstar*, die dort vor Anker lag. Sie sahen, wie die Menschen der Yacht badeten. Furmanow befahl, dass die beiden Mädchen sich bis auf die Badekleidung ausziehen sollten, und sagte dem Schiffsführer, dass er möglichst nahe und sehr langsam die Yacht passieren solle. So war die Sicht zu den Ufern einmal durch das Schubboot nach Westen und durch die *Morningstar* nach Osten hin versperrt.

Furmanow und Aleksandra Serafinowicz stiegen in ein kleines, graues Gummiboot, das an der Steuerbordseite des Schubbootes zu Wasser gelassen worden war. Sie nahmen die beiden Tragetaschen mit den Babys. In dem Augenblick, als das Schubboot auf gleicher Höhe mit der *Morningstar* war, gab Furmanow den Mädchen das Zeichen, und diese ließen sich ins Wasser gleiten und schwammen die wenigen Meter zur Yacht. Auch das Schlauchboot kam nur Sekunden nach dem Passieren des Schubers dort an. Nur wenn unmittelbar ein Boot in der Nähe gewesen wäre, hätte man diese Aktion beobachten können. Der Segler aber, der gegen den leichten Wind kreuzte, war zu der Zeit auf der Höhe von Lassan. Andere Schiffe liefen vor der Bison her oder kamen ihr entgegen.

10. Kapitel

Die Frau in den weißen Leinenhosen und der roten Seidenbluse stellte ihren Wagen ab und ging hinunter zum Hafen. Sie sah einen leeren Liegeplatz, an dem die *Morningstar* noch am Vortag festgemacht hatte. Ein Schreck durchfuhr sie. In all den Tagen war sie der Yacht auf der Spur gewesen. Theres Wilding hatte sich kaum Zeit zum Essen genommen und ihre Beziehung fast bis zum Bruch vernachlässigt. Einige Male hatte sie in ihrem Auto übernachtet, um das Schiff nicht aus irgendeinem nichtigen Grund aus den Augen zu verlieren. All diese Umstände waren nichts gegen die Möglichkeit, sich an einer Bestie zu rächen, die ihr Leben versaut hatte.

Eilig ging sie zu Arche Bootscharter, die in der Krumminer Dorfstraße 22 residierten. Dort erfuhr sie, dass hier keine Boote vermietet, sondern ausschließlich die Schiffe von Eignern betreut würden. Doch gab man ihr die Telephonnummer der Firma Alb in Zinnowitz, die auch verschieden motorisierte Boote im Achterwasser vermietete.

Theres Wilding rief dort an, und man sagte ihr, dass man einen Angelkahn mit einem fünf PS starken Außenbordmotor habe, den sie mieten könne. Für ein größer motorisiertes Boot benötige sie einen Führerschein. Sie fuhr nach Zinnowitz zurück und mietete den Angelkahn, der ohne Führerschein auf dem Achterwasser zu bewegen war. Wegen ihrer unpassenden Kleidung fiel sie aus dem Rahmen derer, die für gewöhnlich einen solchen Kahn mieteten.

Das Boot war nicht besonders schnell. Mit seinem mageren fünf PS-Motörchen schaffte es gerade knapp fünf Seemeilen pro Stunde. Als sie nach gut zwei Stunden die Lütower Spitze erreichte und den Blick in die trichterförmige Zufahrt in den Peenestrom erreichte, konnte sie durch das Fernglas in der Ferne die *Morningstar* ausmachen. Das Schiff lag stromabwärts auf der Landseite zu dem Ort Rankwitz. Theres Wilding kannte die Stelle ganz genau. Dort liegt der Jungfernberg, der mit achtzehn Metern die höchste Erhebung des Lieper Winkels ist. Einer pommerschen Volkssage zufolge sollen unter ihm vier Jungfrauen begraben liegen, die für ihre sonntägliche Tanzlust statt Kirchgang von Gott bestraft wurden. Heute befinden sich hier einige Ferienhäuser, und der Hügel ist ein beliebter Aussichtspunkt über den Peenestrom. In den letzten Jahren war sie einige Male hier. Im Heimathof haben Familien aus allen Gemeindeteilen des Lieper Winkels Gegenstände der Landwirtschaft und des Fischfangs zusammengetragen. Eine Besichtigung ist nur auf Voranfrage möglich. Aber ein historischer Webstuhl, der von einer Familie aus Grüssow stammt, hatte sie besonders interessiert.

Sie stellte den Motor ab und beobachtete die Yacht eine ganze Weile. Dabei bemerkte sie die Menschen, die von Bord ins Wasser sprangen, nach einigen Minuten im Wasser wieder zum Schiff zurückschwammen. Dann wurde ihr unvermittelt der Blick auf die Yacht von einem Schubverband der Berufsschifffahrt versperrt. Theres Wilding nahm ein Handy aus der Hosentasche und drückte die eins. Auf der anderen Seite der Funkverbindung, die in Sekundenschnelle hergestellt war, meldete sich eine Männerstimme. „Elle ayant le raccordement des entreprises de transport de la ville Nîmes. Ils peuvent laisser une information ...“

„Die Wespe stach mich vor Warthe.“

„Schlimm?“

„Ja.“

„Dann sollte Sie umgehend zum Arzt gehen.“

Theres Wilding drehte das kleine Boot und fuhr zurück zu ihrem Ausgangspunkt.

In all den Tagen hatte sie den Chevalier Oberst Armand Beauvais über den Standort der *Morningstar* informiert. Er hatte sie nicht dazu aufgefordert und ertrug diese andauernde Belästigung als eine Art der Einmischung in seine Arbeit nur widerwillig. Aber die Frau war die Auftraggeberin, eine gut zahlende Auftraggeberin. Und damit durfte man es sich nicht verderben.

11. Kapitel

Am Mittwoch, dem 13. August 2003, exakt 42 Jahre nach dem Bau der Berliner Mauer, kollidierte ein polnischer Schubverband mit einem Pfeiler der Zecheriner Brücke. Das Schubschiff war wegen des Bruchs eines Hydraulikdruckschlauches aus dem Ruder gelaufen. Die *Damerow* mit ihrer Mannschaft unter dem Kommando von Polizeihauptkommissar Vincent Hüttner wurde zum Unglücksort geschickt, um die Schäden festzustellen. Das Schiff lief mit voller Kraft voraus an Negenmark vorbei. Als bei Wehrland der Blick zum Achterwasser frei wurde, sah Sebastian Mey, der am Steuer des Bootes stand, die *Morningstar* auf der Höhe von Warthe.

„Ruf Vincent, Ben", sagte er zu Benjamin Göpel, der mit ihm auf der Brücke war. „Schnell."

Obwohl höchste Eile geboten war, drosselte Mey die Fahrt. Hüttner, der gerade eine Tasse Kaffee vor sich stehen hatte, registrierte im Moment, als die Maschine gedrosselt wurde, dass etwas passiert sein musste. Diese Erkenntnis fiel mit dem Ruf Göpels zusammen. Mit einem Satz war er neben Mey. Der reichte ihm das Fernglas und zeigte in Richtung Warthe.

„Die *Morningstar*!"

Polizeihauptkommissar Hüttner stellte fest, dass das Schiff zwar ablandig, aber ohne Bewegung lag. Über Sprechfunk verständigte er die Zentrale in Wolgast über seine Vermutung, dass die *Morningstar* auf Grund gelaufen sein könne und scheinbar festliege. Doch die Anweisung war eindeutig. Zuerst zum verunglückten polnischen Schubverband, um nach der Brücke zu sehen, die man für den Fahrzeugverkehr gesperrt hatte. Man wollte kein Risiko eingehen. Die Fahrzeuge stauten sich auf beiden Seiten der Brücke. Auf der Insel reichte der Stau schon über die Stadt Usedom hinaus bis Paske, auf der Festlandseite fast acht Kilometer bis Murchin. Schon seit einiger Zeit begannen teilweise die Fahrzeuge umzudrehen und ihre Fahrt auf die Insel mit einem erheblichen Umweg über Wolgast fortzusetzen. Streifenwagen waren gekommen, um den Verkehr umzuleiten.

Als die *Damerow* an der Brücke ankam, lag der Schubverband fast neunhundert Meter querab zwischen den beiden Zuläufen der Peene in den Strom. Eine Besichtigung des Pfeilers ergab, dass dieser nur leicht geschrammt worden war. Auch die Untersuchung der Beschädigungen am Schubverband belegte, dass es noch einmal glimpflich abgegangen war. Außer einigen Schrammen war kein wesentlicher Schaden entstanden.

Dreieinhalb Stunden später war die *Damerow* auf der Rückfahrt in Richtung Wolgast. Über die Zecheriner Brücke lief nun der Verkehr, als sei sie niemals gesperrt gewesen. Nur die äußerst dichte beidseitige Fahrzeugbewegung ließ für den deutschen Autofahrer auf etwas Ungeheuerliches schließen – die zeitweise Sperrung einer Straße.

Als die *Damerow* um die Landzunge bei Warthe herumkam, lag die *Morningstar* an gleicher Stelle wie am Morgen.

„Wir sehen uns mal an, was da los ist“, sagte Hüttner.

„Glaubst du wirklich, dass die Yacht aufgelaufen ist? Hier ist das Wasser doch relativ tief“, gab Mey zu bedenken.

Hütter senkte das Glas, durch das er vergeblich nach Bewegungen auf der *Morningstar* gesucht hatte. „Täusch dich nicht. Der Kasten hat erheblichen Tiefgang, denn er ist aus Stahl und liegt dicht unter Land.“

Mey verringerte den Schub des Bootes, und sie glitten langsam auf die weitaus größere Yacht zu. Über das Megaphon rief Hüttner das Schiff an: „Hier ist die Wasserschutzpolizei. Ist jemand an Bord? *Morningstar*, it is the water police, please give answer!“

„Es scheint niemand an Bord zu ein“, sagte Mey.

Der Rest der Besatzung war nun zusammengekommen, um zu sehen, was es mit dem Schiff auf sich hatte. Hüttner sagte: „Bernd und Oliver gehen mit mir an Bord. Waffen entsichern. Wir wissen nicht, was uns erwartet."

Bernd Vries und Oliver Kosiolek machten sich fertig, während Mey vorsichtig das Polizeiboot an die *Morningstar* heranbrachte. Benjamin Göpel stand bereit, um die Schiffe zu vertäuen. Die Männer um Hüttner kletterten auf die große Yacht. Die Kabinentür zum Salon stand offen. Durch die Bewegung, die durch das Anlegen entstanden war, schwang sie leicht hin und her.

„Ist hier jemand?" rief Hüttner noch einmal. Er machte ein Zeichen, dass Kosiolek seine Deckung übernehmen solle, und ging vorsichtig, die Waffe im Anschlag, durch die Tür. Vries sicherte nach hinten ab.

Hüttner nahm die wenigen Stufen zum Salon und prallte entsetzt zurück. Der Gestank von beginnender Verwesung und das Bild, das er in sich aufnahm, lähmten ihn. Hier hatte ein Gemetzel stattgefunden, das er in dieser Art noch nicht gesehen hatte. Überall im Raum war Blut verspritzt, das bereits geronnen war. Buntschillernde Fliegen saßen auf den Leichen und dem Blut. Im Eingang lag eine sehr junge Frau. Sie war völlig nackt. Offensichtlich hatte sie versucht zu flüchten. Sie war von der Garbe einer Maschinenpistole getroffen worden, der ihr den ganzen Rücken mit blutigen Löchern übersät und zu einem schnellen Tod geführt hatte. Eine zweite Frau hing auf dem Schoß eines zur Seite gefallenen Mannes. Es war ein groteskes Bild. Zwei Menschen hingen im Tod übereinander; der halbe Kopf des Mannes fehlte. Die Frau selbst war durch einen einzigen, aufgesetzten Schuss ins Genick getötet worden. Dann fiel Hüttners Blick auf den nur mit einer Badehose bekleideten Torso eines Mannes. Die Hose hatte man heruntergezogen. Wo sonst das Geschlechtsteil des Mannes war, klaffte eine offene Wunde. Hüttner sah die abgetrennten Arme des Mannes liegen und den Kopf. Die rechte Hand des abgetrennten Armes hielt das, was man dem Mann abgeschnitten hatte.

Hüttner zählte drei männliche und zwei weibliche Leichen. Hier war aller Wahrscheinlichkeit nach eine Sex-Party durch eine ungeplante Unterbrechung sehr plötzlich und blutig zu Ende gegangen.

Als Bernd Vries, der sich hinter seinem Chef gehalten hatte, etwas sagen wollte, wurde er durch eine Handbewegung Hüttners gestoppt. Mittels Handzeichen machte er seinen Leuten klar, dass sie das Schiff nach weiteren Menschen, möglicherweise Überlebenden des Massakers, absuchen sollten. Während Vries und Kosiolek in die unteren Räume der Yacht vordrangen, fühlte Hüttner die Halsschlagadern der Menschen, mit Ausnahme des Torsos, ob noch ein Zeichen von Leben zu erkennen sei. Vergeblich. Der Polizeihauptkommissar ging den kurzen Aufgang zur Brücke hoch. Über einem Schaltkasten gebeugt, hing ein Mann. Neben seinem Arm baumelte das Funksprechgerät. Als Hüttner seine Halsschlagader berührte, um festzustellen, ob noch Leben in dem Mann sei, begann dieser seine Lippen zu bewegen. Hütter ging näher mit dem Ohr an ihn heran.

„Assasini ... Assasini ... Assa...“, flüsterte er. Die Worte brachen ab.

Hüttner versuchte den Mann vorsichtig in Seitenlage auf den Boden zu legen. Er öffnete die Außentür der Bücke und rief zum Polizeiboot: „Sofort die Einsatzleitstelle in Anklam benachrichtigen! Wir haben sieben oder acht Tote und brauchen Krankenwagen und einen Rettungsarzt, aber ganz schnell!“

Die Männer kamen von der Durchsuchung des Schiffes zurück.

„Passt auf, dass ihr nichts zertretet! Und, habt ihr was gefunden?“

„Im Maschinenraum liegen noch zwei Leichen. Kopfschüsse. Genau in der Mitte platziert“, sagte Vries. „Sonst ist alles sauber.“

„Gut.“ Hüttner wechselte wieder hinüber zur *Damerow*. „Habt ihr Krankenwagen bestellt?“

Mey nickte. „Was ist passiert?“

„Auf der *Morningstar* gibt es sieben Leichen und einen Mann, in dem noch ein winziger Hauch Leben ist. Es sieht aus wie in einem Schlachthaus.“ Er rief über Funk die Zentrale in Wolgast und berichtete seinem Vorgesetzten, wie er die Yacht vorgefunden hatte. Er sagte, dass sie bereits die Polizeidirektion Anklam informiert und Notarzt und Krankenwagen angefordert hätten. Als Hüttner sagte, dass das Schiff auf Grund gelaufen sei, beschloss die Zentrale, einen Schlepper bei einer in Wolgast ansässigen Reederei zu ordern. Sie vereinbarten, dass die *Damerow* nach der Besichtigung durch die Beamten aus Anklam die Aufschleppung der *Morningstar* nach Wolgast zu überwachen habe.

In Anklam war die Hölle los. In der Einsatzzentrale der Polizeidirektion rotierten die dort im Einsatz befindlichen Beamten. Sie informierten die Rettungsleitstelle in Greifswald, die wiederum einen Hubschrauber mit einem Notarzt aus Greifswald zum Ort des Grauens schickte sowie aufgrund der Vielzahl der geschädigten Personen Krankenwagen bei den Rettungswachen in Wolgast, Karlsburg und Heringsdorf orderte. Damit war die Rettungskette angelaufen. Gleichzeitig informierten sie das Büro des Kriminaloberrats Kruse. Da die Anklamer Mordkommission im Einsatz war, rief Kruse in Heringsdorf an. Er hörte, dass Lasse Larsson zu Tisch sei, und schilderte Andresen, was passiert war und dass sich Larsson unmittelbar der Sache anzunehmen habe. Kaum hatte Kruse aufgelegt, schickte Rolf Andresen Karl Simons los, um Larsson vom Sachverhalt in Kenntnis zu setzen.

12. Kapitel

Larsson war gerade beim Essen im Brauhaus. Hühnerfrikassee mit Reis. Es war eine leichte, magenfreundliche Speise, die er gewählt hatte; seit einigen Tagen kämpfte er gegen eine Übersäuerung des Magens an. Schmerzhaftes Sodbrennen kroch die Speiseröhre herauf. Als er seinen Blick hob, sah er Simons, der eilig an der großen Glasscheibe vorbeiging und dann ins Restaurant kam.

„Kann man nicht einmal in Ruhe seine Mittagspause ...“

„Es ist etwas Furchtbares passiert“, wurde Larsson von Simons aufgeregt unterbrochen. „Sieben oder acht Tote auf einem Schiff!“

Larsson legte den Finger auf den Mund. Es musste ja nicht gleich jeder hören, dass auf der Sonneninsel gemordet wurde. Er legte Geld neben den noch nicht leergegessenen Teller und ging mit Simons die wenigen Schritte zu seiner Dienststelle zurück. Auf dem kurzen Weg hörte er sich den Bericht an, den der junge Beamte in ziemlicher Aufregung gab.

Andresen wartete schon. Larsson dachte, dass Andresen ein guter Kriminalist war, der aber für seine Begriffe der alten Staatsmacht zu sehr und vor allem zu laut nachtrauerte. Irgendwann würde er nochmals ein intensives Gespräch mit ihm führen müssen.

Als sie sich nun zu viert in den Omega setzten, hing jeder ein wenig seinen Gedanken nach. Simons saß am Lenkrad und hatte mit sich zu tun. Auf der einen Art freute er sich, dass Larsson ihn in so wichtigen Mordermittlungen einbezog. Andererseits wusste er um seine Defizite.

Andresen wiederum stellte fest, dass endlich in Heringsdorf etwas los sei. Seit er von Rostock nach Anklam versetzt und später in die Kriminalaußenstelle abgeschoben worden war, konnte ihn die

Arbeit nur noch wenig zu großen Leistungen anspornen. Zu einseitig war der Job: einige Diebstahlfälle, eine Aufklärung von Wirtschaftskriminalität, die ihn aber auch nicht wesentlich interessiert hatte, und hin und wieder eine Schlägerei mit Personenschaden. In Rostock hatte er in einer Abteilung des Innenministeriums gearbeitet, das Morde aufzuklären hatte, deren Existenz niemals an die Öffentlichkeit gelangen durfte.

Nach der Wende kam der totale Absturz. Nur seinem Drachen, mit dem er seit achtzehn Jahren verheiratet war, gefiel es von Anfang an auf Usedom. Sein 20er Jollenkreuzer am Achterwasser, mit dem sie wunderbare Touren machten, entschädigte ihn. Obwohl ein solches Schiff eigentlich für die Ostsee wegen seines flachen gehenden Rumpfes ungeeignet und eher für Binnengewässer konstruiert ist, hatte er es gewagt, damit bis Schweden zu segeln. Nur er und sein Drachen. Sie waren aufgebrochen, um den Jahresurlaub zu verbringen, und sie wollten das so günstig wie möglich machen. Durch das Achterwasser, den Peenestrom entlang fuhren sie mit dem Außenbordmotor bis Peenemünde und segelten dann vor dem Wind bis Middelhagen auf Rügen. Das schafften sie an nur einem Tag. Von Middelhagen bis Rønne auf Bornholm waren es rund einhundert Kilometer. Für diese Strecke hatten sie sechzehn Stunden gebraucht. Das war nicht allzu schnell. Aber das Boot war in einem erstklassigen Zustand und Andresen ein guter Segler. Tags darauf segelten sie bis Ystad. Andresen wandelte einen Tag auf den Spuren Kurt Wallanders. Er mochte diese Romanfigur, die es trotz guter Vorsätze nicht schaffte, ihre Gewohnheiten grundlegend zu ändern, und gerade das machte diese Figur so sympathisch. Wallander ist kein perfekter Polizist, sondern ein ganz normaler Mensch mit all seinen Fehlern und Schwächen, die wohl jeder Leser kennt. Wieder einen Tag später machten sie sich auf die Kurzstrecke nach Simrishamn, jenes idyllische Fischerdorf, dessen Charme die pastellfarbenen Häuser, die ungleichmäßigen Kopfsteingassen sowie die fein geschnitzten Türen bestimmen. Von dort ging es nach Sölvesborg, dann weiter die schwedische Küste entlang. Zwei Wochen waren sie unterwegs gewesen, und als sie wieder auf Usedom waren, wusste er einmal mehr, dass er sich auf seinen Drachen verlassen konnte – in jeder Lebenslage. Darauf kam es schließlich an. Deshalb akzeptierte er auch, dass sie zu Hause die Hosen an hatte und ihn kommandierte. Manchmal fühlte er sich dabei wie ein Rekrut. Und er hatte noch etwas erreicht: Seine Frau stimmte zu, dass sie sich ein anderes seegängiges Boot kaufen würden. Seitdem suchte er ein solches Schiff zu einem erschwinglichen Preis. Zweimal war er schon in Holland gewesen, hätte gekauft, war aber in letzter Konsequenz vor der notwendigen Geldausgabe zurückgeschreckt.

Inge Mohaupt dachte darüber nach, dass der Mann, der neben ihr saß, mehr bedeutete als alle anderen Männer zusammen, die sie je näher gekannt hatte. Wenn es ihr gelänge, ihn für sich zu interessieren, hätte sie einen Vater für ihre Tochter. Sie war sich sicher, dass die beiden miteinander klarkommen würden. Dann fiel ihr schmerzhaft ein, dass sie mit Monika Landris eine ernstzunehmende Konkurrenz hatte. Sie würde nicht klein beigeben. Und dass Larsson jetzt schon bei Monika Landris in Loddin wohnte, besagte noch gar nichts. Die Reize einer Frau können so manches ändern.

Lasse Larsson wählte die Nummer der Staatsanwaltschaft in Stralsund. Er schilderte dem diensthabenden Staatsanwalt Obermann kurz die Situation und bat um Unterstützung durch das Institut für Rechtsmedizin. Obermann seinerseits informierte die Direktorin der Rechtsmedizin in Greifswald, Frau Dr. Beckert, und bat sie, zum Unglücksort nach Warthe zu fahren, um eine erste Einschätzung abzugeben und anschließend die Obduktionen der Leichen vorzunehmen. Einen schriftlichen Antrag ließ er wenig später per Fax an das Institut für Rechtsmedizin an der Ernst-Moritz-Arndt-Universität in Greifswald schicken.

Das Heringsdorfer Polizeiteam fuhr durch den kleinen Ort Warthe den Peeneweg entlang, bis der sich gabelte. Auf der Landseite war die Zufahrt zu dem Ort, an dem das Schiff festlag, durch vier Funkstreifenwagen gesichert.

Als die rechtsseitig abbogen, sahen sie die beiden Schiffe wenige Meter vom Ufer ab im Wasser liegen. Dicht am Ufer stand der Rettungshubschrauber aus Greifswald, der vor ihnen gekommen war.

Offensichtlich war der Notarzt schon zur *Morningstar* übergesetzt worden. Die weiße Yacht war etwas größer als das Schiff der Wasserschutzpolizei. Sicher hatte man sie beobachtet, denn kaum waren sie aus dem Auto ausgestiegen, löste sich vom Boot der Wasserschutzpolizei ein Dingi und kam auf das Ufer zu. Larsson und seine Begleitung stiegen in das Boot.

Larsson rief die Einsatzzentrale in Anklam an. „Wir brauchen weitere Funkstreifenwagen, die die Straßen bereits vor Warthe sperren. Am besten schon bei Krienke. Ich denke, es wird in Kürze hier nur so von Presseleuten und Übertragungswagen wimmeln. Ich möchte, dass die uns nicht zu nahe kommen."

Das Dingi war inzwischen angekommen. „Hallo Kollege Larsson", sagte Benjamin Göpel, der Larsson bei einem anderen Fall kennengelernt hatte. „So etwas haben Sie bestimmt noch nicht gesehen."

„So schlimm?"

„Wie in einem Schlachthaus!"

Sie fuhren zurück zum Einsatzboot der Wasserschutzpolizei. Larsson wechselte mit seinen Leuten auf die *Damerow* über. Vincent Hüttner begrüßte ihn mit den Worten: „Hoffentlich ist Ihr Magen abgehärtet genug, um das zu ertragen. Blut, überall Blut."

„Das hat sich schon bis Heringsdorf durchgesprochen."

„Es ist unglaublich, was Menschen anderen Menschen antun." Hüttner benutzte den gleichen Satz, den Larsson zu sagen pflegte.

„Und es gibt nahezu nichts, was ich nicht schon gesehen hätte. Aber glauben Sie mir, ich bin jedes Mal aufs Neue erschüttert."

„Einer der Männer, wahrscheinlich der Kapitän, lebt noch", sagte Hüttner. „Ich glaube, er ist Italiener. Er flüsterte mehrmals das Wort Assassini."

„Assassini, Mörder."

„Der Notarzt ist drüben und bemüht sich um den Mann. Ein zweites Schutzboot ist bereits unterwegs, damit wir die Sicherung von der Wasserseite garantieren können. Es wird bald vor Neugierigen wimmeln."

Larsson wandte sich an seine Männer und an Inge Mohnhaupt: „Seid vorsichtig, ich möchte nicht, dass Spuren zertreten werden, und achtet darauf, dass der Arzt nichts an Spuren vernichtet.“

In dem Augenblick, als Larsson vom Boot der Wasserschutzpolizei auf die Yacht überwechselte, machte sich sein Handy bemerkbar. Ein Blick auf das Display zeigte ihm, dass es der Kriminaltechniker Maier war. „Wir sind gleich da. Ich kann die Schiffe schon sehen. Kann uns jemand abholen?“

„Es kann nicht schwer sein, bei diesem herrlichen Wetter ein wenig zu schwimmen. Das erfrischt ein wenig.“

„Ich schätze Ihren Humor, Lasse, aber mir ist heute nicht nach Schwimmen. Das riecht nach einem Zwölfstundeneinsatz.“

Hüttner, der das Gespräch mit verfolgt hatte, rief den Leuten auf seinem Boot etwas zu, und Larsson konnte sehen, wie sich das Dingi wieder auf das Land zubewegte. Nahezu gleichzeitig mit der Spurensicherung kam die Rechtsmedizinerin. Gemeinsam wurden sie zur *Morningstar* gebracht.

Larsson begrüßte den Notarzt aus Greifswald, der vor ihm mit dem Hubschrauber gekommen war und sich um den noch lebenden Mann kümmerte. Während Andresen und Simons in den Maschinenraum der Yacht gingen, um nach den beiden Leichen dort zu sehen, standen die beiden Hauptkommissare Hüttner und Larsson auf der Brücke und versuchten, das Gesehene in sich aufzunehmen.

Dr. Beckert war leise hinter sie getreten. Larsson drehte sich zu ihr um und fragte: „Was glauben Sie, Doktor, wie lange kann das Gemetzel her sein?“

„Die Totenstarre ist schon vollständig ausgebildet, also mindestens fünf bis acht Stunden. Genaueres kann ich Ihnen aber erst nach der Obduktion sagen.“

„Wie steht’s mit ihm?“ fragte Larsson den Notarzt.

„Ich würde keine Wette eingehen, dass er gerettet werden kann.“

Einer von Maiers Männern machte Photos von den Leichen im Maschinenraum. Der andere war dabei, die Werkzeuge bereit zu legen, die sie brauchten, um alle erdenklichen Spuren zu sichern.

Die Medizinerin beugte sich über den Torso. „Die Körperteile wurden mit einem relativ stumpfen Gegenstand abgetrennt. Etwa von einer Säge, wahrscheinlich von einer Motorkettensäge, die man beim Baumfällen benutzt."

Überall, wo der Körper ausgeblutet war, hatten sich Blutlachen gebildet. Die roten Blutkörperchen hatten sich in Sedimentation vom Blutwasser getrennt. Die bunt schillernden Fliegen hatten längst ihre Eier darauf abgelegt, und bei dieser Wärme würde es nicht lange dauern, bis sich Maden ausgebildet hatten. Wer diese Sauerei wegzuräumen hatte, war nicht zu beneiden. Starke Nerven waren hier gefragt. Wütend schlug Lasse Larsson nach einer der Fliegen, die sich auf sein Gesicht gesetzt hatte. Die Rechtsmedizinerin hatte das gesehen.

„Sie ekeln sich vor den Fliegen. Das ist ganz normal. Hier ist die Bestimmung der Todesursache relativ einfach. Aber wenn wir die Toten erst nach mehreren Tagen finden würden, lässt sich anhand der geschlüpften Larven die Todeszeit der Menschen bestimmen. Deshalb sind sie ebenso nützlich wie eklig."

„Ich habe davon gehört. Aber das sind ja wohl Spezialisten, die so etwas machen. Die Viecher müssen die Leichen riechen."

„Es liegt an dem vielen Blut und an den Wunden, dass so viele Fliegen hier sind. Blut übt einen viel stärkeren Reiz auf Schmeißfliegen aus als bloßes Fleisch", sagte Dr. Beckert. „Ja, es gibt auf der Welt nicht allzu viele Kriminalbiologen. Zwei Dutzend oder ein wenig mehr. Forensische Entomologie. Insektenkundler sind gefragt, wenn es darum geht, möglichst genau den Todeszeitpunkt eines Verbrechensopfers im Freien zu bestimmen, falls Temperaturmessungen und sichere Todeszeichen versagen. Wenn wir entomologische Fragen zu klären haben, dann wenden wir uns an die Arbeitsgruppe um Herrn Dr. Jens Amendt am Zentrum für Rechtsmedizin der Universität Frankfurt am Main."

Am Ufer sah Lasse Larsson, wie der gerufene Krankenwagen versuchte, möglichst nahe am Wasser zu parken. Hüttner hatte das auch wahrgenommen. Über Sprechfunk wies er seine Mitarbeiter an, den Krankenwagen zurückzuschicken.

„Es wäre wünschenswert, dass Greifswald über einen solchen Mann verfügt“, sagte Larsson.

„Ja, das wäre es wohl. Aber die Leute sind rar.“

„Sie wissen sicher, wie so eine Bestimmung gehandhabt wird.“

„Am besten sind die Ergebnisse bei den Bestimmungen der Todeszeit mit der Methode der forensischen Entomologie, wenn die Leichen zwei Tage bis zwei Wochen alt sind. Vorher sind Indikatoren wie Körpertemperatur und der Grad der Leichenstarre aussagekräftiger. Insektenkundler sind mitunter sogar in der Lage, Selbstmorde von Morden zu unterscheiden. Wenn das Gewebe eines Verstorbenen eine toxikologische Analyse nicht mehr zulässt, wird Kommissar Schmeißfliege auf die Überreste gesetzt. Später können in den Fliegenlarven, die sich ins Faulfleisch eingegraben haben, exakt jene Gifte bestimmt werden, mit denen sich der Selbstmörder ins Jenseits befördert hat.“

Andresen und Simons kamen den Aufgang vom Maschinenraum auf das Heck des Schiffes. Larsson sah, dass es Simons mitgenommen hatte. Der Junge lehnte sich über die Reling und erbrach sich. Andresen stand neben ihm und redete leise auf ihn ein. Larsson wusste, dass er tröstete. Er erinnerte sich, wie er das erste Mal auf eine solche Situation getroffen war. Tagelang hatte er zu kämpfen, damit fertigzuwerden. Und in der Tat träumte er heute noch manchmal von dieser ersten, unangenehmen Begegnung mit dem unnatürlichen Tod.

Inge Mohaupt, die sich im Hintergrund gehalten hatte, ging nun auch hinaus zum Achterschiff, um sich gemeinsam mit Andresen um Simons zu kümmern. Maier und seine Leute untersuchten nun das Vorschiff. Larsson bewunderte, wie gewissenhaft die Leute dabei vorgingen.

„Schon seit Jahrhunderten bemühen sich in Europa neben der Polizei auch Rechtsmediziner, Verbrechen aufzuklären. Früher waren es Juristen und Priester, die diese Tätigkeit ausführten. Heute ist es in Deutschland nötig, eine dreijährige Facharzthausbildung zu machen, um Rechtsmediziner zu werden“, fuhr Doktor Beckert fort. „Die Bezeichnung Pathologe, die für Rechtsmediziner manchmal verwendet wird, ist falsch. Pathologen sind in Deutschland Spezialisten, die auf die Erkennung von krankhaft veränderten Zellen spezialisiert sind. Ein Beispiel hierfür ist die Unterscheidung von gutartigen und bösartigen Tumoren. Sie beschäftigen sich aber nicht mit unnatürlichen Todesursachen. Auch die Bezeichnung Gerichtsmediziner wird heute nicht mehr verwendet. Sie wurde früher genutzt, weil die Arbeit der Rechtsmediziner oft mit Straf- bzw. Zivilverfahren zusammenhängt. Anfang der siebziger Jahre erfolgte die Umbenennung der Gerichtsmedizin in Rechtsmedizin."

Andresen kam kurz herein und sagte: „Wir sollten Karl auf das Boot der Wasserschutzpolizei bringen, damit er sich erholen kann."

„Hältst du das wirklich für gut? Wenn wir jedes Mal nachgeben, wird er es nie lernen, mit einer solchen Situation fertigzuwerden." Larsson nahm einen Flachmann aus der Tasche und reichte ihn Andresen. „Gib ihm einen Schluck Whisky, dann wird er sich schon wieder erholen."

Die Rechtsmedizinerin schaute Larsson verwundert an, sagte aber nichts. Als Andresen gegangen war, sagte Larsson: „Entweder Simons schafft es, mit einer solchen Situation fertigzuwerden, oder er muss ins Betrugsdezernat."

„Sie sollten nicht so streng mit dem jungen Mann sein."

„Ich hasse Ausdrücke wie ‚Gelobt sei, was hart macht', aber in diesem Fall trifft es genau den Punkt. Schwäche kann man sich in diesem Beruf nicht leisten. Das werden Sie sicher selbst am besten wissen."

„Sie haben recht. Um einen solchen Anblick zu ertragen, braucht es schon eine Zeit der Gewohnheit. Obwohl auch ich täglich mit dieser Arbeit zu tun habe, gewöhnen wird man sich nie daran."

„Wem sagen Sie das."

Maier stand in der Tür und sagte: „Wenn Sie fertig sind, Frau Dr. Beckert, können wir dann hier anfangen."

„Ihr müsst nach einer Kettensäge suchen, Paul", sagte Larsson zu Maier. „Wahrscheinlich hat man sie über Bord geworfen."

Paul Maier rief über sein Handy die Tauchergruppe der Bereitschaftspolizei in Schwerin an und sprach mit dem Ersten Polizeihauptkommissar Norbert Burger, der diese Gruppe führte. Der versprach ihm, zwei Polizeitaucher mit ihrem Equipment zu schicken. Aber die würden erst am kommenden Tag ihre Arbeit aufnehmen können.

Kurze Zeit später brachte der Norarzt den verletzten Italiener, der eine Menge Blut verloren hatte und ins Koma gefallen war, vorsichtig mit dem Boot zum Hubschrauber.

„Schauen Sie, Hauptkommissar", sagte Dr. Beckert, „hier wimmeln die ersten Fliegenmaden. Zum Einsatz kommen die Maden aber meistens erst dann, wenn der Tod schon vor zu langer Zeit eingetreten ist, um etwa über Leichenflecken, Totenstarre oder Temperatur Auskunft über den Todeszeitpunkt zu erhalten. Anhand der Insektenlarven kann auch dann noch festgestellt werden, wie lange eine Leiche am Auffindungsort gelegen hat und ob sie nach dem Tod noch verfrachtet wurde. So kann es vorkommen, dass eine Leiche im ländlichen Gebiet verscharrt wurde, die ältesten Maden jedoch von einer Fliegenart stammen, die fast ausschließlich im Stadtgebiet vorkommt. Die Maden können aber auch auf Verletzungen hinweisen und sogar auf chemische Verbindungen, die der Körper enthalten hat und die von den Tieren eingelagert werden."

Der Hubschrauber hob ab, und sein Brummen ließ das Gespräch für einen Augenblick verstummen. Larsson sah, wie die Maschine langsam kleiner wurde und schließlich in Richtung Greifswald verschwand. Hüttner nickte ihnen zu. „Ich muss rüber auf mein Boot."

„Ja, das ist ein interessantes Gebiet", mischte sich Maier, der noch nicht zu seinen Leuten zurückgegangen war, ein. Zu interessant erschien ihm die Diskussion um die Bestimmung der Todesursache und des Todeszeitpunktes durch die Maden zu sein.

Dr. Beckert fuhr fort: „Dabei können sie besonders in schwierigen Mordfällen wichtige Informationen über das Verbrechen liefern. Weil Insekten als erfolgreichste Tiergruppe praktisch jeden Lebensraum besiedeln, sind sie oft auch die ersten am Tatort. Schon fünfzehn Minuten nach dem Ablegen der Leiche im Freien beginnen Schmeißfliegen mit der Eiablage. Anhand der Entwicklungsstadien der Larven lässt sich so auch der Todeszeitpunkt berechnen oder der Zeitpunkt, an dem der tote Körper abgelegt wurde."

Das erneute Brummen des Hubschraubers nahm ihre Aufmerksamkeit wieder in Anspruch.

„Das ist nicht der Rettungshubschrauber, und eine Polizeimaschine ist es auch nicht", sagte Larsson. „Irgendjemand hat die Presse verständigt. Das ist genau das, was ich eigentlich gar nicht will. Ich möchte wissen, wer uns das eingebrockt hat."

Der Hubschrauber umflog mehrfach den Tatort. Offensichtlich photographierte oder filmte man die beiden Schiffe und die Fahrzeuge am Ufer. Dann drehte er ab, beschrieb eine Kurve und verschwand in Richtung Anklam. Larsson rief den Flughafen Heringsdorf an, erfuhr aber, dass von dort kein Hubschrauber aufgestiegen war. Dieselbe Auskunft erhielt der vom Flugplatz in Anklam. „Entweder kam die Maschine aus Neubrandenburg, oder sie ist nach Süden geflogen, um uns zu täuschen. Wir werden es sicher herausfinden. Spätestens morgen oder übermorgen, wenn die Zeitungen auf dem Markt sind, wissen wir, woher der Wind weht."

Maier drängte, endlich den Tatort für sich und seine Leute in Beschlag nehmen zu können.

„Der Kapitän ist versorgt, und meine Klientel hier", die Ärztin zeigte auf die Leichen, „wird mir ohnehin ins Haus gebracht."

Dr. Beckert und Larsson verließen den Tatort und begaben sich aufs Achterschiff. Meier und seine Leute übernahmen nun die Spurensicherung im Salon.

„Ich wünschte, ich würde Sie unter einem anderen Vorzeichen treffen, und wir würden uns bei einer guten Flasche Wein unterhalten können."

„Ja, Frau Dr. Beckert, das wäre eine wesentlich angenehmere Variante." Sie verabschiedeten sich, und die Rechtsmedizinerin stieg in das bereitgestellte Dingi, das sie an Land brachte.

Am Ufer konnte Larsson nun drei Leichenwagen sehen; die Fahrer standen vor einem der Autos und unterhielten sich. Doch dann sah er zwei größere Mercedes Sprinter in silbergrauer Farbe vorfahren. Diese Fahrzeuge waren dafür eingerichtet, zwei Särge aufzunehmen. Das passt nun, dachte er. Würde man erst dort drinnen liegen, hätte man dieses Leben überstanden – mit allen Freuden, aber auch mit allem Dreck dieser Welt. Dann entdeckte er Andresen und Simons, die sich an Bord der *Damerow* befanden, und es war ihm klar, dass er vorher zu hart reagiert hatte.

Er schaute noch einmal durch eine der Scheiben auf die Arbeit, die Maier mit seinen Leuten verrichtete. Die Truppe war bei dem penetranten Verwesungsgeruch der Leiche nicht unbedingt zu beneiden. Aber sie arbeitete effektiv, und Maier ärgerte sich maßlos, erführe er, dass das LKA selbst diese Spurensicherung wiederholen würde. Das verletzte ihn in seiner Ehre, und die war ausgeprägt.

Larsson stieg auf die *Damerow*. „Na, Karl, das war wohl etwas viel für dein Gemüt." Er wandte sich Andresen zu: „Hat er einen Whisky genommen?"

„Ja. Aber er hat ihn gleich wieder herausgebracht."

Larssons Handy machte sich bemerkbar. Es war Kruse, der fragte, was die Ermittlungsgruppe aus Heringsdorf auf der *Morningstar* vorgefunden hätte. Nachdem Larsson seinen Bericht gegeben hatte, stellte Kruse fest, dass er in diesem Fall verpflichtet sei, das Bundeskriminalamt einzuweihen. Larsson dachte an die letzte Ermittlung im Fall der Triaden, die das BKA an sich gezogen hatte. Er und seine Truppe hatten die Ermittlungen geführt. Sie waren erfolgreich gewesen. Die Morde waren aufgeklärt, als das BKA sich einschaltete und letztlich die Lorbeeren dafür erntete.

„Sie können sich die Meldung zum LKA sparen", sagte Kruse. „Das habe ich bereits veranlasst. Der Schusswaffensachverständige aus Schwerin ist unterwegs, und das BKA lässt es sich nicht nehmen, mit der Tatortgruppe wegen der optischen Vermessung der Tatträume anzureisen."

Larsson ärgerte sich darüber. Schließlich war Kruse sein Chef. Aber er kam nicht umhin zu sagen, dass der ihm wenigstens die Vorgesetzten aller Couleur einschließlich des Staatsanwaltes und der Presse vom Leib halten solle, die sie schlichtweg als Spurenvernichtungskommando bezeichneten.

„Haben Sie schon den Abtransport der Leichen veranlasst? Es ist zwar noch zu früh, aber wir sollten die Wagen bestellen, bevor die Presse die Zugangswege so blockiert hat, dass wir Schwierigkeiten haben." Larsson schaute auf den Kommandanten der *Damerow*.

Hüttner nickte. „Wir haben ein Unternehmen aus Wolgast angefordert. Aber die haben nicht genügend Autos für den Transport und müssen Kollegen einbeziehen."

„Wir werden uns jetzt aufteilen", sagte Larsson. „Karl und ich fahren nach Heringsdorf zurück. Du, Rolf, überwachst die Verladung der Leichen und hörst dich hier noch um. Lass dich dann von einem Streifenwagen zurückbringen. Ich setze Karl in Heringsdorf ab und fahre dann mit Inge weiter in die Uni-Klinik nach Greifswald. Wo ist Inge eigentlich?"

„Sie ist mit Dr. Beckert an Land gefahren. Dort organisiert sie die Verladung der Leichen."

Larsson wandte sich an Hüttner. „Haben Sie noch irgendetwas entdeckt, Hauptkommissar, das uns weiterhelfen könnte?"

„Vor einigen Tagen begegneten wir dem Schiff in der Ostsee in Höhe der kleinen Insel Ruden, die Peenemünde vorgelagert ist. Ich habe den Kahn gleich erkannt. Die Yacht war früher schon einmal hier. Ich vergesse nie, wenn ich ein besonderes Schiff schon einmal gesehen habe. Und das war für die damalige Zeit ein besonderes Schiff. Zu jener Zeit war es dunkelblau oder schwarz und hieß *Roter Stern von Belgrad*. Ich kann mich nicht mehr an den Namen des Eigners erinnern. Ich denke, zu den Zeiten gehörte das Schiff dem jugoslawischen Staat. Aber eines weiß ich genau, es kamen damals Leute aus Berlin, die sehr darauf bedacht waren, dass dem Pott niemand zu nahe kam."

„Es ist ja auch schon sehr lange her. Da verblassen die Erinnerungen."

„Ich hatte nach der Wende im Internet recherchiert, um mir erklären zu können, wo gewisse Leute aus meiner Vergangenheit abgeblieben sind. Dabei bin ich zufällig über einen Link gestolpert, der mich auf eine Seite brachte, die die Geschäfte der Koko auflistete.

Dabei fand ich sowohl den Grund der damaligen Sicherung des Schiffes als auch die Namen der Chefs des Vereins."

„Und?"

„Wie gesagt, ich habe den Kahn vor der Wende kontrolliert. Das Schiff hatte eine Genehmigung des Außenministeriums zur Benutzung des Hafens Wolgast mit der Bewilligung, es vor Krummin auf Reede zu legen. Die Burschen waren zu Verhandlungen mit Leuten der Koko wegen irgendwelchen undurchsichtigen Exporten. Zwei Leute der Staatssicherheit kamen aus Berlin. Sie verhandelten an Bord und mussten durch uns abgeschirmt werden. Kein anderes Boot durfte sich ihnen nähern."

„Erinnern Sie sich noch an die Namen?"

„An solche Leute erinnert man sich. Sie zeigten Dienstausweise des Ministeriums für Staatssicherheit. So etwas vergisst man nicht. Nur die Namen habe ich vergessen. Ich war damals zur Sicherung der Grenze zu Wasser eingesetzt."

„Und dann?"

„Sie fuhren nach Kavelstorf, südlich von Rostock."

„Das wissen Sie genau?"

„Mein Bruder arbeitete im Hauptlager von IMES in Kavelstorf. Die IMES – Internationale Messtechnik Import-Export-GmbH – war eine wichtige Firma des Bereiches Kommerzielle Koordinierung. Sie betrieb vor allem Handel mit Waffen, Munition und militärischem Gerät. Das Hauptlager von IMES war auch in Kavelstorf, von wo aus die Waffen über den Überseehafen gut verschifft werden konnten. Die Hauptabnehmer waren Entwicklungs- und Schwellenländer im arabischen, asiatischen und lateinamerikanischen Raum."

„Dort hat Ihr Bruder gearbeitet?"

„Ich weiß, dass Sie jetzt denken, mein Bruder habe für das MfS gearbeitet. Sie haben recht. Nur wer seine Linientreue manifestierte, konnte dort arbeiten. Und nur so war nach außen die Geheimhaltung zu gewährleisten. Das Gelände war abgeschirmt wie kaum ein zweites."

„Ja, so wird es sein."

„Wir hatten immer einen guten Draht zueinander, mein Bruder und ich. Er machte zwar nur Andeutungen. Aber die waren präzise genug. Erst nach der Wende erfuhr ich dann von ihm die ganze Wahrheit über die Hallen in Kavelstorf. Auch lustige Dinge. Da gab es mitunter Konkurrenzsituationen mit der NVA-Waffen-handelsfirma ITA, dem Ingenieur-Technischen Außenhandel, doch bestand der Unterschied darin, dass ITA mit gebrauchtem NVA-Gerät handelte. IMES hingegen verfügte über fabrikneue Waffen aus DDR-Produktion und anderen sozialistischen Ländern. Die Waffen kamen unter anderem aus der Waffenschmiede der DDR in Wiesa, Munition aus einem Werk in Königswartha. Darüber hinaus betätigte sich die Firma als Zwischenhändler für Staaten, die wegen ihres Status' als Krisengebiete Schwierigkeiten hatten, Waffen und Munition auf dem Weltmarkt zu erwerben."

„Alle Welt handelt mit Waffen. Warum sollte die friedliebende DDR nicht mit derartigem Gerät handeln?"

„Man hatte einen absoluten Renner, der die Finanzen des Staates erheblich aufbesserte und noch weiter aufbessern sollte." Hüttner genoss es, dass er Larsson neugierig gemacht hatte.

„Sie wollen sicher loswerden, was dieser absolute Renner war."

Hüttner strahlte übers ganze Gesicht. „Die Maschinenpistole MPi 940 war eine modernisierte und entscheidend modifizierte Version der Kalaschnikow-Maschinenpistole AK 74. Die entscheidende Neuerung bestand im vorgesehenen Kaliber, das statt der kalaschnikowtypischen 7,62 Millimeter nun auf die 5,56 x 45 Millimeter gemäß NATO-Standard umgestellt werden sollte."

„Clever gedacht von den Verkaufsstrategen der Koko", sagte Larsson.

„Der Gedanke hinter der Entwicklung war, die sprichwörtliche Zuverlässigkeit der Kalaschnikow-Waffen auch solchen ausländischen Armee- und Polizeikräften zugänglich zu machen, die normalerweise NATO-Munition verwendeten. Vorausgesetzt, man hätte einige potenzielle Großabnehmer zum Umstieg auf die 940 bewegen können, wären Produktion und Vertrieb der Waffe wohl tatsächlich zum größten Waffengeschäft aller Zeiten geworden, denn von der

Kalaschnikow wurden inklusive Lizenzfabrikaten um die hundert Millionen Stück gefertigt. Dieser potenzielle Verkaufsschlager hätte dem Bereich Kommerzielle Koordinierung viele Milliarden in Devisen einbringen können: 1989 existierten bereits Verträge mit verschiedenen Ländern über die Lieferung von mehreren Millionen Stück. Peru wollte seine Polizei mit der 940 ausrüsten, und Indien hatte eine Bestellung über zehn Millionen Exemplare vormerken lassen. Durch die Wende 1989/90 wurde dieses gigantische Waffengeschäft verhindert."

„Da kann man nur sagen – Gott sei Dank!"

„Na ja, die Bundesrepublik als Rechtsnachfolgerin der DDR musste Konventionalstrafen an die Länder zahlen, deren Bestellungen storniert wurden."

„Das sind die späten, aber teuren Erbschaften aus dem Zweiten Weltkrieg."

„Jedenfalls haben wir versucht, die Yacht im Auge zu behalten. Sie fuhr mehrere Tage lang nur auf dem Peenestrom hin und her und lag eine Weile im Hafen von Krummin."

„Das ist nicht strafbar."

„Nein, das ist es nicht. Manchmal hat man so ein Gefühl."

„Was meinen Sie, Hauptkommissar?"

„Ich denke, dass sich nach der Wende genügend Glücksritter bei uns bereichert haben."

„Ja, das hat dem Land nicht besonders gut getan."

„Als wir heute dann das Schiff an einer Stelle ausmachten, an der es aufgelaufen sein musste, fühlte ich, dass irgendetwas passiert war. Aber ich dachte natürlich nicht, dass es sich dabei um Mord handelt."

„An was dachten Sie?"

„Ich dachte, dass es wahrscheinlich ein Maschinenschaden wäre. Jedenfalls wollte ich unbedingt, dass wir nach dem Rechten schauen. Dafür ist die Wasserschutzpolizei auch da."

„Ihr Gefühl hat Sie auch nicht getäuscht."

Larsson verabschiedete sich von Hüttner und seiner Crew. Das Dingi brachte ihn und Simons an Land. Der Wind hatte gedreht, kam jetzt aus Südwest und blies nur noch ganz schwach.

Inge Mohaupt stand in der Runde der Fahrer der Leichenwagen und sprach mit ihnen. Als sie Larsson und Simons kommen sah, ging sie ihnen ein Stück entgegen. „Die Männer diskutieren darüber, wie sie die Toten an Land bringen sollen. Ich denke, sie sehen Probleme, wo es keine gibt. Hüttner und seine Leute werden sicher behilflich sein."

Larsson ging zu den Fahrern der Beerdigungsinstitute und sprach mit ihnen. Simons und Inge Mohaupt beobachteten die Szene aus den Augenwinkeln. Offensichtlich ließen sich die Männer durch einen Mann eher beruhigen als durch eine Frau. Es gab jedenfalls weniger Widerspruch.

Larsson kam zurück, und sie gingen gemeinsam zu ihrem geparkten Auto. Als Simons sich hinter das Steuer setzen wollte, sagte Larsson: „Es ist besser, wenn du dich auf den Beifahrersitz setzt."

Langsam fuhr der Wagen mit den Kommissaren durch Warthe. Als sie durch Görke fuhren, machte sich Inge Mohaupts Handy bemerkbar. Sie argumentierte ziemlich aufgebracht. Als sie das Gespräch beendet hatte, sagte sie: „Ich muss zurück nach Anklam, meine Tochter ist gestürzt und auf dem Weg ins Krankenhaus."

In dem Moment kam Larsson sich vor wie der Trainer einer Fußballmannschaft, dessen Spieler krankheitsbedingt ausfielen. Was ihm fehlte, waren die Ersatzspieler. Er hatte niemanden, der darauf wartete, für ausgefallene Leute einzuspringen.

„Da fährst du natürlich sofort hin, Inge. Und auch du, Karl, fährst nach Hause und ruhst dich aus. Morgen geht es dir sicher besser. Dann setze ich dich wieder voll ein. Sollen wir dich nach Hause fahren, Karl? Ich möchte nicht, dass du einen Unfall verursachst."

„Das ist nicht nötig, Lasse. Ich hole mir oben noch ein paar Dinge, die ich zu Hause brauche, und morgen sieht die Welt ganz anders aus."

Sie trennten sich. Larsson ging zu seinem Büro. Als er an dem Zimmer vorbeikam, indem Monika Landris arbeitete, steckte er seinen Kopf zur Tür hinein. „Wir fahren zusammen nach Greifswald."

„Jetzt?"

„Ja, jetzt. Du kannst dein Auto mit bis Loddin nehmen und dort abstellen."

Er hörte, wie das Telephon in seinem Büro klingelte. Es war Hauptkommissarin Janina Seyfert vom BKA in Wiesbaden. „Wir haben wieder einmal die Freude, miteinander zu arbeiten, Kollege Larsson. Was haben Ihre Untersuchungen an Bord der *Morningstar* bisher ergeben?"

Larsson berichtete, wie eine der Leichen zugerichtet war und dass die Rechtsmedizinerin aus Greifswald festgestellt hatte, man habe verschiedene Körperteile aller Wahrscheinlichkeit nach mit einer Kettensäge abgetrennt. Freilich verschwieg er, was Hüttner ihm über die Anwesenheit des Schiffes vor der politischen Wende anvertraut hatte. Er würde nicht umhinkommen, es ihr zu sagen. Aber erst einmal wollte er sehen, was vom BKA rüberkam. Meist war es so, dass das BKA alles wissen wollte, selbst aber nichts preisgab. Bei dem Interesse, das Hauptkommissarin Seyfert zeigte, vermutete Larsson, dass sie bereits wusste, um was für ein Schiff es sich bei der *Morningstar* handelte. „Ich werde eine Anfrage an Lloyds Register bezüglich der Yacht stellen. Ein Schiff dieser Größe, das in London beheimatet ist, wird wahrscheinlich dort registriert sein."

„Tun Sie das, Hauptkommissar."

Sie konnte das diabolische Lächeln Larssons nicht sehen. Es macht ihm sichtlich Freude, etwas zu wissen, von dem man in Wiesbaden annahm, dass er es nicht wisse. Nun werde ich erst einmal sehen, dachte er, wie lange mich die Burschen zappeln lassen wollen.

Auf dem Weg zum Auto berichtete Larsson Monika Landris, was sie auf der *Morningstar* angetroffen hatten. Als sie auf den Hof hinaus traten, schien die Abendsonne. Sie blieben vor dem Wagen von Monika Landris stehen. „Glaubst du, dass der Kapitän das Gemetzel überlebt?"

„Um ehrlich zu sein, ich weiß es nicht. Ich gebe ihm wenig Chancen." In diesem Augenblick fragte er sich, was passieren würde, wenn er ebenso plötzlich sterben würde wie diese Menschen auf dem Schiff. Das Geräusch eines Schusses, den man möglicherweise gar nicht mehr vernehmen könnte, weil man schon jenseits allen Lebens war, und schon gab es einen nicht mehr. Diese Gedanken waren ihm schon öfter gekommen. Zuletzt, als der Türke Mohammed Arasücü auf ihn geschossen hatte. Immer wieder versuchte er sie zu verdrängen, und ebenso oft überfielen ihn diese Gedanken wieder.

Sie fuhren die Strecke nach Loddin hintereinander, so wie sie es fast jeden Tag zu tun pflegten. Der Verkehr war zu dieser Jahreszeit rege, und Larsson, der hinter Monika Landris fuhr, wäre beinahe auf sie aufgefahren, als sie überraschend bremsen musste. Das würde mir jetzt noch fehlen, dachte er, dass ich wegen Unachtsamkeit einen Unfall verursache. Gerade habe ich Karl deswegen gemahnt. Hinter Pudagla fuhren sie ein Stück durch einen kleinen Wald. Bevor sie aus dem Gehölz herauskamen, sah er einige Rehe auf einer Lichtung friedlich äsen. Er wunderte sich, dass die Tiere sich nicht durch den Verkehr stören ließen. Sie hatten sich angepasst, nein, anpassen müssen, weil der Mensch ihren Lebensraum immer mehr verkleinerte.

Als sie in Loddin ankamen, stellte Monika ihren Wagen ab und stieg zu Larsson ins Auto.

Es war bereits kurz vor sieben, als sie vor dem Krankenhaus parkten. Zielstrebig gingen sie zur chirurgischen Abteilung. Um diese Zeit gab es kaum noch Besucher. Aber einige wenige Patienten, denen der ständige Aufenthalt im Zimmer auf die Nerven ging, besiedelten die Flure. Schwestern gingen mit einem Wagen von Tür zu Tür und teilten Medizin aus.

Sie hatten Glück. Der Chefarzt, der einige Privatpatienten auf seiner Station betreute, war noch zu einer Abendvisite im Haus und bereit, sie zu empfangen. Larsson wies sich aus und fragte, wie es Machiavelli ginge und wann sie ihn befragen könnten.

„Der Mann hat eine Menge Blut verloren. Das haben wir durch eine Notoperation stoppen können. Jetzt liegt er auf der Intensivstation. Es wird bestimmt noch zwei Tage dauern, bis wir mit hundertprozentiger Sicherheit sagen können, ob er den Anschlag überstanden hat. Solange, Kommissar, werden Sie sich noch gedulden müssen."

Larsson fragte sich, was passieren würde, wenn der oder die Mörder beobachtet hatten, dass eine Person mit dem Rettungshubschrauber abgeflogen worden war. Machiavelli war nun in Gefahr, denn derjenige würde möglicherweise versuchen, den Mann zu beseitigen, der ihn mit großer Wahrscheinlichkeit gesehen hatte und damit identifizieren könnte. Deshalb ordnete er rund um die Uhr eine Bewachung an. Larsson bedankte sich bei dem Professor für die Auskunft und bat, ihn sofort zu verständigen, wenn Machiavelli soweit bei Bewusstsein war, dass er seine Fragen würde beantworten können.

Sie machten sich auf den Heimweg. Als kurz vor Bannemin die Abfahrt nach Krummin kam, schlug Larsson vor, noch einmal an der Marina vorbeizufahren. Obwohl es nun fast acht Uhr am Abend war, gab es rund um die Marina und auf der Anfahrtsstraße noch ein reges Treiben. Larsson stellte den Wagen ab, und sie ging gemeinsam zum Eingang der Verwaltung der Marina. Ein Mann beobachtete, wie sie an der geschlossenen Tür standen.

„Kann ich Ihnen helfen?“

„Das kommt darauf an.“

„Worauf?“

„Ob Sie der Verwalter sind.“

„Das bin ich nicht. Aber ich bin eine Art Hausmeister. Genauer gesagt, ich bin der Hafenmeister.“

„Dann sehen Sie auch ein- und auslaufende Schiffe?“

Der Mann lächelte breit. „Ich bin derjenige, der den Schiffen die Plätze zuweist.“

„Dann sind Sie der richtige Mann für uns. Vor einigen Tagen war eine große, weiße Yacht hier.“

„Die *Morningstar*. Nicht mehr ganz neu, das Schiff, aber noch immer eine imposante Yacht. Sie war nur kurz da. Etwa vierzehn Tage oder etwas mehr. Das Schiff war tagsüber unterwegs, blieb auch einmal nachts weg, kam aber immer wieder zurück. Der Eigner war großzügig. Es war das größte Trinkgeld, das ich in diesem Jahr bekommen habe.“

„Wann haben Sie das Boot zuletzt gesehen?“

„Gestern Morgen. Gegen acht machten sie die Leinen los. Ich sah ihnen eine Weile nach, Schiffe in dieser Größe gibt es hier ja auch nicht alle Tage.“

„Und Sie sind sich sicher, dass Sie gestern Abend nicht zurückgekommen sind?“

„Ganz sicher. Mir entgeht nichts, was hier vorgeht. Nicht einmal, wenn ein Fremder auf ein Boot gehen würde, auf das er nicht gehört.“

„Also ist das Schiff gestern Morgen ausgelaufen und nicht zurückgekommen.“

„Genauso ist es, Meister.“

Larsson ließ sich noch den Namen des Mannes geben. Dann bedankten sie sich und gingen zurück zu ihrem Auto. Zwanzig Minuten später kamen sie vor dem kleinen Haus in Loddin an. Aus einem der Fenster drang Licht. Monika Landris’ Mutter war aus Greifswald zurückgekommen. Larsson schaute Monika an, sagte aber nichts. Sie verstand ihn auch so. Während Larsson das Auto abschloss, schloss Monika die Haustür auf. Offensichtlich hatte ihre Mutter schon auf sie gewartet. „Mama, was ist denn los?“

„Muss unbedingt etwas los sein, wenn ich mal wieder nach Hause komme?“

„Natürlich nicht, ich freue mich immer, wenn du da bist.“

„Ich wollte nur mal wieder nach dem Rechten schauen.“

Larsson kam zur Tür. „Hallo, Frau Landsbergis. Schön, Sie zu sehen. Wie geht es Ihnen?“

„Danke gut, Hauptkommissar. Ich gebe die Frage zurück.“

„Auch mir geht’s gut, Frau Landsbergis. Ihre Tochter tut alles, um mir das Leben so angenehm wie möglich zu machen.“

Die alte Frau lächelte. „Das haben die Landsbergis so an sich.“

Lasse Larsson dachte, es wäre besser gewesen, wenn sie allein blieben. Jung und Alt gehören nun einmal nicht unter ein Dach. Er ging in das gemeinsame Wohnzimmer, das er mit Monika benutzte, und machte die Tür zu.

Monika war noch einmal zu ihrem Wagen zurückgegangen und hatte die Tüten mit den Lebensmitteln geholt, die sie eingekauft hatte. Sie stellte die Tüten in der Küche ab. Dann ging sie in das Zimmer ihrer Mutter. „Was ist los, Mama? Du hättest mich anrufen können, dann hätte ich für dich mit einkaufen können."

„Ich sagte schon, ich wollte nur nach dem Rechten sehen. Um ehrlich zu sein, ich hatte fast vergessen, wie du aussiehst. Und bei aller Gegensätzlichkeit, die eine solche Veränderung im Leben mit sich bringt, wie du sie derzeit erfährst, wollen wir doch nicht vergessen, wie nahe wir uns standen."

Monika Landris ging zu ihrer Mutter und umarmte sie. „Stehen, Mama, stehen. Ich liebe dich doch wie eh und je. Und kein Mann der Welt kann einen Keil zwischen uns treiben. Lasse tut das übrigens auch nicht."

„Ich weiß. Und dennoch – es ist ein Einschnitt in meinem Leben. Nur der Tod deines Vaters hat mich mehr bewegt."

„In meinem auch. Aber so und nicht anders ist nun einmal das Leben. Eine junge Frau findet ein Mann, mit dem sie ihre Zeit teilen möchte. Änderungen für alle sind vorprogrammiert. Das hat aber nichts damit zu tun, dass ich dich weniger lieben würde."

An der Haustür wurde geklingelt. „Ich gehe schon. Onkel Hermann holt mich ab."

„Wieso bleibst du nicht einfach hier? Hier ist dein Zuhause, nicht bei Onkel Hermann in Greifswald."

„Ich weiß, du meinst es gut mit mir. Das kann man von einer Tochter auch erwarten. Trotzdem, ich werde mit Hermann nach Greifswald zurückfahren, und du wirst versuchen, glücklich zu sein."

Angelockt durch die Debatte der beiden Frauen, kam Larsson aus dem Wohnzimmer. „Kann ich etwas helfen?"

„Mutter will zurückfahren. Sie will bei Onkel Hermann in Greifswald bleiben. Ich habe ihr gesagt, sie kann ebenso gut hier wohnen, denn hier ist sie zu Hause."

„Monika hat recht. Ich bin derjenige, der hier eingedrungen ist, und wenn es irgendwelche Spannungen gibt, werde ich in mein Haus nach Heringsdorf gehen."

Inzwischen war Frau Landsbergis an der Tür angekommen und hatte sie geöffnet. Der Onkel Monikas schaute herein. „Es wird Zeit, Martha, dass wir zurückfahren."

„Mutter kann auch gern hierbleiben, Onkel Hermann."

„Ich wollte doch nur mal nach dem Rechten sehen", protestierte Martha Landsbergis abermals vehement. „Darüber hinaus weißt du ganz genau, dass Jung und Alt nicht unter ein Dach gehören. Sie hindern sich dann gegenseitig am Leben. Und ich bin die Letzte, die dich am Leben hindern will."

Larsson dachte: Das sind exakt meine Gedanken. Dann ging er ins Wohnzimmer zurück und sah aus dem Fenster, wie sich Mutter und Tochter verabschiedeten. Monika umarmte auch Onkel Hermann. Die beiden stiegen ins Auto und fuhren langsam davon, während Monika ihnen nachwinkte.

Larsson tat, was er immer tat, wenn er nachdenken musste. Er legte eine CD ein. Dann lehnte er sich zurück und lauschte andächtig der Stimme von Maria Callas, die betörend das Casta Diva aus Bellinis Norma intonierte. Sieben Minuten Hörgenuss. Einen Augenblick dachte er an Chiara. Mit ihr hatte er allein gelebt, denn sie hatte keine Eltern mehr. Das hatte er als angenehm empfunden. Es tat ihm heute noch leid, dass er sie verloren hatte. Irgendetwas in seinem Leben würde er ändern müssen. Er durfte nicht eine Frau mit anderen vergleichen. Dabei bliebe immer eine auf der Strecke. Und bei genauer Betrachtung hatte jede von ihnen gewisse Vorzüge, die er durchaus zu schätzen wusste.

13. Kapitel

Der 14. August war ein Donnerstag. Lasse Larsson hatte unruhig geschlafen. Immer wieder tauchten im Traum die Bilder vor ihm auf, denen er auf der *Morningstar* begegnet war. Er schreckte hoch, als er sich selbst mit abgetrennten Armen inmitten der anderen Toten sah. Schweißgebadet stand er vorsichtig auf, um Monika nicht zu wecken. Sie atmete gleichmäßig. Offensichtlich befand sie sich in einer Tiefschlafphase. Leise schlich er hinaus und zog vorsichtig die Tür hinter sich zu. Auch im Bad bemühte er sich, so leise wie möglich zu sein. Er wusch sich sein Gesicht. Heute würde es keine Dusche geben. Im Spiegel sah er sich braungebrannt. Aber das täuschte. Nur dort, wo während der wenigen Stunden, in denen er außerhalb seines Büros war, die Sonne hinkam, hatte seine Haut Farbe angenommen. Wenn er sich abends auszog, starrte ihm klagend das fahle Fleisch entgegen. Jedes Mal nahm er sich vor, das zu ändern. Aber bei diesem Vorsatz blieb es.

Als er vor die Tür trat, hörte er das Motorboot des in der Nähe wohnenden Fischers. Der Mann war gerade dabei, seine Reusen im Achterwasser zu kontrollieren. Zumindest war er auf dem Weg dorthin. Larsson nahm sich vor, fürs Wochenende einen Zander bei ihm zu bestellen. Noch niemals hatte ihn der Mann enttäuscht, wenn er einen besonderen Wunsch, die Fischart betreffend, geäußert hatte.

Er fuhr die anderthalb Kilometer bis zur B111. Kurz vor der Ortsdurchfahrt in Pudagla entschloss er sich, die Abzweigung nach Neppermin zu nehmen. Irgendetwas trieb ihn, zu der Yacht nach Warthe zu fahren. Eigentlich hatte sie nach Wolgast abgeschleppt werden sollen. Aber da die Polizeitaucher erst an diesem Donnerstagmorgen eintreffen sollten, um nach der Kettensäge zu suchen, die in der Nähe des Schiffes vermutet wurde, hatte man die Yacht am Fundort liegengelassen. In Morgenitz machte sich sein Handy bemerkbar. Es war Monika. Sie war aufgestanden, hatte festgestellt, dass Lasse das Haus bereits verlassen hatte und war offensichtlich verärgert darüber, dass er sich so leise davongeschlichen hatte. „Du bewegst dich wie ein Single", sagte sie, und er spürte ihren Ärger. „Ich hatte gedacht, wir wären ein Paar und würden in Zukunft gemeinsam durchs Leben gehen. Das schließt das Frühstück ein. Ich verbinde das Zusammenleben mit gemeinsamem Aufstehen."

„Ich wollte dich nicht stören, Monika. Du hast so schön geschlafen. Es wäre unverantwortlich gewesen, dich zu wecken, nur weil ich schon munter war."

„Wo bist du eigentlich? Was willst du vor sechs schon auf der Dienststelle?"

„Ich bin auf der Fahrt zu der Yacht. Unterschwellig habe ich das Gefühl, irgendetwas übersehen zu haben. Ich weiß nur nicht, was. Im Traum war es ganz undeutlich, so als hätte ich an dem Massaker teilgenommen. Aber ich kann nicht fassen, was es war."

„Im Traum? Du solltest dich nachts mit anderen Träumen befassen als mit dem Tod."

Lasse Larsson dachte an seinen Vater, der mit seinem Wagen auf der Straße von Hamburg nach Lübeck von der Straße abgedrängt wurde und dabei zu Tode kam. Es war ein Anschlag, dem er zum Opfer gefallen war. Seitdem war an jedem Tag der Tod ein ständiger Mahner in Larssons Leben. „Irgendetwas wollte mir mein Unterbewusstsein sagen. Irgendetwas."

„Das hättest du sicher auch etwas später machen können. Nachdem wir zusammen gefrühstückt hätten."

„Wenn du ins Büro kommst, sei so nett und richte eine Anfrage an Lloyd Register nach London bezüglich der *Morningstar*. Wann in London registriert, Eigner und so weiter."

„Lloyds Register?"

„Die Lloyds Register Group in London ist eine Schiffsklassifikationsgesellschaft und unabhängige Risikomanagement-Organisation, die Dienstleistungen zur Risikobewertung und -minderung sowie unterschiedliche Zertifizierungen anbietet."

Er fuhr bereits durch Warthe, als er das Gespräch mit Monika beendet hatte. Am Ende des Peeneweges, der direkt zum Achterwasser führte, standen zwei Streifenwagen. Die Fahrer standen vor einem der Fahrzeuge und diskutierten. In dem anderen Fahrzeug saßen ebenfalls zwei Polizisten. Sie hatten die Tür zur Straße offen gelassen. Wahrscheinlich, dachte Larsson, wird einer der Wagen jetzt abgelöst. Die Männer sahen das Zivilfahrzeug. Einer von ihnen machte einen Schritt auf die Fahrbahn zu. Als er erkannte, wer in dem Wagen saß, entspannte sich sein Gesicht, und er hob grüßend die Hand.

Larsson ließ seine Seitenscheibe herunter und sagte: „Ich will noch einmal rüber zur Yacht. War es in der Nacht ruhig hier?"

„Es hat sich niemand sehen lassen."

„Manchmal treibt es den Täter an den Ort seines Verbrechens, um zu sehen, was dort vor sich geht. Und so hat sich schon mancher verraten. Hier scheinen wir damit kein Glück zu haben. Vielleicht war er da, hat sich nur nicht sehen lassen." Er ließ die Scheibe wieder hochfahren und rollte langsam bis zum Ende des Weges.

Die Schiffe lagen beide noch so wie am Tage zuvor. Nur die Kette, die vom Bug der Yacht ins Wasser führte, zeigte ihm an, dass man das Schiff verankert hatte. Auch das Schiff der Wasserschutzpolizei lag noch an der gleichen Stelle wie am Vortag.

Göpel war gerade dabei, eine Zigarette an Bord zu rauchen, als er am Ufer den Wagen des Kommissars ankommen sah. Die Kerle fangen ja früh an, dachte er. Er machte die Tür zur Brücke auf und rief: „Wir kriegen Besuch, Vincent."

Hüttner, der gerade aus der Koje gekommen und noch beim Zähneputzen war, brummte einen unverständlichen Fluch. Dann sah er zu, dass er in seine Hose schlüpfte.

Als Larsson aus dem Auto stieg, atmete er tief ein. Die jodhaltige Luft strömte anregend in seine Lungen. Das Leben zur Sommerzeit hatte schon früh begonnen, nicht erst jetzt um sechs. Das Vogelgezwitscher fing schon zwei Stunden eher an. Der frühe Vogel fängt den Wurm, dachte er. Ich bin ein früher Vogel. Darauf bin ich stolz, denn ich bin immer gut damit gefahren. In Gedanken kehrte er zu dem Augenblick zurück, als er die Verwüstung in der Messe und im Salon der Yacht in sich aufgenommen hatte. Der Rücken der jungen Frau, die nackt im Eingang gelegen hatte, war von einer Salve aus einer Maschinenpistole durchlöchert gewesen. Aber die Waffe hatte man nicht gefunden. Ebensowenig, wie man die Motorsäge entdeckte, mit der man dem Mann die Arme abtrennt hatte.

Vom Boot der Wasserschutzpolizei löste sich jetzt das Dingi und kam auf ihn zu. „Was führt Sie zu so früher Stunde schon wieder her, Kommissar Larsson?“

„Ich möchte einfach den Tatort noch einmal sehen. Allein und ungestört. Vielleicht habe ich ja etwas vergessen, das ich jetzt in mein Gedächtnis holen kann.“

Die beiden Männer fuhren zurück zur *Damerow*. Hüttner war gerade dabei, einige Tassen auf den Tisch zu stellen. „Sie haben doch sicher noch nicht gefrühstückt. Ich denke, gegen einen Kaffee werden Sie nichts einzuwenden haben.“ Er goss das heiße Getränk ein. Larsson bemerkte, wie ihn das Koffein belebte. Ein anderes Mitglied der Besatzung, Bernd Vries, mühte sich gerade ab, ein paar Frühstücksbrote zu streichen.

„Die Spurensicherung wird auch noch einmal herkommen. Die Leute wollten gegen acht hier sein.“

„Ich dachte, die Jungs wären gestern fertig geworden. Natürlich würde mich Maier angerufen haben, wenn er etwas Besonderes gefunden hätte. Wenn er noch einmal herkommt, dann sicher, weil er hofft, noch etwas Brauchbares zu finden.“

Larsson dankte für den Kaffee und stieg auf die *Morningstar*. Die Türen waren durch ein Siegel der Polizei gesichert. Er zerstörte es und betrat den Innenraum der Brücke. Noch immer hing die Muschel des Sprechfunks herunter. Wieso hatte man sie nicht nach ihrer Untersuchung dorthin gepackt, wo sie eigentlich immer fest verankert war, fragte sich Larsson. Maier war doch sonst nicht so nachlässig. Er hatte ihn als einen sehr kompetenten und gewissenhaften Mann kennengelernt. Irgendetwas stimmte hier nicht. Aber was? Dann ging er durch die Messe in den Salon. Obwohl die Leichen am Vortag abtransportiert worden waren, stank es entsetzlich. Man hatte das eingetrocknete Blut noch nicht beseitigt, und die Fliegen waren noch immer eifrig dabei, ihre Eier abzulegen. Er öffnete die Tür nach draußen. Dann ging er zurück zur Brücke, um auch dort beide Türen zu öffnen. Vielleicht wird ein kleiner Durchzug das Atmen ein wenig erträglicher machen, dachte er. Aber die Luftbewegungen an diesem Morgen waren sehr gering, so dass der penetrante Geruch in den Räumen hängenblieb.

Larsson suchte sich einen kleinen Platz in einer Ecke des Salons, die vom Blut verschont geblieben war. Er setzte sich hin. Einen Moment schloss er die Augen und holte sich die Situation in sein Gedächtnis, die er am Vortag angetroffen hatte. Nichts sollte anders sein als der erste Eindruck, den er von diesem Massaker gewonnen hatte. Die dunkle Ahnung, dass er sich am Rand eines ganz großen internationalen Verbrechens befand, wuchs, je länger er darüber nachdachte. Bei den beiden getöteten Frauen handelte es sich möglicherweise um zwei Prostituierte, die hier wahrscheinlich ihrer Arbeit nachgegangen waren und auf eine grausame Weise den Tod gefunden hatten. Jung waren sie, sehr jung. Und sicher hofften sie noch auf ein erfolgreiches Leben – vielleicht sogar jenseits ihrer derzeitigen Arbeitsstätte. Aber in einen Menschen kann man nicht hineinsehen. Sie waren mit großer Wahrscheinlichkeit ohne Schuld in diese Lage geraten. Die Auffindungssituation war eindeutig. Eines der Mädchen hatte sicher verzweifelt versucht, dem Tod zu entfliehen, bevor sie die Garbe aus einer Maschinenpistole niedergestreckt hatte. Aber was war mit dem Mann, dem man den Arm abgesägt und das Geschlechtsteil, dass man ihm abgetrennt und in seine rechte Hand gelegt hatte? Das war eindeutig eine Mitteilung. Aber wofür?

Was weiß ich von dir, Fremder, dachte er. Das Schiff war früher in Jugoslawien beheimatet. Diese Tatsache und die grausame Verstümmelung des Mannes ließen möglicherweise auf eine Beteiligung an einer Vergewaltigung schließen, die hier gerächt worden war. Doch wie, so fragte er sich, waren der oder die Rächer unbemerkt an Bord gekommen? Und warum hatte man die beiden Frauen hingerichtet? Die Besatzung hätte gefährlich werden können. Deshalb hatte man die Männer umgebracht. Aber die Frauen? Warum in Gottes Namen die Frauen? Larsson konnte sich keine Antwort darauf geben. Alles lief noch unklar vor ihm ab wie ein Schleier, den er wegziehen musste, aber den er nicht wegzuziehen imstande war. Das Vogelgezwitscher war leiser geworden. Hier drinnen lag die Aura des Todes. Das einst stolze Schiff hatte als Opferplatz gedient.

Das Geräusch des Außenbordmotors vom Dingi der *Damerow* drang an sein Ohr. Als er zur Landseite sah, konnte er den blauen T4 der Spurensicherung sehen. Ich würde mir wünschen, dachte er, dass Maier nicht so zeitig gekommen wäre. Ich hätte weiß Gott noch einige Zeit gebraucht, um persönliche Zwiesprache mit dem Hauch des Todes zu führen. Die Intuitionen zur Aufklärung eines derartig brutalen Mordes erhielt Larsson in der Regel am Ort des Verbrechens. Nicht jeder machte das so, aber bei ihm funktionierte das. Und dessen war er sich bewusst.

Er wurde aus seinen Gedanken gerissen, als Maier mit seiner Crew laut palavernd an Bord kamen. „Sie schlafen wohl niemals, Lasse."

„Der Fall bereitet mir Albträume."

„Es ist die Tat von irgendwelchen kranken Sadisten oder Psychopathen."

Larsson schüttelte bedächtig den Kopf. „Vielleicht haben Sie ja recht, Paul. Aber möglicherweise ist es auch ganz anders."

„Es gibt bei Mord immer mehrere Möglichkeiten. Das ist ja die Crux. Und deshalb gleicht unsere Arbeit einem Spiel, einem Puzzle. Mal gewinnt man schnell, mal langsam, und hin und wieder überhaupt nicht. Weil man nicht imstande ist, irgendeinen fehlenden Stein zu finden."

„Das ist dann auch der Grund, warum sie noch einmal hergekommen sind, Paul? Glauben Sie, etwas übersehen zu haben?"

„Vielleicht geht es mir ja wie Ihnen, Lasse. Wir haben gestern bis zur Erschöpfung gearbeitet. Die Patronenhülsen, die wir fanden, waren aus verschiedenen Waffen abgefeuert worden. Es war also nicht nur ein Mörder, der dieses Schlachtfest veranstaltet hat."

„Haben Sie die gefundenen Papiere schon ausgewertet?"

„Wir sind noch dabei. Am Nachmittag werden wir hoffentlich alle identifiziert haben. Dann schicke ich Ihnen gleich die Liste rüber.“

Larsson stellte sich vor, dass die Besatzung der *Morningstar* nicht allein dafür da war, die Maschine in Gang zu setzen oder die Kombüse und Pantry in Betrieb zu halten. Wenn stimmte, was Hüttner ihm über das Schiff und die Profession des Mannes berichtete, dessen Torso sie gestern gefunden hatten, dann waren die Männer ausgebildete Soldaten, mit denen sicher nicht zu spaßen war. Also hatte man hier eine List anwenden müssen, die einer ausgeklügelten Vorbereitung bedurfte.

„Haben Sie schon Rückschlüsse auf die Waffen, die zu den Patronenhülsen gehören?“

„Im Laufe des Tages werden wir die Ergebnisse haben. Ich werde Sie unmittelbar benachrichtigen.“

Larsson verabschiedete sich und ließ sich von einem Mitarbeiter Hüttners zum Land zurückbringen.

Als Lasse Larsson in Heringsdorf ankam, war es halb zehn. Auf dem Treppenabsatz zum Eingang des Flures im ersten Stock hatten sich die Mitarbeiter eine kleine, provisorische Küche eingerichtet. Er roch den frisch aufgebrühten Kaffee schon, als er die erste Stufe der Treppe betrat. Im Flur begegnete ihm Monika Landris. „Ich bin sicher, dass du nicht gefrühstückt hast. Auf dem Schreibtisch liegt ein Päckchen mit zwei Doppeldeckern und einem Ei.“

„Danke, Schatz“, sagte er leise, bemüht, dass ihn kein anderer Kollege hören konnte. „Du kannst alle zusammenrufen. Wir treffen uns im Besprechungsraum. Sagen wir, in einer halben Stunde.“

Er sah ihr nach, wie sie in einem der hinteren Büros verschwand. Sie hatte ihm keine Vorwürfe mehr gemacht, und das war beruhigend. Monika war eine schöne Frau, die wusste, was sie wollte. Wenn sie sich für einen Mann entschieden hatte, beanspruchte sie ihn ganz für sich. Für halbe Sachen war sie nicht zu haben. Er hat eine geraume Zeit gebraucht, um sie zu erobern. Die Konkurrenz schläft nicht, dachte er.

Während er aß, machte er sich Vorwürfe, nicht mehr auf Monika einzugehen. Gleichzeitig wusste er aber, dass es ihm schwerfallen würde, Chiara ganz aus seinem Gedächtnis zu streichen. Auf der anderen Seite wusste er, dass, wollte er mit Monika eine eigene Familie gründen, das neue Leben annehmen musste, wie es war. Er fragte sich, warum seine Entscheidungen in dieser Angelegenheit so schwer sein würden. Und er entschied für sich, dass es die Wohnsituation war, die ihn bedrückte. Das Haus in Loddin gehörte ihm nicht. Wem gehörte es eigentlich? Monikas Onkel Hermann oder ihrer Mutter. Beides fand er nicht akzeptabel. Nicht einmal, wenn es Monika selbst gehört hätte. Aber das waren Spekulationen.

Larsson fand eine Mail von der Kontaktgruppe für Organisierte Kriminalität in Anklam vor. Die polnischen Kollegen berichteten von der Entführung zweier Säuglinge in den letzten Tagen in Gryfino und Świnoujście. Er legte noch schnell einen Teil seiner Wingdings an und druckte sie aus. Dann ging er hinunter ins Parterre.

Pünktlich um zehn hatten sie sich im Besprechungsraum zusammengefunden. Inge Mohaupt war die Letzte und schloss die Tür hinter sich. Rolf Andresen saß neben Monika Landris. Auf der anderen Seite saß Karl Simons, neben dem Inge Mohaupt nun ihren Platz einnahm. Nur Larsson saß an der Stirnseite. Wir machen eine bunte Reihe, dachte er belustigt. Aber hier geht es nicht um bunte Reihen, sondern um knallharte Fakten. Und die waren alles andere als schön.

Dann berichtete er, dass er am Morgen noch einmal zur *Morningstar* gefahren war und was er empfand, als er sich meditierend an diesem Ort des Todes befunden hatte. Er gab Auskunft, was er bisher an Erkenntnissen zu der Person erlangen konnte, dessen Körper sie am Vortag so grausam verstümmelt vorfanden. Auch über dessen Verbindungen zu dem Staat, dessen Rechtsnachfolger die Deutsche Bundesrepublik nun war. Larsson schwor seine Mannschaft auf absolute Geheimhaltung ein. Auch Kollegen gegenüber. „Wir müssen davon ausgehen, dass der oder die Mörder nicht allein gearbeitet haben“, sagte er. „Für die Überwindung von fünf kampferprobten Männern bedarf es mehr als nur eine Person. Und es braucht eine List, ein trojanisches Pferd sozusagen, auf das man reingefallen ist."

„Vielleicht haben sie ja gekokst", warf Simons ein.

„Vielleicht. Das wissen wir erst nach der Obduktion. Hat die Rechtsmedizin schon angerufen?"

Monika Landris, die an diesem Morgen die Erste im Büro war, sagte, dass niemand angerufen habe, und Andresen fügte hinzu, dass man von der Rechtsmedizinerin zu viel erwarte, wenn man glaube, dass sie über Nacht sieben Leichen obduzieren könne. Damit hatte er natürlich recht.

„Ach Inge, wie geht es deiner Tochter?" fragte Larsson abrupt.

„Es hätte schlimmer sein können. Sie hat eine leichte Gehirnerschütterung. Dabei hatte ich ihr verboten, unbeaufsichtigt mit dem Rad zu fahren."

„Na ja, die Kinder", murmelte Larsson, der in Gedanken schon wieder bei dem brisanten Fall war. Doch da fiel ihm wieder die Mail aus Anklam ein. „Die polnischen Kollegen haben um Amtshilfe gebeten. Man hat in den letzten Tagen zwei Säuglingen in ..." Er schaute auf den Zettel mit den Wingdings, an dessen Seite er die Ortsnamen geschrieben hatte. „,... in Świnoujście und Gryfino entführt. Wir alle wissen, was das bedeuten kann. Also, wenn jemand etwas dazu weiß oder erfährt."

„Ich kann die Kliniken anrufen, ob es Ablagen gab", sagte Monika Landris.

„Ablagen?" fragte Simons flapsig.

„In der Babyklappe zum Beispiel, Karl."

„Fragt auch bei den Jugendämtern, ob irgendjemand ein Kind bekommen hat, bei dem es Fragen gegeben hat. Manchmal gibt es Zufälle, die gibt es gar nicht."

„Ich würde das gern machen", meldete sich Inge Mohaupt.

„Gut, Inge. Aber denk daran, dass unser Hauptfall die Aufklärung der Morde auf der *Morningstar* ist."

14. Kapitel

Das Erste, was Stanisław Bartkowiak wahrnahm, war das relativ kleine Schnellboot der Policja mit der Aufschrift *Mokroos 5*. Er sah, wie eines der beiden Besatzungsmitglieder sein Schubschiff durchs Fernglas beobachtete. Kurz bevor das Boot den Schuber erreichte, drehte es ab. Der Kapitän atmete auf. Wenngleich er diese kurze Visite als Routinebesuch registrieren wollte, beschäftigte ihn die Frage, ob die Havarie an der Zecheriner Brücke so eindrucksvolle Spuren bei den polnischen Behörden hinterlassen hatte, dass man sich schon kurz hinter der Grenze für ihn interessierte. Freilich würde es zu einer Befragung zu dem Vorfall kommen. Aber da die deutsche Polizei eindeutig festgestellt hatte, dass der Zusammenstoß mit dem Brückenpfeiler dem Bruch eines Hydraulikschlauches zuzuschreiben war, fürchtete er ein Gespräch dahingehend nicht. Er kontrollierte wieder den Kurs seines Schiffes und schaute auf die Fahrzeuge, die ihn an der Steuerbordseite passierten.

Dann richtete er den Blick wieder auf das abfahrende Polizeiboot. Er erschrak. Es hatte in voller Fahrt gewendet und kam nun direkt auf ihn zu. Während er sich mit der Frage beschäftigte, was wohl die Staatsmacht von ihm wolle, hatte sich von achtern unbemerkt ein Hubschrauber positioniert, von dem zwei vermummte Polizisten, die Maschinenpistole im Anschlag, abgeseilt wurden.

Komissar Dariusz Jakubowscy saß eine Weile dem Schuberkapitän Stanisław Bartkowiak schweigsam gegenüber und schaute ihn durchdringend an. Er machte das immer so. Jede noch so kleine Bewegung, auch das kleinste Zucken der Augen, registrierte er und deutete es als Unsicherheit. Gerade diese Minuten des Schweigens waren es oft, die die Delinquenten letztendlich zusammenbrechen ließen. So mancher hatte schon ein Geständnis abgelegt, bevor Jakubowscy überhaupt mit der ersten Frage begonnen hatte. Nicht so Bartkowiak. Der Kapitän war sicher eine harte Nuss. Die Tür zum Vernehmungsraum wurde aufgemacht. Ein Beamter übergab dem Kommissar eine Handakte. Als er wieder gegangen war, schaute Jakubowscy interessiert in den Ordner. „Na, das ist ja eine interessante Variante. Manchmal schlägt das Schicksal dort zu, wo man es gar nicht vermutet hat."

Stanisław Bartkowiak schaute den Vernehmer ungläubig an. Er fragte sich, was nun kommen würde. Mit einem Mal war er sich klar darüber, dass sein Gegenüber etwas Wesentliches gegen ihn in der Hand haben müsste. Es fiel ihm schwer, ruhig zu bleiben.

Jakubowscy war das nicht verborgen geblieben. „Wir haben auf Ihrem Schiff die DNA eines Säuglings sicherstellen können", sagte er. Die Spurensicherung hatte die *Bison* gründlich durchsucht und in der Tat Speichelreste gefunden. Aber eine DNA zu sichern und auszuwerten, nahm seine Zeit in Anspruch. Die war noch nicht gemacht. Aber das konnte Bartkowiak nicht wissen. Woher auch. „Und einige Fingerabdrücke, die nicht zu Ihnen und Ihrem Mitarbeiter gehören."

„An Bord eines Schiffes gibt es immer eine Menge Leute, die mal eben guten Tag sagen kommen. Auch Reedereiangehörige."

„Und Frauen und Kinder", sagte der Kommissar und lächelte. „Wann waren zuletzt Frauen und Kinder bei Ihnen an Bord? Sagen Sie mir die Namen, und wenn das nachvollziehbar ist, werden Sie schnell wieder auf freiem Fuß sein."

Doch Stanisław Bartkowiak konnte keine Namen nennen. In Anbetracht seines Alters und der zu erwartenden Strafe beschloss er, mit den Ermittlungsbehörden zu kooperieren und packte aus.

15. Kapitel

Am frühen Nachmittag meldete sich die Rechtsmedizin in Person von Frau Dr. Beckert. Bei den Leichen fand man sowohl Rauschgift als auch K.o.-Tropfen, die einige Personen außer Gefecht gesetzt hatten. Bei den beiden im Maschinenraum erschossenen Männern konnte nur Alkohol nachgewiesen werden. Davon allerdings eine gehörige Menge. Einer von ihnen hatte 1,7 Promille im Blut, der andere 2,4. Auch sie waren also gegen Eindringlinge sicher nicht voll einsetzbar. Die beiden Frauen hatten Champagner der Marke Dom Perignon getrunken und kräftig vom Kokain geschnieft. In ihren Leichen hatte die Rechtsmedizin zwar Spuren von den Drogen gefunden, jedoch keine K.o.-Tropfen. Das erklärte auch, dass eine der jungen Frauen versucht hatte, sich der tödlichen Begegnung durch Flucht zu entziehen. Aber die Kugeln der Maschinenpistole waren schneller gewesen. Da gab es keine Chance, dem Tod zu entfliehen. Die drei Männer wiederum hatten auch eine Straße Kokain geschnieft und vom Schampus getrunken. Davon hatten sie aber nicht so viel zu sich genommen, dass sie bewegungslos zugesehen hätten, wie man sie abschlachtete. Zwei von ihnen, Stjepan Stanišic und Ratko Krkic, waren durch K.o.-Tropfen außer Gefecht gesetzt worden und deshalb nicht in der Lage, sich zu verteidigen.

Wer immer das so generalstabsmäßig vorbereitete, wusste, dass er das ebenso systematisch und erfolgreich durchziehen würde, dachte Larsson. Wer aber waren die beiden Frauen, die hier auf so grausame Weise abgeschlachtet wurden? Kamen sie mit dem Schiff und waren auf normalem Wege nach Deutschland eingereist? Oder waren es Deutsche, die auf diese Weise ihr Geld verdienten? Prostituierte? Möglich. Wer sich die skurrile Situation ins Gedächtnis holte – zwei nackte Frauen, eine davon in unverwechselbarer Pose auf dem Schoß des Mannes, dem der halbe Kopf fehlte –, der konnte nicht umhin festzustellen, dass das keine normale Situation war. Der Tod kam so schnell; keiner der Toten war in der Lage, seine Blöße zu verdecken. Vielleicht waren es ja auch nur junge Frauen, die einmal etwas Außergewöhnliches erleben wollten und so auf die Männer der Yacht gestoßen und mit ihnen aufs Schiff gegangen waren? Vielleicht musste man sie als Kollateralschäden betrachten. Auch das kam in Frage.

Larsson konnte sich in diesem Augenblick diese Frage nicht beantworten. Er rief noch einmal bei Dr. Beckert an und fragte, ob es Spuren von sexueller Gewalt bei den Frauen gegeben hätte. Aber das verneinte sie. Spermaspuren ja, Vergewaltigung absolut nicht. Es gab keine vaginalen Beschädigungen, die auf eine Gewalteinwirkung hinwiesen.

Nach dieser Auskunft rief Larsson Simons an und beauftragte ihn zu recherchieren, ob im zentralen Polizeiregister in den letzten Tagen Frauen als vermisst gemeldet worden waren. Schon nach kurzer Zeit gab Simons Entwarnung. Nicht in Mecklenburg-Vorpommern.

Jährlich werden in Deutschland rund 120.000 Menschen als vermisst gemeldet. Meist tauchen sie nach ein paar Tagen wieder auf, dachte Larsson. Doch manchmal hören Angehörige nie wieder etwas von ihnen. Fünfzehn Prozent der Vermissten sind Menschen, die geistig verwirrt sind. Meist verschwinden Personen in Konfliktsituationen. Ausgebrannte Manager zum Beispiel oder Studenten im Prüfungsstress. Dann beginnt für die Angehörigen ein tagtäglicher Kampf, den sie oftmals ohne fremde Hilfe durchstehen müssen. Schließlich kann die Polizei nicht immer eine Fahndung einleiten – zumal jeder Mensch das Recht auf körperliche Bewegungsfreiheit hat. Ein Prozent dieser 120.000 abgängigen Menschen aber fallen einem Kapitalverbrechen zum Opfer. Das sind rund tausend pro Jahr. Diese beiden Frauen würden möglicherweise dazu gehören.

Gerade als Larsson zu seinen Mitarbeitern ins andere Büro wechseln wollte, machte sich das Telephon bemerkbar. Es war Paul Maier, der Larsson über die neuesten Erkenntnisse seiner Abteilung unterrichten wollte. „Ich habe eine Menge Neuigkeiten für Sie, Lasse. Zuerst die Ergebnisse der Untersuchung der Kugeln, die wir gefunden haben.“

„Na?“

„Es handelt sich um eine tschechische Maschinenpistole aus der Serie MP M 23-M 26. Die gefundenen Kugeln stammen aus einer Waffe vom Typ SA23, schon einige Jahre alt, aber zu ihrer Zeit eine absolut moderne Maschinenpistole. Sie hat für ihre kompakte Größe einen verhältnismäßig langen Lauf und erlaubt Einhandfeuer. Technisch waren sie Rückstoßlader. Der Abzug arbeitet als Feuervorwahl, also kurzes Durchziehen des Abzuges ergab Einzelschuss, langes Durchziehen Dauerfeuer.“

„Ja, so haben wir das in der Ausbildung auch gelernt.“ Larsson merkte, dass seine Stimme gereizt klang.

„Das Nachfolgemodell, die SA25, war Vorbild für die berühmte israelische UZI.“

„Ist das die einzige Waffe, mit der geschossen wurde?“

„Natürlich nicht. Aber Sie sollten mich nicht immer so hetzen“, sagte Maier unwillig, wohl erkennend, dass Larsson ihn mit seiner Frage nur zu einer kürzeren Fassung seiner Ausführungen drängen wollte. „Schließlich haben wir nahezu rund um die Uhr gearbeitet.“

Larsson musste ihm recht geben. Maier war immer dann da, wenn er ihn brauchte. Und ohne die Fachleute der Spurensicherung wäre schon so manche Aufklärung ergebnislos im Sande verlaufen. „Schon gut, Paul. Wir hatten alle wenig Schlaf. Viel zu wenig. Deshalb liegen die Nerven etwas blank. Wir sollten den Ball flachhalten.“

Maier ging nicht auf Larssons Einwand ein. „Neben der SA23 haben wir die Kugeln einer Zastava M57 gefunden. Das ist ein Nachbau der russischen Tokarew TT33. Die TT33 war Nachfolgerin der früheren Nagant-Revolver, mit ihr sollten auch einige Selbstladepistolen ersetzt werden. Die Mechanik wurde vom Colt M1911 übernommen, das Aussehen der FN Browning Modell 1903 entliehen. Die Pistole wurde für eine Flaschenhalspatrone im Kaliber 7,62 x 25 Millimeter TT ausgelegt. Mit der TT-33 konnten auch Patronen des Kalibers 7,63 Millimeter Mauser verschossen werden. Später wurde sie auch für 9 Millimeter Parabellum-Munition gefertigt. Die TT-33 war bis 1951 Ordonnanzpistole der Roten Armee, dann wurde sie durch die Makarow PM ersetzt. Einige Modelle blieben bis in die siebziger Jahre im Einsatz. Die Waffe war in großen Stückzahlen bei verschiedenen Verbündeten der UdSSR als Militär- und Polizeipistole eingeführt. Sie wurde in Ungarn, Polen, Jugoslawien, China und Nordkorea in Lizenz gefertigt."

„Weiß man, in welchem Land die gefundene Waffe gefertigt wurde?"

„Es ist eine Zastawa – in Jugoslawien."

„Das ist kein Wunder, Paul. Das Schiff kommt aus dem ehemaligen Jugoslawien. Warum sollten wir da keine in dem Land gefertigte Waffe vorfinden?"

„Wir haben noch etwas sehr Merkwürdiges gefunden", sagte Maier. „Die eine der Frauen wurde mit einer Česká 75, Kaliber 9 Millimeter, hingerichtet. Es war ein aufgesetzter Genickschuss ..."

„Aber", drängte Larsson, als Maier plötzlich aufgehört hatte zu reden.

„Wir fanden keine Schmauchspuren. Lediglich die Art, wie das Einschussloch aussah, lässt diesen Schluss zu."

„Was schließen Sie daraus, Paul?"

„Aller Wahrscheinlichkeit nach hat der Täter offensichtlich die Waffe bei der Schussabgabe in einer Plastiktüte gehalten. Wir haben einige Fetzen einer Plastiktüte mit Schmauchspuren gefunden. Zum einen konnte er sich dadurch sehr nahe auf die arglosen Opfer zubewegen, zum anderen die Tat abbrechen, wenn sich weitere Personen oder für ihn falsche Personen in der Nähe aufhielten. Da ein Treffen der Opfer bei der Schussabgabe durch diese Plastiktüte sicher nicht leicht ist, gehen wir davon aus, dass der Täter irgendwo geübt hat. Außerdem hat er einen Schalldämpfer benutzt. Mit Ausnahme der Zastava besaßen alle Waffen einen Schalldämpfer."

„Einen Schalldämpfer? Wozu benutzte der Mörder einen Schalldämpfer auf einer Yacht, auf der auch noch mit anderen Waffen geschossen wurde?"

„Das weiß ich nicht, Lasse. Kriminaltechnische Untersuchungen haben ergeben, dass die Česká zusammen mit einem Schalldämpfer benutzt wurde, wobei das tatsächliche Aussehen des Schalldämpfers nicht bekannt ist."

„Wieso weiß man nicht, wie ein solcher Schalldämpfer aussieht?"

„Auf die Waffe im Originalzustand passt kein Schalldämpfer."

„Wieso nicht?"

„Weil der Lauf zu kurz ist. Das Werk hat lediglich einige Českás für den Geheimdienst damit ausgerüstet."

Larsson machte sich eifrig Notizen zu dem eben Gehörten. Sie suchten also nach einer Česká, die aus der Asservatenkammer eines der Geheimdienste des Ostblocks kommen musste. „Im Gegensatz zur Waffe, bei der man sich auch legale Zwecke vorstellen kann wie Sportausübung, Jagdausübung oder zur Selbstverteidigung", sagte er, „hat eine Pistole mit einem Schalldämpfer nur eine einzige Bestimmung, nämlich das lautlose Töten zu ermöglichen."

„So ist es."

„Wir werden wohl nicht umhinkommen, irgendwann einen öffentlichen Aufruf mit der Frage zu starten, ob jemand einen kennt, der einen solchen Schalldämpfer besitzt."

„Das würde nur einen Teil der Möglichkeiten abdecken", sagte Maier.

„Was noch?"

„Es gibt Leute, die über ein entsprechendes Equipment und die Fähigkeit besitzen, einen Umbau der Waffe – eine Laufverlängerung – und eine Neukonstruktion eines Schalldämpfers zu bewerkstelligen."

„Also werden wir auch fragen müssen, ob jemand einen kennt, der die technischen und handwerklichen Voraussetzungen mitbringt, einen solchen Schalldämpfer zu bauen. Auch, ob sich jemand nach einer solchen Möglichkeit erkundigt hat."

„Ja. Das trifft den Kern."

„Die Crux ist nur, dass wir im Augenblick nicht an die Öffentlichkeit gehen können. Noch nicht."

„Aber dieser Umstand schränkt den möglichen Täterkreis wieder erheblich ein.“

„An was ich noch denke – mit einer solch umgebauten Waffe müsste man sich bestimmt doch erst einschießen?“

„Das sagte ich bereits.“

„Demnach müssen wir die Frage aufwerfen, ob irgendwer eine Person beobachtet hat, die mit einem Schalldämpfer Schussversuche unternommen hat. Zum Beispiel in einem Schützenverein oder auch in der freien Natur.“ Larsson notierte sich das, um keins der wichtigen Details zu vergessen.

„Was mich wundert, ist, dass der Mörder kaum Spuren hinterlassen hat. Aber nur die Munition, die wir fanden, lässt verwertbare Rückschlüsse zu. Von der Maschinenpistole gibt es genügend Hinterlassenschaften. Von der Česká allerdings fanden wir nur zwei Patronenhülsen. Dabei wirft eine Česká die Hülsen nach jedem Schuss automatisch aus. Mit der Plastiktüte fing man die Hülsen auf.“

„Ja, das leuchtet ein.“

„Dr. Beckert wird aus den Leichen diverse Kugeln rausholen. Ich denke, dass wir dann genügend verwertbares Material finden werden.“

Larsson nahm sich vor, die Rechtsmedizinerin anzurufen, sobald er die Besprechung mit seinem Team hinter sich hatte.

„Und noch etwas. Wir haben heute Morgen in einem Hohlraum des Schiffes mehrere Kilo Heroin gefunden.“

„Da hat sich Ihr Zweitbesuch ja gelohnt“, sagte Larsson und dachte daran, dass auch er von seinem zweiten Besuch der Yacht profitiert hatte.

Als das Gespräch beendet war, ging Larsson über den Flur zum Zimmer seines Ermittlungsteams. „Was hat die Auskunft bei Lloyds gebracht?“ fragte er Monika Landris.

„Ich habe noch keine Antwort. Da ich keine Adresse hatte, bin ich erst über ein Forum gegangen, das sich mit Lloyds befasst.“

Larsson schaute sich an, was sich Monika aus dem Netz gezogen hatte.

Abgesandt von ... am 30.03. – 22:17

Hallo zusammen!

Kennt sich einer mit der Buchversion „Lloyds register of ships“ aus? Mich würde interessieren, ob dort nur aktuelle Schiffe gelistet sind oder auch solche aus der Vergangenheit (sprich Schiffe, die nicht mehr fahren, abgewrackt wurden, gesunken sind etc). Wenn ich mich z. B. für ein Schiff aus dem 18. oder 19. Jahrhundert interessiere, ob das dann in der aktuellen Ausgabe drin steht? Wäre schön wenn mir jemand helfen könnte!

Gruß

Markus

Antwort von RichiH am 31.03. – 09:10

Am einfachsten & sichersten ist wohl eine E-Mail oder ein Anruf. Ich denke aber nicht, dass die gesunkene Schiffe aktiv listen. Und wenn, dann nur für ein paar Jahre, nicht Jahrhunderte. Die erste Hälfte des 18. Jahrhunderts wird eh schwer, da Lloyds Register erst irgendwann um 1750 gegründet wurde. Vielleicht haben die aber andere Recherchemöglichkeiten für so was.

Richard

Antwort von u.blueher am 31.03. – 13:14

Ich will zwar nicht wetten, denke aber, dass nur die bei Lloyds aktuell registrierten Schiffe enthalten sein dürften. Es geht ja bei Lloyds darum, dass man nachprüfen kann, welche Schiffe mit ordentlichen Papieren, Versicherung, aktueller Schiffsuntersuchung und Klasse fahren.

Uli

Das gab nicht viel her. Doch irgendwie hatte sie es dann doch geschafft, die Adresse von Lloyds Register of Shipping, London zu finden. Sie ist eben ein tüchtiges Mädchen, dachte Larsson. Und die Anfrage hatte sie auch gut und gleich in englischer Sprache formuliert. Er stellte fest, dass ihre Sprachkenntnisse wohl weitaus besser waren als seine.

Inge Mohaupt sagte, dass sie bezüglich der Babyklappen rumtelephoniert habe. In Rostock gäbe es keine. Dafür hatte sie einige Hilfsadressen aufgelistet, die für schwangere Frauen, beziehungsweise Frauen nach einer Abtreibung Hilfe versprachen. Kaleb in Waren an der Müritz war ebenso dabei wie Rückenwind e. V. in Rostock.

„Nur in Greifswald gab es bereits in den fünfziger Jahren eine Art Babyklappe in Form einer Drehtür, sagte mir eine Sprecherin der ansässigen Universitätsklinik. Diese Babytür wurde jedoch wieder aufgegeben. Zurzeit versucht die Klinik durch Beratung und Adaption mögliche Kindstötungen zu vermeiden. Die Einrichtung einer Babyklappe werde aber erwogen“, sagte Inge Mohaupt. „Ich habe Anfragen nach Berlin-Tempelhof geschickt. Dort gibt es im St. Joseph-Krankenhaus eine Babyklappe. Doch in den letzten zwei Tagen gab es keine Ablage. Ich habe nun ein Rundschreiben per Mail an alle Krankenhäuser nach Berlin, Brandenburg und natürlich Mecklenburg-Vorpommern geschickt.“

„Danke, Inge. Gute Arbeit.“

„Niemand muss mit seinen Problemen bezüglich einer Schwangerschaft alleine fertig werden. Es gibt in der heutigen Zeit unzählige Organisationen und Vereinigungen, die den Frauen sehr gerne in allen möglichen Fragen helfen und ihnen in ihrer speziellen persönlichen Situation jederzeit zur Seite stehen. Nur Babyklappen – damit scheint es noch zu hapern.“

„Jetzt alle mal herhören“, sagte Larsson. „Wir müssen damit rechnen, dass die Morde auf der *Morningstar* in den Medien große Beachtung finden werden. Denn nichts ist so quotenträchtig wie der gewaltsame Tod von Menschen. Ich möchte, dass alle Dinge, die wir bisher ermittelt haben, ausschließlich über meine Person nach außen gebracht werden. Das gilt auch für Auskünfte, die Kollegen gegeben werden sollen. Wer sich nicht daran hält, wird künftig nicht mehr mit mir zusammenarbeiten.“ Er war sich darüber im Klaren, dass diese Drohung nicht nur absolut unangebracht, sondern auch haltlos war.

„Und was ist mit dem Hubschrauber, der gestern die *Morningstar* überflogen und dabei wahrscheinlich kräftig gefilmt hat?“ fragte Andresen.

„Wenn von der Seite etwas kommt, seid ihr natürlich raus."

Monika Landris schüttelte missbilligend den Kopf. Larsson registrierte das, sagte aber nichts. „Auch wenn es manchem nicht schnell genug gehen wird, wir sind erst am Anfang unserer Ermittlungen. Jede Bekanntgabe einer noch so kleinen Spur könnte diese Fährte vernichten."

„Habt ihr schon etwas von der Uniklinik gehört?"

Keiner hatte sich darum gekümmert. Freilich würde der Kapitän der *Morningstar* – wenn überhaupt – frühestens erst am Folgetag aus dem Koma erwachen. Doch hielt es Larsson für die Pflicht seiner Abteilung, die Sicherung Macchiavellis zu überwachen. Sollte der Mann überleben, würde er wichtige Hinweise geben können, die möglicherweise zur Ergreifung der Täter führen würden. Zumindest aber wesentlichen Anteil daran haben.

„Karl, ruf bitte bei der Einsatzleitstelle an und erkundige dich, ob der Mann bewacht wird."

Simons rief unmittelbar in Anklam an, wo man ihm bestätigte, dass zwei Beamte vor der Tür zu Macchiavellis Zimmer postiert waren.

„Ich werde nicht umhinkommen, den Kriminaloberrat wegen einer angemessenen Verstärkung zu fragen. Wir müssen die Fahrtroute der Yacht verfolgen. Vom Augenblick, als sie in die Pennemündung eingelaufen ist, bis zu dem Zeitpunkt, als der Anschlag erfolgte. Und wir müssen wissen, wo sie hergekommen ist. Also Anfragen an die Ostseeanrainerstaaten. Rolf, frag bei unseren Kollegen der Wasserschutzpolizei in Wolgast nach. Die können uns behilflich sein."

Als sich das Telephon bemerkbar machte und Andresen sagte: „Augenblick, ich gebe gleich weiter", den Hörer zuhielt und leise sagte: „Wenn man vom Teufel spricht, dann ist er nicht allzu weit", musste sich Larsson ein Lachen verkneifen.

Kriminaloberrat Theo Kruse teilte ihm mit, dass die ein Jahr zuvor gegründete Kontaktgruppe gegen Internationale Kriminalität der polnischen und der deutschen Polizei um sechs zusammenkommen würde. Er könne sich vorstellen, dass Larsson an dieser Zusammenkunft teilnehme. Obwohl ihm das nicht passte, sagte Larsson zu.

Sie trafen sich in einem alleinstehenden Haus an der Grenze in der Nähe von Eggesin auf polnischer Seite. Dieser Treffpunkt war festgelegt worden, nachdem die ersten Kontakte im Jahr 2002 auf polnischem Boden in der Wojewodschaftskommandantur in Stettin und der Gegenbesuch nur zwei Tage später in der Polizeidirektion Anklam in der Friedländer Straße stattgefunden hatte. Dort hatte man auch das Haus, das dem polnischen Staat gehört, als konspirativen Treffpunkt festgelegt. Das Grundstück wurde von einer Mauer umgeben und war mit einem blechbeschlagenen Tor gesichert. Das war für alleinstehende polnische Häuser im Außenbereich durchaus nicht ungewöhnlich. Den hochgerüsteten und in allen Details der elektronischen Kommunikationstechnologie und der Auskundschaftung der sie bekämpfenden staatlichen Behörden weit überlegenen mafiösen Verbrechersyndikaten, wäre die Ausschaltung derart hoch angesiedelten Ermittlergruppen mit einem Schlag eine willkommene Gelegenheit gewesen, weiteren Vorsprung zu erzielen. Deshalb wachten sowohl die deutschen als auch die polnischen Behörden mit Argusaugen darüber, wer diesen Spezialgruppen zugeteilt wurde und wer über dieses Haus und dessen Bestimmung unterrichtet war. Nur die versteckten und für den Normalbesucher nicht zu entdeckenden Kameras unterschieden das Haus von gleichartigen in der Gegend.

Als der neutrale Dienstwagen, ein anthrazitfarbener VW-Passat, in den Hof des Hauses einrollte, wurde unmittelbar hinter ihm das blecherne Tor geschlossen. Mieczysław Dudzik, Kommissar der polnischen Spezialgruppe für polizeiliche Zusammenarbeit, begrüßte in fließendem Deutsch den Kriminalhauptkommissar Siegfried Lamm, der als Leiter der deutschen Kontaktgruppe fungierte, dann Alexander Berg, den Stellvertreter Lamms, und die Kommissarin Danuta Salewski, eine polnischstämmige Deutsche, die mit ihrem Sprachkenntnissen unverzichtbar für das Team war.

Dann gab Dudzik Lasse Larsson die Hand. „Sie haben einen neuen Mann mitgebracht, Siegfried“, sagte er, „ich bin Kommissar Mieczysław Dudzik.“

Larsson stellte sich vor, und sie gingen ins Haus, während der als Hauseigentümer getarnte Polizist einer anderen Spezialeinheit das Tor sorgfältig abschloss und dann lautlos im Keller verschwand, um an den dort installierten Monitoren das Grundstück zu überwachen. Auch er war nicht allein. Die Männer, die sich dort aufhielten, gehörten alle einer Truppe an, die vergleichbar mit einem Sondereinsatzkommando in Deutschland war.

Als sie den Raum betraten, der für die Zusammenkunft hergerichtet war, telephonierte der Chef der polnischen Gruppe, Roman Kowalski, und winkte ihnen zu. Larsson stellte fest, dass es alles Leute waren, die entweder die Dreißig noch nicht erreicht hatten oder gerade darüber lagen. Die Polen setzten augenscheinlich auf die junge Generation, die ganz offensichtlich einer nachbarlichen Annäherung der beiden Staaten eher offen gegenüberstand als die Jahrgänge, die sich noch sehr wohl an den entsetzlichen Überfall der Deutschen auf Polen schmerzlich erinnerten.

„Wir haben diese außerordentliche Zusammenkunft aus zwei Gründen einberufen“, sagte Roman Kowalski, „weil wir in den letzten Tagen einen Ukrainer enttarnt haben, der unserer Erkenntnis zufolge zwar nicht für ein Syndikat arbeitet, aber im illegalen Zigarettenhandel mitmischt. Er arbeitet mit einem polnischen Fischer zusammen, der die Zigaretten auf dem Haff an ein deutsches Schiff übergibt. Vorgestern hat eins unserer Wasserschutzboote den Fischer Zygmunt Olesiewicz im Frühnebel auf seinem Radarschirm gesichtet. Sie wussten nicht, dass er es war. Als sie zu ihm kamen, ging er ganz friedlich seiner Arbeit nach. Aber kurz zuvor hatte ein Schubverband aus Stettin die Stelle passiert, der auf dem Weg nach Wolgast war.“

„Wir können nachfragen, ob unserer Wasserschutzpolizei etwas aufgefallen ist oder ob dort kontrolliert wurde“, sagte Lamm.

„Er ist von Ihrer Behörde kontrolliert worden. Gestern an der Zecheriner Brücke, die er gerammt hatte. Man hat nichts Verdächtiges bei ihm gefunden. Wir haben ihn auf der Rückfahrt aufgebracht. Derzeit ist eine Gruppe unserer Spurensicherung dabei, den Schuber auseinanderzunehmen."

„War der polnischen Polizei nicht bekannt, dass dieser Ol...", sagte Lamm, nach dem Namen suchend.

„Zygmunt Olesiewicz", warf Kommissarin Maryla Liszewaskaisajew ein.

„... Zygmunt Olesiewicz mit Zigaretten handelte?"

„Natürlich war uns das bekannt. Wir hatten ihn schon eine ganze Weile in Verdacht. Er hatte für seine Einkommensschicht einen zu aufwendigen Lebenswandel. Aber man fängt nicht den Fuchs, nur weil er ein Huhn gerupft hat. Bei uns wartet man, bis er den ganzen Stall aufmischt. Erst dann fängt man ihn und räuchert seine Sippe aus. Wir haben einen unserer Männer ganz dicht an ihn heranbringen können."

„Steht der Fischer und dieser Ukrainer in Verdacht, etwas mit der uns gemeldeten Kindesentführung zu tun zu haben?"

„Wir sind heute Morgen darauf gestoßen, dass Semjon Konstantinowitsch Furmanow, so lautet der Name des Ukrainers, etwas damit zu tun haben könnte. Bei der telephonischen Überwachung Olesiewiczs haben wir ein Gespräch mitgeschnitten, das von einem Funktelephon geführt wurde. Es war zu kurz, um zu orten, von wo es genau kam. Aber wir entnehmen dem Wortlaut, dass er in Deutschland ist."

Kowalski schob Lamm eine Übersetzung des Gesprächs zu.

Olesiewicz: Ja.

Furmanow: Es ist etwas schiefgelaufen. Du musst uns abholen.

Olesiewicz: Verdammt! Wie soll ich das machen? Kannst du mir das sagen? Ich darf nicht außerhalb des polnischen Gebietes fischen. Wenn ich erwischt werde, dann ...

Furmanow: Du holst uns, basta.

Olesiewicz: Ich brauche eine Zeit, um zu sehen, wie wir das machen.

Furmanow: Gut, ich rufe dich später an.

Lamm wollte das Schriftstück zurückgeben, aber Kowalski sagte: „Du kannst das behalten, Siegfried."

„Du glaubst, dass Furmanow etwas mit den Morden auf der *Morningstar* zu tun hat, Roman."

„Ja, davon gehe ich aus."

Larsson mischte sich ein. „Wenn Furmanow die Kinder entführt und mittels des Schubverbandes nach Deutschland gebracht hat, wollte er sie doch verkaufen. Warum sollte er dann das Blutbad auf der Yacht veranstaltet haben? Und wo sind die Babys geblieben?"

„Das ist eine gute Frage", sagte Mieczysław Dudzik.

„Sie haben doch sicher das Schiff auseinandergenommen, Hauptkommissar Larsson."

„Ja."

„Haben Sie Waffen gefunden?"

„Nein. Die Durchsuchung der Yacht hat sich bis heute Mittag hingezogen. Jedes Schiff hat entsetzlich viele Hohlräume. Ich habe lediglich einen mündlichen Vorabbericht vor zwei Stunden entgegengenommen. Da teilte mir die Spurensicherung mit, dass eine größere Menge Heroin gefunden wurde."

„Heroin."

„Ja, der Güteklasse Nummer vier. Also sehr hochwertiger Stoff."

„Vielleicht wollte Furmanow ja ein Gegengeschäft machen, und der Stoff war entweder doch nichts wert oder für ihn zu teuer."

Lamm nickte Larsson zu.

„Der Stoff ist bereits untersucht worden. Es ist von guter Qualität."

Roman Kowalski dachte einige Sekunde nach. Dann sagte er: „Wir sollten einen gemeinsamen Schlag gegen die Organisierte Kriminalität durchführen. Vielleicht haben wir so die Möglichkeit, den Menschenhändler und den Mörder der Jugoslawen auf der Yacht dingfest zu machen. Was sagst du dazu, Siegfried?"

Lamm schaute Larsson fragend an. Er konnte erkennen, dass sie sich einig darin waren, jeder auch nur denkbarer Zusammenarbeit mit den polnischen Kollegen zuzustimmen, wenn sie zur schnellen Aufklärung des Verbrechens führte.

„Einverstanden, Roman."

Maryla Liszewaska Isajew holte zwei Thermoskannen Kaffee, den sie vor dem Eintreffen der deutschen Polizisten bereitet hatte, und stellte Schalen mit Gebäck auf den Tisch. Dann entwickelten die beiden Gruppen gemeinsam einen Plan, wie sie Furmanow zusammen mit seinem polnischen Gewährsmann Olesiewicz festsetzen wollten.

Es war schon nach zwei, als Lasse Larsson in dieser Nacht in Loddin ankam. Während Monika sonst immer auf ihn wartete, war sie diesmal zu Bett gegangen. Larsson war hungrig. Das Gebäck, das die polnischen Kollegen zum Kaffee gereicht hatten, hielt nicht so lange vor. Er ging in die Küche. Monika dachte immer an alles. Auf dem Tisch stand ein Teller, der mit einer Alufolie abgedeckt war. Er nahm sie ab, setzte sich an den Tisch und begann hastig zu essen. Zwischendurch stand er auf, ging zum Kühlschrank und holte eine Tüte Milch.

„Du kommst spät", sagte Monika.

Larsson drehte sich um. „Eher früh. Der neue Tag bricht gleich an."

„Du solltest sehen, dass du noch ein wenig Schlaf bekommst, Lasse."

„Ich bin schon so gut wie im Bett. Du solltest auch zurückgehen. Wir haben noch knapp vier Stunden, um uns auszuruhen."

„Und, war es interessant?"

„Ich denke schon. Die Polen werden mit uns eine gemeinsame Aktion starten, um einen Menschenhändlerring auffliegen zu lassen. Wahrscheinlich hängen die uns gemeldeten Kindesentführungen unmittelbar mit unserer Ermittlung an Bord der *Morningstar* zusammen."

„Das wäre ja eine ganz neue Entwicklung."

„Ja. Aber jetzt gehen wir ins Bett."

„Das riecht nach einem Feldzug gegen die Unterwelt."

„Si vis pacem para bellum“, sagte Larsson, „wenn du den Frieden willst, bereite den Krieg vor.“

Er stellte seinen Teller auf die Anrichte und ging ins Bad, während Monika zurück ins Bett kroch und auf ihn wartete.

16. Kapitel

Larsson hatte den Wecker nicht gehört, so fest schlief er. Monika Landris war gerade im Bad fertig geworden, als Lasses Handy, das er auf den Garderobentisch im Flur gelegt hatte, klingelte. Wenn sie sich jetzt meldete, würde der Anrufer wissen, dass Lasse bei ihr geschlafen hatte. Die Nummer auf dem Display kannte sie nicht. Sie ging ins Schlafzimmer und rief leise seinen Namen: „Lasse ... Lasse ... Gerade hat dein Handy geklingelt."

Larsson kam hoch, als wäre er aus einer Narkose aufgewacht. „Was ist los?"

„Dein Handy." Monika Landris reichte es ihm.

„Warum bist du nicht rangegangen?"

„Weil ich nicht will, dass jemand im Kommissariat erfährt, dass wir zusammen sind."

„Das weiß doch eh jeder. Zumindest bei den Kollegen in unserer Ermittlungsgruppe. Und ich denke, darüber hinaus auch."

„Es war kein Gespräch von unseren Kollegen."

„Dann kann es nur von der PD in Anklam sein. Oder von einem der Kollegen aus Stettin." Er schaute auf die Uhr. „Schon so spät?" Irritiert stand er auf und ging hinaus in den Flur. Die Tür zum Bad stand offen. Warme, feuchte Luft drang heraus in den Korridor. Er legte das Handy auf den Garderobentisch zurück. Gerade als er die notwendige Dusche einnehmen wollte, klingelte es abermals. Nackt wie er war ging er aus dem Bad und meldete sich.

Es war Lamm. „Die Kollegen aus Stettin haben vor einer Viertelstunde angerufen. Sie verhören gerade den Schuberkapitän Bartkowiak. Furmanow hat sich bei Olesiewicz gemeldet. Sie haben uns die Handynummer des Ukrainers gegeben, so dass wir versuchen werden, ihn auf diese Weise zu orten. Sowie er wieder telephoniert, schlagen wir zu. Die Kommunikation zwischen Furmanow und Olesiewicz war nebulös."

Sofort war Larsson hellwach.

„Sie sind sich nicht sicher, ob das ein Täuschungsmanöver ist, das Furmanow da veranstaltet."

„Dazu müsste man erst einmal wissen, worum es in dem Gespräch ging."

„Um Papiere. Furmanow hat Olesiewicz angewiesen, ihm Papiere zu bringen, die er irgendwo hinterlegt hätte."

„Papiere? Glauben Sie wirklich, dass der Mann ohne Papiere unterwegs ist? Da liegt der Schluss nahe, dass er lediglich andere Papiere benötigt. Zum Beispiel, wenn er die Nationalität wechseln will", wandte Larsson ein.

„Die Kollegen prüfen gerade den Namen, den der Ukrainer angegeben hat, und suchen alle möglichen Adressen heraus."

„Sie machen nichts anderes, als wir auch machen würden. Warten wir ab, was da rauskommt, dann wissen wir, was das zu sagen hat." Larsson bedankte sich bei Lamm für den Anruf und beendete das Gespräch. Dann ging er zurück ins Bad, schlug sein Wasser ab und nahm seine wohlverdiente Dusche. Als er zurück ins Wohnzimmer kam, kroch ihm der Duft des Kaffees, den Monika gerade zubereitete, verführerisch in die Nase. Er sah Monika durch die offene Tür zum Schlafzimmer, wie sie die Betten abzog.

„Es ist noch keine Woche her, dass du die Betten frisch bezogen hast", sagte er. „Hältst du das nicht für ein wenig übertrieben?"

„Geh und hol den Kaffee. Ich bin gleich bei dir. Dann frühstücken wir zusammen. Und die Betten sind meine Sache. So wie du geschwitzt hast, ist es einfach notwendig."

Obwohl er bei jeder Bewegung den wenigen Schlaf merkte, den er in den letzten Tagen gehabt hatte, freute er sich auf das belebende Getränk. Während des Frühstücks berichtete er Monika von dem Telephonat mit Lamm.

Um viertel vor acht fuhr Larsson auf den Hof des Kommissariats im Setheweg in Heringsdorf. Kurz nach ihm kam Monika Landris. Andresen stand am Fenster und riss einen Witz darüber.

Als Lasse Larsson den Flur im ersten Stock entlangging, schaute Andresen aus der offenen Tür des Gemeinschaftsbüros. „Wir treffen uns in zehn Minuten im Besprechungsraum“, sagte er zu Andresen. Dann hastete er weiter.

Nur kurze Zeit später betrat Larsson den Besprechungsraum. Seine Mannschaft war schon vollzählig versammelt. Sie verstummten augenblicklich. Die wenigen Sekunden der Ruhe erschienen ihm wie eine Ewigkeit. Er spürte, dass die wenigen Stunden Nachtschlaf ihm noch bleiern in den Gliedern saß. Larsson fühlte sich zerschlagen. Am liebsten wäre er wieder nach Hause gefahren und hätte sich einmal richtig ausgeschlafen. Aber das war jetzt unmöglich. Reiß dich zusammen, dachte er, und lass deine Kollegen nicht spüren, wie es um dich steht. „Wir gehen jetzt alles durch, was wir haben.“ Er schaute herausfordernd in die Runde.

Inge Mohaupt hob die Hand. „Meine Anfrage bei den Krankenhäusern war erfolgreich. In Potsdam hat man in der letzten Nacht einem männlichen Säugling abgegeben.“

„Hattest du nicht gesagt, dass es ein Krankenhaus mit Babyklappe in Berlin gäbe? Wie hieß es doch gleich?“

„St. Joseph-Krankenhaus, ja. In Tempelhof. In Potsdam ist ein Haus gleichen Namens. Ich denke, die beiden Häuser werden zusammengehören. Das kann ich checken.“

„Wir müssen eine DNA veranlassen.“

„Das habe ich bereits angeordnet.“

„Vorbehaltlich, dass es sich um einen der beiden polnischen Säuglinge handelt, fehlt immer noch ein zweites Kind.“

„Ich kümmere mich darum.“

Larsson schaute in die Runde. Simons machte sich bemerkbar. „Ich weiß jetzt, dass der Hubschrauber, der gestern über der *Morningstar* kreiste, nicht von der Presse gechartert war.“

„Sondern?“

„Er kam aus Hamburg. War von einer schwedischen Firma namens Svenska-Ferrylines AB angeblich zu Luftaufnahmen eines Schiffes geordert worden, das in den Verkauf gehen sollte. Genaueres erfahre ich, wenn der Chef mit einem Piloten gesprochen hat."

„Bleib dran, Karl. Telephoniere mit der Fährlinie in Schweden."

„Die Antwort von Lloyds Register liegt vor, Lasse", sagte Monika Landris. Sie schob Larsson das Fax zu, das sie von Lloyds aus London bekommen hatte.

Larsson verglich den Namen des Eigners der *Morningstar* mit den Namen der Auflistung der aufgefundenen Papiere, die Maier ihm rübergeschickt hatte. „Da habe wir es. Dobroslav Nicolic ist als der Eigner der Yacht eingetragen. Vorbesitzer war der jugoslawische Staat. Fassen wir zusammen. Wir haben zwei männliche Besatzungsmitglieder jugoslawischer Nationalität, zwei ehemals hochrangige Militärs der jugoslawischen Armee und einen italienischen Kapitän."

„Weiß man das schon so genau?" Die Frage Andresens erinnerte Larsson daran, dass er die von Maier festgestellten Unterlagen ja noch gar nicht erläutert hatte.

Deshalb sagte er: „Na ja, noch ist es eine vage Vermutung, aber Maier hat die gefundenen Unterlagen auf Spuren untersucht und dabei eine erste Aufstellung der Personalien gemacht. Danach stehen die Nationalitäten der Männer fest. Nur von den Frauen gab es keine Papiere."

„Vielleicht Mädels, die abends unterwegs waren und ohne Papiere die Gegend unsicher machten", sagte Simons und kniff ein Auge zu.

„Oder Prostituierte, die von ihrem Zuhälter auf die Straße geschickt wurden", sagte Inge Mohaupt.

„Beides sind Möglichkeiten. Allerdings wurde ein Pass mehr gefunden, als es Leichen an Bord gab. Es ist der Pass eines Mannes. Die Frage ist, wo ist er geblieben? Ist er überhaupt mit nach Deutschland eingereist? War er an Bord, als das Morden stattgefunden hatte? Oder ist er an Land gegangen, um sich mit Furmanow zu treffen? Und wenn ja, in wessen Auftrag? Oder war er der Boss? Und mit welcher Absicht ist er an Land gefahren? Maier hat einige Kilo Heroin auf dem Schiff gefunden. Vielleicht war die fehlende Person ja dabei, Dope gegen die Kinder auszutauschen, die in Stettin und Gryfino verschwunden sind. Das wäre immerhin eine Möglichkeit."

„Eine von vielen, Lasse. Aber das sind nur Spekulationen", sagte Andresen.

„Recht hast du, Rolf. Aber irgendwo müssen wir anfangen. Und so manche Spekulation ist schon zur Gewissheit geworden. Was ist mit Macchiavelli, dem Kapitän? Hat sich die Uniklinik gemeldet?" Er schaute in die Runde. Niemand schien sich mit dieser Frage befasst zu haben. Zorn erfasste ihn. „Gehe ich recht in der Annahme, es hat sich niemand um den Mann gekümmert?" Dann besann er sich, dass er nur mit Monika darüber gesprochen hatte. Niemand war ausdrücklich von ihm mit dieser Aufgabe betraut worden. „Monika, du erkundigst dich bitte jetzt nach dem Zustand Macchiavellis."

Sie machte sich eine Notiz. Larsson bemerkte das und sagte: „Bitte gleich." Monika Landris stand auf und verließ den Raum, um zu telephonieren.

„Was ist mit der Fahrtroute des Schiffes, Rolf?"

„Es lag nahe, dass das Schiff nicht den weiten Weg durch das Skagerrak genommen, sondern den Nord-Ostsee-Kanal passiert hat", begann Andresen. „Also habe ich zuerst beim Wasser- und Schifffahrtsamt Kiel-Holtenau angerufen. Dort hatte man die Yacht ordnungsgemäß registriert. Das wurde sowohl in Brunsbüttel bei der Einfahrt als auch in Holtenau bei der Ausfahrt in die Ostsee gemacht. Die *Morningstar* ist am 22. Juli durch den Kanal gelaufen und hat für die Passage rund acht Stunden gebraucht."

„Aber wo kam sie her?"

„Das konnte mir dort nicht gesagt werden. Man registriert dort nur Ein- und Ausfahrt aus dem Kanal. Natürlich weiß man, wo ein Musikdampfer herkommt und was sein Ziel ist. Nicht bei einer Privatyacht. Also habe ich andere Wege gesucht, um an die Information zu kommen. Vor einiger Zeit lernte ich einen Mann kennen, der eine Internetseite zum Kanal betreibt. Bei dem habe ich angefragt. Er meinte, ich solle es doch auch einmal bei den Schiffsausrüstern versuchen. Und das habe ich dann gemacht. Ich schickte eine Mail an die United Canal Agency GmbH in Kiel und eine weitere an die gleiche Firma in Brunsbüttel."

„Und?"

„Leider negativ."

„Die Wasserschutzpolizei in Kiel könnte uns weiterhelfen."

„Das meinte meine Quelle auch. Aber ich habe mit dem zweiten Schiffsausrüster Kontakt aufgenommen. Sartori & Berger. Ich dachte, es sei Glück, dass die *Morningstar* eine seegehende Yacht von bestimmter Größe ist. Dennoch war auch da meine Anfrage umsonst. Für diesen Schiffsausrüster war die *Morningstar* kein passendes Objekt."

„Manchmal läuft eben alles schief. Polizeiarbeit ist ein mühsames Unterfangen."

„Aber Sartori & Berger haben mir einen weiteren Schiffsausrüster genannt, die Firma Zerssen & Citty Ship Service GmbH & Co. KG. Zuerst sagte man, es würde kein Buch darüber geführt, woher ein Schiff komme und wohin es gehe."

Monika Landris kam von Ihrem Telephonat zurück. Larsson registrierte, dass sie ihm durch ein leichtes Nicken zu verstehen gab, dass sich im Krankenhaus an der Situation Macchiavellis etwas geändert hatte.

„Das Schiff kam aus Hellevoetsluis in den Niederlanden. Sein Weg ließ sich noch zurückverfolgen bis Molenhoek in Belgien. Von dort ist es aber nur eine Tagesreise von Southend-on-Sea, südlich von London. Also gehe ich davon aus, dass dort die Reise begann."

„Der erste Anlaufpunkt war also ein Hafen in Belgien. Und Hell... Hell..."

„Hellevoetsluis?" Andresen lächelte triumphierend. „Das überschaubare Städtchen liegt auf der Halbinsel Voorne am Haringvliet in Süd-Holland und ist nur 33 Kilometer von Rotterdam entfernt. Das macht den Ort für Leute interessant, die dort arbeiten."

Lasse Larsson dachte einen Augenblick an die Urlaube in Holland und Belgien. Holland war sauber und schön. Belgien, na ja, wenn er den verschmutzten Strand und auch den Ort Knokke vor

Augen hatte, war das sehr schade; nur die kleine Fischbude am Hafen hatte für relativ wenig Geld Scampi im Angebot. Scampi und dazu einen Blanc de Blanc. Und die Musik von Lisbeth List und Mort Schuman. Larsson kam nicht auf den Namen eines Films, den er im deutschen Fernsehen angeschaut hatte und der die beiden zusammen singend in wundervollen, stets wechselnden Rollen zeigte. Er erinnerte sich nur an das Duett *Ich bin eine Sommernacht.* Aber dann fiel ihm spontan der Titel ein, den er beim Scampiessen gehört hatte und den Mort Schuman intonierte. *A nous les petites anglaises.* Bei dem Gedanken an die Fischbude lief dem Feinschmecker Larsson das Wasser im Munde zusammen.

„Der Haringvliet, der nördlichste Nordsee-Meeresarm der großen Deltalandschaft von Rhein, Maas und Schelde, ist durch einen Schleusendamm mit der offenen Nordsee verbunden und bietet ein optimales Segel- und Surfrevier, auf dem regelmäßig Wettkämpfe stattfinden."

Alles dreht sich bei Andresen um das Segeln, dachte Larsson. Wann immer er kann, geht es um seinen 20er Jollenkreuzer oder Segelreviere von besonderer Ausstrahlung.

„Warst du schon einmal dort?" fragte er.

„Ich habe mir dort ein Schiff angesehen, das ich gerne gekauft hätte. Aber es lag im Preis so hoch, dass ich bei der Versteigerung nicht bis zum Zuschlag mitbieten konnte."

„Helle..."

„Hellevoetsluis war bis ins vorige Jahrhundert Heimathafen der niederländischen Kriegsflotte. Ein Großteil der ehemaligen Festungsanlagen rund um den Hafen ist noch begehbar. Innerhalb der Mauern der größte Yachthafen der Niederlande mit gemütlichen Lokalen, Pubs und Cafés."

„Ist die *Morningstar* auf direktem Weg zu uns nach Usedom gekommen?" unterbrach Larsson die Schwärmerei seines Mitarbeiters.

Andresen zog eine fragende Grimasse. „Das weiß ich nicht. Aber es liegen mindestens ein, wahrscheinlich sogar zwei Tage zwischen der Begegnung der *Morningstar* mit dem Wasserschutzboot *Dame-*

row. Und es ist nicht anzunehmen, dass die Yacht irgendwo auf Reede gelegen hat."

„Also war sie in irgendeinem Hafen der Anrainerstaaten der Ostsee", stellte Larsson fest.

„Das ist anzunehmen."

„Wo könnte das gewesen sein?"

„Legst du die Geschwindigkeit des Schiffes zugrunde, dann hast du eine Reichweite von circa dreihundert bis vierhundert Kilometern. Also kann die Yacht meiner Meinung nach bestenfalls im Süden von Dänemark oder Schweden gewesen sein. Ich werde die Kollegen der Wasserschutzpolizei noch einmal fragen."

„Jetzt etwas ganz anderes. Wir haben die Handynummer von einem Furmanow bekommen. Der Mann ist mutmaßlich an der Entführung der Kinder beteiligt. Wir werden ihn festnehmen, sobald wir ihn geortet haben. Das Problem ist nur, bekommen wir eine richterliche Genehmigung oder nicht?"

„Handyortung ist im Datenschutz-Deutschland auf die Schnelle nur schwer machbar. Rechtlich und technisch", belehrte Simons.

Andresen sagte: „Es geht sofort zur Gefahrenabwehr, etwa wenn jemand vermisst wird und sich suizidieren will."

„Aber es will sich niemand aufhängen."

„Rolf, du wirst dich mit dem LKA in Verbindung setzen. Du gibst ihnen sämtliche Telephondaten durch, die wir von den polnischen Kollegen bekommen haben. Sollen die einmal ihre Technik für die Telekommunikationsüberwachung schalten und zu uns legen."

„Schade, dass wir übers LKA gehen müssen", sagte Andresen. „Die kommen noch auf den Gedanken, uns dazwischenzufunken."

Larsson lachte. „Du glaubst nicht im Ernst, dass die bei der Lage der Dinge außen vorzuhalten sind. Ich wette, die Seyfert vom BKA telephoniert täglich mehrfach mit Schwerin und lässt sich informieren, was wir hier so treiben. Und deshalb werden sie die TKÜ bedenkenlos einsetzen."

„Selbst müssten wir in der Lage sein, eine Telekommunikationsüberwachung vorzunehmen", sagte Simons.

„Das gibt es nur in den Fernsehkrimis", erklärte ihm Inge Mohaupt.

„TKÜ ist ein personalintensives Spielzeug, insbesondere, wenn man live mithört, Karl", sagte Larsson, „und dann auch live auf das Täterverhalten reagieren will. Bestandteil dieser TKÜ-Software auf dem Rechner ist auch ein Programm, das den Standort des Mobiltelephons fortlaufend auf einer Karte anzeigt. Inge sagte es schon, wie in den TV-Krimis, wo die örtlichen Kommissare den Laptop auf den Knien haben und auf Verbrecherjagd gehen. So weit, dass wir das so Knall auf Fall einsetzen können, sind wir bei Weitem noch nicht."

Er dachte daran, dass sie gewisse Dinge, die die Tat an Bord der Yacht betreffen, bereits jetzt konstatieren konnten. Für ihn stand fest, dass kein Einzeltäter in Frage kam. Man hatte zwar versucht, alle Spuren zu verwischen. Dennoch fand die Spurensicherung einige Patronenhülsen, und die Rechtsmedizin sicherte einige Kugeln aus den Leichen. Was noch fehlte, waren die Waffen, mit denen geschossen wurde. Ganz besonderes Augenmerk richtete Larsson auf die Kettensäge. Zwar war das nur eine Vermutung, die Dr. Beckert geäußert hatte. Er wusste genau, dass sie diese Äußerung nicht gemacht hätte, wenn sie sich in ihrer Einschätzung unsicher gewesen wäre. Bliebe die Frage nach einem stichhaltigen Motiv.

„Habt ihr darüber nachgedacht, was für ein Motiv den oder die Täter veranlasst haben könnte, eine solche Tat zu begehen?" Larsson schaute fragend in die Runde. Keiner sagte etwas.

Simons hatte den Kopf gesenkt und beschäftigte sich mit seinen Fingern. Schließlich sagte er: „Es gibt kein offensichtliches Motiv. Jedenfalls kann ich keines erkennen. Aber ich bin sicher, dass der Mörder schon einen Plan hatte. Denn ohne Plan wäre er wohl kaum gegen diese Truppe erfolgreich gewesen."

Andresen schaute Larsson an. Er hob die Schultern. „Da gibt es verschiedene Möglichkeiten."

„Nämlich?"

„Bedenken wir, dass Drogen an Bord waren, dann kann es sich um einen Bandenkrieg handeln."

„Das wäre eine Möglichkeit."

„Oder die Frauen waren Prostituierte. Die Zuhälter fühlten sich ausgetrickst, und so kam es zur Rache.“ Simons lächelte siegessicher in die Runde.

„Inge?“

„Ich denke zuerst daran, dass das Schiff ursprünglich aus Jugoslawien kam, und was der Bootsführer der *Damerow* dir über die Verbindungen dieser Leute zur DDR gesagt hatte.“

„Das ist fast dreißig Jahre her.“

„Ja. Trotzdem.“

„Rache hatte schon so manches Mal eine unendlich lange Inkubationszeit. Wenn es sich um eine emotionale Entwicklung handelt, gibt es praktisch überhaupt keine Verjährung“, sagte Monika Landris.

„Das ist eine kriminologische Realität. Rächer können unendlich lange warten. Denk an unseren letzten Fall. Ein Drachenkopf einer Triade vergisst auch niemals, seine Rache auszuleben“, warf Inge Mohaupt ein.

„Was schlussfolgerst du daraus?“

„Ich denke, dass es dort eine Verbindung geben muss.“

„Warum?“

„Weil möglicherweise aus dieser Zeit eine Rechnung offen ist.“

„Ja, das wäre natürlich auch eine Möglichkeit. Aber sie liegt doch sehr weit zurück.“

Mit einem Grollen kündigte sich ein Sommergewitter an. Der Himmel verdunkelte sich plötzlich so stark, dass sie das Licht einschalten mussten.

„Also gut. Die Aufgaben sind verteilt. Wir arbeiten jetzt weiter und treffen uns am Nachmittag um vier noch einmal.“ Er wandte sich Monika Landris zu. „Was hat dein Anruf ergeben, Monika?“

„Macchiavelli war kurz bei Bewusstsein, ist aber noch nicht vernehmungsfähig.“

„Ich werde selbst noch einmal mit dem Professor telephonieren. Die Aussage des Mannes könnte unsere Ermittlungen wesentlich beschleunigen. Inge, du könntest dich bereithalten, mit mir zur Uniklinik nach Greifswald zu fahren?“

Der Regen prasselte an die Scheibe.

Larsson beendete die Zusammenkunft. Er ging zu seinem Büro. Seine Gedanken kreisten um Monika Landris. Was für eine hübsche Person sie ist, dachte er, und überaus intelligent. Was, so fragte er sich, hält mich davon ab, ihr meine Liebe besser zu zeigen als ich derzeit dazu imstande bin? Ist das der Anfang der Gleichgültigkeit, die einem langen Zusammenleben oft zueigen ist? Oder einfach die Arbeit, die meine ganze Konzentration für sich in Anspruch nimmt? Er summte leise eine Melodie aus Puccinis *Madame Butterfly*. Plötzlich tauchte das makabre Bild des Tatortes vor ihm auf; ein nacktes Mädchen saß auf dem Schoß eines Mannes, der während der Kopulation erschossen wurde. Er war nicht fähig, zu vermeiden, sich das junge Mädchen mit dem Mann vorzustellen. Das verursachte ihm Übelkeit. Das Bild in seinem Kopf deprimierte ihn. Auf Anhieb gelang es ihm nicht zu erfassen, was dieses Gefühl auslöste. Nach einer Weile des Nachdenkens glaubte er zu wissen. Die Jugend des Mädchens. Warum hatte sie sich nicht zur Seite geworfen? Das Dröhnen der Maschinenpistole musste sie doch so verschreckt haben, dass sie sich fallen ließ? Jeder Mensch würde sich in solch einer Situation fallen lassen. Das garantiert schon der Selbsterhaltungstrieb. Warum war das ausgeblieben? Plötzlich lichtete sich der Nebel, der seine Gedanken einhüllte. Man hatte sie mit dem Genickschuss hingerichtet, bevor dem Mann der halbe Kopf weggeschossen worden war. Diesen Schluss jedenfalls ließ diese obskure Auffindungssituation zu. Larsson notierte sich die Gedanken auf seinem Block.

Dann wählte er die Nummer der Station des Chirurgen der Universitätsklinik in Greifswald. Nachdem er eine unendlich lange Zeit gewartet hatte, meldete sich die Stationsschwester. Sie konstatierte, das Macchiavelli zwar kurzzeitig bei Bewusstsein, aber derzeit wieder ins Koma gefallen war. Frühestens am Tag darauf wäre vielleicht eine Möglichkeit, für fünf Minuten mit dem Mann zu sprechen. Aber sie sagte das ebenfalls unter Vorbehalt. Es könne auch ganz anders kommen. Die Natur ließe sich in diesem Fall nur schwer überlisten.

Niedergeschlagen unterbrach Larsson die Verbindung. Er beschloss, essen zu gehen. Auf dem Korridor sah er, dass Andresens

Zimmertür offen stand. Er schaute kurz hinein, um dem Kollegen mitzuteilen, dass er in die Pause gehe. Doch dann sah er, dass Andresen telephonierte und ihm ein Zeichen machte zu warten.

„Sie haben eine Leiche gefunden", sagte Andresen aufgeregt, als er den Hörer auf die Gabel geworfen hatte. „Eine männliche Leiche, in der eine Harpune steckt."

In Larssons Kopf entstand ganz spontan das Bild eines Kampfschwimmers. Ja, wenn das der Mann war, zu dem der Pass gehörte, dann kam eigentlich nur ein Kampfschwimmer in Frage. Larsson wusste, dass er unmittelbar hinfahren müsste. Er überlegte sich, wen er mitnehmen würde. Inge Mohaupt und Monika Landris zusammen mit ihm wären ein gutes Team, was die kriminalistische Seite anging. Doch dann verwarf er den Gedanken wieder. Inge Mohaupt versuchte immer wieder seine männlichen Seiten zu aktivieren. Offensichtlich hatte sie die Hoffnung noch nicht aufgegeben, ihn für sich zu gewinnen. Die Entscheidung für Monika Landris war längst gefallen. Er scheute es, Verantwortung für fremde Kinder zu übernehmen. Sollte es jemals dazu kommen, Kinder in seinem Haushalt zu haben, dann seine eigenen. Und Monika schien die drohende Gefahr, die von Inge Mohaupt ausging, zu spüren. Er fühlte praktisch, wie sie sich aufbäumte, wenn er über Inge sprach oder wenn er mit ihr allein wegfuhr. Monika war zwar eine intelligente Frau, aber eben eine Frau. Und deshalb gelang es ihr nicht, ihm Gleichgültigkeit vorzuspielen. Was ihm auf einer Seite schmeichelte, nämlich der Konkurrenzkampf zweier Frauen um ihn, nervte ihn andererseits.

„Jemand muss hierbleiben, um den Zugriff auf Furmanow mit Anklam und den polnischen Kollegen zu koordinieren. Diese Aufgabe ist nicht zu unterschätzen. Wenn sich ein kurzfristiger Zugriff ereignet, musst du mich sofort verständigen."

Andresen verstand, dass er nicht mit hinausfahren würde. Mit Blick auf das Wetter und den noch immer fallenden Regen war ihm das sogar recht.

Larsson ließ sich den Fundort der Leiche geben und ging weiter zum Zimmer, in dem der Rest seiner Ermittlungsgruppe zusammensaß. Ein Blick zu den beiden Frauen bestätigte seine Überlegungen.

„Wir haben eine Wasserleiche", sagte er. „Ein Mann wurde von einer Harpune getötet. Die Kriminaltechnik ist bereits unterwegs." Sofort hatte Larsson die Aufmerksamkeit aller Kollegen.

Monika Landris, die gerade telephonierte, hielt einen Moment die Muschel zu und fragte: „Im Achterwasser?"

„Im Peenestrom. Auf der Höhe von Wehrland. Segler fanden die treibende Leiche. Über Handy informierten sie die Polizei und hielten bis zu deren Eintreffen mit einem Schiffshaken die Leiche fest. Inge, was machst du gerade?"

„Ich suche noch nach dem zweiten Baby."

„Das kann warten. Und du, Karl?"

„Ich versuche die schwedische Reederei ausfindig zu machen, die den Hubschrauber geordert hatte. Svenska-Ferrylines AB."

„Auch das muss warten."

Die beiden Kommissare standen auf, um mit Larsson zum Auffindungsort der Leiche zu fahren. Larsson sah den versteinerten Blick von Monika Landris.

Warum nimmt er Inge mit, nicht mich, fragte sie sich. Aber dann gab sie sich selbst die Antwort. Inge Mohaupt war Kriminalhauptkommissarin und sie nur die ausgeliehene Polizeiobermeisterin der Schutzpolizei. Sie war zu schlau, um diesen gravierenden Unterschied nicht zu erkennen und zu würdigen. Er hat keine andere Wahl, dachte sie. Und dass er Karl mitnimmt, wird wohl nicht nur ermittlungstechnische Gründe haben.

Obwohl sie gern bei der Kripo arbeitete und es ihr ausgemachtes Ziel war, irgendwann fest bei dieser Truppe zu landen, beschloss sie, dass sie für derartige Einsätze nicht mehr zur Verfügung stehen würde. Aber schon nach wenigen Sekunden wusste sie, dass sie das nicht durchhalten könnte. Zu verlockend war die Möglichkeit, ihren ersehnten Berufswunsch möglichst nahe zu sein.

Larsson nickte ihr noch einmal zu und lächelte sie an. „Du wirst hier die Stellung halten, zusammen mir Rolf."

Als Larsson mit Inge Mohaupt und Simons im Schlepptau auf den Parkplatz hinaustrat, lästerte Andresen: „Unsere Elitetruppe fährt zum Einsatz."

Obwohl Monika Landris in gewissen Dingen abgebrüht war, bekam sie einen roten Kopf. Andresen wusste, dass sie sich darüber ärgerte, nicht mitgenommen worden zu sein. Und seine Feststellung klang abwertend, so dass sie annehmen musste, er sagte das, um sie zu verletzen. Irgendwann würde sie das Larsson unter die Nase reiben. Irgendwann.

Da es noch immer regnete, beeilten sie sich, in das Fahrzeug zu kommen. Simons setzte sich hinter das Steuer des Omega und Lasse Larsson auf den Beifahrersitz. Inge Mohaupt hatte es sich hinten bequem gemacht. Langsam fuhr der Wagen vom Hof.

„Wo fahren wir genau hin?"

„Nach Wehrland. Das liegt unterhalb von Wolgast auf der Festlandseite."

„Wie wollen wir fahren? Über Usedom und die Zecher Brücke? Oder über Zinnowitz und Wolgast?"

„Über Wolgast. Das ist die kürzeste Strecke."

Während sich der Wagen in Bewegung setzte und am Ende des Setheweges in die Neuhofer Straße einbog, dachte Larsson wieder über den Fall nach. Er hatte Sehnsucht nach einem ruhigen Platz, an dem er ungestört die Ereignisse der letzten Tage an sich vorbeiziehen lassen konnte. Die Fahrt in dem Dienstwagen war dieser Platz nicht. Aber seine Mitarbeiter kannten ihn. Sie wussten, wann er nicht zu Konversationen aufgelegt war. Sie hatten gelernt, das zu akzeptieren. Wo waren die Waffen geblieben, die an Bord gebraucht worden waren? Das war eine der brennendsten Fragen. Für ihn stand fest, dass ein einzelner Mann nicht mehrere Waffen zur gleichen Zeit tragen, geschweige denn bedienen kann. Und wie Jesus übers Wasser zu laufen, war auch niemandem auf dieser Welt gegeben. Nun kam, vorausgesetzt, es handelte sich bei der Leiche um die Person, deren Pass an Bord gefunden worden war, ein Mann hinzu, der mit einer Harpune getötet worden war. Das bestätigte ihn noch mehr in seiner Annahme, dass die Tat von einer Gruppe ausgeführt wurde. Es handelte sich also nicht um einen einzelnen Psychopathen. Ein Psychopath wäre leichter zu ermitteln gewesen, denn er handelte nach einem nüchternen Muster. Sie suchten jetzt also nicht mehr nur nach einem Einzelmörder, sondern nach einer Gruppe organisierter Krimineller.

So schnell das Gewitter gekommen war, so abrupt hörte es auf zu regnen. Nur der Donner war hin und wieder in der Ferne zu hören. Als er einen schwachen Blitz am Horizont wahrnahm, zählte er instinktiv mit, bis das Donnern erschallte. Er kam bis siebzehn. Dann fiel ihm der Traum wieder ein, den er in der vergangenen kurzen Nacht gehabt hatte. Es war ein erotischer Traum. Er hatte sich voller Begierde einer Frau genähert. Es war nicht Monika gewesen, denn als sie sich ihm zuwandte, war es das Mädchen, das auf der Yacht auf dem Schoß des Mannes gesessen hatte. Sie forderte ihn auf, ein wenig Spaß mit ihnen zu haben. Zu dritt. Dann blickte er in das nur noch zur Hälfte bestehende Gesicht des Mannes, auf dessen Schoß das Mädchen saß. Er erschauerte. Als sie ihn am Arm fasste, um ihn zu sich zu ziehen, war er wachgeworden.

„Lasse ... Lasse ... Gerade hat dein Handy geklingelt", hatte Monika gesagt. Er war langsam hochgekommen, als wäre er aus einer Narkose aufgewacht. „Was ist los?"

„Dein Handy." Monika Landris reichte es ihm.

Lasse Larsson sah diese Szene noch einmal vor sich und fragte sich, was ihm sein Unterbewusstsein signalisieren wollte. Er fand keine Antwort.

An der Ausfahrt Wolgast erwartete sie ein Streifenwagen, der sie zum Fundort der Leiche führen sollte. Die Kollegen der Schutzpolizei hatten das Blaulicht eingeschaltet. In schneller Fahrt ging es durch Hohendorf, Zarnitz und Hohensee. Erst in Wehrland drosselte der Wagen vor ihnen die Fahrt. Kurz hinter dem Ort fuhren sie durch ein Getreidefeld, anschließend durch ein Wäldchen. Wo der Peenestrom anfing, gab es einen kleinen Hafen mit einer Holzpier. Dort wurden sie von der Wasserschutzpolizei empfangen. Direkt an ihrem Schiff hatten sie das Segelboot vertäut. Etwas weiter draußen auf dem Strom kämpfte ein größerer Segler mit einem losgerissenen, im Wind flatternden Spinnaker. Er hatte Glück. Bei stärkerem Wind wäre das Segel zerrissen oder weggeflogen. Am Heck wehte die finnische Flagge.

Ein Funkwagen der Polizei stand am Ende des Weges quer. Der Pulk kam vor dem Wagen zum Stehen. Am Ufer, dicht neben dem Steg, hatte man die Leiche des Mannes hingelegt und mit einer Plane abgedeckt. Ein rot-weißes Band kennzeichnete den Bereich, der nicht betreten werden durfte. Vor dem Steg standen zwei Männer und diskutierten mit einem der Wasserschutzpolizisten. Die beiden Männer kamen von dem Boot, das die Leiche gesichert und die Polizei gerufen hatte.

Lasse Larsson ging auf die Gruppe zu.

„Wir haben unsere Pflicht getan“, sagte der ältere der beiden Männer. Er mochte um die sechzig sein und sah sehr gepflegt aus. Larsson ließ seinen Blick über das Boot gleiten, das zu den Männern gehörte. Es war ein Boot der Kategorie der Drachen; dieses Boot hatte der renommierte norwegische Konstrukteur Johan Anker im Jahr 1929 entworfen. Er gewann mit diesem Entwurf einen Wettbewerb des königlich schwedischen Segelclubs für ein kostengünstiges, sicheres und einfach zu segelndes Boot für junge, ambitionierte Seglerfamilien. Doch offensichtlich waren seinerzeit nicht nur die Preisrichter beeindruckt, denn der Drachen begann sofort die Herzen der Segler auf der ganzen Welt zu erobern, und er tut es bis heute.

„Ist das Ihr Boot?“ fragte Larsson.

Der Grauhaarige nickte.

„Es ist ein bildschönes Schiff! Und sehr gepflegt.“

War die Stimmung angespannt, als Larsson kam – mit dem Lob auf sein Schiff hatte er den richtigen Einstieg bei dem Mann gefunden.

Der Grauhaarige kam ins Schwärmen. „Von 1948 bis 1972 war der Drachen sogar olympische Bootsklasse! 1960 gewann Kronprinz Konstantin von Griechenland die Goldmedaille, 1964 der Segelmacher und Gründer des North-Konzerns Lowell North die Bronzemedaille. Auf diese Zeit gründet sich unter anderem der Ruf der Drachenklasse als der Königsklasse der modernen Segelei.“

„Ja, ein schönes Boot. Es hat nur einen Fehler.“

Der Mann schaute den Hauptkommissar entsetzt an. „Welchen?“

„Es gehört nicht mir“, sagte Larsson versöhnlich. Sie lachten.

„Schließlich ist der Drachen ein perfektes Segelboot für den Tagesausflug mit der Familie oder Freunden. Nicht zuletzt deshalb zählt die Flotte an den süddeutschen Seen, an der Alster und auf dem Wannsee jeweils um die hundert Schiffe, an den übrigen Segelstandorten oft einige Dutzend. Und nicht zuletzt deshalb habe ich das Boot erworben. Ich weiß, wo ein solches Boot verkauft wird. Wenn Sie Interesse haben ..."

„Interesse schon, aber leider viel zu wenig Zeit für ein solches Hobby."

„75 Jahre nach seinem ersten Stapellauf hat der Drachen auf der Grundlage dieses großen Freundeskreises noch eine sehr lange und ereignisreiche Zukunft vor sich."

„Sicher. – Sie haben die Leiche treiben sehen?"

„Ja."

Jetzt mischte sich der zweite Mann ein, der wesentlich jünger war. „Ich sah ihn, als wir eine Halse machten."

„Halse?"

„Als Halse bezeichnet man ein Manöver beim Segeln, bei dem ein Fahrzeug mit dem Heck durch den Wind geht und die Segel anschließend auf der anderen Schiffsseite geführt werden. Im Unterschied zum Schiften ist eine Halse immer mit einer Änderung des Kurses verbunden. Der Begriff leitet sich von den Halsen ab. Das sind Leinen, die am Hals eines Rahsegels angeschlagen sind, um das Segel auf einem Am-Wind-Kurs nach vorn zu holen."

„Aha", sagte Larsson nur.

„Bei kräftigem Wind bedarf das Halsen großer Aufmerksamkeit. Bei unsauberer technischer Ausführung kommt es zu einer Patenthalse, bei der der Großbaum unkontrolliert auf die andere Seite umschlägt. Im Gegensatz dazu heißt das Manöver, bei dem das Fahrzeug mit dem Bug durch den Wind geht, Wende", sagte der Ältere.

„Sie sahen ihn treiben. Wo?"

„Nur etwa zweihundert Meter vom Land entfernt, direkt hier vor der Holzpier. Zuerst fuhren wir an der treibenden Leiche vorbei. Wir wendeten und fuhren zu dem Punkt zurück, an dem der Mann im Wasser trieb. Da wir keinen Motor haben, mussten wir die Segel bergen, bevor wir den im Wasser treibenden Körper mit unserem Schiffshaken heranzogen und mit einer Leine sicherten."

„Und dann?"

„Als wir festgestellt hatten, dass es sich tatsächlich um einen Menschen handelte, riefen wir sofort über die 110 die Polizei."

Auf dem Zugangsweg kam ein Auto. Larsson sah, dass es der blaue T4 der Spurensicherung war.

„Wir würden gern weitersegeln, sonst erreichen wir unser Quartier nicht mehr vor Einbruch der Dunkelheit", sagte der Ältere.

„Wo wohnen Sie?"

„In Kamminke. Wir haben dort einen Liegeplatz für die ganze Saison gemietet."

„Und sonst? Wo wohnen Sie sonst, wenn Sie nicht in diesem Revier segeln?"

„In der Hauptstadt. In Dahlem."

Larsson wusste aus seinen Berliner Jahren, dass der vornehme Bezirk Dahlem ein Refugium der Reichen ist.

Paul Maier kam näher, grüßte und betrachtete kurz das Gesicht des Toten. Dann nickte er Larsson zu. „Es ist die Person, die wir zu dem Pass suchen." Er machte sich an der Leiche zu schaffen, untersuchte die Taschen der Hose und den Ein- und Austrittskanal der Harpune, die im Körper steckengeblieben war. „Soll ich die Rechtsmedizin verständigen?"

„Karl macht das schon. Danke, Paul, dass Sie so schnell gekommen sind."

Maier machte noch einige Photos. Dann fuhr er wieder ab.

Karl Simons bestellte in Wolgast einen Leichenwagen, der den Toten nach Greifswald bringen würde, und rief bei Frau Dr. Beckert an, um ihr einen neuen Kunden zu offerieren.

„Können wir jetzt weitersegeln?" drängte der ältere der beiden Männer.

„Sie haben die Adresse und auch die Telephonnummer?" wandte sich Larsson fragend an den Beamten der Wasserschutzpolizei.

„Es ist alles komplett, Herr Larsson."

„Ich werde mich möglicherweise noch einmal bei Ihnen melden“, sagte Larsson zu dem Segler. „Mast und Schotbruch.“

Die beiden ungleichen Männer gingen zu ihrem Boot, und kurze Zeit später sahen die Zurückgebliebenen, wie das Großsegel der fast neun Meter langen Yacht aufgezogen wurde und sich das Drachenboot kurz im Wind wiegte, dann bei einer leichten Windbö auf die Leeseite neigte und schnell Fahrt aufnahm.

Was für ein schnittiges Prachtstück, dachte Larsson, der dem Boot einige Sekunden nachsah. Das schlichte D im Großsegel, das die Drachen führen, würde ihn später immer wieder an diesen Bootstyp und die heutige Befragung erinnern.

Inge Mohaupt kam von der Pier, wo sie mit dem Bootsführer des Schutzbootes gesprochen hatte. Auch sie konnte sich für einige Sekunden dem Zauber des absegelnden Drachenbootes nicht entziehen.

„Wir schreiben einen Bericht und geben Ihnen den per Fax in Ihre Dienststelle“, sagte der Beamte der Wasserschutzpolizei. „Aber wir haben keine Unregelmäßigkeiten zu dem Führer des Drachen feststellen können.“

Larsson bedankte sich. Er ging zu einem der Funkwagen und bat die Kollegen zu bleiben, bis die Leiche abtransportiert wäre. Dann machte er sich mit seinen beiden Begleitern auf den Weg. Auch das Boot der Wasserschutzpolizei entfernte sich von dem Steg. Das Schiff war bereits zu einem anderen Einsatz unterwegs.

17. Kapitel

Es war zwei Minuten vor fünf, als sie wieder in der Kriminalaußenstelle Heringsdorf waren. Sie wurden schon brennend erwartet. Andresen berichtete, dass es nichts Neues bei der Fahndung nach Furmanow gäbe. Die Telephonverbindung zwischen Olesiewicz und dem Ukrainer sei nicht wieder zustande gekommen. Lamm habe in der Zeit zweimal mit ihm telephoniert und jedes Mal beklagt, dass es in diesem Fall nicht weitergehen würde. Und er habe ihn ebenfalls bei jedem Anruf darauf hingewiesen, wie wichtig es sei, dass die Zusammenarbeit zwischen den polnischen Dienststellen und der Polizeidirektion Anklam funktioniere.

Monika Landris schaute erst zu Inge Mohaupt, dann zu Larsson und sagte salbungsvoll, sie habe mit großer Wahrscheinlichkeit das fehlende polnische Baby gefunden. Sie verkündete das, als wäre es ein Sieg über ihre Rivalin im Kampf um die Gunst Larssons. Und jeder im Raum, dessen Antenne für feine Zwischentöne in Ordnung war, hörte diesen Triumph in Monikas Stimme.

Ich werde ihr sagen müssen, dass es so nicht geht, dachte Larsson. Bisher hatte ich eine Truppe, die an einem Strang zog, die miteinander um den Sieg gegen das Böse kämpfte. Und das würde er keines Falls zerstören lassen. Auch nicht von der Frau, die er liebte.

„Wo ist das Baby?"

„Man hat vor etwa einer Stunde ein Baby in einer Einkaufstasche in der Wartehalle des Südstadt-Klinikums in Rostock abgestellt. Als das Baby anfing zu schreien, hat man nach der Mutter gesucht, die nicht gefunden wurde."

„Gibt es eine Personenbeschreibung der Mutter?"

„Ja. Es handelt sich um eine junge, dunkelhaarige Frau."

„Habt ihr das Lamm gesagt?“

„Noch nicht“, sagte Andresen, der in der Tür stehengeblieben war.

„Wer kümmert sich vor Ort darum?“

„Ich habe mit der Klinik telephoniert“, sagte Monika Landris. „Man hat die örtliche Polizei verständigt. Das Kind befinde sich aber erst einmal in der Klinik und werde dort betreut. Man hat es untersucht. Das kleine Mädchen sei in guter körperlicher Verfassung.“

„Dann müssen wir mit den Kollegen in Rostock in Verbindung treten“, sagte Larsson.

„Auch das ist bereits erledigt“, sagte Monika Landris. „Ich habe gesagt, dass wir auf der Suche nach einem in Polen geraubten weiblichen Babys sind und dass wir dafür sorgen werden, dass morgen oder übermorgen die Eltern zur Identifizierung kommen werden.“

„Gut gemacht“, stellte Larsson knapp fest.

„Ich fahre jetzt nach Hause, Lasse“, sagte Inge Mohaupt. „Oder liegt heute noch etwas Wichtiges an?“

Simons sagte, dass er sich nun weiter um die Svenska-Ferrylines AB kümmern würde. Er machte sich an seinem Computer zu schaffen.

Während Inge Mohaupt ihre Sachen zusammenpackte und sich auf den Weg heim zu ihrer kleinen Tochter nach Anklam machte, setzte sich Larsson an den Schreibtisch in seinem Zimmer. Wir haben also nunmehr nicht sieben Tote und einen Mann, von dem noch nicht feststeht, dass er durchkommt, dachte er, sondern acht. Acht Menschen, die gestorben sind; das Todesurteil, wer immer es gesprochen hatte, war vielfältig. Wahrscheinlich hatte es einen sexuellen Hintergrund. Zumindest bei einem der Männer, sonst hätte man dem Toten wohl kaum sein Geschlechtsteil abgeschnitten und ihm in seine rechte Hand gelegt. Das war ein deutlicher Hinweis darauf, dass es sich um einen Racheakt handelte. Aber warum hatte man die anderen Menschen regelrecht hingerichtet? Warum die jungen Frauen? Larsson dachte, dass er irgendetwas übersehen haben musste. Gab es hier Ermittlungsfehler, würde man ihm die ganz sicher nicht verzeihen. Zu sehr war das BKA an einer ordnungsgemäßen Aufklärung interessiert. Er war gerade dabei, seine Analyse darüber zu vervollständigen, als es klopfte und Monika ihren Kopf zur Tür hereinsteckte.

„Ja. Komm rein und mach die Tür zu."

„Wir haben jetzt drei Photos von dem in Rostock aufgefundenen Baby Krystyna."

Larsson schaute auf die Photos, die Monika Landris ihm auf den Schreibtisch legte. Sie zeigten das Kind einmal von vorne und die jeweiligen Seiten des Gesichts mit den Ohren. Dann nahm er den Hörer ab und wählte die Nummer des Kriminalhauptkommissars Lamm in Anklam, erfuhr aber, dass der Feierabend habe. Dann rief er bei der polnischen Kontaktstelle in Stettin an. Er hatte Glück. Kommissar Mieczysław Dudzik war am Apparat. Er schilderte ihm die Entwicklung, die es mit der Auffindung eines weiblichen Babys gegeben hatte, und sagte ihm die sofortige Übermittlung der Photos per Mail zu.

Er gab Monika Landris die Mailadresse Dudziks bei der Wojewodschaftskommendantur und sagte: „Ich schätze deine Mitarbeit sehr, möchte aber, dass du deine Diadochenkämpfe gegen Inge sofort einstellst. Bisher waren wir hier ein homogenes Team, das nichts anderes im Kopf hatte als die Aufklärung des jeweiligen Falles."

„Aber daran hat sich doch nichts geändert. Ich mache nur meine Arbeit."

„Das werfe ich dir nicht vor, Monika. Die Art des Triumphes über Inge war es, die unangebracht war. Inge Mohaupt ist eine erstklassige Kriminalhauptkommissarin. Sie ist eine Frau, die diesen Titel zu Recht führt. Und es stünde dir sehr gut an, diese Frau bei der Arbeit zu beobachten und so viel von ihr abzusehen wie nur möglich."

„Aber sie macht dich an, Lasse. Obwohl sie weiß, dass wir ein Paar sind, baggert dich diese Frau an. Oder ist eine fähige Kriminalhauptkommissarin nicht in der Lage festzustellen, dass das Objekt ihrer Begierde bereits vergeben ist?" Monika Landris hatte leise, aber eindringlich gesprochen.

Larsson hatte das Gefühl, dass er jetzt eine Entscheidung treffen müsste. Monika hatte nicht ganz unrecht. Inge Mohaupt versuchte immer wieder, ihn für sich zu requirieren. Ließe er es zu, wäre es eine Frage von Minuten, mit ihr ins Bett zu gehen. Andererseits war auch sie nicht die Frau, die einen One-Night-Stand suchte. Würde er sich jemals darauf einlassen, müsste er sein ganzes Leben umstellen. Das hatte er gerade wieder einmal gemacht, um mit Monika zu leben. Larsson dachte, dass er ein bodenständiger Typ sei. Das traf auch für seine Entscheidungen bei den Frauen zu. Warum hatte er sie hin und wieder gewechselt? Und er musste sich wieder die Antwort geben, dass nicht er es war, der verließ, sondern dass ihn die Frauen verlassen hatten.

„Ich bitte dich, mit Inge die Sache zu klären, und zwar in aller Ruhe. Als Leiter der Ermittlungsgruppe muss ich dir sagen, dass mir Inge Mohaupt von Kriminaloberrat Kruse zugeteilt wurde. Und dass sie eine überaus tüchtige Mitarbeiterin ist, muss ich dir nicht erklären. Das weißt du selbst."

„Du würdest dich im Zweifelsfall für sie entscheiden?"

„Privat habe ich mich für dich entschieden. Für keine andere Frau, denn ich begehre dich und hoffe, dass wir weiterhin ungetrübt miteinander unser Leben verbringen ..."

„Aber dienstlich?"

„Werde ich mich an die Gegebenheiten halten. Da steht eine ausgebildete Kriminalhauptkommissarin gegen eine ausgeliehene Polizeiobermeisterin. Was glaubst du, habe ich für Möglichkeiten?"

Sie stand auf. „Ich verstehe."

„Sei bitte nicht beleidigt. Aber ich habe die Verantwortung in dem Laden, und ich möchte, dass hier alles friedlich weitergeht und jeder, der in meiner Ermittlungsgruppe arbeitet, sein Bestes gibt." Er wusste in diesem Augenblick, wie seine Entscheidung ausfallen müsste, würde man ihn vor die Wahl stellen.

Monika Landris verließ mit hochrotem Kopf das Büro. Jetzt musste sie sich erst einmal beruhigen. Sie ging zum Treppenaufgang, wo der Kaffeeautomat stand, und beschäftigte sich damit, einen Kaffee zu kochen. Dann ging sie zum Büro zurück, um die Bilder des Babys nach Polen zu mailen.

Larsson nahm seine Gedanken wieder auf. Jetzt kam er zu einer Quintessenz, die ihn erschreckte und die er freilich für sich behalten musste, wollte er nicht in ein furchtbares Wespennest treten: Er war sich im Klaren darüber, dass man in Wiesbaden längst wusste, wer der Mann war und möglicherweise auch, warum man ihm die Arme abgetrennt hatte. Nun ganz so klar hatte er das Bild noch nicht vor Augen. Aber er war sich sicher, dass er sich ganz in der Nähe der Erkenntnis der genauen Umstände befand. Und er glaubte nicht mehr daran, dass ihm gefallen würde, was er bisher nur vermutete.

Draußen am Gang hörte er Schritte und schaute zur Uhr. Viertel nach sechs. Monika klopfte und öffnete die Tür. „Karl und ich fahren nach Hause. Wirst du noch lange bleiben?"

„Was ist mit Rolf?"

„Rolf ist schon vor einer halben Stunde gegangen. Sein Drachen hat angerufen. Daraufhin hat er zusammengepackt und ist maulend gegangen."

Wenn also stimmt, was ich denke, dachte Larsson weiter, als er wieder allein war, und man beim BKA in Wiesbaden weiß, was ich von Hüttner erfahren habe, und ich denke, dass man es weiß, dann will jemand unbedingt verhindern, dass ans Tageslicht kommt, dass sich derartige Subjekte in unserem Land absolut unbehelligt bewegen können. Wahrscheinlich, nein, bestimmt war dieser Dragovan Nicolic ein Kriegsverbrecher. Was für eine korrupte Welt ist das geworden, eine lumpige Welt, in der wir leben, und Deutschland wird mehr und mehr in diesen mafiösen Strudel hereingezogen. Er öffnete die Schublade seines Schreibtisches und holte eine kleine, flache, silbern beschlagene Flasche mit Whisky hervor. Er goss etwas in die Kappe, die als Trinkbecher gearbeitet war, und trank sie genüsslich aus. Es war kein Fusel, den er hier für Notfälle gebunkert hatte. Es war ein sechzig Jahre alter, sehr kostbarer Malt-Whisky, den er ausschließlich zu sich nahm, wenn er wichtige Dinge zu entscheiden hatte. Und eine solche Entscheidung lag nun an. Es war die Frage – würde er sich nun dem BKA gegenüber offenbaren? Wollte er der Kriminalhauptkommissarin Janina Seyfert sagen, was er bisher ermittelt hatte und damit riskieren, dass sie ihm den Fall entzog, um weiterhin brisante Erkenntnisse vor dem Volk geheimzuhalten? Oder solle er so tun, als fische er im Trüben, und man würde ihn irgendwann von diesem schwierigen Fall abziehen? Das käme letztlich auf dasselbe heraus. In diesem Augenblick beschloss Larsson, das Interesse des Falles auf die Ermittlung der beiden polnischen Babys zu lenken. Das würde ihm vielleicht einen zeitlichen Vorsprung von einigen Tagen schaffen, bevor man ihn und sein Team von dem Fall abzog.

Larsson packte seine Unterlagen zusammen und verschloss seinen Schreibtisch. Dann meldete er sich im Computer ab und verließ das Haus.

Als er in Loddin ankam, war der Tisch zum Abendessen bereits gedeckt. Monika ließ es sich in Anbetracht, dass sie beide an diesem Tag kein warmes Essen hatten, nicht nehmen zu kochen. Sie hatte einen Spargelauflauf gemacht. Den Spargel hatte sie einen Monat zuvor selbst geschält und eingefroren. Als sie beim Essen waren, fragte sie: „Glaubst du, dass es angemessen ist, wie du mich vorhin angefahren hast?“ Sie vermied peinlich, Inge Mohaupt zu erwähnen.

Larsson wusste aber auch so, worauf sie hinauswollte. Jetzt war er nicht der Polizist, der er sein musste, wenn innerhalb seines Teams etwas schief lief. Jetzt war er der Privatmann. Der Mann, der eine gewisse Zeit ohne Frau gewesen war und ziemlich darunter gelitten hatte. Alle Männer litten unter Einsamkeit, wenn sie keine Frau hatten. Und er war überzeugt, auch die meisten Frauen würden ihr Leben nicht gern allein verbringen. Der Mensch ist nicht zum Alleinsein geboren. „Du weißt genau, Monika, dass mir gewisse Grenzen gesetzt sind. Personalentscheidungen werden allein in Anklam getroffen. Ich kann Empfehlungen geben. Mehr nicht. Auf die Entscheidungen selbst habe ich letztlich gar keinen Einfluss.“

„Was würdest du sagen, wenn du in absehbarer Zeit Vaterfreuden zu erwarten hättest?“

Larssons Lächeln gefror. Er ließ die Gabel auf den Teller fallen. „Soll das heißen ...“

Monika schaute ihn ernst an. „Ich will jetzt wissen, was du davon hältst.“

Er stieß die Luft geräuschvoll aus.

„Dass heißt, dass du nicht begeistert davon wärst?“

„Das heißt, dass ich erst einmal mit einer solchen Nachricht fertig werden müsste!“

„Was sind die Männer bloß für Luschen, wenn es ans Eingemachte geht.“

„Monika, bitte!“

„Also, Papa Lasse? Wie stellst du dich zu einem Kind?“ Monika konnte einen leicht zynischen Unterton nicht verbergen.

„Seit wann weißt du es?“

„Seit heute.“

„Und du bist sicher?“

„In diesem Stadium kann man nie ganz sicher sein.“

Lasse Larsson atmete schwer durch.

„Da kriegst du wohl Fracksausen, Lasse? Eigentlich müsstest du doch glücklich sein, Vater zu werden?“ Sie lächelte ihn herausfordernd an.

„Wir sind noch nicht einmal verheiratet!“

„Ich habe dich für stärker gehalten, mein Freund. Du klingst jetzt wie ein kleiner Spießer.“

Obwohl es ihn ärgerte, dass sie es aussprach, wusste er, dass sie recht hatte. In manchen Dingen war er durchaus großzügig. In anderen weniger. Ja, manchmal erwischte er sich dabei, spießig zu sein. „Jeder Mensch hat schwache Punkte“, sagte er kleinlaut. „Du hast meine Schwachstellen sicher getroffen.“

„Einsicht ist der erste Weg zur Besserung.“

„Da werden wir wohl unsere Verbindung öffentlich machen müssen, und das Ergebnis wird sein, dass Kruse dich sofort aus unserer Abteilung abzieht.“

„Möglich.“

„Und dann kannst du deinem Wunsch, eine Ausbildung zur Kriminalistin zu machen, Ade sagen."

„Vielleicht bist du ein wenig voreilig", sagte Monika. Sie stand auf und ging ins Wohnzimmer. Kurze Zeit später erklang Dvořáks *Aus der neuen Welt*.

Sie weiß genau, wie sie mich in sentimentale Stimmung bringen kann, dachte er, wie sie meinen wunden Punkt trifft. Als sie zurück zum Tisch kam und ihm eine zweite Portion des herrlichen Spargelauflaufs auf den Teller legte, sagte sie: „Was mich angeht, kann ich dich beruhigen. Ich bekomme kein Kind. Jedenfalls nicht jetzt."

„Und was sollte dann das Ganze? Wolltest du mal prüfen, wie ich dazu stehe? Einmal sehen, ob ich der richtige Vater für dein Kind bin?"

Monika lachte auf. „Vielleicht auch das. Aber nun im Ernst, du scheinst wirklich von einer Minute auf die andere Vater zu werden."

Wenn sie nicht eine so perfekte Frau wäre, nicht so verdammt gut aussehend und begehrenswert, dachte Larsson, müsste das unbedingt ein Grund sein, sich von ihr zu trennen. Denn genau die Eröffnung, plötzlich aus heiterem Himmel heraus Vater zu werden, ist ein Punkt, auf den alle Männer mit größter Vorsicht und Skepsis reagieren.

„Ich hatte heute einen Anruf von einer jungen Dame", sagte Monika. „Sie fragte nach dir."

„Ja, das soll vorkommen."

„Als sie hörte, dass du unterwegs warst, wollte sie später noch einmal anrufen. Ich fragte, ob ich dir etwas ausrichten könne."

„Und?"

„Zuerst druckste sie ein wenig herum. Aber schließlich konnte ich ihr entlocken, dass sie Lara hieße."

„Lara."

„Ja."

„Ich kenne eine ganze Menge Frauen. Aber eine Lara ist sicher nicht dabei."

„Lara *Larsson* ..." Monika hatte es ganz leise gesagt. Der Name schlug ein wie ein Blitz.

„Lara wie?"

„Larsson."

Larsson schwieg eine Weile. Er hatte das Besteck auf den Teller gelegt. Monika hatte es fertiggebracht, dass ihm mit einem Mal der Appetit vergangen war. Aus dem Lautsprecher erklang noch immer die herrliche Musik Dvořáks. Diesmal schien sie ihn zu verhöhnen. Lara Larsson. Lara Larsson. Lara Larsson.

„Ich kenne keine Lara, die meinen Familiennamen trägt", sagte Larsson.

„Jetzt habe ich dir ein schlechtes Gewissen gemacht", sagte Monika. „Und du grübelst, um irgendeine Schwachstelle in deinem Leben zu finden."

„Ich kann mich an keine Frau erinnern, die mir das untergeschoben haben könnte."

Monika Landris ging zur Kommode und holte einen kleinen Zettel. „Das ist ihre Telephonnummer. Du kannst sie ja gleich anrufen und dich davon überzeugen, ob sie ein Kuckucksei ist, das man dir untergeschoben hat, oder ob du einfach ein Schäferstündchen mit Folgen verdrängt hast."

Larsson nahm den Zettel. Die Vorwahlnummer war die gleiche wie die Nummer, die er wählen musste, wenn er die Rechtsmedizin anrief. Also wohnte die Frau in Greifswald. Er stand auf und ging zum Telephon im Flur. Dann wählte er die Nummer. Er hörte, wie es fünf-, sechsmal klingelte. Aber der Teilnehmer am anderen Ende schien nicht anwesend zu sein. Langsam legte er den Hörer auf die Gabel. Morgen würde er es noch einmal versuchen.

18. Kapitel

Schweißgebadet fuhr er an diesem Sonnabend, dem 16. August, im Bett hoch. Schlaftrunken schaute er zur Uhr. Es war erst kurz nach vier.

Monika lag neben ihm und atmete gleichmäßig. Sie schien nicht bemerkt zu haben, was ihn so bedrückte, dass er von Albträumen geplagt wurde. Zuerst war ein kleines Mädchen auf ihn zugekommen, das ihm Papa nannte. Als er das Kind an die Hand nehmen wollte, verwandelte es sich in einen wütend bellenden und zähnefletschenden Köter, der ihm um ein Haar die Hand abgebissen hätte. Schnell aber hatte er seine Hand zurückgezogen. Das Kind schien zu wachsen. Der Kopf veränderte sich. Ein Kamel mit sieben Höckern grinste ihn, die wulstigen Lippen aufgestülpt, an. Und es gab einen krächzenden Laut von sich, der ihn an das Wiehern eines Esels erinnerte. Er hatte keinen Zweifel, das Tier lachte ihn aus. Als er es wegscheuchen wollte, hob es das rechte Vorderbein, um sich damit zu kratzen. Larsson hatte sich gebückt, um einen Stein aufzuheben, den er nach dem Viech schleuderte. Der Stein flog, doch er kam wie ein Bumerang zurück und traf ihn in dem Augenblick am Kopf, als er stöhnend hochschreckte.

Monika schien von irgendetwas munter geworden zu sein. „Was ist denn los? Wieso bist du mitten in der Nacht so unruhig?“ Sie tastete nach dem Schalter. Der Lampenschirm war verrutscht. Das gleißende Licht blendete Larsson.

„Das ist kein Kind“, stammelte er. „Das ist ein siebenhöckriges Kamel, das Steine zurückwerfen kann.“

„Wovon sprichst du?“

„Von dieser Lara *Larsson*.“

„Du hast von ihr geträumt?“ fragte sie. „Also hast du ganz im Unterbewusstsein ein schlechtes Gewissen. Ein Kamel mit sieben Höckern?“

„Ja.“

„Und das kann mit Steinen werfen?“

„Ja.“

„Ich bleibe dabei. Es ist im Unterbewusstsein dein schlechtes Gewissen.“

„Unfug.“

„Komm zu mir ins Bett. Beruhige dich, und wir schlafen noch ein wenig.“

Er kroch zu ihr unter die Decke. Es beruhigte ihn, ihren warmen Leib zu spüren. Er erkannte, wie wichtig es war, nicht allein in der Welt herumzudümpeln.

Gegen sieben standen sie auf. Der Körper hatte sich darauf eingestellt, früh wach zu werden. Es war ein immer wiederkehrender Rhythmus, und auch dann, wenn Larsson länger schlafen könnte, trieb es ihn aus dem Bett.

Wie immer machte Monika schon das Frühstück, während er duschte. Und wenn er sich anzog, ging sie ins Bad. Sie waren schon nach kurzer Zeit ein eingespieltes Team. Das unterschied sie von Chiara, dachte er. Da war er es, der das Frühstück am Wochenende bereitete. Sie stand dann schließlich knurrend auf, nachdem ihr der Kaffeeduft in die Nase gestiegen war. Sie duschte dann nach dem Frühstück. Es hatte ihm nicht sonderlich gepasst. Dennoch hatte er das Spiel mitgemacht. Er hatte gelernt zu begreifen, dass jeder der Frauen, die sein Leben ein Stück begleitet hatten, ihren eigenen Charakter, ihre eigenen Angewohnheiten hatte.

Als sie schließlich am Frühstückstisch saßen und die erste Tasse Kaffee zu sich genommen hatten, erinnerte ihn Monika wieder an die Telephonnummer und damit an Lara.

„Ich denke, dass es noch zu früh ist, jetzt anzurufen“, sagte Larsson. Dann dachte er kurz darüber nach, was er ihr wohl sagen würde. Sicher war das nur ein Zufall, dass sie den gleichen Namen trug wie er. Alles war ein Irrtum. „Wir könnten ja mal prüfen, ob eine Lara Larsson in Greifswald gemeldet ist“, sagte er.

„Ja, das können wir. Am Montag.“

„Am Montag?“

„Wenn du heute wissen willst, was es mit dieser Lara auf sich hat, musst du sie schon anrufen.“

„Ich mache das anders. Heute soll sich Macchiavelli so weit erholt haben, dass ich mit ihm reden kann. Ich möchte wissen, was an Bord der *Morningstar* passiert ist.“

„Du willst nach Greifswald fahren?“

„Ja. Und dabei kann ich auch diese Lara treffen.“

„Vorausgesetzt, du erreichst sie, und sie ist willens, sich mit dir zu treffen.“

„Sie hat angerufen. Sie ist es, die mich sucht. Also wird sie sich mit mir treffen.“

Gegen neun rief Larsson in der Uniklinik an und erfuhr, dass der Kapitän der *Morningstar* am Abend aus seinem Koma erwacht, die Nacht dann gut geschlafen habe und auf dem Weg der Besserung sei. Er würde sicher noch schwach sein. Larsson versprach sich auch von einem kurzen Gespräch Auskunft darüber, was auf dem Schiff passierte und wieso eine relativ starke und – seiner Meinung nach kampferprobte Besatzung – wohl widerstandslos draufgegangen war.

„Ich fahre jetzt nach Greifswald. Vielleicht bekommen wir Informationen, die uns bei der Ermittlung zum Umdenken zwingen.“

„Daran glaubst du nicht wirklich.“

„Nein. Aber ich hoffe immer bei jeder Vernehmung, meinem Ziel ein Stück näher zu kommen.“

Er erwartete, dass sie ihn fragte, ob sie mitkommen solle. Aber sie sagte nichts. Stattdessen schob sie ihm den Zettel mit der Telephonnummer zu, die sie von Lara bekommen hatte.

„Ich rufe von Greifswald aus an. Junge Mädchen schlafen vielleicht am Wochenende ein wenig länger.“

„Ja, mach das.“ Monika wusste genau, dass es ihn eine Menge Überwindungskraft kostete, bei dem Mädchen anzurufen.

„Willst du nicht mitkommen?“

„Du wirst mit ihr allein sprechen wollen. Ich würde nur stören."

Bei genauer Betrachtung musste er ihr recht geben. Eine erste Kontaktaufnahme zwischen einem Vater und seiner erwachsenen Tochter sollte ein Mann allein machen. Und er hielt sich für einen Mann. Wenngleich er noch immer daran zweifelte, ein rechtmäßiges Kind zu haben. Und wenn es so wäre, so fragte er sich, warum ihn die Frau, mit der er das Kind gezeugt, nicht mit der Tatsache einer Schwangerschaft konfrontiert hatte.

Gegen elf war Larsson in der Uni-Klinik in Greifswald. Er meldete sich bei der Stationsschwester an, die ihn ermahnte, nicht zu lange bei dem noch immer sehr schwachen Patienten zu bleiben. Vor dem Zimmer saßen die beiden Polizisten, die zur Bewachung des Kapitäns abgestellt worden waren. Larsson wechselte mit ihnen ein paar Worte. Dann ging er ins Krankenzimmer. Macchiavelli sah noch immer sehr mitgenommen aus. Genaugenommen hatte der Mann sicher eine gehörige Portion Glück gehabt, das Massaker lebend überstanden zu haben.

„Ich heiße Lasse Larsson und bin Kriminalhauptkommissar", begann Larsson und zog sich den einzigen Stuhl im Raum heran.

Macchiavelli nickte nur.

„Ich muss Ihnen ein paar Fragen stellen."

Wieder nickte der Mann.

„Sie waren der Kapitän der *Morningstar*?"

„Ja."

„Seit wann?"

„Seit etwa drei Monaten. Mein Vorgänger ist in seine jugoslawische Heimat zurückgegangen, und Herr Nicolic suchte kurzfristig einen neuen Kapitän."

„Und da ist er auf Sie gekommen. Hat er keinen Landsmann gefunden?"

„Da müssten Sie ihn schon selbst fragen."

Larsson lächelte. „Das geht nicht mehr."

„Ich weiß. Aber ich kann Ihnen auch nicht mehr über seine Beweggründe, mich einzustellen, sagen."

„Da war es ein Glück für Nicolic, dass er Sie so schnell fand."

„Es war zu der Zeit eher ein Glück für mich."

„Wieso?"

„Ich bin nicht mehr so ganz jung, und ich hatte ein Schiff verloren."

„Sie hatten ein Schiff verloren?"

„Fälle von Piraterie auf hoher See haben nach Beobachtungen des Internationalen Schifffahrtsbüros im vergangenen Jahr um über fünfzig Prozent zugenommen. In einem in London veröffentlichten Jahresbericht werden 370 Zwischenfälle aufgelistet, nachdem es im Jahr zuvor lediglich 235 gewesen waren. Die meisten Übergriffe hätten sich auf Schiffe ereignet, die vor Anker gelegen hätten. Besonders viele Fälle der Piraterie listete das Büro in den indonesischen Gewässern mit 103 Übergriffen auf. Es folgte Bangladesch mit 32 und Indien mit 18. Als weltweit für die Schifffahrt gefährlichste Gewässer benannte das Schifffahrtsbüro die Küste vor Somalia. Die Gefahr eines Angriffs durch bewaffnete Milizen sei überaus groß."

Larsson wunderte sich über die präzise Auskunft des Mannes. Wer so klar denken kann, dass er derartige Zahlen problemlos zitieren kann, dem muss es eigentlich schon wieder ganz gut gehen. „Und Sie hatten auf diese Art Ihr Schiff verloren?"

„Mit Maschinengewehrsalven stoppten sie mein Schiff, die *High Line 22,* und nahmen zwei Gefangene. Die Piraten hatten uns in der Nacht überrascht. Wir hatten Kohle geladen und befanden uns auf dem Weg in die nordmalaysische Stadt Lumut. Unbemerkt von uns glitten die Piraten in ihrem Schnellboot heran. Dann, wir hatten sie gerade erst bemerkt, eröffneten die Angreifer plötzlich das Feuer aus ihren Maschinengewehren."

Larsson lauschte der Erzählung des Kapitäns und merkte sehr schnell, dass seine Einschätzung über die Kraft des Mannes falsch gewesen war.

„Mein Chefingenieur erlitt einen Beinschuss. Fünfzig Seemeilen südwestlich der malaysischen Insel Penang entschieden wir uns schließlich zum vollen Stopp der Maschinen und drehten bei. Handstreichartig enterten die Piraten unser Schiff. Kapitän und Erster Offizier wurden als Geiseln von Bord geführt, die sieben anderen Besatzungsmitglieder konnten erst Stunden später von einem Schiff der Marine geborgen werden."

„Sie waren als Geisel in der Hand der Piraten. Wie lange?"

„57 Tage. Dann wurden wir gegen die Zahlung eines Lösegeldes freigelassen."

„Das zeigt Nachwirkungen psychischer Art", stellte Larsson fest.

„Nicht nur das. Wie gesagt, ich bekam plötzlich kein neues Schiff mehr und war deshalb froh, als ich das Angebot Nicolics bekam. Hätte ich allerdings gewusst, wie das endet, würde ich auf diese Schiffsführung verzichtet haben."

„Das glaube ich Ihnen gern. An was erinnern Sie sich, wenn Sie an den Überfall auf die *Morningstar* denken?"

„Nicolic hatte immer eine Wache angeordnet. Auch an diesem Abend war einer der Männer an Bord. Niemand wähnte also irgendetwas Ungewöhnliches. Am wenigsten aber einen Überfall in einer Marina. Ein Hafen wie der in Krummin bietet eine gewisse Sicherheit. Nun, wir lagen am Ende des Stegs. So war es für einen Mann leicht, die Schiffe im Hafen und alle Bewegungen zu beobachten, ohne selbst aufzufallen. Ein Mann saß an Bord und rauchte eine. Dabei hielte er die Umgebung im Auge. Es war eine perfekte Tarnung. Hin und wieder gab es einen oder zwei Angler, die etwas außerhalb der Marina ihr Glück versuchten. Aber gefährlich war keiner von ihnen."

Macchiavelli schwieg eine Weile. Larsson merkte, wie sehr den Mann diese Unterhaltung anstrengte. „Nehmen Sie sich Zeit", sagte er. „Wir haben es nicht eilig."

„Die Feier, die Nicolic veranstaltete, war eher dezent. Der Jugoslawe schätzte es, nicht aufzufallen. Seine Devise war, dass das Schiff allein durch seine Größe sich schon von anderen abhob, dass es nur böses Blut gemacht hätte, unnötig zu provozieren."

„Ja, derartige Männer muss man in zwei Klassen einteilen, diejenigen, die provozieren, um aufzufallen, und die anderen, die ihre Geschäfte lieber im Dunkeln betreiben. Die zweite Gruppe ist die gefährlichere."

Macchiavelli versuchte sich etwas aufzurichten, um an die Schnabeltasse zu kommen, die auf dem stählernen Beistelltisch abgestellt war. Larsson sah, dass es ihm erhebliche Mühe machte, und reichte sie dem Kapitän.

„Was wissen Sie über Nicolics Geschäfte? Ein solches Schiff lässt sich nicht mit Hosenknöpfen unterhalten."

„Ich weiß nicht, womit der Mann sein Geld verdiente. Wenn er mit Stjepan Stanišic und seinem Adlatus Ratko Krkic Dinge zu besprechen hatte, machten sie die Tür zum Salon zu. Ich war dann auf der Brücke. Dort kann man nichts verstehen, wenn die Tür zum Aufgang geschlossen ist. Außerdem verstehe ich ihre Sprache nicht."

„Ein Mann wie Sie macht aber doch Beobachtungen mit den Augen und ist nicht nur auf seine Ohren angewiesen."

„Sie trieben es mit den Weibern, wo immer das Schiff anlegte. Im Nu hatten sie einige Mädchen aufgerissen, die sich ihnen willig hingaben. Manchmal war das zum Kotzen, wie leichtsinnig diese zum Teil noch sehr jungen Mädchen waren. Als Seemann ist man einiges gewöhnt, aber manchmal war ich regelrecht schockiert."

„Sie sahen also einiges, wenn die Männer feierten?"

Macchiavelli nickte. „Und sie feierten immer. Stets floss der Champagner in Strömen."

„Wir haben Drogen gefunden."

„Kokain. Na ja, sie nahmen manchmal eine Nase davon. Ich kam einmal dazu, und Nicolic forderte mich auf, eine Straße zu schniefen. Aber ich machte ihm klar, dass ich die Verantwortung für sein Schiff hatte und deshalb klarbleiben müsse. Er beließ es dabei, versuchte aber immer wieder, mich in Partys einzubinden, mir irgendwelche Mädchen unterzuschieben, um mich ruhigzustellen. Ein Mann, den man so verpflichtet hatte, konnte nur schwerlich zum Feind werden."

Larsson dachte, dass sie Kokain nur in einer relativ kleinen Menge gefunden hatten. Von dem Fund des Heroins Nr. 4 sagte er nichts. Scheinbar wusste Macchiavelli nichts davon, oder er wollte es zumindest nicht wissen. „Ja, so ist das wohl", sagte er.

„Ich werde es Ihnen so sagen. Ein Freund von mir ist elendiglich an Aids eingegangen, nachdem er sich im Sudan bei einer Hure angesteckt hatte. Ich werde nie vergessen, wie flehentlich er mich angeschaut hat, als er starb. Als könne ich den aufhalten, der jedermann holen wird." Macchiavelli versuchte ein Lachen. „Und deshalb habe ich sehr darauf geachtet, mit welchen Frauen ich ins Bett gestiegen bin."

Larsson machte sich stichwortartige Notizen. Innerlich verfluchte er sich, seinen kleinen MP3-Recorder nicht mitgenommen zu haben. Allzu leicht könnte er jetzt alles aufzeichnen und würde es später, wenn er ein Protokoll über dieses Gespräch machen müsste, sehr viel leichter haben. Er schwor sich, unmittelbar mit seiner Rückkehr in Loddin mit dem Protokoll zu beginnen, damit er sich noch an alle Einzelheiten des Gesprächs erinnern konnte. „Kommen wir auf den Abend zurück. Was war anders?"

„Nicolic hatte am Tag eine junge Frau mit an Bord gebracht, die etwas älter als die anderen beiden Tussies waren, die die Männer von ihrem Besuch in Zinnowitz mitbrachten und die einige Tage bei uns an Bord verbrachten. Wie immer stimulierten sie sich nach dem Abendessen mit Schampus."

„Was machte die Besatzung, wenn es hier hoch herging?"

„Manchmal hatten die Männer Landgang, sonst waren sie in ihrer Kabine. Nicolic achtete sehr darauf, dass sie ihm privat nicht zu nahe kamen. Er duzte sie, aber sie sprachen ihn mit seinem Namen an. Einmal hörte ich, wie einer anstatt seines Namens Oberst zu ihm sagte. Der Mann fing sich sofort eine Rüge ein."

Larsson notierte sich das und unterstrich es. Es bestätigte ihm, was er schon von Hüttner über Nicolic gehört hatte. Langsam ließen sich die Puzzleteile zusammensetzen. „Ich komme noch einmal auf meine Frage, was an diesem Tag anders war, zurück."

„Ach ja. Die junge Frau. Sie war dunkelhaarig, schlank, schätzungsweise um die 25, sehr gutaussehend. Aber sie war anders als die Mädchen, die die Männer immer und überall aufrissen. Sie war distinguiert, exklusiv, schien sehr gebildet zu sein. Wenn sie sprach, dann niemals laut, niemals schrill. Leise. Man musste schon genau hinhören, um zu verstehen, was sie sagte. Aber alle machten, was sie sagte, und wissen Sie, warum?"

Larsson hob die Schultern und machte ein fragendes Gesicht.

„Weil Nicolic auf diese vornehme Art stand. Und niemand wollte es sich mit ihm verderben. An diesem Abend verlief die Party anders als sonst. Die Leute waren nach zwei Stunden nicht mehr so heiter. Während Stjepan Stanišic eines der Mädchen, das splitternackt war, auf seinem Schoß hatte und Krkic an dem zweiten Mädchen herumfummelte, das auch nichts anhatte, trug die dritte Frau einen rotseidenen Morgenmantel, den ihr Nicolic am Tag davor gekauft hatte.“

„Und das sahen Sie, obwohl Sie auf der Brücke waren?“

„Ich wurde gerufen.“

„Wer rief Sie?“

„Die junge Frau in dem roten Negligé. Sie sagte, Nicolic wolle mich sprechen. Also ging ich hinunter zum Salon. Da sah ich die Bescherung.“

„Was genau sahen Sie?“

„Wie Ratko, ich meine, wie Ratko Krkic versuchte, mit einem der Mädchen Sex zu haben. Aber er hatte keine Erektion. Es konnte nicht klappen, und auch Stanišic hing wie betäubt auf dem Sofa, und das Mädchen auf seinem Schoß mühte sich umsonst. Nicolic schien halb weggetreten zu sein. Er nahm mich wahr, aber ich dachte, dass er durch mich hindurchsah, als er lallend fragte, ob der Champagner schlecht sei.“

„Und war er das?“

„Wie denn? Es waren Flaschen, die wir bei einem Schiffsausrüster in Kiel bestellt hatten. Entweder hatten die Burschen zu viel davon getrunken, oder sie hatten zu viele Drogen zu sich genommen. Nur die Frau in dem Negligé schien erstaunlich ruhig zu sein. Aber zu dem Zeitpunkt dachte ich nur, dass es normal war. Solche Frauen ließen sich nicht so gehen wie die anderen. Wenn sie genoss, dann sicher in Maßen.“

„Haben Sie ein Photo von dieser Frau?“

Macchiavelli schüttelte den Kopf und war bemüht, die Schnabeltasse wieder loszuwerden. Larsson half ihm dabei. „Würden Sie die Frau erkennen, wenn ich Ihnen ein Photo zeigte?“

„Vielleicht.“

„Weiter. An was können Sie sich noch erinnern?"

„Daran, dass die Tür, die zum Achterdeck geht, aufflog. Zwei Gestalten in Neoprenanzügen kamen herein und versauten den ganzen Fußboden mit Wasser. Ich erfasste, dass es höchste Gefahr bedeutete, und konnte mit einem Sprung den Aufgang erreichen. Auf der Brücke wollte ich sofort Hilfe rufen. Ich hatte gerade das Mikrophon des Sprechfunks genommen, da spürte ich einen Schlag, und es wurde dunkel. An mehr kann ich mich wirklich nicht erinnern."

„Wir haben nur zwei Frauen gefunden", sagte Larsson. „Die in dem roten Negligé war nicht dabei."

„Vielleicht ist ihr die Flucht gelungen."

„Wie denn?"

Macchiavelli wusste nichts zu sagen, und Larsson schrieb auf seinen Block: Vergleichen Personenbeschreibung der Mutter, die Baby in Rostocker Klinik abgestellt hat, mit der Frau im roten Negligé.

„Sie haben recht. Wenn Sie sie nicht gefunden haben, gibt es nur zwei Möglichkeiten. Entweder sie haben die Frau getötet, und sie ist über Bord gegangen, oder ..."

„Sprechen Sie ruhig weiter", sagte Larsson, als Macchiavelli abrupt seinen Gedankengang unterbrochen hatte.

„Aber das glaube ich nicht."

„Warum glauben Sie das nicht?"

„Weil eine solche Frau nicht tötet."

Larsson war klar, dass er aus dem nun doch sehr erschöpften Mann nichts mehr würde herausbringen können.

„Ich werde einen anderen Tag noch einmal herkommen. Morgen oder übermorgen. Wenn Sie sich wieder etwas erholt haben, wäre es gut für die Ermittlungen, wenn Sie noch einmal alles Revue passieren lassen würden, vielleicht ist Ihnen ja doch die eine oder andere Kleinigkeit entgangen."

Larsson verabschiedete sich und ging hinaus auf den Flur. Einer der beiden Polizisten stand am Fenster gegenüber der Tür zu Macchiavellis Zimmer. „Wo ist Ihr Kollege?" fragte Larsson.

„Zur Toilette. Er kommt gleich zurück."

Larsson trat zu dem Mann ans Fenster und sah, wie der zweite Polizist über den Hof vom Parkplatz kam.

„Er hat nur noch etwas zu essen aus dem Wagen geholt", sagte der Mann entschuldigend.

Larsson drehte sich wortlos um und ging langsam den Flur entlang. Als er bei den Fahrstühlen ankam, ging eine der Türen auf, und der zweite Beamte, der zur Bewachung Macchiavellis eingesetzt war, trat aus dem Fahrstuhl. Larsson sprach ihn an. „Ich möchte, dass Sie ihre Aufgabe sehr ernst nehmen. Es ist im Augenblick der einzige Zeuge, den wir haben. Es wäre ein Unglück, wenn wir ihn verlieren würden."

Larsson suchte in seinen Taschen nach der Telephonnummer, die ihm Monika gegeben hatte. Er wurde ärgerlich, als er feststellte, dass er den Zettel zu Hause vergessen hatte. Riefe er jetzt bei Monika an, erntete er sicher Spott. Würde er nach Hause kommen, ohne dass er versucht hatte, mit jener ominösen Lara Larsson in Verbindung zu treten, erntete er gewiss Unverständnis. Er rang sich durch, mit Monika zu telephonieren. Der Spott hielt sich in Grenzen.

Er hörte es viermal klingeln, als sich eine junge, weibliche Stimme meldete. Larsson gab sich zu erkennen. „Frau Larsson? Lara Larsson?"

„Ja."

„Sie haben mich gesucht. Ich würde gern den Grund wissen."

Es blieb eine Weile still. Larsson hörte sie atmen. „Haben Sie Zeit, sich mit mir zu treffen?"

„Jetzt?"

„Ich bin gerade in Greifswald, und da bietet es sich an, den Stier bei den Hörnern zu packen. Wohnen Sie in der Innenstadt?"

„Ja."

„Dann werden Sie doch sicher ein Restaurant kennen, in dem wir uns treffen können. Wir könnten dort essen, und dabei erzählen Sie mir, was Sie auf dem Herzen haben.“

„Chinesisch, deutsch, italienisch?“

„Mediterran wäre schon in Ordnung.“

„Dann kommt das Olive in Frage.“

„Wo finde ich das?“

„In der Domstraße 40. Sie können es gar nicht verfehlen.“

„Schaffen Sie es in einer halben Stunde?“

„Aber sicher doch.“ Sie verschwieg ihm, dass sie keine zwei Minuten von dem Restaurant entfernt wohnte.

Als Larsson in der Domstraße ankam, konnte er keine junge Frau ausmachen, die allein an einem der Tische saß. Er entschloss sich, einen Tisch im Garten unter Weinreben mit typisch mediterranem Flair einzunehmen. Er ließ sich die Karte bringen und musterte die Menschen an den umliegenden Tischen.

Sie war leise, von ihm unbemerkt, an den Tisch herangetreten. „Herr Larsson?“

Lasse Larsson schaute von der Karte hoch. Die junge Frau war blond und schlank, und er konnte sich sehr gut ausmalen, dass sie einen Schwarm von jungen Männern begeistern konnte. Er stand auf, legte die Karte auf den Tisch und gab ihr die Hand. „Lara Larsson?“

Sie nickte nur.

„Wieso Larsson? Steht das so in Ihrem Pass?“

„Noch nicht. Aber meine Mutter hatte kaum einen Grund, mir etwas Falsches zu sagen.“

„Ich freue mich, nehmen Sie Platz. Wie haben Sie mich erkannt?“

„Ich kenne Bilder aus Ihrer Jugendzeit, und ich habe Sie gesehen, wie Sie mit Frank Mellenthin in dessen Laden sprachen. Sie kauften eine Zeitung.“

„Wann immer ich kann, führt mich mein Weg zur Seebrücke. Dann kaufe ich in der Regel auch meine Zeitung und nehme einen Kaffee oder ein Stück Kuchen im Nachbargeschäft.“

„Ich habe gehört, wie Mellenthin zu Ihnen sagte, er habe Sie auf dem Bild erkannt, das anlässlich der Suche nach irgendwelchen Asiaten in der Zeitung war. Und dass er nun wisse, dass der Kriminalhauptkommissar sein Geschäft besuche. Ich hatte den Eindruck, er freute sich darüber, Sie so oft zu sehen."

„Na ja, ich freue mich auch, wenn jemand nett zu mir ist. Die Polizei wird allzu gern als Buhmann dargestellt. Gehe ich recht in der Annahme, dass Sie nicht zufällig in dem Geschäft waren?"

Sie lächelte und nickte. Dann setzten sie sich.

„Wir haben ja wirklich Glück, dass heute nicht Sonntag ist. Da hat der Laden zu", stellte Larsson fest.

Ein junger, levantinisch aussehender Mann kam an den Tisch, um die Bestellung aufzunehmen. Er schien Lara zu kennen und sie ihn. Sie wechselten einige Worte. Sie nannte ihn Mourad, und er sprach sie mit ihrem Vornamen an. Larsson beobachtete das mit dem Misstrauen eines Vaters, der dabei ist, seine Tochter an einen Mann zu verlieren, den er sich als Schwiegersohn absolut nicht vorstellen kann.

Lara bestellte für sich eine Gemüsesuppe und geschmorte Lammkeule, beides nach orientalischer Art. Larsson nahm eine französische Fischsuppe mit geröstetem Knoblauchbaguette und flambiertes Pfeffersteak mit gegrilltem Gemüse und französischen Kartoffeln. Sie einigten sich auf einen Cheval d' Or, Jahrgang 2006, einen Weißwein mit einem feinen, charakteristischen Geruch, im Geschmack trocken, insgesamt harmonisch. Ein Rotwein wäre zu schwer gewesen und unverantwortlich, nach seinem Genuss noch Auto zu fahren. Der Wein kam umgehend. Sie lächelten sich zu, als sie sich zuprosteten.

„Sie kennen den Kellner?"

„Es ist nicht der Kellner. Mourad Askri ist der Besitzer des Restaurants. Ich habe hier als Aushilfe gearbeitet."

„Kommen wir zur Sache", sagte Larsson. „Sie haben nach mir gefragt, und Sie besitzen Photos von mir aus meiner Jugendzeit. Woher haben Sie die Photos, und warum suchen Sie mich?" Er hatte sich bemüht, seinen Fragen eine persönliche Note zu geben, sah aber an ihrem Gesicht, dass er den Ton des Polizisten nicht hatte ganz ablegen können. Er versuchte den Eindruck etwas abzumildern, indem er sagte: „Sie müssen verstehen – wenn stimmt, was ich vermute, dann trifft mich das auch ganz unerwartet.“

„Und das haut einen Mann glatt um.“

Larsson nickte.

„Auch einen Kriminalhauptkommissar?“

„Ja. Der ist ebenfalls nur ein Mensch mit allen Fehlern und Schwächen.“ Er versuchte zu lachen und nahm das Glas hoch, um ihr noch einmal zuzutrinken.

„Also gut. Die Photos aus der Jugendzeit habe ich von meiner Mutter auf deren Sterbebett bekommen. Sie hat mir das Versprechen abgenommen, mich mit meinem Vater, den sie bisher sorgsam vor mir verborgen hatte, zu treffen und ihm davon zu erzählen, dass er eine Tochter hat. Und genau dieses Versprechen gedenke ich damit erfüllt zu haben.“

„Ihre Mutter hieß wie?“

„Eliane von Hanffstengel.“

„Ich kannte eine Eliane Krüger.“

„Es ist selbige, verheiratete von Hanffstengel.“

„Und nun heißen Sie Krüger?“

„Nein. Von Hanffstengel.“

Larsson dachte nach. Eliane war eine junge Frau, als er sie kennenlernte, und sie war seine erste große, aber aus damaliger Sicht leider viel zu kurze Liebe. Und sie war auch um einige Jahre älter als er. Er war fünfzehn und sie zwanzig. Lasse hatte mit seiner Mutter in Ost-Berlin die Komische Oper besucht. Das war 1980. *Der Rosenkavalier* von Richard Strauss wurde gegeben, eine herrliche Komödie für Musik in drei Aufzügen von Hugo von Hofmannsthal. Und die Premiere, die am 2. April um 18 Uhr in der Komischen Oper Berlin stattfand, hatte jene Nachwirkungen, die sich nun bei Larsson zurückmeldeten.

„Ihre Mutter war eine sehr schöne Frau. Sie haben eine große Ähnlichkeit mit ihr.“

„Ich weiß.“

„Und Sie glauben, meine Tochter zu sein?“

Nicht die Frage an sich, die Art, wie Larsson sie aussprach, hatte sie verletzt. Lara stand auf, um zu gehen. „Ich bereue schon, dass ich Ihnen hinterhergelaufen bin. Ich hatte es meiner Mutter versprochen. Sonst hätte ich mich ohnehin bremsen können. Leben Sie wohl, Vater!“ Das ‚Vater‘ hatte sie derart abschätzig ausgesprochen, dass er merkte, wohl zu weit gegangen zu sein.

„Nun setzen Sie sich schon hin, Lara.“

Die junge Frau zögerte, setzte sich dann aber wieder. Zu neugierig war sie zu erfahren, was für ein Mann der Polizist, der vor ihr saß, privat wohl war.

„Wann ist Ihre Mutter gestorben?“

„Im vorigen September. Sie hatte Krebs. Es wurde zu spät entdeckt. Lungenkrebs. Ich hatte ihr immer gesagt, dass sie mit der Raucherei aufhören müsse. Sie hat mich nur ausgelacht. Der Tod kam für sie plötzlich. Ich aber sah sehr deutlich und über einen längeren Zeitraum, wie er sich angeschlichen hatte. Wie ein gieriges, nimmer sattzukriegendes Tier, das nur darauf wartete, den von ihm selbst bestimmten Zeitpunkt der Vollstreckung zu nutzen.“

„Der Tod ist immer grausam, gleich wo er zuschlägt.“ Larsson erwischte sich bei einem seiner Standardsätze, die er immer lapidar zelebrierte und die er wie eine Schutzhülle um sich legte. Bei dem, was er oft zu sehen bekam, musste er bereit sein zu verdrängen. Nur wer das konnte, überlebte unbeschadet. Die Bilder der Leichen auf der *Morningstar* tauchten wieder vor ihm auf. Wie eine Filmsequenz drängten sie sich zwischen Lara und ihn.

Mourad Askri brachte persönlich das Essen. Im Schlepptau hatte er eine Kellnerin, die ihm assistierte. Als er vorgelegt hatte, lächelte er Lara noch einmal zu, wünschte einen guten Appetit und entfernte sich.

Als engagierter Koch, der selbst immer wieder versuchte, neue Gerichte zu erfinden oder bestehende Rezepte zu verbessern, stieg Larsson ein verführerischer Duft in die Nase. „Was hat Ihnen Ihre Mutter von mir erzählt?“

„Nur dass Sie für Ihr Alter groß gewachsen waren. Dass Sie recht gut aussahen und sie mit Ihren Augen verschlangen, als sie an der Bar des Opernhauses stand, um Sekt zu erstehen."

„Mehr nicht?"

„Doch. Sie haben ihr gefallen, und da Sie allein dastanden, hat sie Sie angesprochen."

Larsson erinnerte sich. Vor ihm tauchte die Szene auf. Er sah sich fasziniert auf die junge Frau starren, die in der Schlange stand und darauf wartete, endlich an der Reihe zu sein. Mehrmals hatten sich ihre Blicke getroffen. Es war ihm durch und durch gegangen. Später steckte sie ihm eine Telephonnummer zu, und er hatte sie am Folgetag angerufen. Zuerst war er kaum in der Lage, einige Worte herauszukriegen. Aber schon beim ersten Treffen hatte ihn Eliane verführt. Aus dieser einmaligen Begegnung musste Lara entstanden sein.

„Mich interessiert, was Sie beruflich machen." Larsson rechnete sich aus, dass sie jetzt 22 Jahre alt sein musste.

„Im Jahr 2000 machte ich in Heringsdorf Abitur, und seitdem studiere ich hier in Greifswald Neuere Deutsche Literaturwissenschaft und Geschichte."

„Das klingt interessant."

„Noch muss ich ja ein ganzes Weilchen, aber ich habe mir schon ein Thema für meine Magisterarbeit ausgesucht, wobei Sie mir Hilfestellungen geben könnten."

„Sollte eine Tochter ihren Vater nicht duzen?"

Obwohl Lara alles andere als schüchtern war, konnte sie nicht vermeiden, rot zu werden. „Du könntest mir helfen."

Unbeholfen hob Larsson seine Schulter und machte ein fragendes Gesicht.

„Das Thema für meine Magisterarbeit lautet *Tatort Deutschland. Das Phänomen des Regionalkrimis und seine Wirkungsgeschichte.* Parallel zu meinem Studium schreibe ich Artikel für eine ostdeutsche Lokalzeitung."

„Tatort Deutschland. Das Phänomen des Regionalkrimis und seine Wirkungsgeschichte", sagte Larsson nachdenklich. „Deutschland ist überall. Auch in Greifswald oder auf der Insel Usedom, wo wir gerade wieder einen Fall haben. Und dieses Verbrechen lässt alle vorherigen wie ein Spaziergang erscheinen, obwohl ein Verbrechen ein Verbrechen ist. Eine Gewissheit hat sich für die Usedomer aber wieder einmal bestätigt: Das Böse kommt auf einer Insel meist von außen!"

„Das wäre doch schon ein Ansatz. Übrigens möchte ich später bei einem Verlag arbeiten, der sich auf Kriminalromane spezialisiert hat."

„Solche Verlage gibt es?"

„Ja. Natürlich, denn mehr als ein Viertel aller Bücher sind Kriminalromane, und 52 Prozent aller Filmproduktionen fürs Fernsehen in Deutschland sind Krimis."

„Und die siehst du dir an?"

„Klar. Es wird mein Beruf werden. So wie du mit echten Kriminalfällen zu tun hast, werde ich es mit fiktiven, von Autoren erdachten Fällen zu tun haben. Ich habe mich schon jetzt nach einer Stellung umgesehen."

„Du hast doch noch mindesten ein Jahr vor dir."

„Zwei. Aber die Zeit geht schnell um, und dann nicht zu wissen, was man machen soll, wäre nicht so mein Ding."

„Und der Verlag ..."

„Der ist leider nicht in Greifswald. Da werde ich wohl nach Niedersachsen umziehen müssen. Oldenburg. Weißt du, wo Oldenburg ist?"

Larsson lachte. „Ich bin in Lübeck geboren. Wir haben oft an der Nordsee Urlaub gemacht. Meine Eltern liebten die Nordsee. Naturgemäß kennt man dann auch das Umland. Einmal waren wir in Bad Tossens und machten einen Ausflug nach Bad Zwischenahn, wo meine Großmutter kurte, und fuhren auch nach Oldenburg. Es ist eine sehr gepflegte Stadt mit vielen Studenten. Mir sind noch diese unzähligen Radfahrer in Erinnerung und die verführerisch schönen Geschäfte."

„Wie gesagt, der Verlag sitzt in Oldenburg. Ich habe dort schon ein Praktikum gemacht, und ich werde dort anfangen, wenn meine Zeugnisse danach sind."

„Und? Werden sie es sein?"

Lara lachte. „Aber sicher. Ich habe ja ein Ziel vor den Augen, und ich möchte niemals in meinem Leben von einem Mann finanziell abhängig sein."

Sie ist wie ich, dachte Larsson, es die richtige zeitgemäße Einstellung ist, sich von keinem Mann abhängig zu machen. Wie schnell ging in dieser schnelllebigen Zeit eine Beziehung zu Ende. Chiara kam ihm in den Sinn, wie immer, wenn er an die Möglichkeit eines Endes einer Freundschaft, einer Liebe dachte. „Möchtest du nicht am nächsten Wochenende zu mir nach Loddin kommen? Wir könnten uns dann ein wenig besser kennenlernen."

„Was wird deine Familie dazu sagen?"

„Ich habe keine Familie."

„Keine Familie? In deinem Alter? Aber eine Frau? Du bist doch verheiratet?"

„Ich lebe mit einer Frau zusammen, bin aber nicht verheiratet."

„Aha."

„Und du?"

„Ich lebe mit einem Mann zusammen. Er ist Arzt und sehr ehrgeizig."

„Na also. Dann müsstest du es ja verstehen, dass ich nicht verheiratet bin, sondern nur mit einer Frau zusammenlebe."

„Ich halte aber die Ehe für die erstrebenswerteste Form des Zusammenlebens", sagte Lara.

„Und dann denkst du mit 22 Jahren daran, wegzuziehen, wenn du dein Studium abgeschlossen hast. Glaubst du, dass er mitgehen würde?"

„Max geht nicht mit nach Oldenburg, und er wird mich auch nicht heiraten."

Ihre Offenheit verblüffte ihn. Seine Tochter lebte mit irgendeinem Kerl zusammen, der offensichtlich mit ihr schlief, sie aber nicht heiraten würde, obwohl sie ein hübsches und augenscheinlich intelligentes Wesen war. Was lief in dieser Welt nur falsch? Wieder ertappte er sich, spießig zu sein. Ich muss diese verdammt pedantische Intoleranz ablegen, dachte er. „Wirst du in der nächsten Woche nach Loddin kommen?"

„Ich glaube nicht. Max würde das möglicherweise nicht tolerieren. Er hat frei und will mich am Wochenende für sich haben, und ich möchte ihn nicht enttäuschen.“

„Dann die Woche drauf?“

Lara konnte sich in diesem Augenblick nicht entschließen, einem Wochenendbesuch zuzusagen. Und Larsson vermied es, seine Enttäuschung darüber zu verbergen.

Sie trennten sich mit dem Versprechen, in jedem Fall in Verbindung zu bleiben und öfters miteinander zu telephonieren. Larsson versprach ihr noch einmal, ihr Material für die Magisterarbeit zu liefern.

19. Kapitel

Es war am Nachmittag kurz vor drei, als Lasse Larsson wieder vor das Haus in Loddin fuhr.

Monika saß im Liegestuhl draußen im Garten. Sie war eingeschlafen und hörte ihn nicht. Sie sollte nicht so ungeschützt in der prallen Sonne liegen, dachte er. In den letzten Jahren hatte das Hautkrebsrisiko zugenommen. Zu sehr hatte der Egoismus der Menschen, die Industrie zu immer größerer Effektivität zu treiben, die Atmosphäre zerstört. Für einen Augenblick dachte er daran, dass es hausgemacht war, die Natur derart herauszufordern. Nicht zuletzt die unkontrollierte Zunahme der Menschen auf der Erde hatte zum Zusammenwachsen der Kontinente geführt. Eine gewisse Globalisierung wäre die Folge, und die zeichnete sich bereits ab. Globalisierung aber bedeutete viele noch nicht erkannte Risiken. Einige Jahre später würde er sich an diese Szene im Garten des Loddiner Hauses und seine Gedanken erinnern.

Er ging ins Haus. Zuerst stellte er die Kaffeemaschine an, dann legte er Beethovens *Klavierkonzert Nr. 5 in Es-Dur* ein und öffnete das Fenster. Es war eine Aufnahme mit Alfred Brendel, dessen Kunst sich dabei aus dem Verständnis eines Universalgelehrten mit musischem Schwerpunkt speiste, und so schaffte der es trotz der Konkurrenz mühelos, sich durch intellektuell durchdrungene Qualität seiner Interpretationen einen Namen zu machen. 1960 spielte er im Rahmen der Salzburger Festspiele zum ersten Mal mit den Wiener Philharmonikern. In den folgenden Jahren stieg er Stufe um Stufe die Erfolgsleiter hinauf. Es entstand eine erste Sammlung mit Gesamtaufnahmen von Beethovens Klavierwerk, von 1970 an nahm er alle

Beethovensonaten für Philips auf. Und alle diese Konzerte befanden sich im Besitz Larssons.

Er stellte Tassen auf das Tablett, den Würfelzucker und die kleine Flasche mit der Sahne für Monika. Dann ging er hinaus. Als er die Tassen so leise wie nur irgend möglich auf den Tisch stellte, wurde Monika munter. Sie lächelte ihn an. „Und?"

Larsson wusste, dass sie neugierig war zu erfahren, was das Gespräch mit Lara gebracht hatte. „Ich habe sie getroffen. Wir waren zusammen essen."

„Was ist sie für ein Mensch? Lass dir bitte nicht jedes Wort aus der Nase ziehen."

„Jung, erstaunlich hübsch und sieht ihrer Mutter zum Verwechseln ähnlich."

„Also doch eine Jugendsünde, die du verdrängt hattest"

Larsson schilderte zuerst, was Lara über die Verbindung zu ihm und über ihre Recherchen zu seinem Leben sagte. Dass sie ihm gefolgt war bis zu Mellenthins Laden auf der Seebrücke, in dem er sich eine Zeitung gekauft hatte, und das traurige Ende der Frau, die Eliane von Hanffstengel hieß, geborene Krüger. Auch die Situation, wie er Eliane kennenlernte, damals im Jahr 1980. Und dass es nur zweimal zu intimen Beziehungen gekommen war, viel zu wenig für einen, der die Liebe gerade erst entdeckte. Sie war die erste Frau in seinem Leben gewesen, und diese erste Beziehung zeitigte auch gleich Folgen, von denen er nichts wusste, weil sie ihm die Schwangerschaft verschwieg. Er wunderte sich damals, dass sie sich Knall auf Fall nicht mehr mit ihm traf. Aber er erriet nicht, weshalb. Eliane hatte sich einen anderen Mann gesucht, der sie und ihr noch ungeborenes Kind zu ernähren imstande war. Gegen eine solche Kraft wäre er ohnehin nicht in der Lage gewesen, erfolgreich zu opponieren. Frauen entschieden in solchen Fällen meist nicht aus dem Bauch, sondern mit dem Kopf. Sie war aber nicht nur seine erste Liebe, sie war auch die erste Frau, die ihn verlassen hatte und damit in ein riesiges Loch stieß. Nie wieder würde er mit einer solchen Intensität lieben können. Nie wieder. Jedes Mal, wenn er glaubte, wieder eine Frau fürs Leben gefunden zu haben, fand er Unzulänglichkeiten in ihrem Charakter, und später, als für ihn Zusammenleben nur noch Routine war, verließen die Frauen ihn. Freilich litt er das eine oder andere Mal, mal mehr, mal weniger. Aber er tröstete sich dann mit einer neuen Liebschaft. Doch jetzt, nachdem Chiara ihn verlassen und er eine ganze Weile solo gewesen war, hatte er sich für Monika Landris entschieden. Und er sagte ihr, dass er Lara umsonst eingeladen hatte, ihn übers Wochenende in Loddin zu besuchen. Seine Verwunderung über ihre Ablehnung, zu ihm ans Achterwasser zu kommen, verschwieg er und auch, dass sie mit einem Arzt zusammenlebte, der zwar mit ihr schlief, sie aber nicht heiraten würde. Er überlegte, ob er mit dem Mann einmal über sein Verhältnis zu Lara sprechen sollte. Doch dann begriff er, rechtlos zu sein, sich so in ihr Leben einzumischen, und es war ihm klar, es wäre das Ende ihrer gerade erst angefangenen Beziehung gewesen.

„Sie war für den Mann, mit dem deine Eliane verheiratet war, ein Kuckuckskind", stellte Monika lakonisch fest. „Deshalb hat sie ihrer Tochter erst auf dem Sterbebett gesagt, was sie bis dahin verschwiegen hatte. Sie wollte wahrscheinlich ihr Gewissen erleichtern, bevor sie von dieser Welt ging. Und sie wusste, dass ihr Lara auf dem Totenbett keine Vorhaltung würde machen können."

„Vielleicht ist das so. Ebenso könnte sie daran gedacht haben, dass Lara jetzt eine andere familiäre Bezugsperson braucht – ihren leiblichen Vater."

„Erzeuger ist wohl der treffendere Ausdruck."

„Du bist verdammt sarkastisch."

„Nun wirst du in Zukunft Papa spielen. Ich frage mich, wie sich das auf uns auswirken wird. Auf unsere Beziehung."

„Natürlich habe ich ihr zugesagt, Kontakt mit ihr zu halten."

„Natürlich."

„Als Vater hat man auch gewisse Verpflichtungen", sagte Larsson energisch.

„Am Morgen hat sich das noch ganz anders angehört."

„Was interessiert mich mein Geschwätz von heute Morgen? Da habe ich es für unmöglich gehalten, ein Kind zu haben."

„Hat sie auch gesagt, was mit ihrem vermeintlichen Vater war?"

„Nein.“

„Sie hat ihn nicht einmal erwähnt?“

„Hat sie nicht.“ Larsson ärgerte sich über das Gespräch. Es war ihm lästig. In diesem Punkt glich er sicher anderen Männern. Er überlegte sich, dem Gespräch schnell eine andere Wendung zu geben. „Macchiavelli war zwar mit dem Verstand ganz da“, beendete er das Gespräch über Lara, „aber er ist noch immer sehr, sehr schwach.“

„Hat er etwas über das Geschehen an Bord gesagt?“

„Er sagte, dass Nicolic neben den beiden toten Frauen eine weitere gutsituierte Frau mit an Bord gebracht hatte, die sich angenehm von den beiden anderen abgehoben habe. Sie wäre zu ihm auf die Brücke gekommen, hätte ihn in den Salon geholt, wo er eine eigentümliche Situation angetroffen habe. Einer der Männer habe wohl versucht, mit einem der Mädchen zu schlafen, allerdings ohne Erektion. Das habe lächerlich gewirkt. Die drei Männer hätten nur unvorstellbares Zeug gelallt. So habe er seinen Arbeitgeber noch nie gesehen. Plötzlich sei die Tür zum Achterdeck aufgeflogen, und vermummte Gestalten wären eingedrungen. Macchiavelli sei sich einer drohenden Gefahr bewusst gewesen und habe versucht, die Brücke zu erreichen, um über Funk Hilfe zu holen. Er erinnert sich noch, einen Schlag bekommen zu haben, der ihn ins Reich der Träume befördert hatte. Aufgewacht wäre er erst in der Klinik.“

„Bestätigt das deine bisherigen Ermittlungen?“

„Was den Kapitän angeht, ja.“

„Und sonst?“

„Die unerwartete Wendung ist eingetreten. Wir suchen jetzt nach einer geheimnisvollen, dunkelhaarigen, jungen Schönheit in einem roten Seidenneglige. Haben wir die, dann werden wir erfahren, was passiert ist.“

„Wie willst du eine Frau in einem Seidenneglige finden? Davon gibt es auf der Insel bestimmt mehr als ein Dutzend. Du suchst eine Nadel in einem Heuhaufen.“

„Das ist ja die Crux. Aber vielleicht hilft es uns ja weiter. Oder wir finden sie wie den Mann, der durch die Harpune getötet wurde.“

„Du meinst, man hat sie umgebracht?“

„Es ist eine der Möglichkeiten. Eine andere ist, dass sie mit den Angreifern gemeinsame Sache gemacht hat. Aber derzeit ist alles, was wir denken, reine Spekulation.“

Larssons Handy machte sich bemerkbar.

„Hast du schon den *Morgenkurier* gesehen?“ Es war Rolf Andresen, der den Einsatz der über vierzig Polizeibeamten leitete, die auf der Insel in den Hotels und auf Campingplätzen nach einer Gruppe suchten, die für den Überfall auf die *Morningstar* in Frage kämen. „Die haben eine Headline, die ihnen die Leser nur so zufliegen lässt: *Geisterschiff im Achterwasser*.“

Larsson verschlug es die Sprache. Nachdem er begriff, dass nun das passiert war, was er befürchtet hatte und was bisher für ihn aus unerklärlichen Gründen ausgeblieben war, fand er wieder zu sich. „Steht da, wer diesen Mist verbockt hat?“

„Nein.“

„Photos?“

„Ja. Aber es sind keine besonders guten Aufnahmen. Dafür vom gesamten Umfeld, einschließlich der Leichenwagen.“

„Wahrscheinlich sind das Photos, die von einem Amateur mit einem Handy gemacht wurden.“

„So jedenfalls sieht das aus.“

„Ich frage mich, warum so etwas zulässig ist.“

„Weil wir in einer freien Welt leben.“

„Ich will wissen, wer dieses Arschloch ist, das uns das eingebrockt hat.“

„Das dürfte schwer werden. Die Redaktion wird sich hinter der Möglichkeit verbergen, dass sie ihre Informanten nicht offenlegen muss.“

Larsson wusste, dass Andresen mit dieser Feststellung recht hatte. „Einer der Leichenwagenfahrer?“

„Eher nicht.“

„Warum glaubst du das?“

„Weil die erst vor Ort waren, als die Sache bereits passiert war. Es gibt eine ganze Reihe von Photos. Angefangen von der Anfahrt der *Damerow* zur *Morningstar* bis zum Abtransport der Leichen. Es ist alles dokumentiert worden."

„Der Hubschrauber, der über dem Tatort kreiste?"

„Es sind Photos, die in der Horizontalen geschossen wurden."

„Ein Einheimischer?"

„Vielleicht sogar ein Kind."

Larsson fluchte innerlich. Er kannte seinen Chef aber gut genug, um sich auszumalen, wie diesem jetzt zumute war.

„Und bei dir? Gibt es irgendeine Spur? Irgendeinen Hinweis auf eine Gruppe, die für die Schweinerei in Frage kommt?"

„Negativ. Wer immer das geplant hat, muss ein Fuchs auf diesem Gebiet sein."

„Militär? Oder Geheimdienst?"

„Das wäre möglich", sagte Andresen. „Aber wer käme dafür in Frage?"

Larsson dachte nach. Bei dem, was er über Nicolic zusammengetragen hatte, würde ungefähr ein Dutzend Geheimdienste der Welt ein Interesse haben, diesen Mann zu beseitigen. Die Russen, weil sie möglicherweise in Beziehung zu den mörderischen Ereignissen in Jugoslawien gebracht würden, die dort stattgefunden hatten. Ihre Unterstützung für Slobodan Miloševic, den Rächer der christlichen Niederlage auf dem Amselfeld, der für das ganze entsetzliche Elend, das sich auf dem Balkan zugetragen hatte, verantwortlich war, ließ sich nicht unter den Teppich kehren. Eine besondere Rolle spielt dieser Sankt-Veits-Tag für die Geschichte speziell des Balkan. Am 15. Juni 1389 – dem Vidovdan nach Julianischem Kalender – kam es in der Schlacht auf dem Amselfeld zu einer militärischen Katastrophe, der folgenreichsten Niederlage der serbischen Geschichte: Das serbische und das bosnische Heer wurde von den Osmanen vernichtend geschlagen, der serbische Adel vernichtet. Slobodan Miloševic hatte diese Niederlage, die im Gedächtnis des ganzen christlichen Serbiens schmerzlich eingebrannt war, niemals vergessen. Er würde die Rache für diese Niederlage in Gang setzen, und alle Serben dürften daran teilhaben, sich an den Muslimen für diese Niederlage zu rächen.

– Die Amerikaner, die nicht vergessen hatten, dass der Kampf der serbischen Christen gegen die Moslems ihren Erzfeind Al Qaida auf den Plan gerufen hatte. In den Jahren 1992 bis 1995, als der Bosnien-Herzegowina-Krieg tobte, kämpften Freiwillige aus islamischen Ländern als sogenannte Balkan-Araber auf Seiten muslemischer Bosnier. Die CIA schätzte die Zahl der Djihâd-Kämpfer auf 600 bis 4.000.

– Der albanische Geheimdienst, der mehrfach seine Mordbataillone ausschickte, um christliche Mörder zu bestrafen. Schließlich waren die in ihren muslemischen Augen Ungläubige, die sich schuldig gemacht hatten.

– Und schließlich die neuen Machthaber Jugoslawiens, die sich von den Nicolics betrogen fühlten, weil diese als Kriegsgewinnler riesige Summen unterschlagen und damit den Staat bestohlen hatten. Auch deren Geheimdienst war unterwegs, um die Sache zu bereinigen.

Larsson dachte daran, dass genau dieser Dienst bei den eigentlichen Verbrechern wie Ratko Mladic, dem General des Teufels, und Radovan Karadžic, dem Teufel selbst, versagte. Es waren unsinnige Gedanken, denn er, Lasse Larsson, würde an dieser Welt nichts ändern können. Dennoch sprach er. „Wer auch immer, Rolf“, sagte er, bevor er die Verbindung unterbrach, „wir leben in einer lumpigen Welt.“

Es war einer seiner Standardsätze, den Chiara eines Tages aus Italien mitgebracht und den ihr ein alter Bauer mit auf den Weg gegeben hatte, als sie über den Zustand der Welt philosophierten. Nach der ersten Nennung dieses Satzes hatte Larsson ihn in sein Repertoire integriert. Fortan wurde er schon einige hundert Mal in den verschiedensten Tonlagen interpretiert.

20. Kapitel

Sonntag, den 17. August 2003

Kurz vor sieben traf Larsson in seinem Büro in Heringsdorf ein. Andresen war schon vor ihm da, und Simons kam kurz nach ihm auf den Hof der Kripo-Außenstelle in der Sethe-, Ecke Seestraße gefahren. Larsson sah es aus dem Fenster seines Büros. Inge Mohaupt hatte sich entschuldigt. Sie hatte keine Aufsicht für ihre Tochter gefunden, und angesichts des gerade glimpflich abgegangenen Unfalls, den das Kind mit seinem Rad erlebt hatte, wagte sich die Hauptkommissarin an diesem Sonntag nicht außer Haus.

Larsson hatte sich gerade gesetzt und seinen Computer hochgefahren, als Simons klopfte. Er steckte den Kopf herein. „Es gibt keine Firma namens Svenska-Ferrylines AB. Jedenfalls keine registrierte."

„Komm herein."

Simons kam in Larssons Büro und setzte sich auf den einzigen Stuhl, der außer dem Sessel des Hauptkommissars vorzufinden war. Zu klein war dieser Raum, und als im Jahr zuvor Andresen auch noch mit einem kleinen Schreibtisch hier untergebracht war, hätte keine Stecknadel mehr zu Boden fallen können.

„Wenn es die Firma nicht gibt, ist sie eine Luftnummer", sagte Larsson.

„Ich frage mich nur, wie man dann im Namen dieser Firma Abschlüsse tätigen konnte?"

„Na ja, wenn eine Anfrage oder ein Auftrag eingeht und eine notwendige Bezahlung postwendend erfolgt, dann werden nur die wenigsten Firmen Nachforschungen anstellen."

„Wie gingen die Aufträge ein?"

„Per Mail mit einem imposanten Briefbogen."

„Also hat doch irgendjemand unter dem Namen der nicht existenten Svenska-Ferrylines AB eine Mailadresse eingerichtet. Geht denn das überhaupt?"

„Offensichtlich schon. Der Hubschrauber, der in Hamburg geordert wurde, ist für zwei Tage im Voraus bezahlt worden. Ursprünglich, um Photoaufnahmen von einer Fähre zu machen, die zum Verkauf steht."

„Da hast du es. Und was hat man explizit bei dem Flugbetrieb gesagt, als du nach der Firma fragtest, die den Helikopter geordert hatte?"

„Nichts. Man war angeblich sprachlos, dass es das überhaupt gibt. Dafür konnte man mir sagen, wo die Maschine hinbeordert war."

„Na?" drängte Larsson.

„Zu einem sehr einsam gelegenen kleinen, alten Hof, zwischen den Orten Rubenow, Nonnendorf und Latzow."

„Dann gilt es herauszufinden, wem der Hof gehört."

„Das nehme ich gleich in Angriff. Aber der Chef der Firma hat doch mit seinem Piloten gesprochen. Da gibt es eine deutliche Diskrepanz zwischen Auftrag und Erfüllung des Auftrages."

Larsson sah Simons herausfordernd an.

„Es wurden zwei Flüge unternommen. Sie führten jeweils zum Achterwasser und Peenestrom. Sie flogen nicht über eine Fähre, wie zuvor angegeben, sondern immer über eine große, weiße Yacht."

„Die *Morningstar*!"

Simons nickte. „Das erste Mal am 12. und das letzte Mal am 13. August."

„Mit einem Wort, man hatte Interesse an der *Morningstar* genau an den Tagen, an denen der Überfall stattgefunden hat. Entweder waren es Journalisten, die hinter dem Schiff aus welchen Gründen auch immer herwaren – oder es waren der oder die Mörder. Aber Letzteres gibt gar keinen rechten Sinn." Larsson überlegte einen Augenblick, und Simons verhielt sich ruhig, um seinen Chef in seinem Gedankengang nicht zu stören.

„Es sei, es war ein Auftragsmord, und der Auftraggeber wollte sich überzeugen, dass alles seine Ordnung hatte. Ja, das ergäbe einen Sinn."

Larssons Telephon machte sich bemerkbar. Er nahm den Hörer auf, lauschte einen Moment. „Ich komme rüber. – Es geht los", sagte er. „Das Handy des Russen wurde geortet."

Die beiden Männer gingen ins Büro zu Andresen.

„Die Handyortung ergab, dass sich Furmanow irgendwo im Wald zwischen den Sendemasten in Karlshagen und Trassenheide aufhalten muss", sagte Andresen.

„Dann muss die Einsatzleitstelle in Anklam die Schutzpolizei dort einsetzen. Es kann nicht sein, dass wir mit unserer schwachen Besetzung ein aussichtsloses Unterfangen starten."

Andresen telephonierte mit Anklam, und man sagte zu, den Wald mit dreißig Beamten zu durchkämmen, die man für die Aufspürung von verdächtigen Gruppen im Einsatz hatte.

„Ich sage dir, dass diese Suche erfolglos bleiben wird. Und weißt du, warum? Weil der Ukrainer bis zum Eintreffen der Gruppe längst über alle Berge ist."

„Der hat doch keine Wahl. Wenn er wirklich so in Bedrängnis ist, wird er möglicherweise warten, bis genaue Absprachen mit Olesiewicz erfolgt sind. Und dann haben wir ihn, und die polnischen Kollegen werden sicher auch aufnehmen, was dort gesprochen wird. Wetten wir darauf, dass wir ihn so kriegen?"

„Du mit deinen ewigen Wettgelüsten. Gut, ich nehme an. Einen Hunderter?"

„Ich habe nicht so viel bei mir. Aber Karl ist Zeuge. Wir wetten einen Hunderter darauf, dass wir ihn im Wald von Karlshagen fassen werden."

Simons machte Andresen ein Zeichen. Er schüttelte den Kopf. Andresen übersah das geflissentlich. Warum, so fragte sich Simons, hatte sich Andresen nicht an seine erste Wettniederlage gegen Larsson erinnert. Das war zwar zwei Jahre her, hätte ihn aber davor warnen müssen, so leichtsinnig mit dem Geld umzugehen.

„Furmanow und seine Geliebte werden sich getrennt bewegen. Sie werden sich in irgendeinem Seebad, vielleicht in Zinnowitz, unter die Menschen mischen und so nicht auffallen. Jedenfalls am Tag. In der Nacht allerdings wird's schon schwieriger."

Larssons Blick fiel auf die Bilder im *Morgenkurier* und die provozierend breite Überschrift: *Geisterschiff im Achterwasser.*

„Wir sollten versuchen herauszufinden, wer die Bilder gemacht hat. Vorausgesetzt, dass es keiner von den Leichenwagenfahrern war, was anzunehmen ist, könnte es jemand sein, der in der Nähe wohnt."

„Die Frage ist nur, was nützt uns das noch."

Larsson schaute Simons tadelnd an. „Immerhin besteht ja die Möglichkeit, dass derjenige auch bemerkt hat, was sich dort in der Nacht an Bord abgespielt hat. Es ist zwar nicht wahrscheinlich, da offensichtlich davon keine Bilder existieren, aber es ist denkbar. Und deshalb können wir nichts auslassen. Oftmals kommt die Lösung eines Falles aus einer Ecke, in der wir sie gar nicht vermuten."

„Soll ich gleich nach Warthe fahren und versuchen, fündig zu werden?"

„Nimm dir einen Streifenwagen mit und teilt euch die Häuser auf."

„Bleibt die Nachfrage bezüglich des Hofes."

„Machen wir, wenn du wieder hier bist. Es kann ja nicht ewig dauern, die Leute in den fünf Häusern zu befragen."

Während Simons in einem Funkstreifenwagen nach Warthe fuhr, um die notwendigen Befragungen durchzuführen, kehrte Larsson in sein Zimmer zurück. Er hatte sich den *Morgenkurier* von Andresen mitgebracht und las den Artikel. Er war sehr nebulös gehalten, keine eigentlichen Fakten, was an Bord tatsächlich geschehen war. Bis jetzt hatte es nur zögerliche Anfragen von der örtlichen Presse gegeben. Jetzt werden sie aufgeschreckt sein wie die Hühner, dachte er. Man wird bei der Pressestelle in Anklam Sturm laufen, um an Informationen zu kommen. Vielleicht, so dachte er, wäre die nebulöse Andeutung gar nicht so schlecht und würde den oder die Täter aufschrecken. Nur das Bild mit den Leichenwagen machte ihm Sorge. Eine solche Ansammlung derartiger Spezialfahrzeuge hatte es hier in der Region noch nie gegeben. Das ließ Schlüsse zu, die er zu diesem Zeitpunkt eigentlich noch nicht an die Öffentlichkeit bringen wollte.

Die Suche nach dem Handy war wider Erwarten erfolgreich. Man fand es in einem Papierkorb in Trassenheide. Aber von Furmanow fehlte jede Spur. Larsson erfuhr es bereits um zwei Minuten vor elf. Andresen sagte es ihm mit der säuerlichen Miene des Verlierers. Es bestätigte ihn in seiner Annahme über die Vorgehensweise des Ukrainers. Der Mann kannte sich sicher im Geschäft aus. Vielleicht war er über Jahre in Deutschland stationiert und in der Heimat ohne Wurzeln. Oder Furmanow nutzte die neugewonnene Freiheit, um sich auf illegale Weise das zu holen, was ihm in seiner Jugend verwehrt war – ein ganz kleines Stück Wohlstand.

Anatevka, der Fiedler auf dem Dach. Das Musical nach dem Roman *Tewje, der Milchmann* von Scholem Alejchem, einem jiddischsprachigen Autor, nahm Larsson für einige Augenblicke in Anspruch. Leise summte er die Melodie *Wenn ich einmal reich wär*.

Dann rief er sich eine Podiumsdiskussion in Erinnerung, an der er zehn Jahre nach dem Abzug der russischen Streitkräfte aus Deutschland teilgenommen hatte. Unter dem Motto *Die Russen sind weg* veranstaltete die brandenburgische Landeszentrale für politische Bildung diese Diskussion. Die Dimension dieses Truppenabzugs in einem solch kurzen zeitlichen Rahmen ist nicht nur materiell ohne geschichtliches Vorbild.

Die Soldaten, die Deutschland vom Faschismus befreiten und es fast fünfzig Jahre lang besetzt hielten, die „Freunde“, deren Verhältnis zur deutschen Bevölkerung voller Widersprüche war, erfuhren plötzlich eine nachträgliche Entwertung. Der Abzug warf eine Fülle von Fragen auf, die auch nach zehn Jahren noch hochbrisant und für viele menschlichen Schicksale von brennender Aktualität sind: Wie verlief der Abzug? Wie haben ihn die russischen Offiziere und Soldaten, aber auch die Deutschen erlebt? Wie werden die Kasernen und Übungsplätze heute genutzt, welche Probleme gab es bei der Konversion? Was ist aus den Militärangehörigen und ihren Familien geworden? Wie sehen sie die Zukunft? Die Diskussion beschränkte sich nicht auf die Ereignisse von vor zehn Jahren, sondern wollte immer auch eine Brücke zur Gegenwart schlagen. Sie wurde in zwei Teilen geführt. Im ersten Teil sprachen Helmut Domke und Oberst Andrejew über die politischen Entscheidungen und organisatorischen Abläufe des Abzugs und der Konversion. Im zweiten wiederum berichteten die Autoren des Buches *Die Russen gehen* über menschliche Schicksale gestern und heute.

Und das war es, was Larsson damals tief beeindruckte. Einfache russische Soldaten, die teilweise wie Hunde gehalten wurden, die unter den brutalen Züchtigungen ihrer Vorgesetzten litten und die nun, wo sie nach Hause zurückkehren konnten, ohne eine echte Alternative auf ein menschenwürdiges Leben waren. Ein Teil von ihnen begriff, dass sie, die Gewinner des Zweiten Weltkrieges, wirtschaftlich die eigentlichen Verlierer waren. Ein anderer Teil nutzte alle Erfahrungen, um jenseits aller Legalität ein finanziell erfolgreiches Leben zu führen. Semjon Konstantinowitsch Furmanow hatte sich wahrscheinlich für die letzte Variante entschieden.

Vierzig Prozent der Soldaten der einst ruhmreichen Sowjetarmee sahen bei ihrem Abzug einem kalten Winter in provisorischen Zeltlagern entgegen. Der letzte Zug mit russischen Nachzüglern rumpelte am 8. September 1994 Richtung Osten. Doch mancher ließ auch diesen fahren oder ist inzwischen längst wieder hier. In Berlin wird die Zahl der dort teils illegal lebenden Russen auf bis zu 200.000 geschätzt.

Larsson notierte sich die Frage nach dem Dienstgrad Furmanows zu Besatzungszeiten in seine digitalen Aufzeichnungen. Ein Verbrecher war ein Verbrecher, den es zu stellen und zu bestrafen galt. Und dennoch interessierte er sich dafür, wie jemand so weit abrutschen konnte, dass er bereit war, mit Menschen zu handeln.

Simons kam von seinem Ausflug nach Warthe zurück. Er hatte den Übeltäter gefunden, der die Bilder der *Morningstar* an den *Morgenkurier* weiterverkaufte. Es war der Vater eines Vierzehnjährigen, der von Hartz IV lebte und für das kleine Zubrot dankbar war. Sein Sohn hatte die Photos mit seiner Handykamera geschossen. Simons hatte ein Protokoll angefertigt, und der Mann hatte es unterschrieben.

Sollte es notwendig sein, könnte man ihn zu jeder Zeit einbestellen und verhören. Im Augenblick verzichtete Larsson darauf. „Das Handy muss zur Kriminaltechnik. Vielleicht gibt es noch mehr Photos als die in der Zeitung, und wir können irgendetwas auf einem der Bilder ausmachen, was uns weiterführt."

„Der Streifenwagen mit dem Handy ist schon unterwegs nach Anklam", sagte Simons lächelnd.

„Gut gemacht, Karl."

Die Nachricht von der erneuten Kontaktaufnahme Furmanows zu Olesiewicz kam von den polnischen Kollegen, die das Telephon sowie das Handy des Fischers abhörten. Der Ukrainer benutzte ein anderes, unbekanntes Funktelephon, um die Verbindung zu Olesiewicz aufzunehmen. Nun würden die deutschen Beamten keinen Kontakt mehr zu Furmanow herstellen können. Polnische Beamte hatten zwei Worten, die in diesem Gespräch gefallen waren, besonderen Wert zugemessen. „Golm" und „wiederholen". Dechiffrierspezialisten hatten leicht herausgefunden, dass mit dem Wort „Golm" die Gegend von Kamminke gemeint war. „Wiederholen" bedeutete abholen. Furmanow ließ sich also von Kamminke mit einem Schiff abholen. Nur wann? Das war hier die Frage.

Larsson rief bei der Wojewodschaftskommandantur in Stettin an und ließ sich mit der Sektion Internationale Polizeiliche Zusammenarbeit verbinden. Er hatte den Leiter der Gruppe, den Kriminalhauptkommissar Roman Kowalski, den er vor wenigen Tagen erst kennenlernen konnte, am Apparat. Von dem Fund des Handys Furmanows wusste er bereits, und die Auswertung des Gesprächs zwischen dem Ukrainer und Olesiewicz hatte keine Zeitangabe für die Flucht Furmanows ergeben. Deshalb nahmen sie an, dass der Versuch des Mannes, Deutschland zu verlassen, kurz bevorstand.

Larsson dankte für die Information und rief die Einsatzleitung in Anklam an. Er vereinbarte, dass zehn Teams mit jeweils zwei Beamten in den Hafengebäuden und rund um den Hafen von Kamminke stationiert würden. Sie sollten Zivil tragen und auch für die Nacht zur Verfügung stehen. Ferner sollten zivile Fahrzeuge die Zugangsstraßen nach Kamminke überwachen. Alles müsse unauffällig sein, denn ein Mann mit der kriminellen Energie wie Furmanow wäre wachsam. Die kleinste Unzulänglichkeit, und der Mann würde gewarnt sein. Larsson war sich bewusst, dass sich die Beamten, die an der Aktion teilnahmen, Gefahren aussetzten, die ihr Leben bedrohten. Denn ein solcher Mann würde kaum unbewaffnet durch die Gegend fahren. Das beunruhigte ihn. Die Absicherung auf dem Haff, so hatte er mit Kriminalhauptkommissar Kowalski besprochen, würde die polnische Terrorabwehr übernehmen.

Sie verschmolzen mit der Menge der Kurgäste, die an der Seebrücke und der Promenade in Ahlbeck lustwandelten, und ließen sich treiben. Auf der Mitte der Promenade leuchteten auf dem Grün des Rasens die gelben Blumenrabatten der Studentenblumen, das rote Gottesauge und der lila Lavendel. Sie konkurrierten mit den herrlichen Rosenanpflanzungen in allen Farben. Dabei lief die Frau weit hinter dem Mann, so dass sie ein aufmerksamer Beobachter nicht als Paar bemerken würde.

An den Ständen schräg gegenüber dem Hotel Ahlbecker Hof kauften Passanten Hemden oder andere Artikel des täglichen Gebrauchs für den Strand oder als Mitbringsel für die Zurückgebliebenen in der Heimat. In den teureren Geschäften auf der Hotelseite ließ sich der gehobene Mittelstand Top-Kleidung zu Top-Preisen zeigen. Nicht alle konnten hier fündig werden.

Sie setzten sie sich für kurze Zeit in eines der Straßenrestaurants, um etwas zu essen. Dabei achteten sie darauf, dass sie an verschiedenen Tischen Platz fanden. Sie vermieden es, zu lange zueinander zu schauen. Erst als sie fertig waren und getrennt gezahlt hatten, ermunterte der Mann durch ein leichtes, kaum wahrnehmbares Kopfnicken zum Aufbruch. Im Schatten der Bäume setzten sie sich auf eine der weiß gestrichenen Bänke.

„Wir haben zwei Möglichkeiten“, sagte der Mann, „eine bequeme und eine anstrengende. Die Bequeme wäre die Fahrt mit einem Rad.“

„Aber wir haben keine Räder“, sagte die Frau.

„Eben. Wir können auch keine mieten, weil man dazu einen gültigen Personalausweis braucht. Also müssten wir welche stehlen. Wenn zwei Räder als gestohlen gemeldet würden, schrillen die Alarmglocken der Polizei, und die Straßen wären für uns nicht nutzbar.“

„Was schlägst du vor?“

„Ich kaufe jetzt noch zwei Flaschen Wasser, und dann machen wir uns zu Fuß auf den Weg.“

„Wenn man uns auf der Straße laufen sieht, wird man sich fragen, warum das so ist“, wandte die Frau ein.

Der Mann zog einen kleinen Kompass aus der Tasche. „Wir werden laufen und dabei die Straßen meiden.“

„Bist du verrückt? Das sind mindestens acht Kilometer.“

„Eher zehn. Wir gehen durch den Wald, im Osten am Wolgastsee vorbei. Dort müssen wir aufpassen, weil die polnisch-deutsche Grenze einen Einschnitt auf deutsches Gebiet macht. Wenn wir den Waldsee Schwarzes Herz im Westen passieren, haben wir noch rund fünf Kilometer bis Kamminke.“

„Es ist jetzt gleich zwei“, sagte die Frau. „Wann soll das Treffen stattfinden?“

„Um sechs. Wir haben vier Stunden für einen Waldgeländemarsch. Du weißt, was das heißt?“

„Alles andere wäre nicht sicher genug. Hören wir auf zu diskutieren und gehen wir endlich los.“

Der Mann kaufte zwei kleine Flaschen mit kohlesäurehaltigem Wasser. Dann machten sie sich auf den Weg. Nach einem kurzen Stück auf der Promenade bogen sie am alten Kino in die Schulzenstraße ein, die sie bis zu ihrem Ende entlanggingen. Sie überquerten die Swinemünder Straße und verschwanden für kurze Zeit zwischen den dort befindlichen Einfamilienhäusern. Die Straße nach Korswandt tauchte auf und der Bahnübergang, den sie queren mussten. Es war eine neuralgische Stelle, an der sie allzu leicht bemerkt werden konnten. Furmanow ging als Erster. Er überquerte die Bahngleise und erreichte die Straße am Ziroweg, die an den Wald grenzte. Erst als er hinter den Bäumen verschwand, machte sich Aleksandra Serafinowicz auf den Weg. Nach wenigen Minuten hörte sie die Stimme eines Pirols tatatüa-tatatüa. Hinter einer dicken Buche tauchte ihr Geliebter auf. Gemeinsam setzten sie ihre Wanderung fort, immer darauf bedacht, nicht aufzufallen. Bei Korswandt stießen sie auf das östliche Ufer des Wolgastsees. Alles war bisher zu ihrer Zufriedenheit abgelaufen. Erst direkt am See begegneten sie einer Gruppe von Wanderern, die in entgegengesetzter Richtung gingen. Nach zwanzig Minuten änderten sie ihre Richtung. Sie gingen nun nach Südosten und kamen an den See Schwarzes Herz. Die Ursprünglichkeit des Gewässers zeigte sich in Bäumen, die abgebrochen waren und mit der verdorrten Krone im Wasser hingen, und Seerosen, die einen Teil des Sees überwucherten. Die Sonne spiegelte sich auf einem kleinen Teil des Wassers. An der südlichsten Stelle, die sie passierten, reichte ein kleiner Holzsteg ins Wasser hinein. Sie hatten keine Blicke für die Schönheit des Waldes und hasteten weiter. Nach einem knappen Kilometer erreichten sie Wiesen, die ihnen nicht genügend Deckung gaben, und beschlossen, nach Westen auszuweichen. Nach zwanzig Minuten trafen sie auf einen Baumsaum, der nach Süden führte. Sie folgten ihm und waren nach einer weiteren halben Stunde an der Bundesstraße 110, die in östlicher Richtung nach Zernin und weiter nach Polen führte. Sie gingen weiter nach Südosten.

„Wir müssen aufpassen", sagte Furmanow, der hin und wieder eine kleine Karte öffnete und den Weg bestimmte, „sonst kommen wir zu weit ab."

Es war schon kurz nach fünf, als sie am alten Friedhof in Kamminke ankamen. Zuvor mussten sie über eine graue Stilllegungsfläche der Landwirtschaft. Furmanow hasste derartig deckungsarme Landschaften. Der Weg aber ließ sich nicht vermeiden. Dann waren sie an der Baumkulisse am kleinen Haff angekommen. Gut zwei Kilometer weiter begann die Rollbahn des Flughafens. Furmanow fragte sich, ob Olesiewicz im Ernst nicht in der Lage war, einen weniger auffälligen Ort zu wählen. Für diese Überlegung blieb jetzt keine Zeit.

Sie fuhren unmittelbar nach der Entscheidung, die Gegend um Kamminke zu überwachen, ab. Andresen hielt die Verbindung mit der Einsatzleitung Anklam und übernahm diese, die nun übers Handy aus dem Dienstwagen erfolgte. Simons hatte die Aufgabe übernommen, die Förster des Reviers einzubeziehen. Deshalb ließ er sich von der Zentrale in Anklam die Telephonnummer der zuständigen Forstverwaltung in Pudagla geben und rief über Handy dort an. Er schilderte kurz den Sachstand und bat um Hilfe. Das Forstamt wiederum benachrichtigte über Funk die im Revier zwischen Korswandt und Kamminke tätigen Mitarbeiter.

Das erste Mal hatte ein alarmierter Förster Kontakt mit den beiden Flüchtlingen, als er, im Wald stehend, die Gruppe der Wanderer betrachtete, die den Wolgastsee umrundete. Er sah die beiden entgegenkommenden Fußgänger. Nicht dass sie da liefen, machte ihn stutzig. Es war, wie angegeben, ein Paar, und er bemerkte, wie sich die beiden suchend umsahen. Er meldete seine Beobachtungen der Einsatzzentrale. Dann beschloss er, die Verfolgung aufzunehmen. Wegen der Warnung vor einer wahrscheinlichen Bewaffnung aber hielt er großen Abstand, orientierte sich nach dem Knacken der Äste und verlor schließlich kurz vor dem See Schwarzes Herz den Kontakt zu den verdächtigen Personen. Aber er war sich sicher, die Menschen wollten nach Süden. Nachdem er das seiner Zentrale in Pudagla gemeldet hatte, drehte er um und ging zum Ausgangspunkt zurück.

Die Idee, die Forstbehörde einzubeziehen, erwies sich als richtig, denn zwei Stunden später suchte Hubertus Reim mit dem Feldstecher den Rand des Waldes ab; auf einem Hochsitz wartend, hatte er seit dem frühen Nachmittag immer wieder fasziniert auf den Wald gestarrt. Seine ganze Aufmerksamkeit wurde plötzlich durch einen wahrscheinlich aus Polen kommenden Wolf beansprucht, der überaus vorsichtig und wachsam zwischen den Bäumen hervorlugte, langsam ein Stück auf die Jagdkanzel zukam, witternd die Luft prüfte und dann in die Deckung der Bäume zurücklief. Nur zweimal noch tauchte er für Augenblicke auf. Es schien ein Jungtier zu sein. Ein älterer Wolf wäre wahrscheinlich noch vorsichtiger gewesen. Einmal sprang das Tier in die Luft, um, auf der Erde landend, einen Nager zu fangen, den es auffraß. Der Mann konnte es durch sein Glas genau beobachten. Plötzlich schien das Tier durch etwas gestört worden zu sein, denn es setzte sich ins angrenzende dichte Unterholz ab.

Gerade als er das Glas herunternehmen wollte, sah er die beiden Menschen, die ebenso wachsam wie der Wolf zwischen den Bäumen auftauchten und die Schonung musterten. Der Mann drückte sich instinktiv gegen die Rückwand des Hochsitzes. Keinesfalls durfte er entdeckt werden.

Sie hielten sich in der Nähe von Sträuchern, jede kleinste Deckung ausnutzend, und ließen jeweils einige Meter Abstand zwischen sich, so dass dem Förster einige Male die eine oder andere Person aus dem Blickfeld verschwand. Für Hubertus Reim stand fest, die Flüchtigen bewegten sich zielstrebig nach Süden. Würden sie in dem Tempo weiterhetzen, wären sie in fünfzehn bis zwanzig Minuten an der Bundesstraße 110. Reim gab seine Beobachtungen per Handy an die Einsatzleitung der Polizei vor Ort durch.

„Einer der Forstbeamten hat sich gemeldet“, sagte Andresen zu Larsson. „Furmanow und Begleitung sind jetzt hier.“ Er zeigte auf die Stelle der Karte, die ihm Reim benannt hatte. „Sie brauchen etwa zwanzig Minuten bis zur Überquerung der Bundesstraße 110.“

„Haben wir die Möglichkeit, einen Beamten mit einem Fahrrad auf dieser Straße entlangzuschicken, der die Observation für eine kurze Zeit übernehmen kann?“

„Negativ. Das ist in der Kürze der Zeit nicht zu machen.“

„Wir brauchen ein unauffälliges Auto, das eine Zivilperson vor dieser Straße absetzt.“

„Ja, das ist machbar.“

„Gut, dann los!“

Andresen telephonierte mit Beamten in einem der Wagen, der am Ortsausgang von Garz abgestellt worden war.

„Frag, was für ein Fahrzeug es ist", sagte Larsson.

„Ein ziviles Fahrzeug. Ein mausgrauer Opel Astra."

Larsson nickte, und Andresen schilderte kurz die Situation. „Sie sind unterwegs."

Als der Wagen von der Friedenstraße, aus Garz kommend, in die Bundesstraße 110 abbog, kam ihnen ein älterer Mann mit einem Rad entgegen, das einen kleinen Anhänger zog, auf dem Holz geladen war. Das wäre eine perfekte Tarnung für ein solches Unternehmen. Sie waren schon an dem Mann vorbei, meldeten aber ihre Beobachtung der Einsatzleitung. Andresen entschied sofort. „Einer von euch fährt mit dem Rad auf der 110 entlang!"

Der Mann war alt und hörte schon etwas schwer. Aber die Männer konnten ihn mittels einer Packung Zigaretten überzeugen, ihnen das Rad für eine halbe Stunde zu überlassen. Während einer der Männer mit dem Alten zurückblieb, mühte sich der andere mit dem Gefährt auf der 110 in Richtung Polen.

Er sah sie nur kurz, und es war Glück und Zufall, dass er sie überhaupt bemerkte. Sie kamen zwischen den Bäumen, die die Straße breitflächig säumten, hervor, hasteten in zwei, drei Sätzen weiter und verschwanden auf der Gegenseite wieder in den Wald, der bis zu den Ackerflächen einer LPG-Nachfolgegesellschaft führte. Der Beamte machte Meldung, als er ein ganzes Stück weitergefahren und damit sicher war, dass man ihn nicht beobachten konnte.

„Sie sind hier im Wald unterwegs." Andresen hatte sich über die Karte gebeugt, und Larsson verfolgte seinen Finger.

„Wenn sie die Richtung halten, werden sie hier an die Stilllegungsfläche kommen", sagte Larsson. „Dann gehen sie wahrscheinlich durch den Waldsaum zum Haff hinunter."

„Aber wenn sie etwas weiter nach Osten abkommen, nutzen sie möglicherweise den alten Kamminker Friedhof als Deckung." Andresen beorderte vier Beamte zum alten Kamminker Friedhof. Sie sollten in Deckung gehen, sich zum Teil auch an den Gräbern zu schaffen machen. Dann beorderte er jene Polizisten, die in einem zweiten Außenring zwischen Kamminke und Garz postiert waren, näher an die Operationslokalität heran.

Die Gruppe der Polizisten war gut verteilt. Nun war es ein Geduldsspiel. Nach der letzen Meldung über die Sichtung der beiden Personen beim Überqueren der Bundesstraße 110 waren sich alle einig darüber, dass die Flüchtigen jederzeit bei ihnen auftauchen konnten. Bei der Einschätzung des Fluchtweges lag diesmal Andresen richtig.

Furmanow und Aleksandra Serafinowicz tauchten kurz nach fünf vor dem Friedhof auf. Obwohl als Gesamtanlage aufgegeben und verwildert, waren immer noch viele Gräber gepflegt. Während sich die Frau neben einem Ginsterstrauch dicht an die Mauer drückte, um möglichst nicht gesehen zu werden, tauchte der Mann auf dem wild verwucherten Friedhof unter. Auch die rostigen Gitter der Einfriedung konnten ihn nicht daran hindern, unter größter Vorsicht zum Kriegerdenkmal vorzudringen. Er untersuchte den Efeu, der den Sockel des Steins umwucherte. Er fand einen kleinen Zettel, auf dem eine Angelrute abgebildet war.

„Wir müssen runter zum Wasser", sagte Furmanow, als er zum Eingang des Friedhofs zurückgekommen war. Gut die Deckung der Bäume nutzend, legten sie die letzten 160 Meter zurück. Dann öffnete sich vor ihnen die freie Sicht aufs Haff. Vor dem Schilf am Rande des Kleinen Haffs sahen sie einen Angler, der seelenruhig darauf wartete, dass ein kapitaler Fisch anbeißen würde. Aber das war nur Tarnung. Tatsächlich war er angespannt bemüht, jede auch noch so kleine Bewegungen auf dem Küstenstreifen zu analysieren. Doch er konnte nichts Verdächtiges ausmachen.

„Die Tarnung ist nicht schlecht", sagte Furmanow zu seiner Begleitung. „Immerhin zeigt Olesiewicz Nerven. Unter den Augen des täglichen Badebetriebes wird hoffentlich niemand eine solche Operation vermuten."

Genau in diesem Augenblick schlug die Polizei zu.

Dem Angler war die plötzliche Aufregung zwischen den Baumkulissen am kleinen Haff nicht entgangen. Während er seine Angelrute weglegte, seinen Außenbordmotor startete und hinaus aufs Haff fuhr, wurden Furmanow und dessen Geliebte zur Polizeidirektion nach Anklam befördert, wo man sie in getrennten Zellen unterbrachte.

21. Kapitel

An diesem Montag, dem 18. August, schien die Sonne schon zeitig am Morgen, und das Meer lag spiegelblank, denn es regte sich kein Lüftchen. Larsson war guter Dinge. Unter seiner Führung hatten sie Furmanow festnehmen können, und Olesiewicz wurde von der polnischen Spezialeinheit in dem Moment festgenommen, als er mit seinem Boot zu Hause anlegte. Freilich hatten sie ihn während der ganzen Fahrt über das Haff im Auge behalten. Einmal wurde er von einem anderen Fischerboot aus wahrgenommen, das ihn ein Stück observierte. Später war ein Hubschrauber in einiger Entfernung an ihm vorbeigeflogen. Auch er war seinetwegen unterwegs. Und es wäre ein Leichtes gewesen, ihn schon hier auf dem Wasser festzunehmen. Aber die polnische Einsatzleitung hatte beschlossen zu warten, bis er anlegte, um dann das Nest, wie sie es nannten, auszuheben. Zu leicht wäre Olesiewicz gewarnt worden, hätte er angerufen, und seine Frau wäre nicht in der Lage gewesen, ihm zu antworten. Oder er hätte an ihrer Stimme erkannt, dass etwas faul war.

Die Kollegen von der Wojewodschaftskommandantur hatten die Kontaktstelle in Anklam, die wegen der Operation an diesem Abend besetzt war, gleich nach der Festsetzung des Fischers benachrichtigt. Die Kontaktstelle wiederum rief unmittelbar Larsson an, um ihm das mitzuteilen. So hatte er eine entspannte Nacht. Und auch Monika vermied es, einen Streit vom Zaun zu brechen.

Larsson summte: *Eines Tages sehn wir ein Streifchen Rauch im Osten* aus Puccinis Oper *Madame Butterfly*. Als er merkte, dass er einen halben Ton zu tief war, schüttelte er den Kopf und korrigierte das.

Die Männer waren ohnehin pünktlich da, und auch Inge Mohaupt, die am Vortag wegen der Probleme mit der Unterbringung ihrer minderjährigen Tochter konfrontiert war, lächelte ihn zuversichtlich an, als sie bei ihm reinschaute. „Unsere Ermittlungsgruppe ist jetzt komplett im Haus“, sagte sie. „Wenn du möchtest, kannst du die Montagssitzung vorverlegen.“

Sie hatten gerade ihre Plätze im Besprechungszimmer eingenommen, und Larsson sinnierte über den vorhergegangenen Tag, als die Tür aufging und Kriminaloberrat Theo Kruse hereinkam. „Lassen Sie sich nicht stören“, sagte er. „Ich war gerade in der Nähe und dachte mir, ich könne mal bei Ihnen vorbeischauen.“

Larsson wusste, dass Kruse nicht die Wahrheit sagte, aber er war zu klug, um darauf einzugehen. Normalerweise meldete sich der Kriminaloberrat an, wenn er etwas mit ihm zu besprechen hatte oder, was häufiger vorkam, er bestellte ihn nach Anklam. Obwohl Kruse wissen musste, dass Larsson an diesem Tag nach Anklam fahren würde, um Furmanow zu verhören, war er zu ihnen herausgekommen. Das konnte nur bedeuten, dass er ihnen etwas mitteilen wollte.

„Karl, du fährst zu dem kleinen, alten Hof zwischen Rubenow, Nonnendorf und Latzow, auf dem der Hubschrauber aus Hamburg stationiert war. Und du nimmst dir wieder einen Funkstreifenwagen mit. Ich möchte aus Sicherheitsgründen nicht, dass du allein dort auftauchst. Sieh zu, dass du herausfindest, wer der Svenska-Ferrylines AB das Gelände vermietet hat, wie sie gezahlt haben et cetera. Es ist alles von Bedeutung. Monika fährt mit nach Anklam und verhört dort Aleksandra Serafinowicz. Ich habe mit der Kontaktstelle gesprochen. Lamm gibt uns Frau Salewski für die Übersetzung, falls sich die Serafinowicz stur stellt und plötzlich kein Deutsch mehr versteht. Rolf und ich fahren ebenfalls nach Anklam. Wir nehmen uns Furmanow vor. Da haben wir sicher eine harte Nuss zu knacken. Heute wird das erste Elternpaar aus Polen kommen, um festzustellen, ob das ihre kleine Tochter ist, die im Klinikum Rostock aufgefunden wurde. Du wirst sie begleiten, Monika. Sicherheitshalber lassen wir aber eine DNA machen, damit wir uns nicht einmal nachsagen lassen müssen, wir hätten leichtsinnig ein Baby an falsche Eltern herausgegeben.“

Larsson schaute fordernd in die Runde. „Hat noch einer einen Einfall, der nicht berücksichtigt wurde? Wenn nicht, gehen wir jetzt an die Arbeit.“

Kruse meldete sich zu Wort. „Ich bin vorbeigekommen, um Ihnen meinen Dank für die schnelle und erfolgreiche Arbeit auszudrücken. Gleichzeitig aber möchte ich darauf hinweisen, dass es sich um einen Teilerfolg handelt. Erst wenn die Mörder gefasst sind, die das Gemetzel auf der Yacht veranstaltet haben, können wir aufatmen. Bedenken Sie, der Stärkere gewinnt! Der Schwächere verliert immer! Lassen Sie uns als die Stärkeren auftreten.“

Als Kruse geendet hatte, machte sich ein leises Murmeln breit. Keiner wagte es, dem Kriminaloberrat etwas entgegenzusetzen. Sie wussten, dass sie gute Arbeit geleistet hatten, und sie waren entschlossen, ihre Arbeit weiterhin ordentlich zu erledigen. Dazu bedurfte es keiner Mahnung der Vorgesetzten.

Larsson hob die Besprechung auf, und die Kollegen gingen in ihre Büros, um sich auf die Abfahrt vorzubereiten. Kruse folgte Larsson in dessen Büro.

„Eigentlich bin ich gekommen, um Ihnen etwas mitzuteilen, was mir unter dem Siegel der Verschwiegenheit gesagt wurde. Wenn ich es Ihnen trotzdem sage, dann deshalb, weil ich nicht will, dass meine Leute gegen eine Mauer laufen.“ Als Larsson ihn fragend ansah, fuhr er fort: „Dem BKA ist sowohl die Yacht bekannt als auch der Mann, dem die Arme abgetrennt worden sind.“

„Ich weiß“, sagte Larsson. „Die Leute vom BKA wollen von uns immer alles wissen, selbst aber nichts preisgeben. Den Namen des Mannes haben wir aus den Papieren. Es ist Dragovan Nicolic, ein ehemaliger Oberst der jugoslawischen Armee. Alle Anzeichen, die wir vorgefunden haben, lassen darauf schließen, dass es sich um einen Racheakt handelt. Und gestatten Sie mir festzustellen, alle Anhaltspunkte weisen darauf hin, dass es um nichts Geringeres geht als um sexuelle Gewalt.“

„Aber das ist noch nicht alles. Dragovan Nicolic war vor der Wende weltweit Unterhändler seines Staates bei der Beschaffung von Waffen jeglicher Art.“ Kruse sah das Lächeln Larssons. „Das war Ihnen doch nicht auch schon bekannt?“

„Es war persönlicher Beauftragter Miloševics, ja.“ Es war diesmal kein Bluff, den Larsson startete und der seine Wirkung nicht verfehlte.

„Dieses Gespräch hat nie stattgefunden“, sagte Kruse. „Ich müsste sonst einen Bericht nach Wiesbaden schicken. Das will ich unbedingt vermeiden.“

„Hat Ihnen Frau Seyfert signalisiert, dass man die Ermittlungen selbst übernehmen will?“

„Im Gegenteil. Man will sehen, wie Sie damit fertigwerden. Offensichtlich verfolgt man in Wiesbaden dabei ganz andere Interessen.“

„Nämlich?“

„Ich denke, man will sehen, ob Sie in diesem brisanten Fall ebenso erfolgreich sind ...“, beharrte Kruse.

„Weil?“

„Vielleicht möchte man Sie zum BKA nach Wiesbaden versetzt sehen.“

„Sie haben recht, Herr Kriminaloberrat. Dieses Gespräch hat nie stattgefunden, und wenn Sie prüfen sollten, wie meine Einstellung zu einem Umzug nach Wiesbaden ist, ich habe nicht vor, meinen hiesigen Arbeitsplatz zu verlassen.“

„Sie wissen aber schon, dass Sie als Beamter einem Ruf an eine so exponierte Stelle folgen müssten.“

„Ich denke, wir werden beide versuchen, das zu umgehen. In diesem Fall zähle ich auf Ihre Unterstützung.“

Sie brachen auf. Kruse fuhr weiter nach Greifswald. Während Andresen und Larsson sich auf den Weg zur PD nach Anklam machten, fuhr im zweiten Wagen Inge Mohaupt den gleichen Weg. Nur Simons war schon unterwegs, um im Falle des Hamburger Hubschraubers zu ermitteln. Und Monika Landris telephonierte mit Stettin, um herauszufinden, wann die Eltern des Kindes in Rostock sein würden.

Bereits auf der Fahrt hatte Lasse Larsson das Wachpersonal gebeten, Furmanow in den Verhörraum zu bringen, so dass sie unmittelbar nach der Ankunft in Anklam mit der Vernehmung beginnen konnten.

„Vernehmung des ukrainischen Staatsbürgers Semjon Konstantinowitsch Furmanow, geboren am 23. Oktober 1968 in Polesskoje, letzte feststellbare Anschrift ..." Larsson schaute in seine Handakte. „Kreschtschatik-Boulevard in Kiew, durch den Kriminalhauptkommissar Lasse Larsson und den Kriminalkommissar Rolf Andresen am 18. August 2003 um 11.20 Uhr. Ihnen wird zur Last gelegt, erstens zwei Kinder im Säuglingsalter in Polen entführt und zum Zwecke der Veräußerung an Menschenhändler an den Eigner der Yacht *Morningstar* weitergegeben zu haben. Ferner hatten Sie zwei Minderjährige weiblichen Geschlechts ebenfalls bei ihrem illegalen Grenzübertritt in Ihrer Begleitung, die desgleichen Ihrem Käufer an Bord der Yacht übergeben wurden."

„Das existiert nur in Ihrer Phantasie", sagte Furmanow.

„Glauben Sie wirklich, dass wir uns die Blöße geben und Sie in Haft nehmen würden, ohne die Beweise für unsere Vorhaltungen zu haben? Der Kapitän des Schubbootes Stanisław Bartkowiak und sein Maschinist Jerzy Karnicka sind von den polnischen Behörden festgenommen worden und haben gestanden, Sie, Ihre polnische Freundin Aleksandra Serafinowicz, die beiden Mädchen und zwei Säuglinge über die Grenze gebracht zu haben."

„Das existiert nur in Ihrer Phantasie", wiederholte Furmanow.

„Zwei Beamte einer polnischen Spezialeinheit sind bereits auf dem Weg hierher. Sie werden staunen, was die noch alles für Informationen mitbringen."

Diese Nachricht beeindruckte Furmanow offensichtlich nachhaltig.

„Wir beschuldigen Sie ferner des mutmaßlichen Mordes an dem jugoslawischen Staatsbürger Dragovan Nicolic und weiterer sieben Personen."

„Nein!" Es war ein Aufschrei, den Furmanow ausstieß. „Ich habe mit dem Mord an den Leuten auf der *Morningstar* nichts zu tun."

„Bevor Sie jetzt weitersprechen, mache ich Sie darauf aufmerksam, dass Sie die Wahrheit sagen müssen. Wenn Sie sich selbst belasten, können Sie schweigen oder einen Anwalt hinzuziehen. Wenn Sie mit uns kooperieren, kann das Ihr Strafmaß positiv beeinflussen."

„Ich brauche ein Agreement mit dem Staatsanwalt."

Larsson lachte. „Das wird es sicher nicht geben. Die Beweise gegen Sie sind zu eindeutig."

„Ich habe Nicolic nicht umgebracht."

„Also waren Sie an Bord, als der Mord geschah?"

„Nein."

„Aber Sie haben die Ihnen vorgehaltenen Personen zur *Morningstar* gebracht."

Furmanow nickte.

„Wann haben Sie die Personen zur Yacht gebracht?"

„Am 12. August. Kurz vor Mittag."

„Schildern Sie, wie das abgelaufen ist."

Furmanow beschrieb die Aktion in allen Einzelheiten.

Larsson hatte genau zugehört. Er fragte: „Wir haben bei Ihnen eine Waffe gefunden. Woher stammt die?"

„Glauben Sie wirklich, dass es eine Schwierigkeit ist, eine Armeepistole vom Typ PM zu bekommen?"

„Haben Sie die Makarow aus Ihrer Zeit beim Militärdienst in Deutschland?"

„Deutschland?" fragte Furmanow irritiert.

„Waren Sie nicht in Deutschland?"

In diesem Augenblick ging die Tür zum Vernehmungsraum auf. Einer der Beamten aus der Zentrale brachte den polnischen Kriminalhauptkommissar Roman Kowalski und Kommissar Mieczysław Dudzik herein, die zu einer Spezialeinheit für Organisiere Kriminalität in Stettin gehörten. Die Kommissare nickten sich zu, und Kowalski übergab Larsson eine deutschsprachige Akte.

„Haben Sie die Makarow aus Ihrer Zeit beim Militärdienst in Deutschland?" wiederholte Larsson seine Frage an Furmanow.

„Ich war nie in Deutschland.“

„Woher sprechen Sie dann so gut Deutsch?“

„Ich habe es in der Schule gelernt, und einer meiner angeheirateten Onkel kam aus Deutschland.“

Kowalski flüsterte Larsson etwas zu. Der nickte.

„Ende der Achtziger waren Sie als Soldat auf dem russischen DDR-Militärstützpunkt Wünsdorf südlich von Berlin stationiert. Nach der Vereinigung Deutschlands standen den russischen Truppen der Abzug in die Heimat und eine ungewisse Zukunft bevor. Bis hoch zum Kommandanten dealten etliche GUS-Soldaten mit allem, was sich in ihrer Heimat verrubeln ließ“, sagte Kowalski. „Eine dreißigköpfige Bande von deutschen Autodieben und russischen Offizieren und Piloten betrieb 1993 und 1994 einen Handel mit gestohlenen Luxuskarossen. Ein Mann namens Bondartschik war der Boss. Er war Strippenzieher zwischen deutschen Händlern und den Militärs.“ Kowalski lächelte Furmanow herausfordernd an. „Sie sind Sergej Sergejewitsch Bondartschik.“

„Mein Name ist Semjon Konstantinowitsch Furmanow. Ich habe meinen festen Wohnsitz am Kreschtschatik-Boulevard in Kiew und bin freier Kaufmann.“

„Womit handeln Sie? Mit Autos?“ fragte Kowalski.

„Auch mit Autos. Und mit Schiffen.“

„Und mit Waffen.“

„Nicht mit Waffen.“

„PB“, sagte Kowalski. „Pistolet bes’schumnyj, die lautlose Pistole genannt, ist eine Variante der Makarow mit eingebautem Schalldämpfer. Olesiewicz hat eine solche von Ihnen gekauft. Er hat das zu Protokoll gegeben und seine Frau ebenfalls. Wir haben keinen Zweifel daran, dass die Waffe von Ihnen stammt.“

„Wer immer Ihnen das gesagt hat, lügt.“

„Kommen wir noch einmal zurück auf Ihre Zeit als Autoschieber. Neureiche Russen standen Schlange. Sie verlangten meistens BMW, vom 5er an aufwärts. Ihre Gang war in der Lage, jedes Auto in dreißig Sekunden zu knacken. Hunderte Wagen wurden auf Bestellung zu russischen Militärflughäfen wie Sperenberg gefahren und von dort nachts in Antonow-Transportern nach Moskau geflogen. Ein Millionengeschäft unter Militärschutz und damit absolut risikolos. Dafür allein drohen Ihnen wegen gewerbsmäßiger Bandenhehlerei und anderer Delikte über zehn Jahre Haft in Deutschland."

Kowalski schaute Larsson an und sagte: „Nicht jeder kann sich der Rache seiner Mafia-Mitglieder und der deutschen Justiz gleichermaßen durch einen getürkten Tod entziehen. Dazu bedarf es schon einer besonderen Gabe und Kontakte bis in die höchsten Spitzen der Verwaltung. Das Standesamt Kiew registrierte am 20. September 1997, dass Sergej Sergejewitsch Bondartschik drei Tage vorher im Alter von 28 Jahren an einem Hirntumor verstorben sei. Die Kiewer Ganoven gingen der Lügengeschichte ebenso auf den Leim wie die Berliner Justiz. Auch wir hatten Mühe, die nötigen Beweise zu besorgen, dass Bondartschik lebt. Der Vergleich von Observations- und mit früheren Photos, mag er auch für Laien überzeugend sein, reicht heutzutage nicht aus. Unerwartet schwierig erwies sich die gerichtsfeste Identifizierung. Uns fehlten vergleichbare Fingerabdrücke oder eine DNA. In unserer Not forschten wir sogar in Israel, wo Sie sich hin und wieder aufhielten, und den ehemaligen GUS-Staaten nach. Vergangene Woche endlich erhielten wir die alten Bondartschik-Abdrücke vom Mossad und verglichen sie mit Abdrücken, die wir in Olesiewicz' Haus und auf seinem Boot gefunden haben. Die deutsche Justiz wird sich freuen, Sie festsetzen zu können. Doch nun haben wir noch ganz andere Kaliber zu ahnden: Menschenraub in Polen. Sie handeln also auch mit Menschen, die zur Prostitution gezwungen werden, und schrecken nicht davor zurück, Säuglinge für Päderasten zu liefern. Sie werden sich wundern, zu welcher Strafe Sie ein polnisches Gericht verurteilen wird."

Larsson verstimmte es, dass Kowalski besser über Furmanow informiert war als er selbst. War es ein Teil der Strategie des BKA, ihn hier im Regen stehen zu lassen? Und es wurmte ihn, dass er selbst nicht gründlich genug recherchiert hatte, was es mit dem Ukrainer auf sich hatte. Schön, die Zeit war sehr kurz; er hätte einen seiner Männer ausschließlich zur Recherche über diesen Mann abstellen können. Aber er hatte es nicht gemacht. Das führte diesmal zwar nicht zu einer Ermittlungspanne. Was schlimmer zählte, war die Tatsache, dass Kowalski ihn praktisch vorführen konnte. Jetzt übernahm er das Verhör wieder. „Kommen wir zurück zu dem Augenblick, in dem Sie an Bord der *Morningstar* gingen. Schildern Sie, was dann passierte."

Furmanow alias Bondartschik schaute irritiert zu den polnischen Beamten. „Die beiden Mädchen wurden zusammen mit den Säuglingen unter Deck in eine Kabine gebracht. Nicolic hatte mit mir eine Verabredung. Er wollte möglichst ein Kompensationsgeschäft tätigen."

„Ein Kompensationsgeschäft? Welcher Art?" frage Larsson.

Furmanow erinnerte noch einmal daran, dass er für ein Geständnis gewisse Vergünstigungen bei der Bemessung des Strafmaßes erwarte. Dann sagte er: „Nicolic wollte einen Teil der Summe in Drogen zahlen."

„Kokain?" bluffte Larsson, um zu sehen, ob der Ukrainer die Wahrheit sagte.

„Heroin."

„Was ging schief? Stritten Sie sich, und Sie brachten daraufhin Nicolic und seine Mannen um?"

Furmanow lachte gequält. „Die Yacht glich einer Festung. Glauben Sie wirklich, dass ein einzelner Mann ein solches Blutbad anrichten kann?"

„Was für ein Blutbad?"

„Na kommen Sie, Kommissar. Ich bin nicht so blauäugig zu glauben, dass Sie nicht wissen, wie es an Bord des Schiffes aussah. Ich lieferte die Ware ab ..."

„Die Ware?"

Furmanow überhörte den Einwand Andresens. „,... und wir blieben bis zum Mittag an Bord der Yacht. Nicolic lud uns zum Essen ein. Er schlug das Wasserschloss Mellenthin vor, hatte aber kein Fahrzeug vor Ort. Deshalb rief er ein Taxi zur Yacht, das uns dorthin brachte. Als der Fahrer über die kurze Strecke meckerte, gab er ihm ein reichliches Trinkgeld und bestimmte, dass er für die Rückfahrt warten möge. Wir aßen im Restaurant Alte Schmiede. Auf der Rückfahrt ließ uns Nicolic vom Taxifahrer in Warthe absetzen. Ich hatte dort vorsorglich ein Zimmer für eine Woche gebucht. Dort stand auch mein Fahrzeug, ein Audi."

Larsson machte sich Notizen, was am Tag darauf überprüft werden müsste. Verlässliche Recherchen sind das Wichtigste für eine erfolgreiche Ermittlung. „Nun besaß ja Nicolic die ‚Ware', wie Sie es zu nennen pflegen. Hatten Sie keine Bedenken, dass der Mann damit auf Nimmerwiedersehen verschwinden könne?"

„Nein. Er wusste, dass man mit mir Geschäfte machen konnte, auf die Verlass ist. Wir verabredeten uns für elf am Abend."

„Weiter", drängte Larsson.

„Ich fuhr zur verabredeten Zeit zum Liegeplatz der Yacht vom Vormittag. Aber sie war nicht da." Furmanow zögerte einige Sekunden. „Nur einen Augenblick dachte ich, Nicolic hätte die Anker gelichtet. Irgendetwas trieb mich aber bis zur Spitze der Insel. Da sah ich die Yacht keine fünfzig Meter vom Land entfernt. Das Schiff war total unbeleuchtet. Wissen Sie, was das heißt, wenn ein solch großes Boot ohne einen Funken Licht auf Grund liegt?"

„Sie werden es mir gleich sagen."

„Es gibt zwei Möglichkeiten. Es kann ein defektes Aggregat sein, das die ganze Schiffselektrik stilllegt. Oder es ist etwas passiert. Ich beobachtete die Yacht. Kurz nach Mitternacht war noch immer alles unverändert. Aleksandra blieb am Wagen, während ich mich, nur mit der Unterhose bekleidet, zur *Morningstar* begab. Ein ganzes Stück konnte ich laufen. Als das Wasser etwas tiefer wurde, schwamm ich. Aber ich war wachsam. Ich betrat die Yacht vom offenen Wasser her, um vom Land nicht gesehen zu werden. Die *Morningstar* ist eine Yacht der Sonderklasse. Über 23 Meter lang und mehr als fünf Meter breit. Vom Achterdeck geht es über eine Treppe auf die mit Teakholz bedeckte, hydraulisch absenkbare Badeplattform und die Heckgarage, in der sich der Tender, ein Jetboat Zodiac Yachtline 380 befindet. Diese Plattform wird nachts hochgezogen. Damit ist dann auch die Garage des Jetboats geschlossen. Aber ich fand sie geöffnet."

„Sie hatten Angst“, sagte Kowalski. Und Mieczysław Dudzik fügte hinzu: „Wie ist es, wenn ein Mann wie Sie Angst hat? Hat man Furcht, sein Leben zu verlieren oder seinen Gewinn?“

„Sie müssen sich nicht über mich lustig machen. Die Situation war unheimlich. Ich hörte keinen Laut. Dann siegte die Neugier, und ich begann ganz leise den Aufstieg über die Treppe, jederzeit bereit, mit einem Kopfsprung im Wasser zu verschwinden.“ Furmanow beschrieb nahezu jeden Schritt, den er machte, die ganze Anspannung, jede auch nur noch so kleine Bewegung an Bord zu registrieren. „Aber ich hörte nichts. Nicht einen einzigen Laut. Ich konnte nichts hören. Als ich durch ein Bullauge zum Salon schaute, sah ich die Bescherung. Ich überwand meine Vorsicht.“

„Sie überwanden nicht Ihre Vorsicht. Sie überwanden Ihre Angst und gaben der Gier nach, Ihr, wie Sie glaubten, wohlverdientes Honorar zu holen“, sagte Larsson.

„Vielleicht auch das. Als ich die Tür zur Brücke öffnete, sah ich Macchiavelli, den Kapitän, blutend am Steuerstand liegen. Er war tot.“

Larsson sagte ungerührt: „Nein, tot war er nicht.“

Furmanow schüttelte ungläubig den Kopf. „Ich war sicher, dass er tot war. Und dann ging ich die wenigen Meter über den Abgang zum Salon und prallte zurück. Überall Blut und Leichen. Ich musste unbedingt vermeiden, mit dem Blut in Verbindung zu kommen. Es hätte Spuren gegeben.“

„Haben Sie die Mädchen nicht gesehen und von den Säuglingen nichts gehört?“ fragte Larsson.

„Ich war so geschockt, dass ich wie im Rausch das Schiff auf dem gleichen Weg verließ, wie ich gekommen war. Noch in derselben Nacht packten wir unsere Sachen ein und verließen Warthe.“

„Warum?“ fragte Andresen.

„Ich war sicher, wenn man die Toten fände, und das wäre spätestens am kommenden Tag wahrscheinlich, würde man die Gegend um den Mordort nach Kontaktpersonen absuchen. Die Kellner in der Alten Schmiede und der Taxifahrer würden sich an mich erinnern. Das durfte ich auf keinen Fall riskieren.“

Larsson dachte einen kurzen Augenblick nach. Dann schaute er zu seinem Mitarbeiter. Andresen nickte ihm zu. Er schien seiner Meinung zu sein. Was die Morde auf der Yacht anbelangte, müsste man erst die Aussagen Furmanows überprüfen. Aber was der Mann über die Auffindung der Leichen aussagte, schien wahrscheinlich zu sein.

„Wir kommen jetzt zurück zu dem Punkt der Entführung der Kinder in Świnoujście und ...“, wieder suchte Larsson den Namen des zweiten Ortes in der Handakte.

Mieczysław Dudzik kam ihm zuvor, als er sagte: „Gryfino.“

Furmanow berichtete mit leiser Stimme, wie das Gangsterpärchen zuerst den kleinen Jungen in Gryfino, dann das Töchterchen Krystyna der Elżbieta Ciepłowska in Świnoujście entführte.

22. Kapitel

Als Lasse Larsson an diesem Dienstag, dem 19. August, sehr früh erwachte, schlief Monika noch. Wieder ärgerte er sich darüber, dass sie so einen beneidenswerten Schlaf hatte, während er oftmals von wüsten Träumen geplagt wurde.

In dieser Nacht war er wach geworden, als draußen irgendein Tier einen letzten Todesschrei von sich gegeben hatte, laut und mit der Verzweiflung an das Unabänderliche. War es eine Katze, die von einem Fuchs gerissen wurde? Oder eine Ratte, die einem jagenden Raubvogel zum Opfer gefallen war? Wie lange er wachgelegen hatte, wusste er nicht mehr. Aber die Gedanken hatten einen friedlichen Weiterschlaf verhindert. Er dachte an Kinder, die spurlos verschwanden. 1997 hatten Eltern erstmals in Deutschland organisiert per Internet nach ihren Kindern gesucht. Teilweise mit Erfolg. Die von ihnen gegründete Elterninitiative Vermisste Kinder schloss sich 2001 der European Federation for Missing and Sexually Exploited Children an, um die Suche auch international führen zu können. Erst seit 2003 veranstaltet der Verein bundesweit alljährlich einen Tag der vermissten Kinder am 25. Mai. Auch dieses Jahr hatte es bundesweit mehrere Aktionen an diesem Tag gegeben. Die zentrale Veranstaltung fand in Hamburg statt. In der historischen Speicherstadt ließen die Organisatoren unter anderem einhundert Luftballons mit dem Bild eines vermissten Kindes aufsteigen. Am späten Nachmittag wurde eine Andacht gehalten und für jedes vermisste Kind eine Kerze aufgestellt. Einige der schrecklichsten Fälle von Kindestötungen zogen an Larsson vorüber. Im Dezember 2000 lag an einem Bach nahe Erfurt ein totes Neugeborenes. Ein Gentest überführte eine Mutter von fünf Kindern. Die Verkäuferin gab zu, das Kind sowie einen Sohn und eine Tochter nach der Geburt ertränkt, erstickt und erwürgt zu haben. Im August 2001 schlug nach heimlicher Geburt im Kinderzimmer eine Fünfzehnjährige im thüringischen Behringen ihre schreiende Tochter mit dem Kopf auf den Boden und schnitt ihr mit der Schere die Kehle durch. Ein halbes Jahr später wurde ein Neugeborenes erwürgt im Mülleimer einer Autobahnraststätte bei Melle im Landkreis Osnabrück gefunden. Am See nahe Burgdorf in der Region Hannover wurde ein ertränkter Säugling entdeckt. Und im Februar 2003 wurde in einer Mülltonne in Hamburg-Sasel ein Säugling aufgespürt. Der Junge war in der Plastiktüte qualvoll erstickt. Jedes dieser Kinder bereitete Larsson Albträume. Auch in diesem Jahr hatten schon Fälle von Kindstötungen im Polizeireport gestanden. Auf dem Heimweg vom Schulhort in Zerbst in Sachsen-Anhalt fiel die sechsjährige Malin im Januar diesen Jahres ihrem Peiniger in die Hände. Gerade dieser Fall hatte Larsson sehr bewegt. Das Mädchen wurde missbraucht und erwürgt in der Wohnung eines Neunzehnjährigen gefunden. Der Täter wurde zu neun Jahren Jugendhaft verurteilt. Was ist das für ein Land, fragte sich Larsson, in dem ein Kinderquäler und Mörder mit einer Verurteilung von neun Jahren Jugendhaft davonkommt? In seiner Überzeugung festigte sich die Gewissheit immer mehr, dass die Gesetze in Deutschland äußerst löchrig sind und die Justiz oftmals auf beiden Augen blind ist. Das war bei den Kindesmördern so und traf auf die Strafverfolgung von Neonazis ebenfalls zu. Auch eine Demokratie hat Grenzen, dachte er. Grenzen, die in diesem Land andauernd überschritten und mit Füßen getreten wurden. Mit diesen Gedanken, die ihn plagten, war er gegen Morgen wieder eingeschlafen.

Mühsam stemmte er sich hoch und wankte ins Bad. Während er sich die Zähne putze, hörte er den Wecker klingeln und kurze Zeit später, wie Monika aufstand. Er ging unter die Dusche und ließ minutenlang den Strahl des heißen Wassers auf seinen Körper prasseln, was er sehr genoss. Zum Ende rang er sich durch, den Hahn abrupt auf kalt zu stellen, was ihn augenblicklich munter machte. Prustend und nach Luft ringend kam er unter der Dusche hervor.

Monika hatte bereits das Frühstück fertig auf den kleinen Tisch in der Küche gestellt, an dem sie während der Arbeitswoche aßen. Es war eine eingespielte Zeremonie. Sie berichtete ihm in wenigen Sätzen, wie rührend das Treffen zwischen den polnischen Eltern des aufgefundenen Säuglings in Rostock verlaufen war. Während sie berichtete, wie die Frau weinend ihr Kind in die Arme geschlossen hatte, liefen auch ihr die Tränen übers Gesicht.

Sie ist eine Frau voller Mitgefühl, dachte Larsson. Dann berichtete er ihr nur kurz, was sie aus Furmanow herausgeholt hatten. Und dass er nicht daran glaube, mit Furmanow den Mörder gefunden zu haben, der das Gemetzel veranstaltet hatte.

Pünktlich halb acht fuhr Lasse Larsson in Loddin vom Hof. Sein Weg führte ihn nach Greifswald. Er fand einen Parkplatz schräg gegenüber der Rechtsmedizin.

Dr. Birgit Beckert erwartete ihn schon im Büro. Er hatte vor, die Rechtmedizinerin noch einmal wegen der Abtrennung der Arme vom Körper des Dobroslav Nicolic zu befragen. Als er auf dem Weg zum Haus war, klingelte sein Handy. Es war Inge Mohaupt. „Eine Verkäuferin des Drogeriemarktes Schlecker in Karlshagen hat angerufen. Sie sagte, ein älterer Mann habe Bilder entwickeln lassen, diese abgeholt und ihr begeistert erzählt, dass er das Schiff, das in der Zeitung gezeigt wurde, photographiert habe. Sie hat sich an den Artikel erinnert und ihm das gesagt. Daraufhin habe der Mann ihr die Photos gezeigt.“

„Sicher ein mitteilungsbedürftiger alter Mann, der sich interessant machen wollte. Oder?“

„Na ja. Sie habe einige der Bilder gesehen. Eines hat ein jüngeres Paar gezeigt, das sich wohl stritt. Die junge Frau heulte.“

„Das soll vorkommen.“

„Als sie auf das Bild zu sprechen kamen und die Frau, die mit dem Mann da war, sagte, es habe ausgesehen wie ein Streit zwischen Liebenden, der in jeder Familie vorkäme, habe der Mann interveniert. Für ihn habe sich das so dargestellt, dass die Frau über irgendetwas auf der Yacht entsetzt war.“

„Jetzt wird es interessant. Wo ist das Geschäft? Ich fahre gleich hin."

„In der Hauptstraße, Ecke Alte Peenemünder Straße."

„In Karlshagen."

„Ja."

Larsson unterbrach das Gespräch, aber das Handy klingelte sofort wieder.

„Warum legst du so schnell auf?"

„Ich dachte, wir wären fertig."

„Es ist der Tag der Photos", sagte Inge Mohaupt. „Rolf hat auch etwas für dich. Ich gebe weiter."

„Paul Maier hat angerufen. Die Spurensicherung hat die Bilder des Handys von dem Jungen ausgewertet, der sich so für die *Morningstar* interessiert hat. Er hat auch eine Frau aufgenommen, die mit einem Fernglas die Yacht observierte."

„Er soll die Bilder übers Netz schicken."

„Schon in Arbeit."

„Gut. Ich werde mich beeilen."

Larsson rief bei der Sekretärin der Rechtsmedizinerin an und sagte den Termin ab. Dann fuhr er direkt nach Karlshagen.

Er musste warten, bis eine Reihe von kaufwilligen Urlaubern abgefertigt war. Dann wies er sich aus und bezog sich auf das Telephonat, das die Verkäuferin mit Inge Mohaupt geführt hatte. Die Frau beschrieb ihm noch einmal das Gespräch, das zwischen den alten Leuten und ihr stattgefunden hatte, und was auf den Bildern zu sehen war.

„War es ein Mann, den Sie kannten?"

„Es war kein Einheimischer, wenn Sie das meinen."

„Ja, das genau meine ich. Haben Sie nach der Adresse des Mannes gefragt?"

Die Verkäuferin lächelte. „Nein."

„Nein?"

„Aber sie stand auf der Tüte, in der sich die Photos befanden. Alle müssen ihre Adresse angeben. So sind die Bestimmungen. Und wenn das einer nicht macht, was natürlich auch vorkommt, dann hätten wir Probleme, den Besteller zu finden, wenn die Bilder nicht abgeholt werden, weil die Bezahlung ausbleibt. Deshalb werden solche Photos nicht entwickelt."

„Sie stand auf der Tüte. Haben Sie sich die Adresse aufgeschrieben?"

„Nein."

„Dann werden wir Mühe haben, die Leute zu finden." Man sah Larsson an, dass er sich ärgerte.

Die Frau lächelte noch immer. Er war versucht, sie zurechtzuweisen, als sie sagte: „Der Mann heißt Ludwig Bauer." Sie nannte ihm die Adresse.

Larsson bedankte sich und fuhr zum Hafen. Die Gästezimmer des Hauses lagen entweder zum Hafen hin, was die schönere Aussicht bedeutete, oder zur Straße. Die Bauers wohnten zur Straße. Die Frau, die ihm öffnete, war jenseits der sechzig. Aber für ihr Alter war sie noch gutaussehend und schien gepflegt zu sein. Hauptkommissar Larsson wies sich aus und nannte sein Anliegen. Im Hintergrund wurde die grunzende Stimme eines Mannes hörbar. „Ei, was gibt's dann, Anna?"

Der Mann sprach hessischen Dialekt. Larsson registrierte das. „Die Polizei. Die Kriminalpolizei!"

Der Mann erschien in der Tür. „Ei, was will denn die Polizei von uns? Habe wir falsch geparkt? Ich abe doch gar keine Auto", ahmte er eine Kaffeewerbung nach.

„Es geht auch nicht darum, ob Sie falsch geparkt haben. Ich ermittle in der Sache Kapitalverbrechen auf der Yacht *Morningstar*."

„Und da kommen Sie zu uns?" fragte die Frau.

„Wir interessieren uns für die Photos, die Sie von der Yacht in Lassan gemacht haben."

„Wieso?"

„Sie haben vielleicht ein Bild, die uns bei den Ermittlungen weiterbringen kann."

„Woher wissen Sie das eigentlich?" fragte Ludwig Bauer.

„Die Polizei weiß nicht alles. Wir sind manchmal auf die Mithilfe der Bevölkerung angewiesen. In diesem Fall sogar sehr." Larsson sagte das so, um bei den alten Leuten Vertrauen zu erwecken und ihnen das Gefühl zu geben, gebraucht zu werden. Sein Kalkül ging auf.

„Ei ja, wenn isch Ihne doch helfe kann."

„Würden Sie mir die Bilder freundlicherweise zeigen?"

„Kommen Sie doch erst einmal herein", sagte die Frau. Sie bot ihm einen Platz an und fragte: „Möchten Sie einen Kaffee?"

„Wer lange fragt, gibt nicht gerne", wies sie ihr Mann zurecht und erntete dafür einen bösen Blick.

„Gerne."

Die Frau ging zur Kochnische und machte sich zu schaffen, während Ludwig Bauer die Photos holte. Er zog sie aus der Tüte, auf der die Adresse vermerkt war. Er selbst hatte sie draufgeschrieben, als sie den Film zum Entwickeln gaben. Jetzt blieb sein Blick einen Moment auf dem Papier hängen.

„Jetzt weiß ich's. Die Frau aus dem Geschäft hat Sie angerufen."

Larsson vermied es, darauf zu antworten. „Kann ich mal sehen?"

„Gemach, gemach. Ich muss erst die Bilder von Lassan heraussuchen." Umständlich machte er sich daran, die Bilder auf gesonderte Haufen zu legen. Sechs Aufnahmen blieben zum Schluss übrig. Die restlichen Photos packte er in die Tüte zurück.

Die Frau kam mit dem Tablett, auf dem der Kaffee und drei Tassen standen. „Ich habe ihn nicht ganz so stark gemacht. Mein Mann hat es am Herzen." Dann fiel ihr Blick auf die Photos. „Lassan. Ein hübsches kleines Örtchen. Ich habe schon zu Ludwig gesagt, dort könnten wir unseren nächsten Urlaub verbringen."

Larsson nahm die beiden Photos in die Hand. Das eine zeigte die Yacht, auf der irgendwelche Männer mit der Polizei zu diskutieren schienen. Um die Gesichter deutlicher zu erkennen, würde er Maier um Vergrößerungen bitten. Dann fiel sein Blick auf die beiden jungen Leute auf einer Bank. Die Frau weinte, denn sie wischte sich gerade die Tränen aus dem Gesicht. Das hatte zur Folge, dass sie nicht ganz zu erkennen war. Aber der Mann stand völlig frei. Augenblicklich wusste Larsson, dass sie den Mann suchen müssten, um an die Frau zu kommen.

„Wird Sie das weiterbringen?" fragte die Frau.

„Vielleicht. Aber Polizeiarbeit ist Laufarbeit. Oftmals ist es umsonst. Aber wir müssen jedem Hinweis nachgehen. Ein kleines Versäumnis, und alles kann umsonst sein.“ Er drehte sich zu dem Mann und sagte: „In jedem Fall war das sehr gut von Ihnen, das aufzunehmen. Nicht jeder würde das machen.“

„Die meisten Männer sind zwar Idioten, aber es gibt Gott sei Dank einige wenige, die besser drauf sind. Mein Ludwig ist einer von ihnen. Deshalb habe ich ihn ja auch damals, vor 42 Jahren, geheiratet.“

Eine schlaue Frau, dachte Larsson. Mit diesem Lob wäre jede unnötige Diskussion über die Anbietungsart des Kaffees hinfällig. „Ich brauche diese beiden Photos“, sagte er. „Habe ich die Möglichkeit, Sie Ihnen abzukaufen, oder wollen Sie mir den Film geben, damit unsere Kriminaltechnik die Bilder zieht?“

„Sie können die Bilder haben. Für uns bedeuten sie nicht so viel. Außerdem, wenn wir sie wirklich haben wollen, lassen wir sie uns nachmachen.“

Larsson trank seinen Kaffee, der weitaus schlechter war als der, den sie sich selbst in der Inspektion brauten, und selbst die Brühe aus dem Automaten in Anklam war eine Offenbarung gegenüber dem Gebräu, das Anna Bauer hier serviert hatte. Aber ihr Mann musste schließlich auf sein schwaches Herz Rücksicht nehmen. Er verabschiedete sich, nachdem ihm Ludwig Bauer versichert hatte, er nähme keine Bezahlung von seinem Staat, wenn er bei der Aufklärung eines Mordfalles helfen könne. Er fuhr zurück zur Inspektion nach Heringsdorf.

Um halb zwei, kurz nach dem Mittagessen, hatte Lasse Larsson seine Ermittlungsgruppe zusammengerufen. „Die Ereignisse überschlagen sich mit einem Mal. Eigentlich wollte ich mir die Leiche Dobroslav Nicolics ansehen und Frau Dr. Beckert Fragen bezüglich der abgetrennten Arme stellen. Die Kollegen haben keine Säge bei der Unterwassersuche gefunden.“

„Aber sie haben auch keine der benutzten Schusswaffen gefunden“, warf Inge Mohaupt ein.

„Richtig. Und das macht es uns nicht leichter.“ Er schaute auf die Bilder, die Andresen ihm gegeben hatte. Die Frau war nur schemenhaft zu sehen. Einmal direkt von vorn, als sie sich umdrehte, und einmal im Profil. „Was macht eine Frau mitten in der Nacht in unmittelbarer Nähe zu einem so außergewöhnlichen Ort des Verbrechens?“

„Vielleicht arbeitet sie für eine Zeitung“, sagte Andresen.

„Oder sie hat etwas mit dem ominösen Hubschrauber zu tun.“

„Das war das Stichwort, Karl“, sagte Larsson zu Simons. „Was ist mit dem Hof in Latzow?“

„Ich dachte schon, du hättest das vergessen. Das Grundstück ist absolut leer. Ich habe ein wenig herumgefragt, der Besitzer des Hofes hat sich nach dem Tod seiner Frau suizidiert. Kinder waren keine vorhanden. Nur ein Neffe, der das wohl erbt. Er hat die Verwaltung an einen Rechtsanwalt Voß gegeben. Der soll das Grundstück veräußern, da der Neffe in Baden-Württemberg lebt und ganz sicher nicht herziehen will.“

„Lass dir mal die Ermittlungsakte in diesem Todesfall geben. Schau nach, ob etwas Auffälliges zu finden ist. Mach dich mal schlau, ob der Erbe des Hofes in irgendeiner Weise polizeilich auffällig geworden ist.“

„Die Anfrage wegen des Grundstückes kam von der nicht existenten Svenska-Ferrylines AB. Voß hat dann einen Mann aus Nonnendorf beauftragt, das Grundstück kaufwilligen Interessenten zu zeigen. Also fuhr ich zurück nach Nonnendorf und nahm mir den Mann vor.“

Simons schaute auf seinen Block und sagte: „Es ist ein Pensionär Namens Holger Zeitz. Dieser Zeitz war bei der Volkswerft in Stralsund tätig. Mit der politischen Wende brach dort 1990 der Absatzmarkt im Osten komplett ein. Die Volkswerft sollte von 1990 bis 1995 noch 45 Trawler für die Sowjetunion produzieren. Im Juni 1990 wurde die Volkswerft in eine GmbH umgewandelt, eine Tochter der Deutschen Maschinen- und Schiffbau AG Rostock, zu hundert Prozent im Besitz der Treuhandanstalt. 1991 meldete der Auftraggeber für die sieben fertigen Fabriktrawler seine Zahlungsunfähigkeit an; ein Fertigungsstopp für die an Russland zu liefernden Schiffe wurde beschlossen. Das war die Zeit, als man froh war, Arbeiter loszuwerden, und Zeitz ging in den Vorruhestand."

„Hast du den Anwalt nach der Zuverlässigkeit von Zeitz gefragt?"

„Ja. Er hält ihn für absolut zuverlässig. Aber damit habe ich mich nicht zufriedengegeben. Bei meiner Befragung sagte Zeitz aus, er habe zwei Männern aus Skandinavien, die nur sehr wenig Deutsch sprachen, den Hof gezeigt. Sie hätten ihm gesagt, sie wollten das Gebäude umbauen, um dort einen Standort für ihren Betrieb in Deutschland zu errichten. Da würden auch etwa dreißig Arbeitsplätze für die Region geschaffen werden. Sie boten ihm eine Kaution für den Schlüssel, die er nicht nahm, und behielten sich vor, an zwei weiteren Tagen noch einmal zurückzukommen, weil sie einem Direktor aus Göteborg das Areal zeigen müssten. Dieser Mann würde am Dienstag oder Mittwoch einfliegen. Da der Anwalt Zeitz mit der Betreuung der Leute beauftragt hatte, habe er keinen Grund gesehen, der Bitte nicht nachzukommen."

„Und damit haben die ihn gelinkt."

„So hat er das zu diesem Zeitpunkt nicht gesehen. Er war neugierig und ist noch einmal hingefahren. Und tatsächlich sei ein Hubschrauber angeflogen, und ein Mann wäre ausgestiegen und mit einem der Männer, die er am Vortage kennengelernt hatte, ins Haus gegangen. Das hat diesen Zeitz überzeugt."

„Hat er nicht mit dem Mann gesprochen, der mit dem Hubschrauber kam?"

„Negativ. Er habe nicht den Eindruck erwecken wollen, den Männern der schwedischen Firma nicht zu trauen. So etwas verunsichere Investoren. Und sie hätten doch Arbeitsplätze in Aussicht gestellt."

„Mit Speck fängt man Mäuse. Hast du eine Telephonnummer?"

„Ja."

„Dann ruf ihn an und frag, ob er sich zutraut, sich soweit zu erinnern, dass wir mit seiner Hilfe eine Phantomzeichnung eines der Männer herstellen lassen können."

„Maier muss angerufen werden, Rolf", sagte Larsson, sich an Andresen wendend. „Er soll versuchen, aus dem Bild den Kopf der Frau separat und vergrößert herauszuarbeiten. Das trifft auch auf die Photos zu, die ich von den beiden alten Leuten aus Karlshagen mitgebracht habe. Monika, du bist bitte so gut und scannst sie ein und schickst sie an Meier. Er soll auch versuchen, das Beste aus den Bildern herauszuholen und die Köpfe separat auf eine vernünftige Größe bringen. Und die Spurensicherung soll sich das ominöse Haus vornehmen. Vielleicht finden wir Fingerabdrücke oder DNA-fähiges Material."

„Wie war es mit den polnischen Eltern in Rostock? Es würde die Kollegen sicher interessieren."

Monika Landris berichtete, was sie Larsson am Morgen schon einmal erzählt hatte. Wie beeindruckend das Wiedersehen von Elżbieta Ciepłowska mit ihrer Tochter Krystyna war.

Als sie fertig war, sagte Inge Mohaupt: „Nur wer selbst Kinder hat, kann ermessen, was es heißt, ein Kind auf eine solche Weise zu verlieren. Und es ist wie ein zweiter Geburtstag, wenn man es wiederbekommt."

Man merkte den Kollegen, die einiges gewöhnt waren, an, dass sie der Bericht Monikas berührte.

„Es ist zu überlegen, ob wir die Bilder von Ludwig Bauer in den Medien veröffentlichen und die Bevölkerung um Mithilfe bitten", sagte Larsson.

„Ist es dazu nicht noch zu früh?" fragte Andresen.

„Vielleicht. Aber zu wissen, wer diese Personen sind, bedeutet möglicherweise die Lösung des Falles. Und da pfeif ich auf irgendwelche Einschränkungen."

„Wenn stimmt, was dir dieser Ludwig Bauer über den Grund des Tränenausbruchs der Frau gesagt hat", sagte Inge Mohaupt, „dann sollten wir sie suchen, ganz gleich, wie."

„Das sage ich doch."

„Die beiden Menschen sind jung. Vielleicht sind sie Studenten?"

„Studenten?" fragte Simons zweifelnd.

„Inge hat recht. Vielleicht sind es Studenten, die einen Ausflug machten und plötzlich auf dieses Schiff gestoßen sind, das zwiespältige Gefühle bei ihnen auslöste.“

„Es ist eine Menge Arbeit, die Unis in Greifswald und Rostock nach den Leuten zu durchforsten“, sagte Andresen.

„Ja, das wird es.“ Larsson schien einen Augenblick zu überlegen.

Simons nutzte diesen Moment, um festzustellen: „Wir brauchen doch nur Anschläge anzubringen. In jeder Universität gibt es diese Zettelwände: Bekanntmachungen, Tausch, Angebote und anderes mehr. Irgendjemand wird sie erkennen, wenn es denn Studenten sind.“

„Das wäre eine Möglichkeit“, sagte Larsson. „Aber es würde die Leute auch warnen, und sie könnten sich aus dem Staub machen. Nein, wir versuchen es anders. Inge, du bist in Rostock schon fast zu Hause. Du übernimmst es bitte, in der Universität nachzufragen, wie du an die Personalunterlagen der Studenten kommen kannst.“

„Es gibt ein Studentensekretariat in der Parkstraße. Dort werde ich es als Erstes versuchen.“

„Und in Greifswald?“

„Ist es das Gleiche. Den Mitarbeiterinnen und Mitarbeitern des Studierendensekretariats obliegt die verwaltungstechnische Bearbeitung von der Immatrikulation bis zur Exmatrikulation aller Studierenden. Außerdem führen sie die Bewerbungs- und Zulassungsverfahren in den örtlichen Numerus-clausus-Studiengängen durch.“

„Heute ist es zu spät, um noch loszufahren. Aber morgen früh könnt ihr euch gleich von zu Hause aufmachen. Monika übernimmt Greifswald.“ Larsson schaute Monika Landris an und sagte: „Bevor du ins Studiensekretariat gehst, schaust du im Klinikum bei Macchiavelli vorbei. Zeig ihm das Bild von der weinenden Frau. Ich weiß, es ist nicht vollständig, aber manchmal erkennt man einen Menschen doch an irgendeinem speziellen Merkmal. Versuch es wenigstens.“ Larsson löste die Besprechung auf, und jeder ging an seinen Arbeitsplatz zurück.

Als er in seinem Büro angekommen war, trat er ans Fenster und schaute hinaus auf den Parkplatz. Er sah eine Ablösung der Schutzpolizei kommen, eine andere wegfahren. Einer der Funkstreifenwagen fuhr auf den Hof. Das Fahrzeug wies eine erhebliche Beschädigung an der Beifahrerseite auf. Was war da wohl passiert, dachte er. Vielleicht war der Fahrer einen Augenblick unaufmerksam gewesen und hatte etwas gestreift, das den Blechschaden hinterließ. Möglicherweise, und dann würde man ihn zur Rechenschaft ziehen. Aber es konnte auch anders sein. Immer öfter kam es vor, dass Fahrzeugführer aggressiv gegen die Polizei vorgingen, dass sie wissentlich einen Crash in Kauf nahmen oder schlimmer, direkt auf einen ihnen im Weg stehenden Polizisten losfuhren. Es gab Verletzte und tote Polizisten. Die Gedenkseite im Dienst umgekommener Polizisten, die er regelmäßig studierte, drängte sich in seinen Gedankengang. 2000 war es der Polizeihauptmeister Christian Trautner. Der 31jährige wurde von dem aus einem psychiatrischen Krankenhaus geflüchteten Marcel Eisenbeiß nach einer Verfolgungsfahrt erschossen. Ein anderer Kollege wurde bei dem Einsatz verletzt. Ein Nürnberger Schwurgericht verurteilte diesen Eisenbeiß damals wegen Mordes, versuchten Mordes und räuberischer Erpressung zu lebenslanger Haft. Wegen der besonderen Schwere seiner Taten ordnete das Gericht zusätzlich Sicherungsverwahrung und die Unterbringung in einer geschlossenen psychiatrischen Klinik an. Das Urteil stützte sich vor allem auf die detailgenauen Erinnerungen des überlebenden Polizisten und die Beobachtung von drei Nachbarn, die die Schießerei mitbekommen hatten. Zudem soll Eisenbeiß einer früheren Freundin gesagt haben, ehe er sich verhaften lasse, werde er einige Polizisten „mitnehmen".

Es ist eine verdammt lumpige Welt, in der wir leben und die nicht besser wird, weil die Politik nicht zuletzt an dem von ihr geschaffenen Formalismus krankt, dachte er.

Im Vorjahr wurde der Kollege Andreas Gorski bei der Ausübung seines Dienstes in Erfurt erschossen. Er wurde nur 41 Jahre alt und starb an dem Tag, als er nach dem Dienst den Geburtstag seiner Tochter feiern wollte. Er hinterließ seine Frau und zwei Kinder. Und in diesem Jahr? Auch in diesem Jahr musste schon ein Beamter sterben. Bei der Stürmung einer Wohnung in Berlin-Neukölln durch ein Spezialeinsatzkommando wurden von einem Libanesen mehrere

Schüsse auf die einschreitenden Beamten abgegeben. Dabei wurde Roland Krüger, 37, im Gesicht getroffen. Er erlag seinen schweren Verletzungen. Ein vier Jahre jüngerer Kollege wurde durch Schüsse verletzt. Der Täter sowie drei weitere Personen konnten festgenommen werden. Larsson kannte Krüger persönlich. Lapidar hieß es: *Im Zusammenhang mit einer gewalttätigen Auseinandersetzung vom 18. April 2003 vor der Diskothek „Jingle Club“ in Berlin-Rudow, Rudower Straße, sollten am heutigen Tage zwei Personen wegen des Tatverdachts des gemeinschaftlich versuchten Mordes festgenommen werden. Hintergrund war eine Auseinandersetzung zwischen Angehörigen der Türsteherszene, die eskalierte, bei der ein Opfer durch einen Messerstich so verletzt wurde, dass es sich derzeit im Koma befindet. Hintergrund der Tat könnten sowohl Auseinandersetzungen unter Großfamilien, aber auch Streitigkeiten im Zusammenhang mit Straftaten beziehungsweise Revierkämpfe sein. Während ein Tatverdächtiger in Berlin-Wedding festgenommen werden konnte, kam es im Zusammenhang mit der zweiten Festnahme in Berlin-Neukölln zu einem Schusswaffengebrauch durch die dort angetroffenen Tatverdächtigen. Das SEK Berlin erhielt im Rahmen eines gemeinsamen Einsatzes mit dem MEK unter der Führung des LKA 211 den Auftrag, die Festnahme in der Kienitzer Straße 33 durchzuführen. Es war davon auszugehen, dass sich in der Wohnung Tatverdächtige und weitere Personen befanden. Die Gefährdungsanalyse ergab, dass die in der Wohnung befindlichen Täter und eventuell auch weitere Personen gewalttätig und bewaffnet sein würden. Es war sowohl von einer Bewaffnung mit Hieb- und Stichwaffen wie auch Schusswaffen auszugehen. Für das Objekt im Erdgeschoss wurde eine Gruppe SEK-Beamte eingeteilt. Der an der Spitze des Eindringtrupps befindliche Roland Krüger war wie üblich mit Schutzschild und Helm ausgerüstet. Gegen 16.30 Uhr wurde die Tür der Wohnung gewaltsam geöffnet, und es fand ein schnelles Eindringen unter lauten Rufen: „Polizei, Polizei“ statt. Am Ende eines fünf Meter langen Wohnungsflures befanden sich mehrere männliche Personen, die sofort das Feuer aus einer Handfeuerwaffe auf die eindringenden SEK-Beamten eröffneten.*

Roland Krüger und ein weiterer Beamter wurden getroffen und fielen zu Boden. Trotzdem gelang es den restlichen Einsatzkräften ohne eigene Schussabgabe die Täter am Boden zu fixieren und festzunehmen. Roland Krüger wurde trotz seiner Schutzausstattung lebensgefährlich verletzt. Er wurde sofort von den Rettungssanitätern des SEK erstversorgt und von der Besatzung des schnell eintreffenden Notarztwagens mehrfach reanimiert. Im Krankenhaus wurde um 17.41 Uhr der klinische Tod festgestellt. Er erlag seinen Verletzungen am 27. April 2003.

Der zweite Beamte erlitt Schussverletzungen, die nach Erstversorgung durch die Rettungssanitäter zurzeit in einem Krankenhaus weiter behandelt werden. Lebensgefahr besteht nach gegenwärtigem Kenntnisstand nicht.

Die vorlaufenden Ermittlungen mit Tatzeitpunkt 18. April 2003 richteten sich gegen mehrere Beschuldigte im Alter zwischen 26 und 43 Jahren, die in Berlin mit ungeklärter Staatsangehörigkeit seit mehreren Jahren aufhältlich sind. Als Geburtsort ist gegenüber der Ausländerbehörde Berlin jeweils Beirut angegeben. Nach bisherigen Erkenntnissen handelt es sich um libanesische Kurden bzw. Angehörige einer libanesisch-kurdischen Großfamilie, die als Bürgerkriegsflüchtlinge einen ausländerrechtlichen Status in Berlin erworben haben.

Die hier bekannt gewordenen Tatverdächtigen und ihre Bezugspersonen sind seit längerer Zeit Gegenstand von kriminalpolizeilichen/staatsanwaltschaftlichen Ermittlungen und in erster Linie mit Gewaltdelikten auffällig geworden. Ihre Aktivitäten suchten sie in der Türsteherszene, sie haben dort Funktionen als Türsteher mit illegalen Beschäftigungsverhältnissen wahrgenommen. Soweit hier die Diskothek „Jingle" benannt ist, ist eine wirtschaftliche Verbindung zu einem privaten Sicherheitsdienst, geführt von Strohleuten, vorhanden. Für diesen privaten Sicherheitsdienst waren neben den bereits genannten mutmaßlichen libanesischen Kurden auch deutsche Staatsangehörige illegal tätig, die ebenfalls schon mehrfach wegen unterschiedlicher Gewaltdelikte, wegen Vergehen nach dem Waffengesetz und wegen BTM-Handels bekannt geworden sind. Eine der angetroffenen Bezugspersonen, die heute mit festgenommen wurde, ist letztmalig im Jahre 2000 zu einer Freiheitsstrafe von fünf Jahren wegen räuberischer Erpressung verurteilt worden. Die Beschuldigten sind insgesamt mehrfach polizeilich wegen diverser Gewaltdelikte bis hin zum besonders schweren Landfriedensbruch in Erscheinung getreten.

Larsson trat zurück und setzte sich an seinen Schreibtisch. Er verdrängte die trüben Gedanken an einen eigenen, unerwarteten plötzlichen Tod und ließ zur Abwechslung zu, dass Monika Landris in der Verbindung ihrer gemeinsamen Reise nach Dresden auftauchte. Es waren harmonische Tage, in denen er ihre Nähe genossen hatte. Er würde sie heiraten. Jedenfalls war er in diesem Augenblick überzeugt davon, um in der nächsten Sekunde zu denken, dass sie es wohl auch wünsche. Aber das wiederum ging ihm doch zu schnell. Chiara hatte nie versucht, ihn zu einer Ehe zu drängen, obwohl sie das sicher anstrebte, wie nahezu alle Frauen. Sie wollten geheiratet werden. Eine Ehe läuft in den meisten Fällen auf die Gründung einer Familie hinaus. Eine Familie, dachte er, bedeutete eine gewisse Sicherheit. Er schränkte es aber sogleich wieder ein, indem er dachte, was Sicherheit bedeuten könne. Mit einem Mal hatte er den Drang, einen kleinen Schluck seines gehüteten Malt-Whiskys zu nehmen. Du wirst langsam zum Säufer, wenn du so weitermachst, mein alter Junge, dachte er und unterdrückte den Wunsch mannhaft. Lara. Er hatte nichts mehr von seiner Tochter gehört, seit er sich vor drei Tagen mit ihr getroffen hatte. Er nahm sich vor, sie schon bald anzurufen. Die Verbindung durfte man nicht so einfach wieder abreißen lassen.

Dann erinnerte er sich an das Photo, das Ludwig Bauer von der weinenden Frau in Lassan geschossen hatte und mit dem Monika am kommenden Tag Macchiavelli konfrontieren würde. Wenn stimmte, dass der Seelenzustand der Frau mit dem Schiff zu tun hatte und seine Vermutung bezüglich der abgetrennten Arme und dem abgeschnittenen Geschlechtsteil, dann kam für ihn nur ein Schluss in Frage: die Frau war eines der sexuellen Opfer von Dobroslav Nicolic geworden. Sie mussten die Frau auf jeden Fall finden.

Als das Telephon klingelte, war er gerade dabei, eine Verschlusskappe seines Malt-Whiskys zu leeren. Es war Paul Maier. „Ich habe noch einmal alles digital bearbeitet und herausgeholt, was herauszuholen überhaupt möglich ist, Lasse. Ich denke, Sie werden es jetzt etwas leichter haben, die Dame zu ermitteln. Und mit dem Material, das ich von dem schemenhaften Auto von dem Handybild des Jungen habe, lässt sich eine Anfrage an das Kraftfahrtbundesamt in Flensburg stellen."

„Das ist gut, Paul, wirklich gut. Können Sie mir die Bilder heute noch rüberschicken?"

„Sie müssten schon in Ihrem Maileingang sein, Lasse."

Larsson öffnete seinen Maileingang und fand die Photos. Jetzt konnte er erheblich mehr sehen als zuvor. „Die Bilder sind gut geworden, Paul. Und – danke, dass Sie sich heute noch drangemacht haben. Ich weiß das sehr zu schätzen."

„Keine Ursache. Sehen Sie sich das Photo von dem Auto an."

„Ja."

„Haben Sie eine Lupe zur Hand?"

„Augenblick." Er stand auf und ging zu dem Wandschrank. In einer Seitenschublade hatte er auch eine Lupe deponiert.

„Ich habe die Lupe."

„Schauen Sie mal am unteren Ende des Kofferraumdeckels, in der Vertiefung der als Stoßstange integrierten Karosserie lassen sich einige Buchstaben ablesen."

„F ... TW ..."

„Der Wagen kommt aus Frankfurt, und die Anfangsbuchstaben sind TW. Wissen Sie, worauf ich hinauswill?"

„Ja, Paul. Vielleicht sind es ja die Anfangsbuchstaben ihres Namens. Aber das muss nicht zwangsläufig sein. Was ist das für ein Fabrikat?"

„Ich denke, es ist ein Alfa Romeo Spider in der Farbe Rot."

„Gibt es noch etwas zu bedenken?"

„Bei dem Auto nicht. Ich denke, Sie haben eine gute Chance, den Wagen morgen zu ermitteln."

„Und sonst?"

„Die Frau ist nur im Profil zu sehen. Und da ist auch nichts zu machen, zumal der Junge das Bild verwackelt hat.“

Larsson bedankte sich. Als er die Verbindung unterbrochen hatte, fuhr er sich die Wingdings ein. Dann nahm er sich einen großen Bogen Papier und übertrug alles mit einem schwarzen Filzstift. Er lehnte sich zurück. Langsam nahm das Bild Gestalt an.

An diesem Abend beschloss Larsson, nicht zu Monika Landris in das kleine Haus nach Loddin zu fahren. Er rief sie an und teilte ihr mit, dass er bis weit nach Mitternacht zu arbeiten habe und sehr früh wieder anfangen wolle. Deshalb werde er, was er sonst strikt ablehnte, auf der Dienststelle bleiben. Da er merkte, dass sie unwillig reagierte, berichtete er ihr in wenigen Worten, was Paul Maier ihm gerade mitgeteilt hatte.

„Du wolltest doch heute Abend etwas kochen“, begehrte Monika Landris auf.

„Das mache ich auch. Aber morgen.“

Dann schickte er eine Anfrage an das Kraftfahrtbundesamt in Flensburg.

23. Kapitel

Larsson erwachte, als jemand die Klinke seiner Bürotür herunterdrückte. Mühsam richtete er sich auf. Seine Glieder schmerzten. Er hatte bis spät in die Nacht gearbeitet und sich erst gegen drei ein wenig hingelegt. Für derartige Notfälle bewahrte er eine Latexmatte gerollt in der Ecke des Schrankes auf, in dem er auch immer ein frisches Hemd, einen Satz Unterwäsche und die Uniform bereithielt, für den Fall einer unerwarteten Repräsentationspflicht. Der elektronische Kalender seiner Bürouhr zeigte, dass es Mittwoch, der 20. August, war. Und es war erst drei Minuten nach sechs. Wer wollte um diese Zeit in sein Büro gelangen? Er stand auf. Draußen auf dem Gang war niemand zu sehen. Aber die Tür zu Andresens Büro stand offen. Er ging leise über den Flur. Erstaunt stellte er fest, dass Andresen bereits seinen Computer hochfuhr.

„Guten Morgen, Rolf."

„Morgen. Also bist du doch da. Ich sah deinen Wagen auf dem Hof und wollte sehen, was du schon hier machst. Du kannst doch nicht immer als Erster hier sein."

Larsson lachte. Er war Frühaufsteher. Seine innere Uhr sorgte dafür, dass es ihm nicht schwerfiel, morgens aufzustehen. Anders Andresen. Von seinem Mitarbeiter wusste er, dass der die Gleitzeit weidlich nutzte.

„Und da wolltest du mir mal zeigen, wie gut du aufstehen kannst."

„Lästere nur. Nein, mein Drachen musste heute Morgen früh raus. Und da ich Angst hatte zu verschlafen, wenn ich noch einmal wegnicke, bin ich aufgestanden."

„Und ich bin gleich hiergeblieben. Gestern Abend rief mich Paul Maier an. Er hat alles versucht, um die Bilder, die wir von dem Rentner Bauer haben und auch die von dem Jungen aus Warthe, nochmals digital zu bearbeiten."

„Und?"

„Mit Erfolg. Wir haben jetzt die Bruchstücke eines Autokennzeichens und den Fahrzeugtyp. Nur die Frau ließ sich nicht fehlerfrei rekonstruieren. Die Aufnahme ist verwackelt."

„Dann werde ich gleich eine Anfrage an das Kraftfahrtbundesamt in Flensburg stellen."

„Das habe ich in der Nacht schon erledigt. Wir werden sicher am Vormittag die Antwort bekommen, und dann geht die Suche nach der Frau los."

„Du glaubst, dass hinter diesem brutalen Schlachtfest eine Frau steht?" fragte Andresen ungläubig.

„Ja, daran kann man wirklich zweifeln", sagte Larsson nachdenklich. „Aber ich werde den Gedanken nicht los, dass diesmal eine Frau in den Fall verwickelt ist."

Sie schwiegen eine Weile.

Andresen sagte: „Wir sollten uns erst mal einen anständigen Kaffee machen. Ich denke, du wirst auch noch nicht gefrühstückt haben." Er stand auf und ging über den Flur zu der Kochnische, die am Treppenaufgang stand.

Larsson ging zur Toilette. Er schlug sein Wasser ab, wusch sich Hände und Gesicht. Mit dem rechten Zeigefinger versuchte er so gut es ging, die Zähne vom Plagg der Nacht zu säubern. Er trocknete sich mit den Papierhandtüchern ab, die für den allgemeinen Toilettengang zur Verfügung standen. Er schaute in den Spiegel. So unrasiert und mit dem wenigen Schlaf, den er bekommen hatte, sah er elend aus. Das Hemd war zerknittert und wetteiferte mit den Falten in seinem Gesicht. Er versuchte an der rechten Achselhöhle zu riechen und verzog augenblicklich das Gesicht. Dann ging er zum Büro Andresens zurück.

„Ich frage mich, wo die Waffen geblieben sind. Eine Česká 75 kann schließlich nicht so einfach spurlos verschwunden sind. Und eine Maschinenpistole ist auch nicht so einfach in die Hosentasche zu stecken. Von einer Kettensäge ganz zu schweigen", sagte Larsson.

„Die Polizeitaucher haben nichts gefunden?"

„Nein."

„Was, wenn die Morde irgendwo anders stattgefunden haben und die Yacht danach bei Warthe angelandet wurde?"

„Möglich. Karl hat mit dem Jungen gesprochen. Ich kann mich nicht erinnern, in seinem Bericht etwas davon gelesen zu haben." Larsson nahm sich einen Zettel vom Schreibtisch Andresens und notierte sich, Karl Simons nach dem Gespräch mit dem Buben zu fragen. Notfalls müsste man noch einmal nach Warthe fahren und nachrecherchieren.

Andresen holte aus seiner Aktentasche eine Brotbüchse und öffnete sie. „Bedien dich, Lasse. Mal sehen, was mein Drachen mir heute mitgegeben hat."

Larsson, der nichts zu Abend gegessen hatte, nutzte das Angebot seines Kollegen gerne. Er aß zuerst ein Brot mit grober Mettwurst und eine zweite Hälfte mit Schnittkäse. „Ich revanchiere mich später", sagte er. „Aber damit kann ich natürlich nicht mithalten."

Stimmen wurden laut. Simons redete mit irgendeinem Kollegen aus der Kriminalabteilung. Der Stimme nach war es Fischer, der Leiter der neun anderen Beamten. Wenig später steckte Simons den Kopf durch die Tür. „Seid ihr aus dem Bett gefallen?"

„Gut, dass du kommst. Hast du den Jungen in Warthe gefragt, seit wann das Schiff dort gelegen hat? Oder wie er auf den Kahn aufmerksam geworden ist?" fragte Larsson. „Schließlich photographiert man nicht jede Yacht, die irgendwo vor Anker liegt."

„Ich habe versäumt, ihn zu fragen, ob das Schiff schon da lag, als er es entdeckte, oder ob er es hat kommen sehen."

„Na ja, Karl, dann wirst du dich sofort in die Spur setzen, um das nachzuholen." Larsson unterdrückte nur mühsam sein Unbehagen über die unzulängliche Befragung eines Zeugen.

Simons merkte das. „Es tut mir leid, Lasse. Ich war so mit der Frau beschäftigt, die der Junge aufgenommen hatte, dass ich es vergessen habe."

„Wer, wie, was, wo, wann, warum und mit wem, Karl. Wo und wann, Karl. Wann kam das Schiff?" Er drehte sich um und ging zu seinem Büro. Nur einen Augenblick dachte er an einen eigenen Fehler, den er als junger Kriminalbeamter gemacht und der beinahe dazu geführt hatte, dass ihnen ein Serienbetrüger durchs Netz der Fahndung geschlüpft wäre. Das beruhigte ihn wieder. Wir sind alle nur Menschen, dachte er. Und Menschen machen Fehler. Vor allem junge Menschen.

Er rollte die Latexmatte zusammen und bugsierte sie wieder an ihren Platz in den Schrank. In Erinnerung an seinen Körpergeruch nahm er sich das frisch gebügelte Hemd aus dem Schrank und zog sich um. Als er fertig war und zum Fenster ging, sah er gerade noch, wie Simons vom Hof fuhr. Dann machte er sich daran, die in der Nacht sortierten Erkenntnisse noch einmal auf Stimmigkeit und Zeitablauf durchzusehen.

Gegen elf lief die Antwort auf seine Anfrage beim Kraftfahrtbundesamt in Flensburg ein. Sofort rief er die Mail auf. Larsson konnte kaum glauben, was er las. Es handelte sich bei der Anfrage um einen Alfa Spider Pininfarina, ein Auto für fast 35.000 Euro. Einer armen Frau würde ein solches Fahrzeug sicher nicht gehören. Es gab tatsächlich nur einen Wagen diesen Typs mit der Buchstabenfolge F-TW, und der gehörte einer Frau Theres Wilding aus Bad Homburg. Larsson rief über den Zentralcomputer den Namen Theres Wilding auf. Es gab keine negativen Einträge. Er suchte sich die unter der Adresse gespeicherte Telephonnummer heraus und wählte diese. Er ließ es eine ganze Weile klingeln. Gerade als er wieder auflegen wollte, meldete sich eine Frau. „Frau Hilfinger bei Wilding."

Larsson nannte seinen Namen und fragte nach Theres Wilding.

„Frau Wilding befindet sich im Urlaub."

„Gerade deshalb rufe ich an. Sie ist auf Usedom, und ich möchte sie sprechen."

„Dann geben Sie mir Ihre Nummer und sagen Sie mir Ihren Namen noch einmal, denn ich habe ihn beim ersten Mal nicht richtig verstanden. Ich werde dann Frau Wilding Ihren Wunsch und Ihre Telephonnummer durchgeben."

Lasse nannte noch einmal langsam seinen Namen und fügte nachdrücklich hinzu: „Kriminalpolizei Heringsdorf. Wir ermitteln wegen eines Kapitalverbrechens. Wenn Sie mir jetzt keine befriedigende Antwort geben, Frau Hilfinger, dann wird in zwanzig Minuten ein Funkstreifenwagen bei Ihnen klingeln, und glauben Sie mir, das ist durchaus nicht angenehm, weil alle Nachbarn sich fragen werden, was die Polizei bei Ihnen will."

Es blieb einige Sekunden still. Dann sagte die Frau: „Frau Wilding besitzt ein Ferienhaus in Neppermin, dicht am Wasser." Dann nannte sie die Telephonnummer und Adresse.

Larsson bedankte sich für die Auskunft. Dann ging er hinüber in Andresens Büro. „Wir haben den Aufenthaltsort und den Namen der Frau auf dem Photo, das der Junge in der Nacht gemacht hatte. Sie wohnt in Neppermin."

„In Neppermin. Besseres kann uns kaum passieren. Fährst du jetzt hin?"

„Wir fahren zusammen hin. Jetzt."

„Melden wir uns telephonisch an?"

„Nein."

Während Andresen seinen Schreibtisch ordnete, telephonierte Larsson mit der Vermittlung und sagte, dass in seiner Abteilung für ungefähr zwei Stunden niemand zu erreichen sei.

Sie fuhren über Bansin und Pudagla nach Neppermin. Es war jener kleine Ort, der malerisch am Balmer See, einer Ausbuchtung des Achterwassers, gelegen war. Das Haus selbst lag nicht direkt am See. Es war schwer zu finden, und sie fuhren zweimal an dem Grundstück vorbei, bis sie es endlich fanden. Die Einfahrt glich einem kurzen Pfad in einem wild wachsenden Wäldchen. Tatsächlich war das beabsichtigt, denn das Grundstück, einschließlich des Hauses, war von einer bestechenden Ursprünglichkeit. Das schmiedeeiserne, verzinkte Tor war offen. Sie ließen den Wagen auf dem Weg in der Einfahrt stehen. Das langgezogene Dach war gleichzeitig Unterstand für das Auto. Rot leuchtete der Alfa darunter hervor.

„Wir haben Glück. Sie ist da“, sagte Andresen.

„Ich frage mich, ob die Haushälterin bei ihr angerufen hat und, wenn ja, warum die Frau nicht weggefahren ist.“

Andresen betätigte den Messingklopfer an der bestechend gearbeiteten Eichentür. Sie hörten Schritte. Die Tür wurde geöffnet. Vor ihnen stand eine schlanke, gutaussehende, braungebrannte Mittvierzigerin. Larsson nannte seinen Namen, seinen Dienstgrad und den Namen Andresens.

Die Frau schien das nicht zu beunruhigen. „Was kann ich für Sie tun, meine Herren?“

„Wir haben nur ein paar Fragen an Sie. Dürfen wir hereinkommen?“

„Sie dürfen. Aber bei dem schönen Wetter könnten wir ebenso gut im Garten sitzen.“

„Ja, natürlich.“

Sie führte die Polizisten um das Haus herum in eine unter dem Vorbau eines Daches angelegte Terrasse, die eine offene Tür zum Haus freigab.

Augenblicklich erinnerte das Larsson an das Mara Explorer. Im Herzen des Massai Mara Nationalreservats gelegen, bot das Camp die Ruhe und den Frieden des afrikanischen Busches, gepaart mit aufregenden Pirschfahrten, luxuriösem Komfort und afrikanischer Gastfreundschaft. Vor vier Jahren war er dort mit Chiara gewesen, und das war auch der letzte Urlaub, den er mit ihr im Ausland gemacht hatte. Hier war das schützende Dach ähnlich ausgelegt.

„Darf ich Ihnen einen Kaffee anbieten?“ Die Frage holte Larsson ins Jetzt zurück.

„Danke. Wir hatten gerade Kaffee“, sagte er verbindlich.

„Wie kann ich Ihnen helfen?“

„Wir ermitteln in einem Kapitalverbrechen.“

„Kapitalverbrechen?“

„Mord.“

Larsson beobachtete die Frau genau und sah, dass sich ihre Pupillen bei dem Wort Mord leicht veränderten. Dennoch hatte sie sich gut im Griff. „Mord? Was habe ich damit zu tun?“

„Genau das fragen wir uns auch.“

„Mord.“

„Auf einer Yacht, unweit von hier. Sie werden sicher davon gehört haben. Es stand in den Zeitungen und ist das Gespräch der ganzen Insel.“

„Deswegen kommen Sie zu mir? Ja, davon habe auch ich gelesen. Aber was, so frage ich Sie, soll ich damit zu tun haben?“

„Wo waren Sie in der Nacht des 12. August?“

„Mein Gott, das ist acht Tage her.“

„Es war ein Dienstag.“

„Gestern vor einer Woche.“

„Genau.“

„Ich war hier. Wie immer, wenn ich mich erholen will, bin ich hier in meinem Haus. Es ist der einzige Ort in meinem Leben, an dem ich absolut ungestört bin.“

Larsson legte das Photo auf den Tisch, das der Junge gemacht und das Paul Maier digital bearbeitet hatte.

„Was ist das?“

„Schauen Sie es sich ruhig an.“

„Soll das das Bild eines Menschen sein?“

„Eines Menschen auf Beobachtungsstation“, sagte Larsson.

„Das sind Sie“, ergänzte Andresen. „In der Nacht von Dienstag auf Mittwoch.“

„Sie wollen nicht sagen, dass dieses unscharfe Bild mich darstellt. Das nimmt Ihnen keiner ab.“

Larsson legte das zweite Photo auf den Tisch.

„Es scheint ein Alfa zu sein. So wie meiner.“

„Nicht so wie Ihrer. Es ist Ihr Wagen.“

„Woher wollen Sie das wissen?“ Die Stimme kam von der Ecke des Hauses. Der dazugehörige Mann war nach Einschätzung Larssons ebenfalls Mitte vierzig, ein nassforscher Typ mit einem Adlergesicht und frankophilen Zügen.

„Darf ich vorstellen, Dr. Arvid Besange. Ich hatte dir schon das Tor aufgemacht, Arvid."

„Darf man fragen, in welcher Eigenschaft Sie hier sind, Herr Dr. Besange?" fragte Larsson den Mann, ärgerlich über die Einmischung in seine Befragung.

„Nicht Besange. Französisch – Bäsansch. Ich bin der Anwalt von Frau Wilding und der Anwalt der Frankfurter Aktiengesellschaft Centrinenthal, der Frau Wilding vorsteht. Der Konzern ist einer der großen Autozulieferer, wenn Sie verstehen."

„Ich verstehe sehr gut", sagte Larsson. Nun war ihm auch klar, wieso der Wagen der Frau eine Registrierung von Frankfurt am Main trug.

„Mit Betrieben in La Chaux-de-Fonds in der Schweiz und Livonia, USA."

„Livonia – USA", sagte Andresen gedehnt. Er verzog das Gesicht und nickte bewundernd.

„Michigan. 35 Kilometer von Detroit entfernt. Immer dicht an den Autofabriken dran. Seit etwa zehn Jahren ist die Firma dort tätig. Wir haben dort einen maroden Laden übernehmen können und ihn auf Vordermann gebracht."

„Was wir zu besprechen haben, geht eigentlich nur Frau Wilding und uns etwas an", sagte Larsson und schaute Theres Wilding fest an. „Oder sind Sie der Meinung, dass Sie unbedingt einen Anwalt brauchen?"

„Es war Zufall, dass Herr Besange gekommen ist. Wir sind zum Tennis verabredet."

Larsson bemerkte die fehlende Sportbekleidung des Mannes und wusste, dass es eine Lüge war. Die Frau hatte etwas zu verbergen.

„Sie fragten nach dem Bild, das angeblich den Wagen meiner ... meiner Mandantin zeigt. Darf ich einmal sehen?"

Larsson wies auf das Photo. „Bitte."

Arvid Besange nahm das Photo hoch. „F-TW – Sind das die Anfangsbuchstaben von deiner Nummer, Theres?"

„Ja."

„Das besagt noch gar nichts."

„Oh doch, das besagt alles", sagte Andresen. „Es gibt nur einen roten Alfa Romeo Spider mit dieser Buchstabenkombination."

„Hattest du deinen Wagen verliehen?"

„Nein."

„Lassen wir das Versteckspiel. Das entspricht nicht Ihrer Intelligenz. Man muss wissen, wann man ein Spiel verloren hat. Wo waren Sie in der Nacht vom 12. auf den 13. diesen Monats, Frau Wilding?" sagte Larsson kalt.

Theres Wilding schaute Arvid Besange fragend an.

„Sag Ihnen ruhig, wo du warst, Theres. Es ist schließlich kein Verbrechen, ein Schiff anzuschauen."

Nun hat er sich verraten, dachte Larsson. Er ist also auf ausdrücklichen Wunsch der Frau hier, die ganz offensichtlich durch die Haushälterin in Bad Homburg vorgewarnt worden war.

„Nein, ein Schiff anzuschauen ist nicht verboten, wenn es nicht mitten in der Nacht ist und am Morgen acht Leichen auf genau dieser Yacht gefunden werden."

„Sieben", verbesserte Besange. „Ich habe nur von sieben gelesen und einem Mann, der im Krankenhaus liegt."

Larsson ging nicht auf den Einwand des Anwalts ein. „Was wollten Sie mitten in der Nacht in Warthe?"

„Ich hatte die Yacht am Vortag vor Rankwitz liegen sehen. Auf der Yacht befand sich ein Mann, den ich zu kennen glaubte."

Sie stockte, und Larsson fasste nach. „Haben Sie ihn identifiziert, oder glaubten Sie ihn nur zu kennen?"

„Ich war fasziniert von dem großen Schiff und schaute durch mein Glas, als ich ihn erkannte. Es war ein Mann, dessen Name wahrscheinlich Nicolic ist. Dobroslav Nicolic. Wenn ich mich nicht getäuscht habe, dann ist es der Mann, der vor 29 Jahren schon einmal hier war."

„Was empfanden Sie, als Sie aus der Zeitung erfuhren, dass der Mann tot ist?"

„Genugtuung."

„Warum?"

„Du musst jetzt gar nichts mehr sagen, Theres", mischte sich Besange ein.

„Er war ein egoistisches Schwein."

„Inwiefern?"

„Theres ... Theres ...", mahnte der Anwalt wieder.

„Er verfolgte seine Ziele ohne jegliche Rücksicht auf die Gefühle anderer Menschen."

„Das müssen Sie mir aber jetzt erklären", sagte Larsson.

Theres Wilding berichtete mit monotoner Stimme, was sie im Sommer 1974 mit Nicolic erlebt hatte.

„Sie wissen schon, dass Sie uns ein klassisches Mordmotiv geliefert haben", sagte Larsson, als sie geendet hatte.

„Ich habe ihn nicht einmal, nicht hundertmal, ich habe ihn tausende Male in meinen Träumen umgebracht. Aber leider war es mir nicht vergönnt, die Tat im wirklichen Leben zu begehen."

Larsson Handy machte sich bemerkbar. Es war Simons, der ihm berichtete, der Junge habe die Yacht am Vortag vor Rankwitz liegen sehen, und als sie nach 23 Uhr auf Warthe zulief, habe sie sofort sein Interesse geweckt, weil er noch niemals gesehen habe, dass ein total unbeleuchtetes Schiff bewegt würde.

„Du fährst mit dem Jungen zu der Stelle und lässt dir so genau wie möglich zeigen, wo das Schiff gelegen hat. Ich komme jetzt auch dorthin."

Er steckte das Handy wieder ein. „Sie sind nun unsere Hauptverdächtige", sagte er zu Theres Wilding.

„Damit kommen Sie nicht durch." Besange schien für einen Augenblick unschlüssig zu sein, wie er die Kommissare dazu bewegen könne, Theres Wilding nicht mitzunehmen.

„Wir fahren nach Heringsdorf und machen ein komplettes Protokoll von Ihren bisherigen Aussagen."

„Ich habe diesen Nicolic nicht getötet und die andern auf der Yacht auch nicht."

„Das will ich Ihnen gern glauben. Aber ich frage mich, warum Sie dort auf Beobachtungsposten gegangen sind. Da kommt für mich eine einzige Antwort plausibel rüber. Sie haben möglicherweise einen Auftrag an einen Berufskiller vergeben und wollten sich von der ordnungsgemäßen Ausführung seiner Arbeit überzeugen."

„Hirngespinste!"

„Herr Doktor Besange, jetzt reicht es mir. Wir werden Frau Wilding mitnehmen, und ich werde heute Abend entscheiden, ob wir sie dem Haftrichter vorführen müssen."

Theres Wilding stand auf. Als sie sah, dass Besange wieder Protest erheben wollte, sagte sie: „Lass, Arvid. Es wird sich alles aufklären."

Während die Kommissare und Arvid Besange außen um das Haus gingen, zog sich Theres Wilding etwas anderes an und kam zur Haustür heraus. Sie strebte ihrem Wagen zu.

„Den werden Sie jetzt nicht brauchen", rief Larsson. „Wir nehmen Sie mit, und wir bringen Sie auch zurück, wenn es an der Zeit ist."

Besange fuhr seinen Bentley rückwärts aus der Einfahrt. Dann stieg er wieder aus. Als der Polizeiwagen herausgefahren war, winkte er Theres Wilding noch einmal zu und schloss das Tor.

Andresen saß am Steuer, und Larsson sagte: „Als Erstes fahren wir nach Rankwitz, und Sie zeigen mir bitte ganz genau, wo die Yacht am 12. gelegen hat."

Andresen fuhr die schnellste Strecke über Morgenitz und Krienke nach Rankwitz. Es waren keine zwölf Kilometer. Sie brausten durch den Ort und sahen an den letzten Häusern den Wagen Simons stehen. Der Gürtel zum Wasser führte durch mehrere Baumgruppen und Gehölze. Kurze Zeit später sahen sie Simons und den Jungen, die vor einer Ausbuchtung zum Wasser standen. Es war eine sehr kleine Bucht.

Lasse Larsson hatte seine Schritte gezählt und kam auf rund sechzig Meter. Von der Straße aus wäre, jedenfalls an dieser Stelle, die Yacht nicht zu sehen gewesen. Er fragte sich, wie Theres Wilding dazu gekommen war, das Schiff zu beobachten, wenn sie nicht gezielt an diesen Ort gefahren wäre. „Was haben Sie eigentlich hier zu suchen gehabt?" fragte Larsson.

„Ich wollte baden gehen und ging den gleichen Weg wie wir jetzt. Da sah ich das Schiff quer vor dieser Einbuchtung."

Simons hatte sie entdeckt und winkte ihnen zu.

„Das ist also der junge Mann, der uns die Photos beschert hat?"

Der Junge senkte seinen Kopf und lief rot an. „Ich hatte das Schiff am Nachmittag hier entdeckt", sagte er. „Meine Freunde und ich machten das, was wir immer machten, wenn wir uns langweilten, eine Radtour. Dann wollten wir baden gehen."

Noch jemand, der an dieser Stelle ausgerechnet an dem verhängnisvollen Tag baden gehen wollte, dachte Larsson. „Warum an dieser Stelle?"

„Weil es in der kleinen Bucht relativ geschützt ist und wir ohne Badehose ins Wasser wollten. Und wegen der Mädchen, die dort auch manchmal nackt baden."

Larsson lächelte. „Also wolltet ihr sehen, ob es für euch interessant ist."

„Ja."

„Na ja, wir haben so etwas früher auch gemacht. Das ist aber nicht gern gesehen worden."

„Ich weiß. Aber wer nicht neugierig ist, wird auch nie etwas erfahren, was andere nicht wissen."

„Das leuchtet ein."

Draußen auf dem Peenestrom fuhr ein Küstenmotorschiff vorbei. Seine Sirene stieß einen langen Warnton aus. Wahrscheinlich hatte wieder irgend so ein Freizeitkapitän vergessen, dass die Berufsschifffahrt immer Vorfahrt hat. Zu schnell ist etwas passiert, denn die größeren Schiffe ließen sich nicht auf der Stelle anhalten. Und so mancher unerfahrene Bootsführer hatte schon seinen Leichtsinn mit dem Leben bezahlt.

„Du hast die Yacht hier gesehen und dann beobachtet. Ist das richtig so?"

„Ja."

Warum? Gibt es etwas, was du gesehen hast, das uns interessieren könnte?"

„Ein Mann und eine Frau sind von einem anderen Mann mit einem Dingi hier an Land gebracht worden."

„Ein Mann und eine Frau?"

„Ja."

„Wann war das?"

Am späten Nachmittag. Ich hatte schon lausigen Hunger und wollte gerade mit den anderen nach Hause fahren."

„Kannst du den Mann beschreiben?"

„Sie sprachen Russisch. Oder Polnisch. Aber die Frau war jung und sah gut aus."

Das bestätigte Larsson, was er von Furmanow darüber gehört hatte: „Du fuhrst also nach Haus. Und dann?"

Andresen machte sich bemerkbar, und Larsson beschloss, ihn mit Theres Wilding und Simons nach Heringsdorf zu schicken. Dort könnten sie ein erstes Protokoll zu den Einlassungen der Frau erstellen.

„Fordert die Taucher noch einmal an, Rolf", sagte er zu Andresen. „Vielleicht haben wir ja hier eine Chance, die Waffen oder die Säge zu finden."

Andresen gab ihm den Wagenschlüssel, und die drei machten sich auf den Weg.

„Zeigst du mir jetzt, wo du die Yacht entdeckt hast?"

„Klar."

Sie gingen zum Auto zurück. Andresen und Simons fuhren gerade mit Theres Wilding ab. Dann fuhr Larsson mit Stefan Heidrich nach Warthe.

„Wir müssen durch den Ort durch und den Landwirtschaftsweg entlang."

„Ich weiß."

„Oh Gott, mein Vater!" sagte der Junge, als sie durch Warthe fuhren.

Larsson sah, wie ihnen der Mann nachschaute und ahnte, dass den Jungen zu Hause Schwierigkeiten erwarteten. Der Kriminalhauptkommissar hielt an. Auf der gegenüberliegenden Seite des Achterwassers glänzte die kleine Insel Görmitz im Sonnenlicht. Vor ihnen lag ein Schilfgürtel. Als Larsson sich zur Yacht bringen ließ, hatten sie einen Pfad dreihundert Meter weiter östlich genommen, der die wenigen Meter bis zu einer schilffreien Zone freigab.

Die vier Jungen waren am frühen Abend bis zum Deadwood, einem verwitterten, halbhohen Baumstumpf gefahren, an dem sie sich immer dann trafen, wenn sie dem heimatlichen Einerlei entfliehen wollten. Sie hatten ihre Räder abseits ins Gras gelegt und gebadet. Es gab einen wunderschönen Sonnenuntergang. Weiter draußen fuhr einer der Fischer in einem offenen Boot. Der Mann war allein. Sicher hatte er irgendwo Reusen kontrolliert oder gar neue ausgebracht. Die Landzunge um Lütow lag im Abenddunst.

Später hatten sie sich unterhalb des Stumpfes hingesetzt. Jeder von ihnen musste von zu Hause etwas zum Grillen mitbringen, und so schmorte die Holzkohle innerhalb von vier Mauersteinen, die sie sich am Neubau in der Ortsmitte klauten, und einem Grillrost, den Stefan Heidrich aus einem Ofen gerettet hatte, der zum Verschrotten am Straßenrand stand. Lange bereiteten sie sich auf diese Nacht vor, die sie ihren Eltern abgetrotzt hatten. „Einmal wollen wir zelten gehen“, hatten sie oft gebeten, und als sie das lange genug durchgehalten hatten, waren die Eltern bereit nachzugeben.

Als das Grillgut durch war, aßen sie schmatzend und wild durcheinanderschnatternd. Danach rauchten sie eine erste Zigarette. Was für eine herrliche Freiheit, wenn man fern der Eltern war. Gegen elf kam es zum ersten Streit. Jörn und Sven hatten sich in den Haaren. Der Streit brach abrupt ab, als Stefan sagte: „Ich glaube das jetzt aber nicht. Schaut mal, das weiße Schiff von heute Nachmittag.“ Wie gebannt schauten sie auf die Yacht, die sich langsam auf die Lieper Spitze zubewegte.

„Die haben keine Positionslampen gesetzt“, sagte Stefan Heidrich.

Jörn ergänzte: „Alles dunkel. Wieso haben die überhaupt keinen Funken Licht? Nicht einmal in den Kabinen."

„Vielleicht treiben sie es gerade miteinander", sagte Peter Laube. Er lachte. „Vielleicht sollten wir einmal nachschauen!"

„Ja, vielleicht."

Gurgelnd blieb der Motor stehen. Die *Morningstar* glitt noch einige Meter weiter und schien dann festzusitzen.

„Ist sie auf Grund gelaufen?" fragte Sven Hinrichs. „Mann, wenn ich das in unserer Klasse erzähle ..."

„Untersteh dich. Wir haben eine Vereinbarung. Alles, was heute Abend hier vorfällt, ist geheim. Streng geheim!"

„Wirst du dich daran halten, Sven?" fragte Jörn Appel.

„Das wird er, sonst gibt's Keile", sagte Stefan Heidrich. „Ich habe eine Überraschung für uns mitgebracht."

„Sein Vater raucht Zigarren", wusste Jörn Appel zu berichten.

„Du bist ein Quatschweib!"

„Zigarren?"

„Keine Zigarren schlechthin, Sven. Mein Vater war in der Schweiz arbeiten. Ausgerechnet in einer kleinen Fabrik, in der Zigarren hergestellt werden. Tabakfabrik F. Roth in Hallwil im Kanton Aargau." Er versuchte, das Schweizerdeutsch nachzumachen, was ihm freilich nicht so richtig gelang. „Ich sage dir, die machen die feinsten Stumpen der Welt."

Keiner von ihnen wusste, wo der Kanton Aargau lag. Die Schweiz war weit weg für Jungen von der Insel Usedom. Es war kurz vor Mitternacht. Sie machten ein Autolicht aus, das auf der Straße, die Ausbau hieß, entlangkam. Immer wieder trafen sich hier Pärchen, die sich liebten, und nicht selten wurden sie dabei von den heranwachsenden Burschen beobachtet. Sie gingen erst einmal in Deckung und beobachteten, wie jemand aus dem Sportwagen ausstieg und sich langsam auf sie zubewegte.

Peter Laube sagte aufgeregt: „Verdammt, der kommt auf uns zu!"

„Ganz ruhig. Niemand weiß, dass wir hier sind."

Sie bemerkten, dass die Person noch einmal die Richtung korrigierte und weiter östlich auf das Ufer treffen würde. Augenblicklich wandten sie sich wieder den Zigarren zu.

„Lass mich mal riechen.“ Sven Hinrichs nahm eine Nase voll von der kalten Zigarre. „Geil!“

„Corona rund aus Sumatra, eine ganz feine Sorte. Zwanzig Stück kosten sechzig Franken. Das ist eine Menge Holz! Mein Alter schlägt mich tot, wenn er merkt, dass ich zwei Stück davon hochgezogen habe.“

„Sag bloß, du hast nur zwei Zigarren. Wir sind aber vier.“

„Halt's Maul, Sven. Du ziehst zweimal dran, und dann scheißt du dir in die Hose. Also reicht eine halbe!“

„Jetzt ist der Mann am Schilf angekommen“, sagte Jörn.

Die Jungen starrten auf den Fleck, wo Jörn hinzeigte, und vergaßen die Zigarren wieder. Doch dann sahen sie die Lichter eines zweiten Autos kommen, das weit vor dem ersten Wagen parkte.

„Das ist kein Mann. Das ist eine Frau“, stellte Stefan sachkundig fest. „Ihr bleibt hier, und ich schau mal nach, was das für eine ist.“

„Eine Spannerin, was sonst.“

„Woher willst du das wissen, Jörn? Vielleicht hurt ihr Alter auf dem Schiff herum, und sie sucht Beweise für seine Untreue.“

„Ja, vielleicht.“

„Aber wo ist der Erste abgeblieben?“

„Keine Ahnung.“

„Sei vorsichtig.“

Stefan schlich sich davon, während die anderen Jungen leise weiterredeten. Er umging die Zielperson, die natürliche Deckung von Büschen nutzend. Die Frau war voll darauf konzentriert, die Yacht mit einem Fernglas zu beobachten. Sie bemerkte den Jungen nicht, der hinter ihr im hohen Gras lag und sie mit einer Handykamera photographierte. Dann schlich er sich zu dem geparkten Wagen und knipste zweimal. In dem Augenblick versagte der Akku des Handys seinen Dienst. Der Junge stieß einen Fluch aus. Beinahe wäre er auf die Frau gestoßen, die plötzlich auf den Wagen zulief. Schnell ließ er sich ins Gras gleiten. Als sie an ihm vorbei war, ging er zu seiner Gruppe zurück. Er berichtete, was er beobachtet hatte.

„Also doch bloß eine Frau, die ihrem Mann hinterherschnüffelt“, stellte Peter Laube fest.

„Ich weiß es nicht. Aber ganz ehrlich, es sieht so aus. Was ist mit der Yacht? Hat es Licht gegeben?“

„Nein. Alles ist ruhig.“

„Wie ein Geisterschiff ... huuu ... huuu ... huuu ...“, versuchte Sven Angst zu verbreiten.

„Ich geh jetzt dort mal rüber“, sagte Stefan. „Wer kommt mit?“

„Wir sollten erst mal eine rauchen“, sagte Peter, „und uns ein wenig aufwärmen.“ Er ging die wenigen Meter zu seinem Fahrrad und holte aus der Gepäcktasche, die an der rechten Seite des hinteren Rahmens angebracht war, eine Flasche Korn. „Stefan ist nicht der Einzige, der hier für uns sorgt. Ich habe etwas, um uns warm zu halten.“

Die Flasche kreiste, und jeder nahm einen kräftigen Schluck. Stefan zwei. „Ich gehe jetzt einmal rüber zu dem Schiff. Wer kommt mit?“ wiederholte er. Offensichtlich hatte der Korn seinen Zweck, den Mut der Jungen zu stärken, erfüllt.

„Ich gehe mit dir. Wir schwimmen nackt. Da haben wir trockene Klamotten, wenn wir zurückkommen.“

„Wo das Schiff liegt, ist es relativ flach. Ich denke, wir werden aus dieser Position laufen können.“

„Was ist mit euch?“

„Was soll schon sein, Peter? Wir bleiben hier und passen auf die Räder auf.“

Die beiden Jungen zogen sich aus. Langsam, Schritt für Schritt, suchten sie sich einen Weg durchs Schilf. Nach kurzer Zeit waren sie für die Zurückgebliebenen nicht mehr zu sehen. Doch als sie den Schilfgürtel verließen und nur noch wenige Meter bis zur Yacht hatten, konnten die Freunde vom Land aus sie wieder sehen. Im fahlen Mondlicht gaben die beiden nackten Jungen ein gespenstisches Bild ab. Stefan versuchte, durch eines der Bullaugen zu sehen, das den Blick ins Innere des Schiffes freigeben würde. Jedoch war er zu klein, um an das Bullauge heranzureichen. „Komm her und hilf mir hoch.“

Peter kam umständlich an ihn heran.

„Mach die Hände zusammen, wie einen Steigbügel.“

Kurz bevor er den Blick in das Bullauge werfen konnte, glitt er an der Wand des Schiffes aus und fiel ins Wasser. „Verflucht!“ Prustend kam er wieder hoch. „Jetzt habe ich endgültig die Schnauze voll. Ich gehe hinten über die Badeplattform. Komm!“

„Bist du verrückt? Was, wenn das eine Falle ist? Wenn die nur darauf warten, dass du kommst und auf dich schießen?“

Einen Augenblick lang haderte Stefan mit sich. Er schwankte zwischen Angst, die er sich als Rudelführer nicht leisten konnte, und Mut, den er aufbringen musste, um allen zu beweisen, dass er der Stärkste innerhalb der Gruppe war. „Eine Falle? Quatsch. Wir gehen und schauen nach!“

„Ohne mich. Ich bleibe hier, und wenn was schiefgeht, kann ich Hilfe holen!“

„Feigling!“

Stefan begann sich vorsichtig auf die Plattform zu ziehen. Dabei bemerkte er in einer Vertiefung einen Jetski. „Das ist ja wirklich vom Feinsten“, sagte er leise zu sich. „Da werde ich nie hinkommen, und wenn ich hundert Jahre arbeite. Wenn ich überhaupt Arbeit bekommen werde. In dieser verfluchten Zeit ist das wie ein Lottogewinn und teilt die Menschen in Besitzende und Arme.“ Und er dachte daran, wie sein Vater die Errungenschaften der DDR pries, wenn er wieder einmal ohne Arbeit war. Und das war er meistens. Manchmal kompensierte er das dann damit, dass er für einige Zeit ins Ausland ging, so wie zu der Zigarrenfabrik in der Schweiz, wovon die Jungen in dieser Nacht noch profitieren würden.

Er arbeitete sich vorsichtig Schritt für Schritt zu einer Tür vor, die ins Innere des Schiffes führte. Sie war offen. Überall sah er Spuren von Wasser. Hier war jemand gelaufen. Die Spuren waren frisch. Sicher waren sie auch baden, oder sie badeten noch und würden gleich an Bord kommen. Unsinn, dachte er. Wir haben draußen niemanden gehört, als wir kamen. So lange kann keiner unter Wasser bleiben.

Im selben Augenblick blieb er wie angewurzelt stehen. Er getraute sich kaum zu atmen. Vor ihm lag eine nackte, junge Frau. Vorsichtig stieg er über sie hinweg. Die Menschen, die herumlagen, waren nackt oder nur sehr spärlich bekleidet. Und wohl tot, dachte der Junge. Nur schemenhaft konnte er das sehen. Aber dann roch er es. Es war ein unheimlicher Geruch. Augenblicklich erinnerte ihn das an das Schwein, das sie als Hausschlachtung im Februar hatten. Blut. Es war der Geruch von Blut. Angst kroch in ihm hoch, und als der Mond, der zuvor nur zaghaft spärliches Licht gespendet hatte, durch die Wolke kam, sah er das ganze Ausmaß. Der Mann vor dem Aufgang zur Brücke war ausgeblutet. Seine Arme lagen herum, und Blut war überall. Immer wieder Blut. Vom Grauen erfasst, versuchte er schnell, den Ausgang zu erreichen. Dabei stolperte er über den toten Körper der am Boden liegenden Frau und schlug krachend auf das Stabdeck, mit dem das Achterdeck belegt war.

„Was ist los?“ rief Peter. „Stefan? Stefan?“

Stefan Heidrich richtete sich mühsam auf. Es würgte ihn, und er hatte alle Mühe, sich nicht zu übergeben.

„Schnell weg hier! Schnell! Weg! Weg!“

Während Peter den Rückweg angetreten hatte und sich langsam auf das Land zubewegte, schlug Stefan, der sich mit einem Kopfsprung retten und den Anschluss an Peter nicht verlieren wollte, klatschend neben ihm ein und spritzte ihn nass.

„Scheiße! Muss das sein?“

„Du glaubst nicht, was ich gesehen habe! Es ist ein verdammtes Geisterschiff!“

„Quatsch! Du willst mich bloß ärgern!“

„Jeder kennt sie, die Geschichten um Geisterschiffe. Und wohl jeder verspottet und belächelt sie! Ich aber habe wirklich eins gesehen. Dieses hier!“

„Du spinnst!“

„Erinnerst du dich an die Geschichte, die uns die alte Wehner über Geisterschiffe erzählt hat?“ fragte Stefan, den Freund an die Ausführungen ihrer Lehrerin erinnernd.

„Ja. Aber was hat das mit dieser *Morningstar* zu tun?“

„Seit den Anfängen der Seefahrt wussten Seeleute immer gruselige Geschichten über Phantomschiffe zu erzählen. Einige dieser legendären Geisterschiffe sollen immer wieder gesichtet worden sein und in einem stürmischen Winkel der Ozeane in jenen Gewässern spuken, die ihnen zum Verhängnis wurden. Andere tauchen an irgendwelchen Orten der Meere als Künder von Unheil auf. Wieder andere zeigen sich nur ein einziges Mal, und zwar in dem Moment, in dem sie an einem fernen Ort mitsamt ihrer Mannschaft in ein kühles Grab gezogen werden. in manchen Fällen aber wird auch ein echtes Schiff heimgesucht und Opfer gespenstischer Unmöglichkeiten.“

Sie waren nun am Schilfgürtel angekommen und konnten sich nur langsam vorwärtsbewegen. Zu sehr mussten sie aufpassen, nicht in irgendetwas zu treten, was ihnen die Füße aufriss.

„Die alte Wehner hat auch gesagt, dass diese Geschichten sicher ihren Ursprung fanden, als während der Seuchenzeit im Mittelalter, sehr oft Geisterschiffe nach Hause zurückkehrten. Es waren dann nicht Geisterschiffe im herkömmlichen Sinne, sondern pestverseuchte Totenlager ihrer Mannschaft“, sagte Peter.

„Was hältst du davon? An einem Morgen vor langer Zeit segelte ein Schiff in den Hafen der bretonischen Insel Batz. Die Besatzungen der örtlichen Fischerboote schauten von ihren Netzen auf. Sie erkannten das Schiff als eins der ihren und hörten Stimmen. Aber dann verblasste es vor ihren staunenden Augen und verschwand wie ein Nebelstreif unter der heißen Sonne. Später erfuhren sie, dass es viele Meilen entfernt genau in dem Augenblick gesunken war, in dem das Geisterschiff in den Hafen einlief.“

„Damit kann ich nichts anfangen. Die *Morningstar* ist nicht gesunken. Und sie ist auch nicht in einen Hafen eingelaufen.“

„Nein. Aber sie ist ein Totenschiff.“

Die beiden Jungen betraten frierend wieder festen Boden. Jörn und Sven hörten mit offenen Mäulern, was Stefan über die Yacht zu berichten hatte. Dabei kreiste ständig die Flasche, bis sie schließlich leer war.

„Gib endlich die Zigarren her“, kreischte Sven unter dem Einfluss des Alkohols.

Stefan lachte herausfordernd. „Du kannst es wohl nicht erwarten, dir in die Hose zu scheißen!“

„Du hättest sofort die Polizei anrufen müssen. Ist dir das klar?“ fragte Larsson.

„Da wären wir sofort aufgeflogen. Was glauben Sie, wäre passiert, wenn mein Vater von der Polizei gehört hätte, dass wir Alkohol trinken und seine geliebten Zigarren rauchen? Das war uns allen klar. Und deshalb wurde die Blutsbrüderschaft noch einmal besiegelt. Wir ritzten uns die Hände an, bis Blut kam und ließen es ineinander laufen. Keiner sollte über das, was wir in dieser Nacht erlebt haben, reden.“

„Und doch ist es dazu gekommen, dass wir in den Besitz der Photos gekommen sind, die du mit deinem Handy gemacht hast.“

„Mein Vater hatte gemerkt, dass ich ihm zwei Zigarren geklaut hatte. Als ich von unserem Nachtausflug zurückkam, hat er mir eine geklebt und mir zur Strafe mein Handy abgenommen. Offensichtlich hat er gestöbert und die Bilder gefunden, die er dann an die Zeitung verkauft hat.“

„In diesem Fall war das sogar ein Glück für unsere Ermittlungen“, sagte Larsson. „Ich werde nicht umhin kommen, alle Jungen zu befragen, die mit dir an der nächtlichen Exkursion teilgenommen haben.“

Stefan sagte nichts, aber Larsson merkte, dass dem Jungen das nicht passte.

„Es gibt Dinge, da kann man sich auch an einen Bruderschwur nicht mehr halten. Wenn es um die Aufklärung eines Mordes geht, rückt alles andere in den Hintergrund. Und weißt du was? Ich kann nicht einmal eure Eltern da raushalten, denn das Gesetz sagt, dass bei Minderjährigen die Eltern hinzugezogen werden müssen.“

Larsson fuhr den Jungen nach Warthe zurück und sprach eine ganze Zeit unter vier Augen mit dem Vater. Dann fuhr er nach Heringsdorf.

Larsson klopfte an die Bürotür. Theres Wilding saß noch im Zimmer der Kommissare. Andresen und Simons hatten darauf verzichtet, mit der Frau in den Besprechungsraum zu gehen, den sie sonst auch für Befragungen nutzten. Aber durch die Abwesenheit ihrer beiden Kolleginnen verfügten sie allein über das Büro. Und das nutzten sie.

„Wir haben alles protokolliert", sagte Andresen. „Frau Wilding bleibt bei ihrer Aussage, einen Dobroslav Nicolic auf der Yacht möglicherweise erkannt zu haben. Sie wollte sichergehen, dass er es auch war. Deshalb habe sie sich in der Nacht vom 12. auf den 13. August noch einmal vergewissern wollen, sich nicht getäuscht zu haben."

Larsson lächelte zweideutig. „Es gibt keine reine Wahrheit, aber ebenso wenig keinen reinen Irrtum. Sie können vorerst nach Hause gehen, Frau Wilding. Wir werden uns aber in jedem Fall noch einmal bei Ihnen melden!" Er schaute Simons an. „Fahr bitte Frau Wilding nach Hause, Karl. Und Sie, Frau Wilding, wann wollten Sie Usedom wieder verlassen?"

„Ab 1. September bin ich wieder in meinem Betrieb eingeplant. Es ist ein Montag, und wir haben einen Tag später schon eine wichtige Verhandlung mit einem namhaften Autohersteller. Da möchte ich keinesfalls fehlen."

„Das werden Sie auch nicht. Aber sollten Sie kurzfristig die Insel verlassen wollen, bitte ich Sie, uns zu verständigen." Er nickte Simons zu, und die beiden verließen das Büro.

„Du bist für mich ein Rätsel, Lasse", sagte Andresen. „Vor einigen Stunden war sie deine Hauptverdächtige. Jetzt lässt du sie so einfach nach Hause gehen."

„Sie hat vier glaubhafte Entlastungszeugen, dass sie zwar die Yacht beobachtet hat, aber da waren die Menschen an Bord bereits tot."

Und er berichtete Andresen mit wenigen Sätzen, was er an Informationen aus dem Jungen herausgeholt hatte. „Glaubst du wirklich, dass uns irgendein Richter einen Haftbefehl für diese Frau ausstellt?“

Am Nachmittag rief Monika bei Larsson an. Sie sagte, sie habe die Frau nicht in der Kartei des Studentensekretariats in der Rubenowstraße finden können.

„Wenn du sagst, du hast die Frau nicht finden können, heißt das, aber den Mann?“

Monika Landris lachte. „Genau das heißt es, Lasse. Der junge Mann heißt Abdulbasit Besirevic. Er ist 1979 in einem Ort namens Potočari in Ost-Bosnien geboren.“ Sie nannte ihm seine Adresse in der Greifswalder Altstadt, und Larsson sagte, sie solle dort hinfahren und warten, bis der Streifenwagen dort sei, den er hinbeordern würde. „Keinesfalls gehst du dort allein rein! Haben wir uns verstanden?“ Dann legte er auf.

Nahezu im gleichen Augenblick machte sich Larssons Telephon wieder bemerkbar. Diesmal war es Paul Maier, der mit seinen Männern das ominöse Hofgut Stück für Stück auseinandergenommen hatte, das den Männern der Svenska-Ferrylines AB als Hubschrauberlandeplatz diente. „Wir haben buchstäblich jeden Stein umgedreht“, sagte er. „Aber es war nichts zu finden. Dafür war der Schlüsselwart hier, ein Mann namens Holger Zeitz. Den sollten wir ja wegen der Erinnerung für ein Phantombild fragen.“

„Und?“

„So richtig glücklich ist doch nie, wer reden soll und weiß nicht, wie!“

„Paul, Sie mit Ihren ewigen Wilhelm-Busch-Versen. Das heißt also, er kann sich nicht so recht erinnern.“

„Na ja, sagen wir, er kann sich kaum erinnern. Aber er hat gesehen, dass ein Auto eine Registrierung aus dem Ausland hatte. Er glaubt aus Dänemark.“

„Aus Dänemark? Ich denke, die Svenska-Ferrylines AB kommt aus Schweden? Hat er sich die Nummer aufgeschrieben?“

„Hat er nicht.“

„Woher will er wissen, dass es ein dänisches Kennzeichen war?“

„Es waren schwarze Buchstaben und Zahlen auf einem weißen Grund. Und es war durch eine dünne Linie eingerahmt.“

„Rot eingerahmt?“

„Ja. Zwei Buchstaben und einige Zahlen. Er meint fünf Zahlen.“

„Fünf Zahlen stehen nur dafür, dass es sich um ein Zugfahrzeug handelt. Wären es nur vier, würde es sich um einen Anhänger handeln. Das Kennzeichen kann nicht einer Region zugeordnet werden, außer in Grönland und den Färöer-Inseln. Früher war das anders. Da stand zum Beispiel KB für Kobenhagen.“

„Du glaubst also nicht, dass wir über die Buchstabenkombination weiterkommen?“

„Nein.“

„Dann sind wir so schlau wie zuvor.“

„Leider ja. Wir brechen hier ab.“ Larsson verabschiedete sich von Paul Maier und legte den Hörer auf.

24. Kapitel

Am Nachmittag gegen fünf fuhr der Streifenwagen mit Abdulbasit Besirevic auf den Hof. Dicht hinter ihm kam Monika Landris mit ihrem kleinen Ford. Larsson wusste, dass sie für die Benutzung des Privatwagens eine Kostenpauschale beanspruchen konnte. Ihm war nur noch nicht klar, wie er Kruse vermitteln sollte, dass er eine ausgeliehene Obermeisterin der Schutzpolizei allein zu derartig gefährlichen Einsätzen und dann auch noch im eigenen Kraftfahrzeug abgestellt hatte. Das war gegen alle Vorschriften. Und der Kriminaloberrat war ein Mann, der überaus korrekt war. Larsson wusste, dass es ihn ein Disziplinarverfahren kosten könnte. Aber was sollte er machen? Die Polizei war seit Jahren chronisch unterbesetzt, die Kripo zuförderst. Anstatt gegen die durch die Globalisierung ständig stärker werdende Kriminalität aufzurüsten, werden im ganzen Land Stellen abgebaut. Larsson entschied nicht nach Aktenlage, sondern nach Dringlichkeit eines Falles. Und die war hier gegeben. Er ging zum Büro Andresens.

„Wir knöpfen uns den Knaben gleich einmal vor“, sagte Larsson. „Je nachdem, wie seine Aussage ist, werden wir sehen, ob wir ihn nach Hause bringen oder dem Haftrichter zuführen.“

Monika Landris klopfte und steckte den Kopf herein. „Er ist ziemlich schweigsam. Wer weiß, vielleicht kriegen wir etwas Brauchbares aus ihm heraus.“

„Hast du Macchiavelli das Photo der Frau gezeigt?“

„Ja. Aber er ist sich überhaupt nicht sicher.“

„Warum nicht?“

„Weil die Frau auf dem Schiff absolut mondän war und die auf dem Photo einer grauen Maus gleicht. Und weil die Augenpartie nicht voll zu sehen ist."

Larsson unterdrückte mühsam einen Fluch. „Ja, das wird es sein. Das Photo ist einfach zu undeutlich."

„Wie willst du vorgehen?" fragte Andresen.

„Wir werden einfach einmal anfragen, was er in der Nacht vom 12. auf den 13. gemacht hat."

Die beiden Männer gingen hinunter zum Besprechungsraum. Gleich zwei Schutzpolizisten hielten sich in dem Raum auf, in dem man Abdulbasit Besirevic gebracht hatte. Monika Landris und Karl Simons blieben zurück. Larsson begrüßte den Bosnier höflich und stellte auch Andresen vor. Dann schickte er die Schutzpolizisten aus dem Raum. „Sie wissen, warum Sie hier sind?"

„Die Polizistin hat mir ein Photo gezeigt, auf dem ich mit einer Frau abgebildet bin."

„Mit einer Frau?"

„Ja, ich habe einen Sonntagsausflug gemacht. Ich glaube, es war auch nach Lassan."

„Wann haben Sie den Ausflug gemacht?"

„Vor einiger Zeit. Ich weiß es nicht genau."

„Dann will ich Ihnen auf die Sprünge helfen. Es war der 20. Juli. Die Frau ist eine Freundin von Ihnen. Sie weint. Warum? Haben Sie sich mit ihr gestritten?"

„Ich kenne die Frau nicht."

Larsson schob ihm das Photo noch einmal zu. „Schauen Sie sich das Bild noch einmal genau an."

Besirevic hob die Schultern und machte ein fragendes Gesicht.

„Sie kommen aus Bosnien."

„Wenn Sie es sagen."

„Sie wissen sehr genau, dass uns Ihr Vorleben bekannt ist. Alles, was zur Erlangung der Aufenthaltsgenehmigung an Unterlagen existent ist, steht uns zur Verfügung, und Sie dürfen versichert sein, was wir noch nicht wissen, werden wir auch noch herausfinden."

„Ich habe keine Geheimnisse vor der deutschen Polizei."

„Fein. Dann sagen Sie mir, wer die Frau ist.“

„Ich kenne die Frau nicht.“

„Wir haben zwei Zeugen dafür, dass Sie sich mit der Frau unterhalten haben und dass sie sehr betroffen war, als sie jemanden auf der Yacht erkannte, die im Lassaner Hafen festgemacht hatte.“

„Der Mensch muss Moral haben, der Staat aber kennt keine Moral. Er mordet, wenn er es für gut befindet, er stielt, wenn er es für gut befindet, er raubt die Kinder von den Müttern, wenn er es für gut befindet, er zerbricht die Ehen, wenn er es für gut befindet. Er tut, was er will. Er macht sich seine Gebote selbst, denn er ist der Allmächtige und Allwissende und Allgegenwärtige. Er macht die Gebote selbst, und wenn sie ihm eine Stunde später nicht mehr zusagen, übertritt er sie selbst.“

„Es wäre nicht schlecht, wenn Sie das näher erläutern würden.“

„Auf diesem Schiff war ein Mann, den Aischa kannte.“

„Aischa?“

„Die Frau auf dem Photo.“

„Also kennen Sie sie doch.“

„Wir sind zusammen in Brezovice aufgewachsen.“

„In Brezovice.“

„Es ist ein Dorf ganz in der Nähe von Srebrenica.“

Larsson wusste genau, was jetzt kommen würde. Die Welt hatte es still und mehrheitlich geduldet, dass die niederländischen UN-Soldaten tatenlos zusahen, wie die christlichen Serben einen großen Teil der muslimischen Bevölkerung abschlachteten. „Wie hieß der Mann, den Aischa erkannt hatte?“

„Dobroslav Nicolic.“

„Es ist einer der Toten, der auf der Yacht *Morningstar* gefunden wurde. Es stand in allen Zeitungen. Was wissen Sie darüber?“

„Das, was in den Zeitungen stand. Dass er verstümmelt war.“

„Waren Sie es, der das Blutbad auf dem Schiff angerichtet hat?“

Besirevic lachte laut auf. „Bei allem Hass, den ich gegen diesen Mann habe, ich las etwas von sieben oder acht Leichen. Glauben Sie etwa, dass ein Mann wie Nicolic darauf wartet, dass ein Student zu ihm an Bord kommt, um den Rächer zu spielen? Der Mann ist eine einzige Festung. Ich hätte keine Chance gehabt, an ihn heranzukommen."

„Woher wissen Sie das?"

Besirevic schwieg.

Larsson schätzte sein Gegenüber als einen jungen Mann ein, den das Leben geprägt und hart gemacht hatte. Er strahlte Intelligenz aus. Besirevic formulierte nahezu druckreif; nur der leichte Akzent verriet, dass er nicht deutschstämmig war.

„Ich habe nach unserem Gespräch den Eindruck gewonnen, dass Sie zumindest begrüßen, was diesem Nicolic widerfahren ist."

„Oh, ja. Ein solcher Mann verdient nichts anderes als einen langsamen, schmerzreichen Tod."

„Warum?"

„Das ist eine lange Geschichte."

„Wir nehmen uns alle Zeit der Welt, die wir dafür brauchen", sagte Larsson.

„Parallel zum Kriegsausbruch im April 1992 im Vielvölkerstaat Jugoslawien wurde ein unversöhnlicher und destruktiver Nationalismus aufgebaut. Am Konflikt interessierte Eliten haben ihn angeheizt und für ihre Ziele missbraucht. Mit Hilfe von Propaganda wurden Menschen zur Teilnahme am Krieg aufgestachelt. Vor Ausbruch des Krieges in Bosnien-Herzegowina hatten die Menschen dort weitgehend in relativer Eintracht zusammengelebt. Vor allem in den Städten wohnten sie gemeinsam ohne nationale Schranken. Sie waren Arbeitskollegen, miteinander befreundet und verheiratet", begann er seine Erinnerungen an eine andere Welt. Er schilderte, wie der Krieg in Srebrenica begann, das damals zu drei Vierteln von Muslimen und einem Viertel von Serben bevölkert wurde. „Auf dem Balkan galt Srebrenica als viertreichste Stadt Bosniens. Schon vor zweitausend Jahren hatten die Römer hier Silber abgebaut; sie nannten die Stadt Argentaria. Und zu kommunistischen Zeiten wurde vor allem Blei und Zink gewonnen, Silber war zweitrangig geworden. Die Minen wie das in der ganzen Region bekannte Kurbad hatten der Bevölkerung zu einem beachtlichen Wohlstand verholfen. Die meisten Familien konnten sich einen Videorekorder und auch einen Kleinwagen der Marke Yugo leisten. Und viele Arbeiter, die in den Bergwerken oberhalb der Stadt oder in der Batterie- und Bremsenfabrik unten im Tal ihr Auskommen fanden, besaßen sogar ein Ferienhäuschen. Am oberen Ortsausgang der Stadt führte mein Vater sein Restaurant. Seine Küche war anerkannt. Die Brennnessel-Pilzsuppe schmeckte vorzüglich. Ich habe nach all den Jahren den Geschmack noch auf der Zunge, als wäre es erst gestern gewesen. Die traditionellen Burek, das sind herrliche Blätterteigtaschen, füllte er mit Löwenzahn und wildem Spinat. Er wusste, wo er die Zutaten finden konnte. Ich ging oft mit ihm, die schmackhaften Kräuter zu sammeln."

„Möchten Sie einen Kaffee?" fragte Larsson, als er merkte, dass Besirevics Spannung nachließ.

„Gerne."

Larsson machte Andresen ein Zeichen und sagte: „Dann nehmen wir alle einen."

Andresen ging hinaus, um in der kleinen Kaffeeküche auf dem Treppenabsatz im ersten Stock Kaffee zu kochen.

„Einen Monat lang hat mein Vater mit Tausenden Muslimen im Wald gelebt, nachdem die Tiger, lausige serbische Paramilitärs nach Zelko Ražnatovic, dem Arkan-Tiger benannt, im April 1992 Srebrenica mit schwerer Artillerie angegriffen hatten. Sie brandschatzten Häuser, plünderten und vergewaltigten massenweise Frauen. Vor drei Jahren, im Januar 2000, wurde dieses Vieh Ražnjatovic in der Lobby des Hotels Intercontinental in Belgrad zusammen mit zwei Leibwächtern erschossen. Was für eine glorreiche Tat für unser ganzes Volk."

Andresen kam mit einem Tablett, auf dem er die Tassen und eine Thermoskanne stehen hatte. Er stellte zuerst Abdulbasit Besirevic, dann Larsson jeweils eine Tasse hin und eine an den Platz, an dem er selbst saß. Dann goss er ein. Während der Zeit war das Gespräch abgeebbt. Besirevic gab seinem Kaffee zwei Stück Zucker zu und rührte versonnen um. Nachdem er einen Schluck genommen hatte, fuhr er fort. „Kurz darauf eroberten muslimische Verbände unter dem Kommando von Naser Oric, einem ehemaligen Leibwächter Miloševics, die Stadt zurück. Sie brannten mehrere serbische Dörfer der

Umgebung nieder, an die hundert Serben starben dabei. Danach verließen fast alle Serben Srebrenica. Wir waren eine Enklave, umzingelt von Feinden, die unseren Tod wollten."

Er schwieg einen Augenblick, in Erinnerung an eine schmerzreiche Zeit. Larsson ließ sie ihm, wohlwissend, dass selbst ein starker Mensch unter der Bürde des Lebens zusammenbrechen konnte.

„Und dann war es, als öffnete sich die Hölle. Drei Jahre lang wurde Srebrenica von Mladics Soldaten belagert und mit Granaten beschossen. In der eingekesselten Stadt, die vor dem Krieg sechstausend Einwohner zählte, lebten nun auch noch vierzigtausend muslimische Flüchtlinge, die aus anderen Städten Ostbosniens vertrieben worden waren. Es gab nichts mehr zu essen. Ein Kilo Salz kostete fünfzig Mark, eine Schachtel Zigaretten hundert. Anfangs wurde der Preis noch in der alten deutschen Währung festgelegt, schließlich aber wurde das Salz zur Maßeinheit aller Geschäfte."

„So ist das immer, wenn es nichts mehr zu essen gibt, sind auch irdische Güter, die zum Tausch angeboten werden, nur noch von untergeordnetem Wert", warf Andresen ein.

„Der Krieg der Christen gegen die Muslime in Jugoslawien hatte sich zugespitzt. Ein Teil meiner Familie floh aus dem kleinen Dorf Brezovice, in dem auch wir bis zum Jahr 1990 wohnten, zu uns in die Stadt Srebrenica, weil im Umland nur serbische Dörfer lagen und sie um ihr Leben fürchten mussten. So wurde Srebrenica im bosnischen Krieg immer wieder zu einer sehr gefährdeten Enklave. Das glaubten auch die UN zu erkennen. Im Frühjahr 1993, ein Jahr nach Kriegsbeginn, erhob der Weltsicherheitsrat die Stadt zur UN-Schutzzone: Sechshundert Blauhelmsoldaten wurden dort stationiert. Dennoch wurde Srebrenica im Juli 1995 zum Schauplatz des schlimmsten Massakers in Europa nach dem Zweiten Weltkrieg."

„Srebrenica ist vorbei, Gott sei Dank", sagte Larsson.

„Srebrenica ist überall, in jedem von uns steckt ein Stück Srebrenica", sinnierte Abdulbasit Besirevic.

„Ja, wahrscheinlich ist das so. Gerade deshalb gilt der Spruch nach wie vor: Wehret den Anfängen!"

„Als am 11. Juli 1995 die Stadt unter der brütenden Hitze der Sonne lag, zogen die Kampftruppen unter General Ratko Mladic in die Stadt ein. Die Serben begannen die Bewohner in Männer und Heranwachsende auf der einen, und Frauen und Kinder auf der anderen Seite zu selektieren. Dobroslav Nicolic war ein besonders brutaler Henkersknecht. Sie trieben uns zusammen wie Vieh. Und die Blauhelme der UNO sahen zu, ohne etwas zu machen."

„Das war eine schlimme Zeit für die Muslime", sagte Larsson. „So etwas erinnert schmerzhaft an die Nazis in Deutschland."

„Sie trieben die Bevölkerung zusammen und setzten umgehend alle Einwohner in Marsch, sechs Kilometer weit in den Nachbarort Potocari. Meine Eltern und ich mussten das auch über uns ergehen lassen. Tags darauf brachten serbische Armeebusse die Muslime von Srebrenica nach Nordwesten ins Gebiet um die Stadt Tuzla, die von bosnisch-muslimischen Truppen kontrolliert wurde. Mein Vater wurde zu den Älteren gezählt und ist mit uns nach Potocari gelaufen. Von dort kam er nicht mehr weiter mit. Wir wollten gemeinsam in den Bus einsteigen. Aber Dobroslav Nicolic hat uns getrennt. Mein Vater musste auf die andere Seite der Straße gehen. Meine Mutter und ich sind in den Bus gestiegen und weggefahren. Es war das letzte Mal, dass wir ihn sahen."

Larsson sah, dass sich die Augen des jungen Mannes mit Tränen füllten, und er gab ihm Zeit, sich zu fassen.

„Außer meinem Vater wurden nahezu achttausend muslimische Männer aussortiert. Die Jüngeren im kampffähigen Alter entwaffneten die serbischen Truppen. Auf einem Berg nahe der Stadt brachte man sie um. Mein Vater wurde das Opfer einer zweiten Selektionswelle. Unter den Opfern waren auch einige Jungen in meinem Alter, die aber älter aussahen – die jüngsten Toten waren zwölf Jahre alt." Abdulbasit Besirevic lachte hysterisch auf. „Erst in diesem Frühjahr erfuhr meine Familie, was mit dem Vater geschehen war. Er hat irgendwo in der Nähe von hinten einen aufgesetzten Schuss durch den Kopf bekommen."

Larsson und Andresen schwiegen betreten. Was ließ sich einem solchen Leid entgegensetzen?

„Die Blauhelme haben zugesehen. Aber wer hat uns geholfen?“

Als der junge Mann die fragenden Blicke der Kommissare sah, sagte er: „Al Quaida.“

„Al Quaida?“

„Ja. Ich hatte mich mit einem Kommandeur einer Mudschahidin-Einheit, die im Bosnienkrieg auf unserer Seite kämpfte, angefreundet. Sie waren die einzigen Kämpfer, die den Serben das Fürchten lehrten.“

„Inwiefern?“

„Ihr Vorgehen war grausam. Al Qaida verlangte, den Feind zu foltern, ihn mit Motorsägen zu zerstückeln und die Opfer mit Messern zu massakrieren. Obwohl sie offiziell dem Kommando der bosnischen Armee unterstanden, wurden ihre Bedingungen akzeptiert. Kein bosnischer General durfte ihnen bei irgendwelchen Angriffen Befehle erteilen.“

Larsson war bei der Feststellung über die Foltermethoden mit Motorsägen hellwach geworden. Sie befanden sich auf der richtigen Spur. Davon war er überzeugt.

„Al Qaida war in Bosnien nicht an den dortigen Muslimen interessiert, sondern an der Eroberung einer Basis, von der aus sie weiter operieren konnte. So etwa wie die USA weltweit ihre Stützpunkte haben. Einige Führer der westlichen Welt haben das durchaus registriert, aber nichts unternommen“, sagte Larsson.

„Wenn man am Ertrinken ist und ein anderer einem einen Strohhalm hinhält, dann greift man danach. Al Quaida war für uns dieser Strohhalm.“

„Das glaube ich gern. Aber wie ich schon sagte, sehr eigennützig. Al Quaida hat für ihren Kampf gegen den Rest der Welt Schläfer aktiviert, die jederzeit abrufbar und gegen die freie Welt einsetzbar sind. Kommen wir zum Massaker auf der *Morningstar* zurück. Man hat Dobroslav Nicolic die Arme mit einer Motorsäge abgetrennt. Kommt Ihnen das bekannt vor?“

„Ja.“

„Waren Sie dabei?“

„Nein.“

„Aber?“ Larsson wusste, dass, würde er jetzt zügig zufassen und sein Gegenüber mit immer neuen Fakten konfrontieren, dieser bald zusammenbrechen und gestehen würde.

„Aber was?“

„Sie haben das Gemetzel organisiert.“ Larsson bemerkte Besirevics Zögern und wiederholte: „Sie haben es organisiert!“

„Ich habe eine Telephonnummer gewählt und den Sachverhalt geschildert. Nichts weiter.“

„Wo ist die Telephonnummer?“

Abdulbasit Besirevic zeigte auf seinen Kopf und sagte: „Hier.“

Larsson schob ihm einen Zettel zu und gab ihm seinen Kugelschreiber. Besirevic schrieb die Nummer zügig auf und lächelte.

Larsson wählte die Nummer auf seinem Handy. Es meldete sich eine männliche Stimme in einer fremdländischen Sprache. Sofort unterbrach er die Verbindung. „Ein Fuad sowieso ...“

„Sie haben eben eine Nummer des albanischen Geheimdienstes gewählt“, sagte Besirevic.

„Des albanischen Geheimdienstes? Warum?“

„Weil diese Burschen das einzig Richtige tun, sie verfolgen einzelne Täter der serbischen Mörderbande auch heute – acht Jahre nach dem Genozid – noch und bestrafen sie mit dem Tod.“

Larsson sah einen Augenblick zu Andresen, ihre Blicke zeigten die Einigkeit über die Einschätzung. „Kommen wir zurück auf Ihre Verbindung mit Aischa – Aischa wie?“

„Husejnow. Aischa Husejnow.“

„Aischa Husejnow. Von welcher Art war Ihre Verbindung?“

„Freundschaftlich.“

„Ich kann nicht glauben, dass Sie eine Frau so lange kennen, mit ihr aufwachsen in einer Zeit, wo, wie Sie sagen, die Hölle über Sie hereingebrochen ist und dann nur freundschaftlich mit ihr verkehren.“

„Sie wollen auf eine intime Beziehung hinaus.“

„Zum Beispiel.“

„Es gab keine.“

„Warum nicht? War Aischa Husejnow für Sie nicht anziehend genug?“ Larsson schaute auf die graue Maus auf dem Photo. Vielleicht war sie das tatsächlich nicht, dachte er.

„Oh doch. Sie ist eine sehr schöne Frau, und jeder Mann könnte sich freuen, eine solche Frau sein Eigen zu nennen.“

„Dann wundert mich, dass Sie nicht versucht haben, die Frau für sich zu erobern.“

„Ich habe es *ein*mal nicht versucht? Ich habe es hundertmal, nein, tausendmal versucht.“

Als Besirevic schwieg, sagte Larsson: „Sie hat sie abblitzen lassen.“

„Aischa hat mich nicht abblitzen lassen. Sie ... sie ... sie kann keinen Mann in ihrer unmittelbaren Umgebung ertragen.“

„Aischa Husejnow wohnt in Greifswald wie Sie?“

„Ja. Im Eldenaviertel in einer kleinen Einliegerwohnung.“ Besirevic nannte die Adresse, die Larsson notierte.

„Sie kann keinen Mann ertragen? Und doch ist sie mit Ihnen hinausgefahren ans Wasser? Das sind doch Widersprüche.“

„Sind es nicht. Sie sucht meine Nähe. Aber sie würde niemals mit mir schlafen. Sie würde überhaupt nicht mit einem Mann schlafen.“

„Ach“, sagte Andresen.

„Nichts ach. Sie braucht meine Nähe, weil sie verletzlich ist, weil sie keine Familie hat und mich als ihre Familie ansieht. Jedenfalls als ein Teil Familie, als den Teil, der ihr geblieben ist.“

„Das heißt, dass sie ihre ganze Familie verloren hat?“ fragte Larsson.

„Ja.“

„Kann man sich nicht vorstellen, nach einer gewissen Zeit eine eigene Familie zu gründen, einfach, um wieder eine Familie zu haben?“ fragte Andresen.

„Das habe ich sie auch gefragt.“ Besirevic schüttelte den Kopf.

„Aber?“ hakte Larsson ein.

„Sie hat Schlimmes erlebt. Nicolic hat sie vergewaltigt. Und er war nicht der Einzige. Seitdem kann sie sich nicht vorstellen, eine eigene Familie zu haben. Sie hasst alle Männer und lenkt sich ab."

„Wie?"

„Durch Arbeit. Sie ist recht anerkannt in ihrer Arbeitsstelle. Aischa kann sehr gut mit Computern und Computeranimationen umgehen. Das hat man bei ihrer Arbeitsstelle schnell gemerkt. Nun entwickelt sie Werbekonzeptionen und ist dabei erfolgreich."

„Dann verdient sie gutes Geld", sagte Andresen.

„Ja, das tut sie."

„Kommen wir noch einmal darauf zurück, dass Sie den albanischen Geheimdienst anriefen."

Besirevic schaute Larsson fragend an, sagte aber nichts.

„Die Nummer hatten Sie von einem Kommandeur einer Mudschahidin-Einheit, die im Bosnienkrieg auf Ihrer Seite kämpfte."

„So ist es."

„Wie hieß der Mann?"

„Ajdin."

„Ajdin wie?"

„Ajdin." Besirevic hob die Schultern und machte ein unbeholfenes Gesicht. „Ich glaube Osmanovic oder so ähnlich. Genau kann ich mich nicht mehr erinnern."

„Wie alt war dieser Ajdin Osmanovic damals etwa?"

„Jung. Er war ein junger Kommandeur, und wir haben ihn dafür bewundert."

„Was schätzen Sie?"

„Ich denke Mitte zwanzig."

„Dann ist er jetzt Anfang Mitte dreißig."

„Das würde ich glauben."

„War Ajdin Osmanovic auch so nachdrücklich bei den Verhören?"

Das kurze Lächeln, das Besirevics Gesicht umspielte, als er an die Aktivitäten des jungen Ajdin dachte, gefror. „Er sagte, diese christlichen Hunde seien Ungläubige, die es nicht verdienten zu leben. Eines Tages beschrieb er, wie er einem dieser Männer mit einer

Kettensäge den Arm abgeschnitten hatte, als der irgendetwas nicht unterschreiben wollte."

Larsson schaute zur Uhr, als Andresens Handy klingelte und der sich erhob und aus dem Verhörraum ging. Es war kurz vor zehn am Abend.

„Eine Frage noch, Aischa Husejnow betreffend. Wie passt sie ins Bild?"

„Ihretwegen hatte ich diese Nummer gewählt. Aber ohne sie wäre eine so unspektakuläre Einnahme der Yacht unmöglich gewesen." Abdulbasit Besirevic schilderte, wie er Aischa Husejnow überredet hatte, Dobroslav Nicolic in die Falle zu locken, und wie der, einem läufigen Rüden gleich, in die Falle getappt war.

„Wir beenden für heute die Befragung. Wir werden sie morgen weiterführen. In der Zwischenzeit werden Sie verstehen, dass ich Sie hierbehalten muss. Anstiftung zum Mord."

„Anstiftung zum Mord? In dieses Land reist ein Kriegsverbrecher ein, der viele Menschenleben auf dem Gewissen hat, und der kann sich hier frei bewegen." Besirevic lachte auf. „Ich habe Deutschland eine Menge zu verdanken. Aber dieses Desinteresse, Schuldige zu bestrafen, ist hier ja eine liebe Gewohnheit. Viele der Kriegstreiber des Zweiten Weltkrieges sind einer Bestrafung ebenso entgangen wie die Unterdrücker, die während der pseudokommunistischen Zeit ihre Diktatur brutal ausgeübt haben."

Es waren exakt die Gedanken, die Larsson auch bewegten, seit er von der ungehinderten Einreise Dobroslav Nicolics wusste.

Andresen kam zurück. „Es war meine Frau", sagte er. „Sie hat Bedenken, ob ich überhaupt noch unter den Lebenden weile."

„Das ist berechtigt", sagte Larsson. „Wir machen jetzt auch Schluss. Du kannst nur bitte noch in der Zentrale anrufen und einen Streifenwagen bestellen, der Herrn Besirevic nach Anklam bringt. Wir machen dann morgen weiter – und man soll noch etwas zu essen für den Mann bereitstellen."

Andresen ging, um mit der Einsatzleitung in der Zentrale zu telephonieren.

Larsson wählte die Nummer von Simons Handy. Nach dem vierten Klingeln kam die Verbindung zustande. Im Hintergrund untermalte Musik von Oscar Peterson die Stimme Karl Simons. Larsson schätzte den Jazz aus den 70er Jahren.

„Hallo Karl."

„Sag nicht, du hättest jetzt einen Auftrag für mich."

„Wieso?" fragte Larsson scheinheilig.

„Weil ich jetzt gerade mit meiner Freundin ein Superessen eingenommen habe."

„Ich würde dich nicht stören, aber wir haben gerade die erste Befragung Abdulbasit Besirevics beendet, die morgen früh weitergeht, und es haben sich wichtige Erkenntnisse ergeben, die dazu führten, dass morgen früh gegen sechs eine Festnahme in Greifswald ansteht. Ich möchte, dass du mir Monika zusammen hinfährst. Kannst du viertel nach vier bei ihr in Loddin sein?"

„Wenn's denn unbedingt sein muss ..."

Larsson gab die Adresse Aischa Husejnows durch.

Besirevic hatte das Gespräch mitangehört, sagte aber nichts. Er war sich im Klaren darüber, dass sie jetzt für etwas büßen würden, das seinem Verständnis nach unumgänglich war.

Als Larsson auf der Heimfahrt nach Loddin war, fiel ihm Inge Mohaupt ein. Sie hatte sich aus Rostock nicht mehr gemeldet. Er wählte ihre Nummer. Nur die Mailbox antwortete mit monotoner Stimme. Larsson bestellte Inge am nächsten Tag um neun nach Anklam. Dort würde sie mit Monika Landris Aischa Husejnow vernehmen.

25. Kapitel

Donnerstag, der 21. August 2003, begann für einen Teil der Ermittlungsgruppe um Lasse Larsson sehr früh. Pünktlich um viertel nach vier klingelte Simons an die Tür des kleinen Hauses in Loddin. Dann ging er zu dem Opel Omega zurück, den er sich für diese Fahrt vom Hof der Kriminalaußenstelle geholt hatte.

Monika Landris schaute noch einmal ins Schlafzimmer und sagte: „Ich habe dir den Wecker auf sieben gestellt. Du kannst also noch ein wenig schlafen.“ Sie küsste ihn auf die Wange und ging hinaus. Larsson drehte sich noch einmal um und fiel augenblicklich in eine Tiefschlafphase. Zu sehr hatten ihn die letzten Tage beansprucht, als dass er jetzt schon aufgestanden wäre. Er wurde wach, noch bevor der Wecker klingelte. Auf dem Weg zur Dusche setzte er die Kaffeemaschine in Gang. Dann sah er im Wohnzimmer die beiden Photos liegen, die er am Abend dort abgelegt hatte. Diese Photos waren entscheidend für den schnellen Fortgang der Ermittlungen gewesen. Das von dem Jungen, das Theres Wilding nachts bei der Beobachtung der auf Grund gelaufenen Yacht zeigte, und das des alten Rentners aus Hessen, das ihm auf die heiße Spur der Opfer aus Srebrenica setzte. Mit einem Mal war er hellwach. Um seinen Körper zu testen, legte er die beiden Fußenden auf die Kante eines Stuhles. Dann machte er dreißig Liegestütze, wobei er die letzten zehn jeweils mit einem Arm machte und beim Hochkommen in die Hände klatschte. Fünf rechts, fünf links. Er stand auf und ging unter die Dusche. Gerade als er sich in der Küche den Kaffee einschenkte, klingelte das Telephon im Flur. Es war Monika, die ihm sagte, dass sie mit Aischa Husejnow kurz vor Anklam seien.

„Sorge dafür, dass die Frau ein Frühstück bekommt“, sagte er. „Und lass sie anschließend in einen Verwahrraum bringen. Wir werden sie sicher dortbehalten müssen, bis der Haftrichter entschieden hat. Ich mache mich gleich auf den Weg. Wir beginnen mit unserer Vorbesprechung zu den Verhören um neun.“

Larsson ging zurück in die Küche. Er schnitt eine Scheibe Mischbrot ab und schob sie in den Toaster. Während der Zeit, in der das Brot angeröstet wurde, kamen seine Gedanken zur Befragung des Vortages zurück. Abdulbasit Besirevic hatte zugegeben, den albanischen Geheimdienst für eine Tat aktiviert zu haben, die in seiner Tätigkeit als Polizist einmalig war. Auch für die Vorkommnisse auf der Insel dürften sie alle bisher vorgekommenen Kapitalverbrechen bei Weitem übertreffen. Warum, so fragte er sich, hielt das BKA so still? Das war doch sonst nicht die Art, wie die Behörde mit solch abscheulichen Fakten umging. Die Mär, die ihm Kruse über das angebliche Interesse des BKA an seiner Mitarbeit in Wiesbaden bekundet hatte, wollte er so nicht glauben. Vielleicht wollte man ihn so außer Gefecht setzen. Aber was für einen Grund man dafür hatte, war ihm nicht klar.

Der Toast sprang hoch, und Larsson fischte ihn aus dem Gerät. Er schenkte sich eine zweite Tasse Kaffee ein und bestrich die Brotscheibe mit Butter, die augenblicklich zerlief. Er musste vorsichtig sein, sich nicht zu bekleckern.

Kurz vor acht verschloss er das Haus und machte sich auf den Weg nach Anklam. Da Simons mit dem Omega unterwegs war, benutzte er seinen alten, zerbeulten Twingo. Wenn dieser Fall gelöst ist, dachte er, während er bemüht war, das Ungeheuer in Gang zu kriegen, werde ich noch einmal bei Kruse in Ahlbeck vorbeifahren und sehen, ob der SLK noch vorhanden ist. Dann machte er sich auf den Weg. Als er durch Neppermin fuhr, gab er seinem Drang, nochmals zu Theres Wilding zu fahren, nach. Er wusste nicht, warum. Aber es drängte ihn danach, zu dem zugewachsenen Grundstück zu fahren. Er hielt vor dem schmiedeeisernen Tor, das geschlossen war. Sie würde nicht begeistert sein, ihn zu so früher Stunde zu sehen. Gerade als er klingeln wollte, entdeckte er zwischen den Büschen den Bentley des Anwalts. Er suchte in seinem Gedächtnis dessen Namen. Nur mit Mühe kam er darauf. Besenge, Bäsansch französisch ausgesprochen. Ein Lächeln überflog sein Gesicht. Wenn zu einer solchen Zeit das Fahrzeug hier stand, schien die Frau ein Verhältnis mit dem Besitzer des Wagens zu haben. Das aber war schließlich ihre Privatsache.

Larsson klingelte nicht. Er stieg in seinen Wagen und fuhr zur Polizeidirektion nach Anklam. Er traf auf dem Gang auf den Pressesprecher Axel Fahrentholz, der mit ihm einige Worte über den Fortgang der Ermittlung sprach. Er war es, der für die Fütterung der immer hungrigen Presseleute verantwortlich zeichnete. Und immerwährende Ausflüchte zu finden, war nicht einfach. Zumal man die Presse nicht verprellen durfte, wollte man ihr Wohlwollen erhalten. Und jede Polizeidirektion achtete sehr genau darauf, sich nicht den Zorn der Zeitungen zuzuziehen.

Sie versammelten sich im Verhörraum.

„Aischa Husejnow hat Schlimmes erlebt. Dennoch kommen wir nicht umhin, sie zu vernehmen, denn alles deutet auf eine Beteiligung an den Morden hin“, sagte Larsson. „Dennoch will ich nicht, dass sie sich vor einem Mann offenbaren muss. Das fällt christlichen Frauen schon schwer. Aber für eine Muslima wäre das eine Unmöglichkeit. Ich habe deshalb entschieden, dass Inge ..., warum habe ich von dir gestern gar nichts gehört?“

„Als ich es versuchte, war dein Telephon abgeschaltet. Später bin ich dann direkt nach Hause gefahren.“

„Wenn du wieder einmal allein unterwegs bist, möchte ich in jedem Fall unterrichtet werden, was los ist. Wenn ich nicht übers Telephon erreichbar bin, gehst du halt über die Einsatzzentrale.“ Larsson schaute in die Runde. „Das gilt für alle. Ich habe also entschieden, dass Inge und Monika das Verhör durchführen werden. Inge fängt allein an. Wir anderen bleiben erst einmal hinter der Scheibe. Monika kommt dazu, wenn ich denke, dass noch Fragen offen sind. Später werden dann Rolf und Karl das Verhör von Besirevic auf der Basis der gestrigen Befragung durchführen und protokollieren. Also, gehen wir an die Arbeit.“

Zehn Minuten später waren die Kommissare auf die andere Seite hinter die getönte Scheibe gegangen. Nur Inge Mohaupt wartete in dem Verhörraum auf Aischa Husejnow. Die Frau wurde hereingebracht. Inge Mohaupt begrüßte sie und fragte, ob sie die Nacht gut verbracht habe.

„Ich habe nicht schlafen können. Zu viel ist mir durch den Kopf gegangen."

„Ja, das kann ich verstehen. Wir werden jetzt mit dem Verhör anfangen. Dazu lasse ich das Aufzeichnungsgerät laufen. Ist das in Ordnung?"

Aischa Husejnow nickte.

„Vernehmung der Beschuldigten Aischa Husejnow im Mordfall Dobroslav Nicolic und andere durch die Hauptkommissarin Inge Mohaupt am 21. August 2003. Es ist jetzt 9:21 Uhr." Dann stellte sie ihre Identität fest, die die Frau bestätigte. „Frau Husejnow, ich eröffne Ihnen jetzt, weshalb Sie hier sind. Sie werden beschuldigt, an der Ermordung von Dobroslav Nicolic beteiligt gewesen zu sein. Ich belehre Sie: Es steht Ihnen frei, sich zur Beschuldigung zu äußern oder nicht auszusagen. Niemand ist verpflichtet, gegen sich selbst auszusagen."

„Ich sage aus." Die Stimme Aischa Husejnows war leise, aber bestimmt.

„Sie können sich zunächst frei äußern, später werde ich Ihnen Fragen stellen. Bitte schildern Sie die Vorgänge, die sich in der Nacht vom 12. auf den 13. August auf der Yacht *Morningstar* abgespielt haben."

„Das ist eine lange Geschichte, die im Juli vor acht Jahren begonnen hat."

„Wir haben Zeit."

„Beginnen wir mit dem 20. Juli diesen Jahres. Ich werde den Tag niemals vergessen können. Abdulbasit und ich fuhren, wie immer wenn das möglich war, hinaus auf die Insel, um die wenige Freizeit, die wir haben, ein wenig zu genießen. Zuerst waren wir in Peenemünde und haben im alten Kraftwerk das Raketenmuseum besucht. Es war Abdulbasits Wunsch. Mich interessiert so etwas weniger.

Aber schließlich bin ich doch mitgegangen. Dann sind wir bis Trassenheide am Strand entlanggelaufen und wieder zurück. Es war schließlich zu früh, um schon nach Greifswald zurückzufahren. Also beschlossen wir, mit dem Roller nach Lassan zu fahren. Schon während der Hinfahrt sahen wir auf dem Peenestrom eine große, weiße Yacht, die von einem Polizeiboot begleitet wurde. Es war ein tolles Schiff, und wir freuten uns, als wir zum Lassaner Hafen kamen, dass es gerade dabei war, anzulegen. Wir hatten gerade ein sehr schönes Lammcurry gegessen und machten Scherze darüber, was in unserer Heimat anders wäre.“ Aischa Husejnow setzte einen Augenblick aus, und Inge Mohaupt sah, wie ihre Augen sich mit Tränen füllten.

„Lassen Sie sich ruhig Zeit“, sagte sie.

„Es hat sich in mein Herz, in meine Seele eingebrannt. Ich denke daran, wenn ich zu Bett gehe und wenn ich aufstehe. Es war nicht nur eine Vergewaltigung – in diesem Krieg gab es Lager, in denen Frauen Soldaten und paramilitärischen Kämpfern zu Willen sein mussten. Tag und Nacht.“

Sie setzte einen Augenblick in ihrem Bericht aus. Inge Mohaupt insistierte nicht. Auch sie war sehr nachdenklich geworden.

„Die Polizei ging an Bord der Yacht und unterhielt sich mit einem älteren Mann. Ich denke, es war der Kapitän. Doch dann kam Nicolic hinzu. Einer der Schlächter von Srebrenica. Ich habe ihn sofort erkannt.“

„Was machte Sie so sicher, dass es der Mann war?“

„Er war der erste Mann, der mich ... der mich vergewaltigt hat.“

Inge Mohnhaupt schwieg.

„Mich, aber auch meine 13-jährige Schwester. Ganz brutal und nicht allein. Sie ist daran zerbrochen und hat sich das Leben genommen.“ Aischa Husejnow schluchzte auf. „Die christlichen Tschetnik-Bastarde kamen in den Raum, in dem etwa zwei Dutzend Frauen untergebracht waren. Meine kleine Schwester drückte sich ängstlich an unsere Mutter. Und auch ich hatte Angst. Zu viel hatten wir schon gehört, was alles passierte. Dann sahen sie in die Ecke, in der wir uns unter die anderen Frauen gemischt hatten. Sie bestimmten, dass meine Schwester und ich mitzukommen hätten. Meine Mutter schrie auf und wollte uns zurückreißen. Aber sie hielten sie mit einer Maschinenpistole zurück. Es war das letzte Mal, dass wir zusammen waren. Ich habe meine Mutter niemals mehr wiedergesehen und meine kleine Schwester für immer verloren."

„Ihr geht jetzt bitte an die Arbeit", sagte Lasse Larsson zu Andresen. „Und baut auf die Aussagen auf, die Besirevic gestern gemacht hat. Ihr braucht ohnehin das Protokoll. Ich denke, inzwischen dürfte es geschrieben sein."

Andresen und Simons verließen den Raum, ohne noch etwas zu sagen. Larsson war ebenso tief beeindruckt wie seine Mitarbeiter. Was sie von Aischa Husejnow hörten, hinterließ nachhaltige Spuren bei ihnen. Freilich hatte man das eine oder andere über den Krieg in Bosnien gehört. Das lag acht Jahre zurück. Damals hatte sie diese Ereignisse nicht so unmittelbar erreicht wie in diesem Augenblick. Die Scheibe, die die beiden Räume trennte, war mit einem Mal nicht mehr vorhanden; die bestialischen Auswüchse eines Glaubenskrieges, der auf den 15. Juni 1389 zurückging, als die Serben, unterstützt von einer kleinen Armee von Bosniern, die von König Tvrtko I. entsandt worden waren und dem Fürsten Lazar Hrebeljanovic aus Kruševac unterstanden, wurde hier weitergeführt. Die Osmanen wurden damals von Sultan Murad I. angeführt. Dieser wurde während der Schlacht vom serbischen Edelmann und Ritter Miloš Obilic getötet, nachdem Obilic verletzt in das osmanische Lager eingedrungen war und dem Sultan vorgetäuscht hatte, zum Islam konvertieren zu wollen. Fürst Lazar wurde von den Osmanen gefangengenommen und hingerichtet. Als Erinnerung an den Tag dieser Schlacht dient der Vidovdan, der am 15. Juni in Serbien gefeiert wird. Dieser Glaubenskrieg, und das war das Perverse, wurde mehr als sechshundert Jahre später in der gleichen Grausamkeit fortgesetzt.

„Inge macht ihre Sache gut", sagte Larsson. Als er Monika ansah, bemerkte er, dass sie geweint hatte. „Eigentlich wollte ich dich jetzt dort hineinschicken. Aber du gleichst eher einem Häufchen Unglück als einer Polizistin, die wichtige Informationen zu Fakten der Morde aus einer Beschuldigten herauszuholen in der Lage wäre."

„Bist du so kalt, oder bist du so kalt?" fragte Monika Landris aufgebracht. „Etwas anderes kann ich dich nicht fragen." Sie schaute ihn an und ergänzte: „Ja, du bist so kalt!"

Larsson versuchte ihre Hand zu fassen, was sie ihm aber in diesem Augenblick nicht gestattete. „Bei allem, was diese Frau erlebt hat und das unverzeihlich ist, hat sie sich an einer Mordorgie beteiligt, bei der sieben Menschen ihr Leben ließen. Die Aufgabe der von mir geführten Ermittlungsgruppe ist es, diese schreckliche Tat aufzuklären und sie justiziabel zu machen. Und das setzt eine gewisse Härte voraus. Auch gegen sich selbst."

Larsson schrieb etwas auf einen Zettel.

„Wir fanden uns in einem dämmrigen Zimmer wieder", sagte Aischa Husejnow. „Da gab es keine Möbel, keinen Ofen und keine Waschgelegenheit. Vierzehn junge Frauen kauerten auf dem Betonboden. Sie sahen aus wie lebendige Tote, durchsichtig und verwahrlost. Der Raum war vielleicht fünfzehn Quadratmeter groß. In der Mitte lag eine zerknautschte Decke. Es stank bestialisch nach Fäkalien. In einer Ecke erledigten die Frauen ihre Notdurft. Fliegen krochen die Wände hoch. Einige Monate lang war es uns verboten, hier überhaupt sauberzumachen. Trotzdem erwachte in mir wieder ein Hoffnungsschimmer. Vielleicht würden wir an einem Ort, an dem sich mehrere Frauen aufhielten, leichter überleben können. Die anderen waren etwas älter als meine Schwester und ich. Vermutlich um die zwanzig. Früher hatten sie sicherlich sehr schön ausgesehen, aber unter diesen Umständen war nicht mehr viel davon übriggeblieben. Sperma verklebte ihre Haare. Frische Narben bedeckten die Gesichter. Ihre Finger waren blutig. Die meisten hatten offene Wunden, besonders an den Beinen. Meistens mussten wir mitansehen, wie die

Soldaten sich an den anderen Frauen vergingen. Wie sie sich auf deren knochigen, stinkenden Körpern befriedigten, Zigaretten auf den Brüsten ausdrückten oder Messer in ihre Haut schlitzten."

Aischa Husejnow hatte ihre Bluse aufgemacht und zeigte Inge Mohaupt eine Reihe von Narben, die ihre gutgewachsenen, festen Brüste verunzierten. „Dieses ganze Grauen hätten wir nicht ausgehalten, wären wir nicht schon längst völlig abgestumpft gewesen. Die Männer tauchten zu jeder Tageszeit auf. Nachts wählten sie sich mit Taschenlampe jemanden aus. Lange durften wir dieses Zimmer nicht verlassen. Nur durch das Fenster erkannte man die Stimmungen des Wetters. Unter all diesen Kerlen war nicht einer, der angesichts unseres Elends keinen hochgekriegt hätte. Niemand hatte je ein freundliches Wort für uns übrig. Sie haben uns nur beschimpft, gefoltert und missbraucht. Nach einer Weile beging meine kleine Schwester Selbstmord. Nicolic hatte sie mit dem Stiel eines Besens so verletzt, dass sie nicht aufhörte zu bluten. Ich hatte sie beobachtet so gut wie es eben ging. Aber sie musste einen Zeitpunkt abgewartet haben, als mich die Müdigkeit übermannte und ich einschlief. Sie verletzte sich so, dass sie langsam ausblutete, ohne dass es jemand bemerkt hätte. Am Morgen jedenfalls war sie tot. Ich konnte nicht einmal weinen; ich beneidete sie, dem Martyrium entgangen zu sein.

Zwei Tage lang lag die Leiche bei uns. Da erschien ein Soldat und wollte sie vergewaltigen. Er hatte ihr schon das Hemd hochgeschoben und sich auf sie gelegt. Als er in sie eindringen wollte, bemerkte er wohl, dass irgendetwas nicht stimmte. Zornig schoss er hoch und beschimpfte uns: ‚Wieso habt ihr Huren mir nicht gesagt, dass sie tot ist?' Manchmal dachte ich auch daran, meine Pulsadern zu öffnen. Diese Gedanken verflogen jedoch wieder."

Die Tür des Raumes ging auf, und Monika Landris kam herein. Sie nickte Aischa Husejnow zu und legte einen Zettel vor Inge Mohaupt auf den Tisch.

„Das ist meine Kollegin Monika Landris", sagte Inge Mohaupt. Sie schaute auf den Zettel, auf dem Larsson einen einzigen Satz geschrieben hatte: *Komm zur Tatnacht!*

Dennoch war sie nicht in der Lage, die Bosnierin sofort abzuwürgen, als diese sagte: „Kurz bevor das endlich ein Ende hatte, wurde ich schwanger. Ich wünschte mir täglich, die Frucht würde abgehen, aber ich habe das Kind später bekommen. Das Baby war zwei Tage alt, da habe ich Depressionen bekommen, schlimmer als die, die mich während der Schwangerschaft schon plagten."

„Was ist aus dem Kind geworden?" fragte Inge Mohaupt, als Aischa Husejnow einen Augenblick schwieg.

„Wissen Sie, was das Hauptziel der Gruppenvergewaltigung ist? Machtdemonstration. Der Akt soll die Würde des Opfers zerstören. Die Betroffenen leiden unter Traumatisierung, Depressionen, unter Selbstmordgedanken, Unverständnis und Drohungen vor allem der muslimischen Gesellschaft oder der Familie. Dazu kommt die Abscheu gegenüber dem Sexualverkehr. Ich werde wohl nie wieder einem Mann zu Willen sein. Niemals wieder, verstehen Sie!" Den letzten Satz hatte Aischa Husejnow herausgeschrien.

„In Tuzla hat man eine verständnisvolle Familie für den Jungen gefunden, und ich war mit der Trennung einverstanden."

„In diesem Fall kann ich sogar verstehen, dass sich eine Mutter von ihrem Kind trennt", sagte Inge Mohaupt.

„Die serbische Art der Kriegsführung ist wohl dieses Quälen, dieser Sadismus, mit dem Ziel, dass die anderen einfach aufgeben. Hätten die Serben intelligent Krieg geführt, hätten sie wahrscheinlich gewonnen. Aber sie wollten ja lieber quälen und vergewaltigen."

„Kommen wir zurück auf die Vorgänge, die sich in der Nacht vom 12. auf den 13. August auf der Yacht *Morningstar* abgespielt haben. Waren Sie daran beteiligt?"

„Ja."

„Sagen Sie mir, wie Sie an Bord des Schiffes gekommen sind."

„Abdulbasit Besirevic hatte Kontakt mit irgendeinem Mann aufgenommen, den er von den Kämpfen um Srebrenica her kannte."

Inge Mohaupt schaute auf ihre Handakte. „Ajdin Osmanovic?"

„Ja."

„Was geschah dann?"

„Ajdin kam innerhalb von zwei Tagen und mit ihm ein älterer Mann namens Fuad."

„Fuad? Wie weiter?"

Aischa Husejnow hob die Schultern. „Nichts weiter. Er hat sich nur unter Fuad vorgestellt."

„Und dann?"

„Sie fuhren hinaus auf die Insel, um die Yacht zu suchen, auf der ich Dobroslav Nicolic erkannt hatte."

„Haben sie das Schiff gefunden?"

„Ja. Im Hafen von Krummin. Sie waren beeindruckt von der Schönheit des Schiffes, und sie kannten die grausamen Taten von Nicolic. Sie waren gekommen, um Hunderte, nein Tausende Muslime zu rächen, die durch diesen ungläubigen Bastard ihr Leben lassen mussten. Und um den schwarzen Schleier ein wenig beiseitezuschieben, der die gepeinigten Frauen noch immer umgibt."

„Das ist ihnen ja auch gelungen", sagte Monika Landris, die hinter Aischa Husejnow saß.

„Ja."

„Also, wie sind Sie an Bord gekommen, Frau Husejnow?"

„Dieser Fuad sprach mehrere Stunden allein mit mir. Er fragte mich, was ich über Nicolic wisse. Er wollte genau erfahren, was für ein Mensch das ist."

„Und dann?"

„Dann fragte er mich, ob ich wolle, dass dem Mann seine gerechte Strafe zugeführt werde."

„Was für eine Frage", sagte Inge Mohaupt.

„Ja, was für eine Frage. Ich wollte diese Bestie tot sehen. Er sollte in seinem schäbigen Leben niemandem mehr Schaden zufügen können. Doch dann stellte Fuad eine ungeheuerliche Forderung an mich."

Inge Mohaupt schaute Aischa Husejnow fragend an.

„Ich hatte ihm gesagt, dass Nicolic einen bestimmten Frauentyp bevorzugte. Ich entsprach diesem Typ."

„Ich verstehe. Sie sollten dafür sorgen, dass er Sie mit an Bord des Schiffes nimmt."

„Ja."

„Und das haben Sie dann ja auch gemacht."

„Ja. Aber wissen Sie, was für eine Überwindung es für eine vergewaltigte Frau ist, sich freiwillig wieder in die Fänge ihres Peinigers zu begeben? Ich wollte nicht. Aber er machte mir klar, dass er unverrichteter Dinge wieder abreisen würde, wenn ich nicht machte, was er sagt. Und er erinnerte mich an die achttausend Männer allen Alters, die alle auf dem Gedenkfriedhof in Srebrenica liegen. U ime Boga Milostivog Samilosnog Molim te Bože Svemoguci. Neka tuga postane nada! Neka osveta bude pravda! Neka majčina suza Bude molitva: Da se nikome nikad Ne ponovi Srebrenica! Reisu-l-ulema Srebrenička molitva. Potočari 11. Juli 2001."

„Was heißt das auf Deutsch?" fragte Monika Landris.

„Im Namen Gottes des Barmherzigen und Mitleidsvollsten. Wir beten zu dem Allmächtigen Gott. Lass die Trauer Hoffnung werden! Lass die Rache Gerechtigkeit werden! Lass die Träne der Mutter zum Gebet werden! Dass sich Srebrenica niemals, nirgendwo und keinem wiederholt! Das Gebet von Srebrenica ..."

„Und da haben Sie es gemacht."

„Ja. Es ist mir unendlich schwergefallen."

„Waren Drogen im Spiel?"

„Ja. Und ich nahm sie, weil ich nicht versagen wollte, wo es darauf ankam, einen Schlächter unseres Volkes zu bestrafen."

„Was gab er Ihnen? Tabletten?"

„Nein, Fuad erzählte mir, dass Kokain der Hauptwirkstoff der von den südamerikanischen Indianern bis heute gerne gekauten Blättern des Kokastrauches ist. Es wäre also eine ganz natürliche Stimulation. Am ersten Tag habe ich mein Zahnfleisch mit dem weißen Pulver einreiben müssen. Es war ein unbeschreibliches Gefühl. Sobald das Kokain im Gehirn war, setzte bei mir eine in letzter Zeit nie gekannte Euphorie ein. Am Tag darauf gab er etwas Pulver auf einen kleinen Handspiegel und schob es zusammen, dass es wie eine Linie aussah. Dann rollte er ein Blatt Papier zu einem Röhrchen zusammen und zeigte mir, wie ich es in die Nase zog, wo es von den Nasenschleimhäuten resorbiert wurde. Fuad gewöhnte mich innerhalb von drei Tagen daran, so dass mein Körper danach lechzte. Beim ersten Mal dachte ich, mein Kopf würde explodieren. Doch kurze Zeit später schon wäre ich zu allem bereit gewesen."

„Bemerkten Sie Veränderungen an sich?"

„Beim Schnupfen ist das schon nach wenigen Minuten. Diese Phase dauert etwa zwanzig bis dreißig Minuten. Danach machen sich vor allem gesteigerte Leistungsfähigkeit und Ausdauer bemerkbar. Durch Kokain wird die Müdigkeit unterdrückt, und der Schlaf kann sehr lange hinausgezögert werden. Das sexuelle Verlangen wird besonders bei anfänglichem Konsum gesteigert. Ich bemerkte an mir, was ich nie für möglich gehalten hätte – eine regelrechte Triebhaftigkeit. Ich denke, Fuad kannte genau die Wirkung und hat mich deshalb gezielt unter Kokain gesetzt."

„Ja, ja, ja. Fuad ist ein wahrer Menschenfreund", sagte Inge Mohaupt.

26. Kapitel

Der Wind war zum Erliegen gekommen, und die Ostsee war nahezu wellenlos. Nur die leichte Dünung, die immer auf einem so großen Wasser vorhanden ist, ließ sich leise vernehmen, wenn sie am Ufer brach. Klatsch ... klatsch ... klatsch ... Der Sonntag lockte mit einem herrlichen Sommerwetter. Unzählige Sonnenhungrige waren aus der Umgebung gekommen, hatten mit ihren Fahrzeugen die Zufahrtsstraßen zur Insel blockiert und bevölkerten nun mehr als unangenehm die überfüllten Strände.

Aischa Husejnow saß in Krummin vor einem der schönen Vorgärten im Fischerweg in dem silbergrauen Mercedes SL, den Fuad für diese Aktion angemietet hatte, und wartete darauf, zu dem Parkplatz beordert zu werden, auf dem Nicolic seinen Mietwagen abstellte. Fuad hatte darauf bestanden, die Sache so einzufädeln. Es würde alle Zweifel des Jugoslawen Dobroslav Nicolic, sofern überhaupt welche bestünden, zerstören. Wer so aufgepeppt in einem solchen Wagen daherkam, passte perfekt in sein Beuteschema. Mehr als eine Stunde hatte die Visagistin in Greifswald gebraucht, um aus Aischa Husejnow jene mondäne, junge Frau zu machen, die nun auf ihren gefährlichen Einsatz wartete. Doch dann, kurz vor Mittag, kam der spannungslösende Befehl, den Wagen an der Marina, direkt neben Nicolics Fahrzeug zu parken. Nicolic war, von Zinnowitz kommend, auf dem Weg dorthin.

Aischa Husejnow zog die Ohrstöpsel heraus und schniefte die letzte Straße Kokain des Tages ein, die ihr den Mut geben sollte, den sie für dieses Unterfangen brauchte. Dann ließ sie den Wagen anziehen und fuhr ohne große Eile zu ihrem Einsatzort.

Lächelnd war der braungebrannte Mann, den sie in der Uniform eines Obristen der jugoslawischen Armee kannte, in Begleitung seines Freundes Stanišic gerade dabei, den Wagen abzuschließen, als Aischa Husejnow ihr Fahrzeug ausrollen ließ und direkt neben ihm zum Stehen kam.

Nicolic machte Stanišic ein unmissverständliches Zeichen. „Hallo", sagte er zu Aischa Husejnow. „Eine so schöne Frau und ganz allein in dieser verderbten Welt?"

Sie lächelte ihn an, als hätte sie vergessen, einem Wolf gegenüberzustehen, der sich einen Schafspelz umgehängt hatte. Andere hätte er so sicher täuschen können. Sie jedoch wusste, dass sie auf sein Spiel eingehen musste, wollte sie den Wolf zur Strecke bringen.

„Wenn ein Wolf in einen Schafstall eindringt, muss er geschossen werden", pflegte ihr Vater zu sagen. An diesen Satz erinnert, folgte sie willig der Einladung zu einer Fahrt auf der eindrucksvollen *Morningstar*. Freilich ahnte niemand, dass ein in ihre Bluse eingenähtes Mikrophon jedes Wort an den vom albanischen Geheimdienst initiierten Peilsender weitergeben würde.

Dienstag, 12. August 2003

Drei Wochen zuvor, am Mittwochnachmittag, dem 23. Juli, waren Ajdin Osmanovic und Fuad, der Mitarbeiter des albanischen Geheimdienstes, mit einem kleinen, blauen, unscheinbaren Seat Panda nach Krummin gekommen. Der Wagen war zerbeult und hatte eine lange, hässlich rostige Schramme an der Beifahrerseite. Dieser Seat und seine Männer gehörte zu einer ganzen Armada von Menschen und Fahrzeugen, die damit beschäftigt gewesen waren, rund um die Insel Usedom ein einziges Schiff aufzuspüren, die *Morningstar*. Die beiden ungleichen Männer hatten das Schiff im Krumminer Hafen gefunden.

„Ein schönes Schiff, wirklich", hatte Ajdin Osmanovic gesagt.

Die Männer waren näher an die Marina herangegangen, beobachteten schweigend das Anlegemanöver der großen Yacht. Sie waren Durchschnittstypen, ein wenig südländisch aussehend zwar, aber eben Durchschnittstypen, die im Bild der neugierigen Urlauber nicht weiter auffielen. Väter und Söhne, die Interesse an der Marina zeigten, war absolut nichts Ungewöhnliches. Ganz im Gegenteil.

„Es sind eine Menge Leute auf einem so großen Schiff", hatte der jüngere Mann festgestellt.

Und der ältere Mann antwortete: „Recht hast du, Ajdin. Aber für alles gibt es eine Lösung." Er lächelten dem jungen Mann zu. „Wir werden mit ihnen zusammen feiern. Vielleicht den Geburtstag des Eigners?"

„Das ist eine gute Idee, Fuad."

Dann waren die beiden Männer zurück zu ihrem Fahrzeug gegangen.

Jetzt, drei Wochen später, kamen sie in demselben schäbigen Fahrzeug zurück. Sie waren zu dritt: Abdulbasit Besirevic, Ajdin Osmanovic und der Mann, der sich Fuad nannte und der nur wenige Tage zuvor Aischa Husejnow auf ihre Aufgabe eingestimmt hatte. Nun war sie seit drei Tagen auf der *Morningstar* und tat, was sie tun musste.

Auf halber Strecke zwischen Lassan und Buggenhagen bogen sie nach Osten in einen Feldweg ab, der sie nach dreieinhalb Kilometern an die Stelle brachte, an der gegenüber des Peenestroms der Ort Krienke lag. Zufrieden sahen sie, dass die *Morningstar* dort vor Anker lag. So war es Fuad von seinem Beobachter Cvijetin gemeldet worden.

„Wir müssen rund 1.300 Meter schwimmen", sagte Fuad. „Das ist nicht eben viel. Aber wir haben die Strömung. Und die müssen wir bedenken. Wir werden also vierhundert Meter weiter flussaufwärts ins Wasser steigen."

Sie fuhren knapp eine halbe Meile nach Süden. Gewissenhaft schauten sie sich um, konnten aber niemanden entdecken. Sie luden zwei Tauchausrüstungen aus, Neoprenanzüge, Flaschen mit der nötigen Druckluft, einen größeren Plastikbeutel, in denen einige Waffen untergebracht waren. Eine halbautomatische Selbstladepistole im Kaliber 9 Millimeter Parabellum, Typ Česká Zbrojovka 75, mit einem Schalldämpfer. Eine kleine Maschinenpistole und eine Harpune. Als Letztes nahm er ein Paket aus dem Wagen. Um dieses Paket waren Gurte so angebracht, dass es sich wie ein Rucksack schultern ließ.

Fuad breitete eine kleine Karte aus. „Ich möchte, dass du hier den Wagen abstellst." Er zeigte auf ein kleines Kreuz, das den Ort in unmittelbarer Nähe zu Lütow markierte. „Ein Mann wird zu dir stoßen, der dich dort bereits erwartet. Er wird dich fragen, ob heute Vollmond ist und wie der sich auf das Wasser auswirkt. Du wirst antworten, dass es noch einige Tage braucht, bis der Mond seine volle Größe erreicht hat. Daraufhin wird der Mann dir sagen, er sei Haris. Ihr werdet gemeinsam das Schlauchboot aufpumpen. Du wirst etwa auf halber Strecke zwischen Lütow und der Lieper Spitze auf uns warten. Haris wird den Rückzug an Land absichern. Ich habe einen Angelschein auf deinen Namen besorgt. Legt also die Angel aus, die wir mitgebracht haben."

Besirevic sagte: „Es wird so gemacht. Du kannst dich darauf verlassen. Allah wird uns schützen."

„Fahr jetzt und halte ab elf die Augen offen. Wenn es dunkel ist, gegen halb zwölf, werden wir zuschlagen. Wenn die Yacht auf die Lieper Spitze zuläuft, werden wir an Bord sein. Anschließend schwimmen wir bis zu dem Schlauchboot und kehren gemeinsam zum Ausgangspunkt zurück."

Besirevic wendete und wollte gerade losfahren, als Fuad sich ihm in den Weg stellte. „Ich habe es mir anders überlegt. Wir laden die Flaschen wieder ein. Deck sie gut ab. Man muss sie von außen nicht unbedingt sehen."

„Wir müssten die Strecke über Wasser schwimmen", gab Ajdin Osmanovic zu bedenken. „Hältst du das wirklich für gut? Man kann uns vorzeitig entdecken, und dann ..."

„Du solltest dich mehr auf die Erfahrung eines Strategen verlassen, Ajdin. Wir nehmen nur Schnorchel."

Während Besirevic den Weg ein großes Stück zurückfuhr, den sie gekommen waren, tauchten der Geheimdienstmann Fuad und Osmanovic in dem unmittelbar angrenzenden Gehölz unter. Fuad zeigte ihm einen abgebrochenen Baum, der, dem Verfall preisgegeben, bereits entrindet war. Und dann unterbreitete er ihm seinen Plan, ungesehen auf die Yacht zu kommen.

„Der Weg zwischen unserem Standort und dem Wasser beträgt 74 Meter", sagte Fuad. „Den Stamm können wir dort jetzt deponieren. Wir haben dann keine Schwierigkeiten, in unseren Anzügen die wenigen Meter zu Wasser zu kommen."

Die Dunkelheit war langsam hereingebrochen. Es war eine klare Nacht. Am Himmel waren deutlich die Sternenbilder zu sehen. Fuad deutete mit dem Kopf zum Himmel und sagte: „Der große Wagen!"

„Der große Wagen?"

„Die sieben hellsten Sterne bilden den als Großen Wagen bekannten Teil des Sternbildes."

„Verstehst du davon etwas?" fragte Osmanovic.

„Zu wenig, Ajdin. Zu wenig. Aber es ist immer interessant, sich mit den Himmelsgestirnen zu befassen, denn sie haben mehr Einfluss auf alles Leben auf unserem Planeten, als wir uns vorstellen können."

Ajdin Osmanovic wunderte sich über den Mann, den er nur als Fuad kannte und von dem er wusste, dass er einer war, der beim albanischen Geheimdienst einen Teil der Drecksarbeit machte; aber genau das war der Mann, der ihnen helfen würde, den Zorn Allahs gegen die Ungläubigen, gegen die Mörder an seinem Volk umzusetzen. Auch wenn er wusste, dass der Tod eines Mannes nicht annähernd das ins rechte Licht rücken konnte, was Nicolic und Konsorten im Namen ihres Gottes als eine breite Blutspur hinterlassen hatten. Jeder Mordbrenner, den es weniger auf dieser Welt gab, würde möglicherweise die Menschen näher zusammenbringen. Und am nächsten waren ihm die, die sich freiwillig zu Allah bekannten. Denn wer sich einmal zu Allah bekannt hatte, würde sich an die Gebote des Propheten halten.

„Links neben dem Sternbild Leier findet man das große und recht auffällige Sternbild Schwan. Der Schwan wird manchmal auch Kreuz des Nordens genannt“, sagte Fuad. „Er liegt mitten in der Milchstraße. Der Stern am oberen Ende des Sternbildes heißt Deneb. Siehst du, Ajdin, dort. Er bildet das Schwanzende. Man kann sich sehr gut vorstellen, wie der Schwan mit ausgebreiteten Flügeln die Milchstraße entlangfliegt.“

„Woher weißt du das alles?“

„Ich habe mich mit Astrologie und Astronomie befasst. Nicht wissenschaftlich, sondern meine eigenen Interessen betreffend. Schau hoch! Unterhalb vom Schwan findet man ein weiteres, recht auffälliges Sternbild: den Adler. Der hellste Stern in diesem Sternbild heißt Atair. Er ist mit einer Entfernung von nur 16.5 Lichtjahren einer der nächsten Sterne im Weltall.“ Fuad schaute auf seine Armbanduhr. „Es ist Zeit, Ajdin.“

Sie nahmen die Neoprenanzüge und gingen die wenigen Meter bis zum Wasser. Der Baumstamm, den sie dort gelagert und mit etwas Reisig während des Tages getarnt hatten, schien auf sie zu warten. Vorsichtig musterten sie ihre Umgebung. Ein oder zweimal hörten sie die nächtlichen Stimmen des Waldes. Tiere, die auf Beutezüge aus waren und denen irgendein Nager als Nahrungsquelle diente. Sie vernahmen den Ruf eines Kauzes und das Grunzen von Schwarzwild. Aber die Art der Töne ließ Fuad darauf schließen, dass sich kein Mensch außer ihnen an diesem Ort aufhielt.

Nachdem sie in ihre Neoprenanzüge geschlüpft waren, schließlich ihre Kleidung in einen Sack verstaut hatten, dem sie einige Steine hinzugefügten, damit er schneller unterging, verteilte Fuad die

Gegenstände, die mitzunehmen waren. Osmanovic musste das Paket auf seinen Rücken schnallen, dessen Inhalt er selbst ausgesucht hatte. Es war eine Kettensäge der Marke Stihl MS 270 C mit dreieinhalb Pferdestärken. Sie wog fünfeinhalb Kilo, und er würde alle Mühe haben, dass ihn das Ding nicht in die Tiefe zöge. Aber er war ein guter Schwimmer und vertraute auf sein Können.

Fuad nahm die Waffen, die auf ähnliche Weise zusammengebunden, aber die in Sekundenschnelle einsatzbereit waren. Nur die Harpune legte er sich wie ein Gewehr um. Bevor sie ins Wasser stiegen, griff Fuad in den lehmigen Boden und beschmierte sein Gesicht. Osmanovic tat es ihm nach. Jeder von ihnen fasste eines der Enden des Baumes, den sie langsam ins Wasser schoben. Mit festen Stößen trieben sie den Stamm zur Mitte des Peenestroms. Fuad beobachtete die Umgebung sehr genau. Vor ihnen lief ein Passagierschiff stromabwärts. Es war eines dieser Ausflugsschiffe, die unternehmungslustige Touristen von Wolgast die fünfzig Kilometer nach Ückermünde schipperten und wieder zurück. Zwei, drei kleinere Boote hatten Positionslampen gesetzt und dümpelten dahin. Sie waren so weit von ihnen entfernt, dass sie kaum gefährlich werden konnten.

Nach zwanzig Minuten lag die *Morningstar* vor ihnen. Langsam trieb der Stamm auf die große Yacht zu. Fuad sah das Aufglimmen einer Zigarette. Er machte Osmanovic mittels einer Handbewegung darauf aufmerksam.

Nun schien es so, als ob derjenige, der dort an Bord rauchte, auf den treibenden Stamm aufmerksam geworden war. Den Stamm mit dem Reisig zu tarnen, zahlte sich jetzt aus. Sie duckten sich tiefer in das Reisig hinein. Der Rumpf des Schiffes war nun so dicht, dass sie ihn anfassen konnten. Neugierig beugte sich der Mann über die Reling. In diesem Augenblick zielte Fuad mit der Harpune auf den Raucher und drückte ab. Der mittels Pressluft abgeschossene Pfeil durchschlug den Körper des Mannes, der ohne einen Laut von sich zu geben über die Reling ins Wasser fiel. Die beiden Männer sahen noch, wie der Körper langsam abtrieb und unterging. Dann schwammen sie die wenigen Meter zum Heck. Die Badeplattform, die bei diesem Schiff schließbar angeordnet war, lag offen vor ihnen. Sie zogen sich hinauf. Fuad befreite sich von den Flossen und den zu einem Rucksack zusammengebundenen Gegenständen. Dann half er Osmanovic auf die Plattform. Der Stamm trieb sehr langsam von der Yacht weg.

Fuad ging die wenige Stufen, die ihn vom Achterdeck trennten. Er überzeugte sich, dass niemand unmittelbar an Deck war oder etwas von den Vorgängen bemerkt hatte. Aus dem Salon drang Musik und das Gelalle einer männlichen Stimme, die nach Schampus rief. Er ging zurück. Osmanovic war schon dabei, die Waffen auszupacken.

„Wir gehen zusammen bis zum Eingang des Salons. Dort wartest du einen Augenblick. Wenn du einen Pfiff hörst, dringst du ein. Gibt es Widerstand ..." Er machte eine unmissverständliche Geste. „Es wird keinen Widerstand geben!"

Fuad gab ihm die kleine tschechische Maschinenpistole und die Zastava, die Osmanovic lässig in seinen Hosenbund steckte. Er selbst nahm nur die Ceská. Dann gingen sie an Deck. Sie schauten in den Salon. Der Anblick, der sich ihnen bot, war grotesk. Die Mädchen waren nackt. Die Männer und Aischa Husejnow, die auf Nicolics Schoß saß, nur spärlich bekleidet. Nicolic nestelte an Aischas Brüsten herum, während er gleichzeitig einen großen Schluck Dom Pèrignon zu sich nahm.

Fuad ging weiter auf die Brücke. Dort sah er einen älteren Mann am Kartentisch stehen und irgendetwas studieren. Vielleicht ist es der Kapitän, dachte Fuad. Leise machte er die Tür auf. Doch der Mann schien etwas gehört oder einen Luftzug verspürt zu haben. Er drehte sich um, erkannte die Gefahr und machte einen mächtigen Satz zum Steuerstand, um einen Notruf abzusetzen. Aber Fuad war schneller. Mit einem gewaltigen Schlag setzte er dem Treiben des Mannes ein Ende. Fuad ging zur Tür zurück und stieß den Signalpfiff aus.

Nun drang Osmanovic in den Salon ein. Wider Erwarten löste er keine Panik aus. Zu sehr waren die Teilnehmer der Party durch Alkohol und Kokain benebelt, um die unmittelbare Gefahr zu erkennen. Vom Brückenaufgang kam Fuad herunter. Aischa Husejnow löste sich mit einem Schlag gegen seinen Oberkörper von Nicolic.

Fuad gab Osmanovic ein Zeichen, nach weiteren Personen im Unterdeck zu suchen. Als dieser, die Maschinenpistole im Anschlag, sich zum Abgang ins Unterdeck vorarbeitete, hatte das Mädchen, das dem Ausgang am nächsten saß, die Situationen erfasst. Schreiend sprang sie auf und versuchte den Ausgang zu erreichen. Osmanovic zog den Abzug der Maschinenpistole durch. Bedingt durch den Schalldämpfer, ließ sich nur ein Klicken vernehmen. Mehrere Kugeln waren in den Rücken der jungen Frau eingedrungen. Sie stürzte augenblicklich und blieb liegen. Fuad bedeutete ihm, er möge die anderen fünf Personen in Schach halten. Er selbst öffnete vorsichtig den Abgang ins Unterdeck. Langsam ging er Schritt für Schritt hinunter in den Bauch des Schiffes. Im Maschinenraum fand er ein eigenartiges Bild vor. Zwei Männer saßen an dem kleinen Tisch, der dem Ingenieur als Unterlage für seine Aufzeichnungen zur Verfügung stand. Einer der Männer hatte den Kopf auf die Platte gelegt und schien zu schlafen. Der anderer schaute Fuad verständnislos an. Offensichtlich hatte Aischa Husejnow ganze Arbeit geleistet und den Männern von den Drogen gegeben, die er ihr, in Zigaretten eingearbeitet, mitgegeben hatte. Er schoss zweimal. Dann trat er den Rückzug an. Er kam an einer Kabine vorbei und hörte leises Wimmern. Es klang wie das Weinen eines Kindes. Fuad machte die Tür auf und fuhr entsetzt zurück. Vor ihm saßen zwei junge Mädchen. Eines davon weinte, das andere war darum bemüht, einem Säugling die Flasche zu geben. Er legte einen Finger an die Lippen und bedeutete den Mädchen, sich ruhig zu verhalten. Dann ging er wieder nach oben.

„Du hast mir nicht gesagt, dass Kinder an Bord sind“, sagte er zu Aischa Husejnow. „Kannst du mir verraten, was wir mit ihnen machen sollen?“

„Es sind unschuldige Kinder. Wir müssen sie von Bord bringen.“

„Ich weiß nicht, wie du dir das vorstellst, aber wir gefährden damit die ganze Aktion.“

„Wir müssen sie mitnehmen.“

„Selbst wenn wir sie an Land bringen, was willst du dann mit ihnen machen? Und du weißt, sie haben uns gesehen und können uns identifizieren.“

„Ich werde mit ihnen an Land gehen. Wir beraten gemeinsam in Greifswald, was wir mit ihnen machen werden."

Fuad ging zur Brücke zurück. Ein Blick auf den Mann, den er niedergeschlagen hatte, bestätigte ihm, dass kein Leben mehr in ihm war. Er nahm das Sprechfunkgerät und setzte eine Nachricht an den Mann ab, der in seinem Auftrag die Koordination an Land überwachte. Er bestellte einen Wagen nach Krienke. Als er von der Brücke zurückkam, war eine Diskussion zwischen Nicolic und Osmanovic entfacht. Osmanovic selbst stand hinter Stjepan Stanišic, auf dessen Schoß das zweite der jungen Mädchen saß.

„Steh auf, Stjepan", sagte Nicolic. „Wir wollen doch mal sehen, wer hier an Bord das Sagen hat."

Als Stanišic versuchte, die junge Frau wegzuschieben und aufzustehen, schoss Osmanovic abermals. Um Diskussionen aus dem Weg zu gehen, liquidierte Fuad die Frau, die auf Stanišics Schoß saß.

„Dobroslav Nicolic, du bist einer der Schlächter von Srebrenica. Du bist schuldig des vielfachen Mordes und der vielfachen Vergewaltigung. Deshalb haben wir dich zum Tode verurteilt."

Dienstag, 12. August 2003

Die Männer setzten das Dingi aus. Ajdin Osmanovic bestieg es. An Deck der *Morningstar* waren die beiden jungen Mädchen, die Furmanow mit dem Schuber nach Deutschland gebracht hatte. Sie ließen sich nun in das Beiboot gleiten und setzten sich auf die einzige Bank, die dieses kleine Boot besaß. Jede von ihnen hielt eines der Babys in einer Tragetasche auf dem Schoß. Aischa Husejnow war die Letzte, die das Dingi bestieg und sich auf das Querbrett im Bug setzte. Dann pullte Osmanovic das kleine Beiboot die wenigen Meter auf das Land zu. Sie mussten noch eine Zeitlang im Schutze der Nacht warten, bis das Licht eines kommenden Autos sie erreichte.

Als der Wagen hielt, ging Aischa Husejnow erst allein auf ihn zu. Der Fahrer hatte die Scheibe des Ford Focus heruntergelassen. Erstaunt sah er auf die relativ spärlich bekleidete Frau.

„Aischa Husejnow?“

„Ja.“

„Ich bin Edin. Steigen Sie ein.“

Während Edin den Wagen wendete, holte Aischa die beiden Mädchen und die Babys. Wortlos fuhr Edin nach Greifswald. Am Stadtrand hatte der albanische Geheimdienst ein kleines Haus angemietet. Dort setzte Edin die Frauen ab. Er gab Theres Wilding den Schlüssel, wendete und fuhr weg.

Aischa Husejnow war sich überlassen. Sie würde nun warten, bis Abdulbasit Besirevic zusammen mit Fuad herkam, um mit ihnen zu beraten, wie sie die neue Situation mit den Säuglingen und den halbwüchsigen Mädchen lösen könnten. Sie aber war sich sicher, dass diese Kinder einem besseren Schicksal zugeführt würden, als für sie zugedacht war, und sie wollte daran ihren Anteil haben.

Epilog

Mittwoch, 13. August 2003

Wie schon am Tag zuvor kam der Hubschrauber auf seinem Erkundungsflug von Westen. Er flog in geringer Höhe, folgte von dem kleinen Ort Pinnow der B110. Schon von Weitem sahen die Männer in der Maschine den Peenestrom und die Zecheriner Brücke, die optisch den Peenestrom vom Stettiner Haff trennte. Im Nu war der Hubschrauber über dem Ort Katschow. Dort wechselte er seinen Kurs von Nord-Ost zu West. Unter sich sahen die Männer das Wasserschloss Mellenthin. Der Hubschrauber beschrieb eine Kurve und flog ein Stück über das Achterwasser. Der Ort Reestow lag unter ihnen, und nur Sekunden später sahen sie die weiße Yacht. Neben ihr hatte eines der Wasserschutzboote der Polizei festgemacht.

Chevalier Oberst Armand Beauvais besaß in seiner langen Fronterfahrung die Befähigung zur Analyse und Auswertung von Photos. Das befähigte ihn, die Situation, die sich ihm bot, schnell und richtig einzuschätzen. Unten an Land machte er eine Reihe von Leichenwagen aus, die unmittelbar an der Liegestelle der *Morningstar* standen. Die Fahrer schienen offensichtlich neben ihren Fahrzeugen zu diskutierten. Auch machte er einige Funkstreifenwagen der Polizei aus. An Deck schauten Menschen zu dem Hubschrauber hoch.

Armand Beauvais machte dem Piloten mit der Hand das drehende Zeichen eines Quirls und zeigte in die Richtung, aus der sie gekommen waren. Er schaute Lennart Elmevik an und hob die Augenbrauen. Elmevik kannte seinen Chef zu lange, um nicht zu verstehen, was der ihm sagen wollte. Es gab offensichtlich einen Interessenskonflikt bei der Bewältigung der Aufgabe, die ihnen Theres Wilding gestellt und die sie angenommen hatten. Und diesen hatten sie verloren.

Als die Maschine auf dem kleinen, alten Hof zwischen Rubenow, Nonnendorf und Latzow niederging, war klar, dass all die gewissenhaften Vorbereitungen, die sie getroffen hatten, umsonst gewesen waren. Armand Beauvais schickte den Hubschrauber unmittelbar nach Hamburg zurück. Dann beauftragte er Elmevik, alle Spuren auf dem Hof zu beseitigen, die Rückschlüsse auf sie zuließen. Aber Elmevik hatte schon dafür gesorgt, dass derartige Spuren nicht vorhanden waren. Für den Nachmittag beauftragte Armand Beauvais Elmevik, die Männer zusammenzurufen. Doch zuvor traf er sich mit Theres Wilding.

„Wir haben eine Abmachung, liebe Frau Wilding“, sagte er sehr verbindlich. „Nicolic ist tot. Mein Spezialist für Elektronik hat den Polizeifunk abgehört.“ Er gab ihr den Mitschnitt einiger ausgesuchter Gespräche, die Åke Hagåsen ausgesucht hatte. „Der Jugoslawe ist ziemlich übel zugerichtet worden. Man hat ihm die Arme abgesägt und auch das vollzogen, was Ihnen vorschwebte.“

„Sie haben mich nicht mitgenommen. Das war gegen unsere Verabredung.“

„Irrtum. Meine Einheit ist nicht zum Einsatz gekommen. Leider. Denn nun büßen wir die Hälfte unseres Solds ein. Irgendeine andere Gruppe hat Nicolic und seine Wachmannschaft liquidiert. Haben Sie noch jemanden beauftragt?“

Theres Wilding lachte auf. „Bin ich ein Dukatenmännchen? Nein. Ich kann mir auch keinen Reim darauf machen.“

Beauvais machte seiner Auftraggeberin klar, dass diese ihm noch einen beachtlichen Teil des Geldes schuldig sei, das für den Fall vereinbart wurde, dass die Einsatzgruppe schuldlos nicht zum Ziel käme. Er nahm ihr das ihr überlassene Handy ab, um jede Rückschlussmöglichkeit zu ihm zu unterbinden. Er sagte ihr unmissverständlich noch einmal, was mit Leuten passierte, die sich nicht an Zahlungsvereinbarungen hielten. Kurz vor zwei Uhr am Nachmittag konnte er den Restbetrag von 30.000 Euro in Empfang nehmen. Dann räumte er sein Zimmer im Hotel Kaiserhof in Heringsdorf.

Sie trafen sich am Strand von Ueckeritz. Eine Gruppe, die dem Volleyball frönte. Niemand würde etwas anderes denken, wenn er die älteren Herren sah, die bemüht waren, den Ball übers Netz zu spielen und dabei lauthals zählten. Am Spielfeldrand traf sich Beauvais in Badehose mit jedem Einzelnen der Spieler. Er schilderte ihnen die Lage, zahlte sie aus und befahl, dass sie innerhalb der nächsten sechs Stunden abzureisen hätten. Er bedauerte, dass nunmehr für jeden nur ein Anteil von 12.000 Euro zur Verfügung stand. Die Männer aber verstanden, dass das Unternehmen so zu Ende gegangen war und dass ihr Chef an dieser Entwicklung keine Schuld traf. Am Abend hatten alle die Insel verlassen und befanden sich auf dem Heimweg.

Als Chevalier Oberst Armand Beauvais vor seinem Haus in Mittelschweden ankam, war ihm bewusst, noch niemals so leicht sein Geld verdient zu haben wie bei diesem Auftrag. 84.000 Euro für einen rund einwöchigen, gefahrlosen Einsatz konnten sich sehen lassen.

Theres Wilding konnte seitens der Polizei eine Beteiligung an den Morden – welcher Art auch immer – nicht nachgewiesen werden. Sie war pünktlich in Frankfurt am Main zurück, um ihre Geschäfte wieder aufzunehmen.

Donnerstag, 21. August 2003

Beim letzten Verhör von Aischa Husejnow richtete Larsson es so ein, dass er eine kurze Zeit mit ihr allein war. Er bat Inge Mohaupt unter einem Vorwand aus dem Raum. „Frau Husejnow, es ist entsetzlich, was Ihnen diese Menschen unter dem Deckmantel der Verteidigung der christlichen Religion angetan haben.“

„Das waren keine Menschen“, sagte Aischa Husejnow leise. „und eine Religion, die so etwas zulässt, gibt es gar nicht.“

„Nein, es waren Tiere, die in der Gestalt eines Menschen ihrem grausamen Handwerk nachgingen."

„Keine Tiere. Tiere töten, um zu leben. Diese Bestien aber haben getötet, um ihre Macht zu manifestieren. Sie haben die Frauen erniedrigt, weil sie wussten, dass Frauen stark sind. Sie wollten ihren Widerstand brechen. Und außerdem, weil sie zu feige waren, Schwert gegen Schwert dem anderen in die Augen zu sehen. Und sie haben die Männer getötet, die ihnen hätten gefährlich werden können, sogar die Greise und die Kinder. Nein, das würde ein Tier niemals machen."

„Sie haben recht. Gestern kam ein Bericht im Fernsehen über wahre Tierliebe. In Melbourne brannte ein Haus ab. Man konnte einen Jack-Russel bergen, den man mittels Sauerstoffmaske wiederbeleben musste. Der Hund hatte sich geweigert, das brennende Haus zu verlassen. Und wissen Sie, warum?"

Aischa Husejnow hob die Schulter.

„Weil ein Wurf mit sieben neugeborenen Katzen zu seinem Haushalt gehörte, für den sich der kleine Hund verantwortlich fühlte."

„Und?"

„Man hatte auch die Kätzchen gerettet. Als der Jack-Russel wieder bei Bewusstsein war, leckte er jedes der kleinen Katzenkinder ab. Und man merkte ihm an, wie glücklich er darüber war."

„Hund und Katze. Es ist wie im richtigen Leben. Christen und Muslime – Ich habe den Glauben an die Menschen verloren."

„Ja, ich weiß das. Und ich kann Ihnen das nachempfinden."

„Können Sie das wirklich?" Aischa Husejnow schaute Larsson lächelnd an. Wer sie aber genau ansah, wusste, dass sie es spöttisch meinte.

„Wer von Ihnen hat Nicolic ..."

„Ich. Das war ich allen von ihm geschändeten Frauen schuldig! Und es waren viele!"

„Ich bin den Werten dieses Rechtsstaates verpflichtet, den ich hier zu vertreten habe. Deshalb werde ich Sie einem Haftrichter vorführen müssen."

„Ich weiß. Aber es macht mir nichts aus, dafür bestraft zu werden, dass ich geholfen habe, einen tollwütigen Wolf zur Strecke zu bringen. Ich war schon tot, als ich Bosnien lebend verlassen konnte. Was kann mir noch passieren?“

„Ich habe auch eine persönliche Meinung dazu“, sagte Larsson. „Vielleicht interessiert sie Sie. Ich bewundere Sie für Ihren Mut, sich an der Bestie Nicolic, nach allem, was er Ihnen persönlich und Ihrem Volk angetan hat, so zu nähern, dass – und da will ich mit Ihren Worten sprechen – der Wolf, der in einen Schafsstall eingebrochen war, geschossen werden konnte.“ Larsson nahm ihre Hand und drückte sie. „Meine Hochachtung!“

Dann verließ er das Verhörzimmer.

Draußen auf dem Gang kam ihm Lara in den Sinn. Er würde sie anrufen, um ein Treffen zu vereinbaren, bei dem er ihr einen Teil des Falles so darlegen würde, dass er ihre Magisterarbeit erfolgreich abschließen könnte. *Tatort Deutschland. Das Phänomen des Regionalkrimis und seine Wirkungsgeschichte* war die Aufgabenstellung, erinnerte sich Larsson.

„Deutschland ist überall“, hatte er ihr gesagt. „Auch in Greifswald oder auf der Insel Usedom, wo wir gerade wieder einen Fall haben. Und dieses Verbrechen lässt alle vorherigen wie ein Spaziergang erscheinen, obwohl ein Verbrechen ein Verbrechen ist.“

Er dachte an Monika Landris, die ganz sicher eine Entscheidung von ihm fordern würde, an das kleine Haus in Heringsdorf, das vom Leerstand nicht besser wurde. Vielleicht könnte er es verkaufen, und es ließe sich mit dem Erlös ein Ankauf des Häuschens in Loddin bewerkstelligen. Vielleicht. Aber wer wusste schon, ob der Onkel Monikas einem Verkauf zustimmen würde. Er wiederum könnte nicht in einem Haus leben, das ihm nicht zumindest mitgehörte.

Dann kam ihm der Clown Lolo in den Sinn, den er mit sich verglich. Fast achtzigjährig, ging der noch immer stundenweise einer

Arbeit nach und belustigte mit seinen Sprüchen die Kaufinteressenten der von ihm an der Seebrücke in Ahlbeck angebotenen Druckerzeugnisse. Larsson bezweifelte, bei dem Stress seines Berufes einmal dessen Alter zu erreichen, und wenn doch, dass er dann noch so freudig jeden Tag seines Lebens würde genießen zu können.

Andresen kam ihm entgegen. „In einer halben Stunde fahren wir ab nach Stettin. Wir sollten die Geschenke bereitmachen, die wir unseren Kollegen mitnehmen."

Die Einladung der Spezialeinheit Organisierte Kriminalität der polnischen Polizei zu einem gemeinsamen Abend hatten sie allzu gerne angenommen. In einer Zeit der Globalisierung war die Organisierte Kriminalität längst darauf eingestellt, international zu agieren. Und diese straff organisierten kriminellen Strukturen waren der Polizei immer ein kleines Stück voraus. Gemeinsam und nur gemeinsam würden sie dieser Herausforderung erfolgreich begegnen können. Das hatten die letzten Tage eindrucksvoll gezeigt.

Dank

Der Sieg hat viele Väter – die Niederlage nur einen. Und so danke ich den Menschen, die aller dichterischen Freiheit zum Trotz, welche die Möglichkeit eines Romans bietet, dafür gesorgt haben, dass die von mir erzählte Geschichte im rechten Licht erscheint.

So bin ich sehr zu Dank verpflichtet

- dem Kriminalhauptkommissar Stephan Lack von der Polizeidirektion Anklam für seine Beratungen in kriminalistischer Hinsicht, sowie für seine Vermittlung zur polnischen Polizei in Szczecin,

- für die freundliche Genehmigung einer Zusammenarbeit mit der Spezialgruppe zur „Internationalen Zusammenarbeit" bei der polnischen Polizei mit dem Autor möchte ich mich bei dem Leiter der Wojawodschaftskommandantur der Polizei Szczecin, Nad-Inspektor Tadeusz Pawlaczyk, der diese Zusammenkunft genehmigt hat, ausdrücklich bedanken.

- Aus Sicherheitsgründen ist es geboten, die Namen der einzelnen Beamten der polnischen Spezialgruppe zur Bekämpfung der „Organisierten internationalen Kriminalität" nicht zu nennen. Dennoch möchte ich der Dame und den fünf Herren sehr für ihre Unterstützung danken.

- Die Wasserschutzpolizei Wolgast, unter ihrem Leiter, dem Polizei-Hauptkommissar Thomas Bräunlich, hat mich schon mehrfach in seemännischen Fragen beraten. Auch ihm und der Besatzung des Schutzbootes Damerow gilt mein Dank.

- Ebenso danke ich dem Pressesprecher der Polizeidirektion Anklam, Polizei-Hauptkommisar Axel Falkenberg, der stets meine Arbeit nachhaltig fördert.

- Frau Dr. Britta Bockholdt, Direktorin des Institutes für Rechtsmedizin der Ernst-Moritz-Arndt-Universität in Greifswald, hat dem Autor für alle wichtigen Fragen auf diesem speziellen Fachgebiet zur Verfügung gestanden. Ihr sei ganz besonders gedankt.

- Das Gleiche trifft auf den Wissenschaftler und Fachautor Berndt George Thamm zu, der mich anschaulich auf die Verbindung von Al Quaida zu den Muslimen im Kampf mit den serbischen Kriegsparteien und die Ambivalenz in der Wertigkeit dieser Unterstützung hingewiesen hat.

- Beratung in den äußerst diffizilen Fragen der Psyche von Frauen bei der Bewältigung von Traumata nach Vergewaltigungen erfuhr ich bei Yehonala Gudlowski, Psychologin an der Charité Berlin.

- Dem Hauptkommissar a.D. Hans-Joachim Finn, von der Polizeidirektion in Anklam und dessen Gattin danke ich für die ständigen Beratungen der lokalen Gegebenheiten auf der Insel Usedom.

- Nicht vergessen möchte ich meine Assistentin, Frau Grit Weber, die unermüdlich für den Erfolg dieses Buches gearbeitet hat.

Ferner waren bei Recherchen behilflich

- Tomas Böhrig, von der Nord-Ostdee-Kanal-Information" in Kiel www.nord-ostsee-kanal-info.de/

- Michael Hornung von *pro-leben* aus Münnerstadt, zu erreichen über www.pro-leben.de, der die Symbolgeschichte über die Betrachtung eines zwiespältigen Menschen zu Gott beigetragen hat.

- T. Edin erinnert mit der Seite http://srebrenica1995.de/ an das größte Verbrechen nach dem II. Weltkrieg, der Hinrichtung tausender unschuldiger Menschen.

Ihnen allen sei für ihr Engagement gedankt.

George Tenner, Dezember 2008

Besuchen Sie Lasse Larsson im Internet

www.lasse-larsson.de

Bisher erschienene Bücher von George Tenner

DER WÜSTENWOLF. Thriller
Herbig: München 1982 (vergriffen)

AUSGEFLIPPT. Satiren
MV-Verlag: Münster 2004

DAS SPIEL DER NYMPHEN. Roman
MV-Verlag: Münster 2005 (vergriffen)

DAS PETERSPLATZ-KOMPLOTT. Thriller
MV-Verlag: Münster 2005

DER SCHREI DES PELIKANS. Thriller
MV-Verlag: Münster 2006

SINGLE, UNVERMITTELBAR. Roman
Frühjahr 2009 (in Vorbereitung)

JAGD AUF DEN INSELMÖRDER. Usedom-Krimi
Lasse Larsons erster Fall
Oldenburg: Schardt Verlag 2007 (2. Auflage 2007),
320 Seiten, 12,80 €

DAS LÄCHELN DER MONA LISA. Dresden-Krimi.
Oldenburg: Schardt Verlag 2008, 304 S., 12,80 €

DER DRACHEN DES TODES. Usedom-Krimi
Lasse Larssons zweiter Fall
Oldenburg: Schardt Verlag 2008, 309 S., 12,80 €

Besoffene Wildsau in Honig-Biersoße

Unser Sächsisches Gericht des Monats September im Hotel „Gutshof Hauber“ Dresden

Zutaten für 4 Personen:
1 kg Wildschweinkeule ohne Knochen, 50 g Schweineschmalz, Apfel- oder Zitronensaft, Salz, Pfeffer, 150 g Karotten, 150 g Sellerie, 150 g Zwiebel.
Für die Marinade: 125 g Honig, 250 ml Schwarzbier, 4 cl Kümmelschnaps, ½ Tl Kümmel, 2 gestoßene Wacholderbeeren.

Zubereitung:
Aus den Zutaten eine Marinade bereiten und das von Sehnen und Fett befreite Fleisch darin einlegen.
Das Fleisch zwei bis drei Tage in der Marinade lassen und dabei mehrfach wenden.
Zu Braten die Marinade gut abtropfen lassen und das Fleisch mit Salz und Pfeffer würzen. Danach in Schweineschmalz von allen Seiten kräftig anbraten. Das Wurzelgemüse hinzugeben und kurz anschwitzen lassen.
Nach und nach die Marinade dazugeben und immer wieder einkochen lassen. Den Braten ca. 1-1,5 Stunden schmoren lassen.
Zum Schluss mit Apfel- oder Zitronensaft abschmecken.

Als Beilagen empfehlen wir Preiselbeerrotkohl und Kartoffelklöße

GEORGE TENNER IM SCHARDT VERLAG:

Jagd auf den Inselmörder. Usedom-Krimi. Lasse Larssons erster Fall. Oldenburg 2007 (3. Aufl. 2009), 320 S., 12,80 €

GEORGE TENNER IM SCHARDT VERLAG:

Das Lächeln der Mona Lisa. Dresden-Krimi.
Oldenburg 2008, 304 S., 12,80 €